U0909705

左宗棠发迹史

老是稀里糊涂得罪同僚的升官达人！

汪衍振 著

上海文艺出版集团
上海锦绣文章出版社

图书在版编目（CIP）数据

左宗棠发迹史．下 / 汪衍振著．

上海 : 上海锦绣文章出版社，2010.7

ISBN 978-7-5452-0702-6

Ⅰ．①左… Ⅱ．①汪… Ⅲ．①历史小说－中国－当代

Ⅳ．① I247.5

中国版本图书馆 CIP 数据核字 (2010) 第 121058 号

责任编辑：吴　迪
特约编辑：王楷威
版权提供：读客图书
封面设计：读客图书

书　　名：左宗棠发迹史．下
著　　者：汪衍振

出版发行：上海锦绣文章出版社
地　　址：上海市长乐路 672 弄 33 号（邮编 200040）
经　　销：全国新华书店
印　　刷：小森印刷（北京）有限公司
开　　本：680mm X 990mm　1/16
印　　张：17.5
版　　次：2011 年 1 月第 1 版
印　　次：2011 年 1 月第 1 次印刷
书　　号：ISBN 978-7-5452-0702-6
定　　价：29.00 元

如有印装质量问题，请致电 021-33608311

目录

左宗棠一见到蒋、杨二人快马递来的信件，气得大骂："马毂山这个狗东西，真是反了！他竟然连本部堂的话都敢不听！这样的巡抚若不好好参他一本，还要王法做什么呢？"他骂完之后，当即便把随营的起稿师爷传了过来，大声吩咐道："你马上起奏一篇参劾马毂山的奏稿，本部堂要和他到朝廷那里去打官司！"

慈禧太后手举着御史的参折说道："兵勇扰民这件事，不独震惊了江西、广东、福建三省，还在百官中传得沸沸扬扬。左宗棠不能很好约束员弁，不行就换李鸿章吧。"

左宗棠听明白了日意格的意思，他本想斥责他几句，可又怕因此引起不必要的交涉，只得压了压火气，用平缓的语气说道："日意格呀，你的来意，本部堂已经知道了。你是担心，本部堂离开福建后，船政局不再办下去，对不对？"

左宗棠放下鼎，起身打开一个竹箱子，从里面当真摸出一只碗来。他把碗递给刘典，接着说道："你看看，就是这只碗，碗底刻着建元元年字样，这不就是汉武帝时的事吗？"

刘典把那只碗举起来贴近耳朵，然后用手指敲了敲，不由说道："我说季高啊，这是后人仿造的呀。您听这声音，这哪是什么建元元年建的，分明是同治元年造的！这种东西，您也敢往潘府拿，您是羞辱潘伯寅不识货咋的？"

礼毕，左宗棠笑着把太监来请安的事说了一遍，潘祖荫惊道："季翁这事可做得有些欠妥。季翁谁都可以得罪，却偏偏不能得罪宫里的太监。尤其是安德海，更不能得罪！"

左宗棠笑道："我就要得罪他，看他能把我怎样！我就不

第一章
升官后被新搭档瞧不起

官员如何升迁

同治三年（公元1864年）太平天国覆灭，朝廷欣喜之余，开始担心手握重兵的湘军主帅曾国藩，更担心曾国藩和左宗棠联起手来……曾国藩很快意识到这一点，为全身而退，他主动上奏请求朝廷裁撤湘军。

曾国藩此奏正好迎合了朝廷的心理，自然没有不准之理。曾国藩自请裁撤湘军，去了大清的一块心病，朝廷不仅以后不再难为曾国藩，连湘军侵占太平天国囤积在金陵的大量金银财宝一事，索性也不追查了。

左宗棠得知曾国藩已开始对湘军大肆裁撤的消息后，不由仰天叹道："涤生要保善终，只能行此下策！"沉思良久，忽然又自言自语道："如果能为湘军保存一支血脉，当为最好！"

当天晚上，他把部下杨昌浚、胡雪岩传进巡抚衙门，三人共议此事。杨昌浚想了想说："江西方平，各路湘军已被召回江宁予以裁撤，只有刘寿卿手下的四十营两万人，还在福建省作战。宫保想为湘军留下一杆旗号，又不被朝廷发觉，只能从寿卿身上想主意。"

胡雪岩点头道："大人所言极是，有些话，宫保不开口，曾爵相也不好对朝廷开口。但究竟该如何办理，还须想好以后才能上奏。既不能让人说闲话，又不能授人以把柄，好像我们是在有意阻挠裁撤湘军。"

左宗棠沉吟许久，咬牙道："照此看来，没有机缘，这道奏折还真不好随便上！"几个人又谈了些闲话，这才各自散去。

第二天早饭后不久，法国驻华公使柏尔德密，带着参赞武官等一应随员，赶到杭州来见左宗棠。柏尔德密这次到杭州，是秉承国内的旨意，特来与左宗棠洽谈合作造船一事的。法国内阁通过分析柏尔德密、日意格等人搜集的情报认为，左宗棠迟早会造船，如果法国不抢先一步，这笔一本万利的生意，便有可能被英国夺去。英国是最早与大清打交道的欧洲国家，可以想见，他们不会放过这次发财的最佳机会。

法国内阁示意柏尔德密主动出击，尽一切可能说服左宗棠与法国合作。因为他们知道，早在杭州未收复之前，左宗棠就在衢州试造过汽轮船，可惜没有成功；杭州收复之后不久，左宗棠又将衢州的一些造船匠师全部迁到杭州，同时让这些匠师偷偷研究常捷军从国外采购的汽轮船，决定再次试制。中国匠师在洋船上一遍遍推敲部件，怎能瞒过日意格的眼睛？尽管此时常捷军力主大部分被裁遣，部分洋兵已拿了高额的禄金回到自己的国家，但常捷军的舰队尚在，目前仍由德克碑、日意格与史致谔三人共同管理。

但柏尔德密此行却没有达到预期效果，听了他的话后，左宗棠喝了口茶，这才不冷不热地说："本部堂以为，贵国此议不妥，我国目前还没有能制造汽轮的匠师，此外没有建造大型船厂的财力。如果贵国诚心想帮助我国，可以帮我们考察一下汽轮船的失败原因，或者替我们聘请几位真正明白的洋技师，我们可以向他们提供高额的薪水和酬劳。"

柏尔德密只好失望地离开杭州，左宗棠则私下对杨昌濬说："法国人提出与我国合作设造船厂，其实是想用我们的地盘与银子，干他们自己的事情。像这样的合作，就算合作上一百年，我大清仍不能自己造出船来。这不是强国之途，反倒是弱国之策，这样的事情，我们不干！"

但柏尔德密并不甘心于自己的失败，请示国内后，他再次跑来见左宗棠，笑呵呵地说："法国为示与大清友好，决定派日意格、德克碑二人，帮助大清国试制汽轮船，为以后建造船厂，打下一个基础。"

左宗棠哈哈笑道："贵国这个想法好，但本部堂以为，若德克碑帮助我国试制汽轮船，就不能再兼任常捷军舰队的管带了，德克碑可以充任总督衙门里的幕僚。日意格呢，也不能再兼任宁波税务司，他同德克碑一样，都可以充作本部堂的幕僚，专干试制汽轮船的事。”

柏尔德密一愣，不敢拒绝，更不敢擅自应允，于是再次向国内请旨。法国内阁经过讨论，同意左宗棠此议。常捷军舰队于是划归刘培元的水师营，日意格与德克碑以幕僚身份，与中国匠师在杭州继续试制汽轮船。

不久，经左宗棠同意，日意格从法国国内船厂，又陆续聘到了十几位造船技师。这些技师来到杭州后，仍以幕僚身份入驻。

常捷军全行解散，左宗棠按照史致谔的要求，替他上折奏请离职。朝廷念史致谔防守宁波有功，赏以原品退休。朝廷随后又赏林聪彝三品顶戴按察使衔，署宁绍台道——忠良之后终于有了施展才华的天地。

同治三年（公元1864年）九月十日，经各路官军在安徽、江西两省围追堵截，太平天国幼主洪天贵福等以下各王，在江西境内被全部歼灭；安徽、江西两省境内的太平军余部退往福建以及陕甘一带。由左宗棠与沈葆桢联衔题奏的红旗捷报快速发往京师。

圣旨拜发的同时，左宗棠开始安排离浙赴福建就任的事。

胡雪岩已带上部分幕僚，先期护送左宗棠眷属登船赶往福州。

两个月后，一道圣旨飞递进浙江巡抚衙门。左宗棠急忙正冠掸衣，带上杨昌浚等人到官厅跪接圣旨。

传旨差官满脸喜色，脚步轻快，传旨之前，先对左宗棠耳语了一句：“宫保大人，您老接完了旨，可要多赏卑职几个。”说完展旨宣道：“内阁奏上谕：福建浙总督兼署浙江巡抚左宗棠，督师入浙，恢复浙东各郡县，进规浙西，攻克杭州省城及湖州等府县，肃清全浙，并派兵截剿皖南、江西窜贼，荡平巨股，卓着勋猷，兹当幼逆洪天贵福就擒，歼除余孽，东南军务渐次底定，自应渥加懋赏。左宗棠着加恩赐封一等伯爵，并赏换花翎。此次截剿幼逆洪天贵福，出力员弁，着左宗棠会同沈葆桢一一查明，汇案保奖。钦此。”

怪不得传旨差官没宣旨便讨要赏钱，左宗棠原来被朝廷赐封了一等伯爵并赏戴花翎！尽管在此之前，他极其渴望升迁，但是成为继曾国荃、李鸿章、官文之后第四位赐封伯爵的官员，他是从没想过的。接旨的当晚，左宗棠依老例上折奏请朝廷收回成命。同一天，江西巡抚衙门沈葆桢也被赏加头品顶戴，加一等轻车都尉世职。

左宗棠的折子递进宫去，朝廷照例是不准，又破格在伯爵的前头赏加恪靖二字。左宗棠得封伯爵的当日，新疆伊犁维回各族百姓爆发大规模的起义，并很快波及天山南北。经各股义军互相拼杀，新疆随后出现五个互不统属的地方政权并形成分裂割据状态。

到了年底，在外国匠师的直接参与下，第一艘由大清国自己制造的汽轮船在杭州诞生。

左宗棠此时已率亲兵营离开杭州八十余里，正向福州进发，得到消息后，在新地扎下营盘，然后只带五十名亲兵并少数幕僚，乘轿赶回杭州，会同刚抵任的浙江巡抚马新贻、浙江布政使杨昌浚，亲到江边观看新船下水。

见左宗棠亲自来观看汽轮航行，日意格、德克碑二人越发兴奋，亲自登船指挥一班员弁驾驶。先是一缕浓烟从船上缓缓升起，随即传来一阵突突的马达声，众人眼望着这艘新船离开岸堤向江心驶去。

马新贻乐得双手直搓，口里不住声地赞道："爵帅，我大清也有了汽轮船！好啊！"杨昌浚则眼含热泪，口里除了说好，再道不出第二个字。左宗棠抚须凝望许久，忽然说道："传令给日意格，把轮船开到最大时速。"

传令兵很快又返回岸堤，对左宗棠禀道："报爵帅左大人，日大人说，本船的时速已提到最大。"

左宗棠摇了摇头，对马新贻与杨昌浚说："这种汽轮船，同我大清所造之帆船快不了多少，糜银却极重，不划算。本部堂走后，望二位督命日意格、德克碑，务必找出船行不速的原因。看样子，这个日意格，对西船考求的还不太明白。若他俩实在想不出办法，不妨写信给李少荃爵帅，让他找英国人想办法。若英国人能想出办法，我们就辞掉日意格和德克碑，另请英国匠师帮忙。二位以为如何？"

马新贻忙笑道："请爵帅放心，下官和蒋方伯会见机行事的。"

下属对着干怎么办

看过轮船之后，左宗棠当晚又马不停蹄赶回大营，继续提军前行。

这时，太平军余部在李世贤、汪海洋等人率领下，由江西转入福建，并很快占领了漳州、龙岩、南靖、平和及长汀、连城、上杭交界之南阳、新泉一带，把福建全境闹了个面目全非。

左宗棠气得牙根发痒，一面下发紧急文件，命令在福建的各路官军征剿，一面上奏朝廷，请留老湘军刘松山部四十营二万人在福建助剿。

朝廷收到左宗棠的奏请，知道福建省兵力单薄，只得照准。曾国藩知道左宗棠的良苦用心，他为了能把刘松山及所部兵勇长期留在左宗棠的身边，于是也上奏朝廷，提出："恳请格外天恩，也为左宗棠调派便当，能否将刘松山所部改隶楚军建制？"

朝廷见到曾国藩的折子，急忙下旨征询左宗棠的意见。左宗棠接到圣旨，不敢贸然上折，写信和刘松山商量。刘松山很快回函，不同意易旗，坚持使用湘军旗号。

刘松山短短的几句话，左宗棠读出了两行热泪，他掩信叹道："做人当如刘寿卿！从一而终，真大丈夫也！"

左宗棠督军行至福建浦城的当天，突然接到刘典从江西发来的快信，告知自己即将离营回老家，为过世的母亲守孝。

左宗棠接信不由一愣，暗道："福建战事正是棘手之时，刘典即将率军进入福建，若此时回籍，如何得了啊！"

左宗棠连夜派员赶往江西，给刘典送奠仪及挽留书信一封，接着又起草奏折，恳留刘典帮办军务，并密保杨昌浚出任浙江臬司。

奏折发走后，左宗棠又给杨昌浚写了一封加急信，告诉他自己已经推荐他担任浙江按察使。杨昌浚见信大喜，殊不知，当浙江巡抚马新贻得知按察使刘典丁母忧的消息后，马上向朝廷保举自己的随员高卿培，出任浙江按察使员；马新贻的折子整整比左宗棠的折子提前三天拜发。

二十几天后，圣旨分别下到杭州、左宗棠大营、江西刘典大营。圣旨同意刘典离职，以二品顶戴的身份去福建帮办军务；浙江按察使则让高卿培担任。

刘典接旨之后很快率军进入福建，不几日即到达宁化，会同赣勇王德榜所部，趁机收复龙岩。

左宗棠接旨之后愣了许久，怀疑是马新贻在捣鬼，却也无可奈何，只好给杨昌浚写信，说明原因。杨昌浚为此生了好多天的闷气。

马新贻不把左宗棠放在眼里，自有他的一番想法。若无自已的路子，他是无论如何也不敢背着左宗棠单独上折的。

马新贻从同治元年至三年这段时间里，几乎是一年一个台阶，官运顺得已不能再顺。马新贻既非湘系也非淮系，又不是楚系，他何以能如此平步青云呢？原来，他进京会试前，便牢记“朝中有人好做官”的古训，曾拜大学士户部尚书祁寯藻为师，当年会试，大主考放的又恰是大学士潘世恩。考罢，他又成了潘世恩的座下门生。经祁寯藻介绍，得识时任翰林院编修的宝鋆，更是门路大开。

马新贻到安徽为官后，每年都打发人进京一至两趟，去看望两位恩师以及宝鋆等人，从未间断过。同治元年（公元1862年），宝鋆成了当红大臣，在军机大臣上行走，并担任总理各国事务衙门大臣，不久升为户部尚书。马新贻与他来往更加密切，每年都有十几万两的银子送进京师宝鋆府。宝鋆感恩，于是便力保马新贻。马新贻想不红都不行了。

试想，马新贻有宝鋆这样的朝廷重臣在背后撑腰，他又怎会把一榜出身的左宗棠放在眼里呢？杨昌浚等人自然也就更不放在眼里。

左宗棠率军抵达延平时，已经是岁底，天寒地冻，新年将至，进福建的各路官军渐渐增多，粮饷开始跟不上。

左宗棠在延平大营，一面派员分赴各省劝捐，一面给杭州下发文件，命马新贻急运粮饷救急。此时，捻军[①]与西北太平军余部会合，推太平天国遵王赖文光为首领，仍采用太平天国兵制、兵法，易步为骑，开始在豫、鄂、安徽、鲁等省流动作战，声势颇大。

朝廷原调蒙古科尔沁亲王僧格林沁所部铁骑与捻军作战，不久又

①最初安徽、河南一带有游民捏纸，将油脂点燃，烧掉油捻纸，用来驱除疾病、灾难，后来逐渐发展成反清武装势力，活跃在北方一带。

从黑龙江、吉林两地征调多路马队参战。福建省战事未息，捻军势力又起，朝廷一时手忙脚乱，顾此失彼。

眼见朝廷无法从各省调拨更多的济饷给福建，左宗棠除了向浙江催调外，也只能向两江总督曾国藩、江苏巡抚李鸿章、江西巡抚沈葆桢求援。曾国藩紧急为福建助运了二十万两白银与十万石粮食，李鸿章为左宗棠运送了五万两白银及一万石粮食。江西比较贫瘠，沈葆桢原本无银可助，但他收到左宗棠求救信后，还是咬牙让藩台把全省仅有的四万两白银拨付了过去。

浙江是福建浙总督所辖的省份，照理，总督衙门派过来多少饷粮数额，巡抚衙门都该照拨才对，但马新贻一两银子、一石粮食也无。

浙江布政使蒋益澧收到左宗棠的信后，连夜便来见马新贻，请调军押运粮饷入福建。

马新贻原本已收到左宗棠的咨文，但他偏偏装作不知道的样子，把蒋益澧递过来的信看了看，打着官腔道："爵帅这件事还要打个商量。老弟知道，爵帅离任前，就有修筑海塘之议。现在，全省上下正在做这件事情。还有钱漕一项，全省刚刚平定，回迁百姓只是暂时安定了下来。今年收成又差，眼见放出去的籽种和款子是收不回来了。本部院上日刚奏请户部请减杭、嘉、湖、金、衢、严、处等七府浮收钱漕，又要复兴各府、县书院，这也要一大笔款子。如此算来，我们不筹到二百万两银子，是办不完这些事的。"

蒋益澧忙道："抚台容禀，爵帅离任时，已经给库里留了八十万两的银子，粮食也还存有二十万石。司里想，如今军务紧急，不妨先从库里提取五十万两拨给爵帅应急。粮食呢，运送过去十五万石也该不成问题。司里办完这些呢，再想办法去筹些款子，让各省再救济一些饷粮，我们的事情也就可以办了！"

马新贻拉下脸道："老弟此言差矣。爵帅走时的确给库里留了些银子和粮食，但他老给省里留了个永远也填不平的大窟窿也是真的。他老好名太过，有时就不知死活。有些事，本部院不好当面驳他，但本部院却是要同上头讲清的。"

蒋益澧惊道："抚台何出此言？司里怎么越听越糊涂？"

马新贻冷笑道："他走便走了，却偏偏在杭州弄了个不清不混的造船局子，又不说是省里的呢还是总督衙门的，弄了一帮子人气不通的法国人，在那里鼓捣，月月来向本部院黑着眼睛要禄金，还说是爵帅答应过的。尤其是那个日意格和德克碑，最让人讨厌不过，每次到衙门来见本部院，稍不如意，不是拍桌子，就是把眼睛瞪得跟灯笼那么大。照这么干下去，我们省什么时候才能熬出个头儿呢？

“老弟，爵帅的事，缓办吧。上头既放本部院来做浙江巡抚，本部院凡事就要多替浙江想想。老弟你呢，是浙江藩台，落眼点自然也该是浙江才对。本部院已让人知会了盐政衙门的杨石泉，浙省的盐丁，是一文也不能乱用的。”

蒋益澧被马新贻一顿话，说得低头沉吟了半晌，有心想争上几句，又怕惹急了马新贻以后不好共事，表面上只有点头称是。下来后，蒋益澧乘轿到盐政衙门来找杨昌浚想办法。

两个人思谋了大半天，仍无一点办法好想，只好各自给左宗棠复信，据实言明情况算是交差。

左宗棠一见到蒋、杨二人快马递来的信件，气得大骂：“马榖山这个狗东西，真是反了！他竟然连本部堂的话都敢不听！这样的巡抚若不好好参他一本，还要王法做什么呢？”他骂完之后，当即便把随营的起稿师爷传了过来，大声吩咐道：“你马上起奏一篇参劾马榖山的奏稿，本部堂要和他到朝廷那里去打官司！”

师爷急忙答应一声，随后问道：“请爵帅示下，您要参劾马榖山什么呢？”

左宗棠气哼哼地道：“就参他抗命不遵吧。本部堂粮饷吃紧，已紧急传命于他，让他速拨粮饷若干到军前应急，他竟理都不理！这还了得吗？”话毕，又把蒋益澧、杨昌浚的来信递给师爷，很郁闷地说：“这是蒋乡泉与杨石泉给本部堂发来的快信，你看一下就起稿吧。”

师爷接过信，细细地看了一下，小心道：“大人，这马榖山违抗宪命，好像也是情有可原的，何况，朝廷已经准了他修筑海塘的奏请。设若他当真又奏减杭、嘉、湖、金、衢、严、处七府浮收钱漕，库里不仅没有多余的银子，恐怕还须外筹一些才能应付下来呀。卑职以为，这参劾折子呀，大人不妨等等再上吧。大人刚离开浙江就和巡抚闹意见，折子递上去后，朝廷会怎么想呢？”

左宗棠摸了一把胡子道："其实，你就是不讲这话，本部堂也认为这个参折上得有些勉强。可这个马穀山，本部堂不整治他一下，咽不下这口气呀！他马穀山若是福建浙总督也就罢了，他偏偏是浙江巡抚，而本部堂才是总督啊！"

师爷嘴上不说什么，心里暗道："现在的浙江抚台若是曾沅甫，就更有您老受的了！"

师爷下去后，左宗棠背着手来回踱步，苦思不得良策，只好给正在龙岩督战的刘典送信一封，让刘典速到延平商议事情。给刘典的信刚刚送出去，他又接到刘松山的来信。刘松山在信中称，所部在收复南阳的时候，缴获太平军屯粮五万石和白银一万余两。

左宗棠接信心稍安定。不久，曾国藩、李鸿章、沈葆桢所助饷银及粮食陆续运到。眼望着这些饷银和粮食，左宗棠泪流满面，泣不成声，不知该怎样感谢才好。

刘典把军务稍作布置，即带亲兵营飞马来见左宗棠。

刘典到时，正有军兵从车上往下搬运粮食，场面热闹。他见到左宗棠说的第一句话就是："哈哈！季高，这些粮食到得及时，您老是从哪儿化来的？"

左宗棠拉住刘典的手，红着眼睛说道："马穀山这个混蛋！他明知道前军各路人马缺饷断粮，却纹丝不动。若非涤生伸出援手，我们连个年都休想过去呀！我正在着人给各路人马分粮分饷，这一二天就能分拨妥当。克庵，龙岩怎么样？年前能不能收复？"

刘典说道："各营已断炊一日，眼下正靠宰马匹度饥。我离营时还在想，若粮食仍无着落，兵勇非哗变不可。"

左宗棠道："寿卿在南阳得到了长毛的五万石粮食，我已派快马过去，让他紧急给你拨两万石过去。若不出意外，今儿个就能送到。克庵，我做梦都没想到，涤生还像从前那样待我！"

提到曾国藩，刘典不由叹口气道："曾爵相与您交往颇深，他是知道您老为人的，但曾老九恐怕就不是从前的曾老九了。您老可能还不知道，他离开江宁时，已在人前发下重誓说，除非左季高拜相，否则他就不再与您老来往！他是真生您老的气了！"

左宗棠苦笑道："他说的这些话我也听到了。这个曾老九啊，他明知道我大清一榜出身是不拜相的，他故意这么说，无非就是想和我绝交罢了。左季高的苦处曾涤生知道，可他曾老九怎么知道啊！好了，不说这些了。我把你紧急从龙岩召来，是要和你商议一下眼下的局势。”

左宗棠话毕，传人摆上福建省份图，便指指点点地说起来。刘典返回龙岩的当日，龙岩攻克，太平军败走新泉。刘典挥师猛追，一鼓作气攻下新泉。在新泉稍事休整，刘典提军向浮州进逼。

发财的绝佳机会

刘典攻克新泉的同时，左宗棠与刘松山正在包围漳州。

漳州现是太平天国侍王李世贤的王府所在地，此处屯兵五万，离城十里便设哨卡，城内又屯有大批的粮食、枪械等物。侍王府和从前金陵城里的天王府一样巍峨壮观、金碧辉煌，里面不仅囤积了无数的金银宝物，还住有一千余名女人。

这些女人都是李世贤的部下从各地抢掠来的，交由广西的大脚蛮婆看管，李世贤想摧残哪个，哪个便被大脚蛮婆剥光了衣服，抬进李世贤的寝宫里。进了寝宫就是进了阎罗宝殿，往里抬的时候又哭又闹，出来之后都跟面条一样，声息皆无，只好由大脚蛮婆拉到王府外面埋掉。

早在左宗棠、刘松山二军到达前，福州将军英桂率所部旗营，会同福建巡抚徐宗幹的抚标六营，屯扎在离城五十里的地方，但因太平军人多势众，二人不敢硬攻。

英、徐二军与漳州城外的太平军整整隔河相望了十几天，谁也没有发起攻击。在两军对峙期间，英国驻福州领事柏威林（Burrell），三次驾坐小夹舨船，打着办公事的旗号，过河登岸进入漳州城内。

漳州河面原有福州水师船只往来巡视，但英领事视若不见。水师提督曾玉明得知消息后，亲自带船将柏威林所乘舨船拦截，柏威林却对曾玉明大喊大叫：“我进漳州有公事要办，你不要拦我！”

曾玉明急忙派人向巡抚徐宗幹禀报情况。柏威林却趁这空当，命令舨船绕开水师船只，箭一般地驶向对岸。徐宗幹怕受牵连，急忙联合英桂向左宗棠禀报。

对英国人明里暗里与太平军勾结的事，左宗棠早有所闻，但像柏威林这样明目张胆的，左宗棠还是第一次遇见。他因为尚未与曾玉明等人谋面，不敢马上向总理衙门禀报，何况，当真要禀报总理衙门时，他也要提前与李鸿章、英桂、徐宗幹、曾玉明等人计议出个方法来才好。

左宗棠到漳州的当日，便与英桂、徐宗幹、刘松山、曾玉明等人会在一处，商议攻取漳州的事。

漳州是继江宁之后的最后一座大型城池，守城的太平军也是目前几支太平军中最大的一支。左宗棠决定采用曾国荃攻取江宁的办法，使用长困久围之计，力争全歼守军，将李世贤以下一干人众一网打尽，以防窜扰邻省，或进入陕甘，成尾大不掉之势。

左宗棠分檄在福建的各路人马，从不同方向往漳州靠近，形成合围之势。李世贤看出左宗棠的策略，于是决定趁清军尚未形成合围之前突围。突围的前一天，李世贤将府里的女人全部干掉，只带了少许的亲兵，悄悄藏进英国驻福州领事柏威林的船上，由柏威林将其先期送出城去。金银财宝因为太多，除送给柏威林一些外，都未带走。

左宗棠突见由漳州城开出一只汽轮船，船头插着英国的旗号，便命福建水师营迎头拦截，以防李世贤逃跑。

曾玉明领命，亲驾一艘兵舰来迎英国兵船。他站在船头喊话道："我家爵帅大人有命，请柏威林领事出来讲话。"

牛高马大的柏威林很快出现在船头，当先用手指着曾玉明呜哩哇啦了几句什么，随从赶紧翻译成华语："请转告你家爵帅大人，本领事出入漳州，是奉我国之命，来向李世贤讨要一笔老账。这是我大英帝国与太平天国之间的事，与总督衙门不相干。请转告左大人，李世贤在没有付账之前，请不要对漳州实行攻击。否则，我国便要向贵国的总理衙门交涉。请你们把船让开，领事先生要到永定塔去公干。"

曾玉明见英国人语气强硬，手里还都握着火枪，心头不由一颤，有心想带人到对方舱里去验看一番，又怕当真引出交涉事件。

曾玉明思忖了半晌，打发一名亲兵，乘了小船飞赴大营去给左宗棠报信。亲兵到了大营，把领事柏威林的话一一讲给左宗棠听。

左宗棠不听便罢，听了之后，两眼气得通红，他握拳大骂道："这些狗日的洋杂种，还敢对本部堂发号施令！本部堂拿的是大清国俸禄，却不是他英国的俸禄！柏威林不让本部堂攻城，本部堂偏要攻给他看！总理衙门怕他英国，本部堂偏不怕他！”随后高喝一声：“来人，传命下去，架炮轰城！”

一时间，上百门开花大炮，在漳州的周围轰鸣起来，声震环宇，使得漳州城的上空一片硝烟，仿佛起了大雾。大炮过后，左宗棠正要组织云梯攻城，漳州城的北门却忽然洞开，大队太平军将士杀了出来。太平军决定弃城突围了。

因是弃城突围，太平军此次伤亡极其惨重，五万余众，竟被截杀四万余人，只有几百人杀了出去，按着李世贤事先的吩咐，奔向永定塔方向。

左宗棠传命各军奋力追击，又将永定塔趁势收复，李世贤只带了两名亲随趁着夜色，一路奔逃进广东镇平的汪海洋军营。

汪海洋是安徽全椒人，是太平天国翼王石达开的部将，因作战勇猛，颇得石达开器重。咸丰六年（公元1856年），太平天国发生内讧，北王韦昌辉杀死东王杨秀清又欲杀石达开。

石达开于是携汪海洋缒城逃走。后石达开率部回江宁讨伐韦昌辉，成功，奉洪秀全命在江宁辅政，汪海洋亦得宠。咸丰七年，石达开因受洪秀全猜疑，同汪海洋率部二十余万人马离江宁出走。

咸丰十年，汪海洋见石势孤，遂与石决裂，率部自广西返回，于次年投到忠王李秀成的麾下。同治元年（公元1862年），汪海洋因功封康天义，次年升朝将，洪秀全临死前又封其为康王（有人说是汪海洋自封）。汪海洋此时尚有部众五万余人，现正在镇平大兴土木，为自己建造康王府，也要辉煌一把。

李世贤到后，先是对汪海洋按兵不动说了几句不满的话，又对汪海洋建造王府一事提出异议。汪海洋全不理会，每日只是让士卒捧了好酒好菜与李世贤享用，又打发身边的一名丫环来为其侍寝，供其泄欲。

这一天，汪海洋亲自来陪李世贤喝酒，一直把李世贤喝成不醒人事后才罢休。汪海洋让人把李世贤装进麻袋里，笑着吩咐道：“天王昨儿夜里托梦来了，他想见侍王一面。”汪海洋话毕，便命人将李世贤抬到城外预先挖好的一个深坑里埋掉，然后继续建造康王府。侍王从此变成了死王。李世贤自己恐怕都没有想到会是这种下场。

福建巡抚徐宗幹先期挥军进入漳州城中，一边清剿太平军未及退出城的兵勇，一边就张贴告示，出榜安民，整整忙乱了五天，才请左宗棠进入城中心的侍王府居住。

侍王府已经打扫干净，墙壁上的猴子画图已被细细铲除，没有铲除的，也都刷成了白色。女人的尸体也被拉出城去掩埋掉。左宗棠进漳州的当夜，刘松山率军收复南靖。

在漳州，左宗棠收到京递官报，得知曾国藩已交卸两江总督关防，加钦差大臣衔，督办直隶、山东、河南三省军务，开始大规模围剿捻军；加江苏巡抚李鸿章兵部尚书衔驰赴江宁署理两江总督；丁日昌暂时署理江苏巡抚。

眼望着官报上刻印的圣谕，左宗棠口里虽不说什么，心里想的却是："不将涤生累死，朝廷是不肯罢休啊！"

左宗棠随后又有些替曾国藩担心："湘军已裁遣八九，'剿捻'主要依靠李鸿章的淮军以及各路绿、旗各营，这些人马均非涤生旧部，涤生如何能调遣得动啊！"思虑再三，左宗棠飞檄刘松山，让刘松山率所部离福建，飞赴钦差大臣曾国藩大营听曾国藩调遣。左宗棠是决定要在最关键的时候，帮曾国藩一把了。

刘松山接命之后自是大喜，稍事筹备，即拔营起程，率所部全部人马向曾国藩报到去了。

刘松山走后不久，左宗棠收到署两江总督李鸿章的信，知道曾国藩、李鸿章创设的上海江南制造总局已被朝廷允准，现已开工生产。左宗棠阅信大喜，抚须叹道："我大清总算也有了自己的机器制造局！"

这时，候补道胡雪岩，与福州税务司美里登（Méritens Baron de），来到漳州面见左宗棠。

胡雪岩奉命先期护送左宗棠的家小到福州福建浙总督衙门后，很快便与税务司美里登会在一处。

常捷军被裁遣后，美里登一直在寻找发财的途径，只是苦于左宗棠一直未到任所视事，而巡抚徐宗幹又是个凡事不肯做主的人。

胡雪岩恰在此时来到福州，这不仅让美里登心头一喜，也让他马上想到了一条发财的道路。

两个人玩了几天后，美里登见机会成熟，便笑嘻嘻向胡雪岩建议：“福州江面常有枪械精良的太平军出没，总督抵任后甚不安全，可否仿常捷军机制，在福州也建起一支队伍，招募洋人入伍，购买洋枪洋炮洋船装备。太平军定不敢再在福州江面出入矣！”美里登说得神乎其神。

胡雪岩以为可行，但他很快又提出，现在总督衙门正是财力支绌之时，浙江巡抚马新贻又处处和左爵帅掣肘，美里登此议恐不能被左爵帅照准。

胡雪岩说的是实情，但美里登眼珠一转道：“大人此言差矣。大人可知，长毛手中之精良枪械，是由哪国提供的吗？全是英国人提供的。英国驻福州的领事柏威林，已经不止一次地回国去为李世贤采购枪炮。如果我们不及早建起一支更优良的军队，是不能将长毛逐出福州江面的。鄙人实在是为大清国好啊！”

胡雪岩答道：“税务司美大人容禀，设立军队需要教官，需要到国外去采购洋枪洋炮，这就需要一大笔银子。这笔银子总督衙门是筹措不来的，本官也无计可施。”

美里登却振振有词道：“银子不成问题，鄙人可以出面到我国的银行去借，只要贵国肯出利息就行了。教官也可以由我们法国承担，只要贵国肯出些薪金就行了。怎么样胡大人，我们合作吧？鄙人可以保证，在最短的时间内，把精良的枪械船炮采运回来，肯定不误事！”

一听到能借到洋款，胡雪岩心动了，他也不想放过这次发财的绝佳机会。以前为左宗棠借款，他已经亏了一些，他觉得该是他得到回报的时候了。胡雪岩决定静下心来与美里登商议此事。

不久，美里登又接到左宗棠发来的咨文一道，查问英国驻福州领事柏威林，暗中勾结李世贤的事是否属实。

美里登接到左宗棠的咨文后当即大喜，认为离间英国与左宗棠之间关系的时候已到，便马上传文书官用中法两国文字给左宗棠回函一封，称：“柏威林暗通李世贤等事确有其事，实属无礼。”

美里登套用了一句中国的老话，说柏威林此举是首鼠两端。美里登最后建议左宗棠：“上奏总理衙门，由总理衙门出面与英国驻华公使卜鲁斯交涉，将柏威林召回，另换新领事，英国不敢不答应。”

为了此次组建军队能使法国独享其权，美里登在左宗棠克复漳州的第二天，又向胡雪岩提出建议，他想亲自走一趟漳州，面见总督左爵帅，一为当面汇报英国驻福州领事柏威林通敌的劣迹，一想亲自向总督大人陈说在福州组建洋枪队的种种好处。

胡雪岩也以为面见左宗棠的时机已到，便一口允诺。

两人于是各自带上自己的随行员弁，单调了税务司的一只大兵船，顺风开足马力向漳州行来。

为防太平军在江面袭扰，老谋深算的美里登，特从税务司衙门翻找出一面法国国旗挂在船头，以示身份。

捞取好处费

到漳州的当天，胡雪岩先将美里登等人安排进一家官栈住下，他自己先去面见左宗棠。

礼毕，左宗棠单把胡雪岩请进签押房里喝茶，又说了许多勉励的话，然后才道："本部堂已奏请上头，着老弟随本部堂人福建。上头已赏老弟按察使衔福州补用道。福建省军务将定，本部堂当寻个机会给老弟补个实缺，让老弟好好施展一下才华。"

胡雪岩忙道："司里能在爵帅身边伺候，已是心满意足，爵帅想赏司里个实缺，司里却是想也没敢想过。"

左宗棠抚须笑道："雪岩哪，本部堂果然没有看错。本部堂募勇入浙不久，你就到军营效力，为本部堂做了许多事情，却从不言功。你越这么做，本部堂越要高看于你。本部堂听说，你此次来漳州，船头上插的是法国人的旗帜，可是真的？"

胡雪岩老老实实地回答："回爵帅的话，司里此次来漳，乘坐的是福州税务司美里登的兵船，船头于是插了法国人的旗帜。"

左宗棠一愣，反问一句："莫非美里登也来了漳州？"

胡雪岩马上答道："回爵帅话，美里登的确是同司里一同乘船来到漳州的。司里奉命到福州后，不多几日，美里登便到衙门拜访司里，同司里讲了许多仰慕爵帅的话，又和司里谈了许多英国领事柏威林等人，为李世贤偷购枪炮的事。得知司里要来漳州，这个美里登便主动提供兵船，要同司里一同来漳州拜见爵帅。司里同美里登交往颇久，得知此人比较友善，对我大清没有二心，便同意了他的请求。美里登现在已被司里安排进官栈歇息，只等爵帅传唤。"

左宗棠想了想道："英国人私通长毛的事，本部堂早有所闻，也告诫过李少荃爵帅和总理衙门，美里登也专文禀复过。柏威林暗通长毛这件事，本部堂是一定要奏明总理衙门的。雪岩哪，你有没有问过美里登，他此来漳州，是否还有其他的事？"

胡雪岩小声答道："禀爵帅知道，行前，美里登提议，想仿常捷军机制，在福州设一支洋枪队。司里考虑到事关重大，何况洋人又都是唯利是图之辈，便未敢贸然答应。美里登却再三恳求不止，又答应出面与商行借洋款，美里登还说，现在在福州江面上横行的长毛船只，均系英国人帮助从外洋购得，无不精良，枪械也比官军强上几倍。

“若想将李世贤股匪彻底荡平，非有一支洋枪队不可。爵帅，常捷军刚解散不久，您以为美里登所议可行吗？”

左宗棠皱起眉头想了想，说道：“雪岩哪，你不要小看这个美里登，他还真有些头脑。他适才说的这些呀，都是实情，英国人为李世贤购置的枪械船炮，的确胜我几倍。此次克复漳州，若非长毛主动突围，我各路官军除却长围久困，还真不敢硬攻，他们枪械精良啊！”

胡雪岩尚未讲话，有亲兵进来禀报，说日意格与德克碑，已带着所有造船的匠师来到漳州，现在正在辕门外候着，要求见爵帅。

左宗棠闻言一愣，不由对着胡雪岩说了一句：“他们两个怎么也来了这里？不会是浙江有了什么事吧？”

胡雪岩也一脸茫然地说道：“他们这个时候来漳州求见爵帅，要干什么呢？”

日意格、德克碑及所有中、西两国匠师，是被马新贻生生赶出杭州的。左宗棠入福建不久，马新贻便将日意格等人试造出的第一艘汽轮船，调拨给抚标营使用，然后便让蒋益澧逐月削减日意格等人的薪金，中国匠师则干脆停发薪银，以粮抵薪。

日意格与德克碑自然不满，两个人到巡抚衙门狠闹了一通后，马新贻怕把事情闹大不好收场，只好又答应仍按原议薪金付给，但对向外洋购买原材料一事，却一文银也不肯出，只推托说须向总理衙门禀复后才能定议。

法国人原本是想通过试造汽轮船成功之后，要向左宗棠建议设立造船厂的，哪知道马新贻却百般阻挠此事。

为此事，日意格函告过法国驻华公使柏尔德密，柏尔德密也给浙江巡抚衙门发了公函询问此事，马新贻只是不理。

马新贻以为，造船不如购船省费，他不想把银子消耗在这上头。为此，他还专门给朝廷上道折子，极力否定左宗棠所坚持的造船乃强国之本的说法。

日意格已看出马新贻并不热衷于他正在做的事情，他与德克碑反复商量后，认为在杭州住下去已无实际意义，不如径赶漳州来见左宗棠，说不定左宗棠一高兴，把他们留在漳州继续试造汽轮船也未可知。

左宗棠传见日意格、德克碑的时候，口里并不对马新贻表露出半点不满。大清国的事情需要大清国自己来解决，左宗棠不想让外国人知道太多的有关大清国的内幕情况。

左宗棠只是对日意格等人劝慰一番后，便让胡雪岩把他们就近安排进客栈住下，然后又把胡雪岩再次传进签押房，继续喝茶谈话。

左宗棠见过日意格等人，在得知日意格已经寻找出杭州所造汽轮船行驶不快的原因后，他的头脑中忽然在一瞬间生出了一个想法：他想就着美里登答应出面筹借洋款的机会，在福州设立一座造船局。他把胡雪岩传进签押房，就是要谈这件事情。

左宗棠抚须说道："雪岩哪，上海机器制造总局已被朝廷允准了。少荃爵帅来信同本部堂讲，这是一件创亘古未有之局，行从来未行之事。该局光洋匠师就用了一百几十人，我国工匠也有五百余人，做工者更是热闹，竟达五千余人！涤生爵相也给本部堂来了信，称我大清有了这个上海机器制造总局后，以后的洋枪洋炮甚至小型的洋船，就不用再到西国去采购了！这件事做得好啊！涤生和少荃都是大功臣哪！"

胡雪岩答道："爵帅所论极是，曾爵相与李爵帅，能在上海设立如此规模的超大型制造局，的确是我大清子孙万代之福啊！"

左宗棠接口又说道："据少荃爵帅同本部堂在信中讲，设立此局，光先期投入就已达一百万两白银！以后所需银两更多。可少荃爵帅还不满足啊，他刚到两江任所，就又开始筹划金陵机器制造局的事，想来也该差不多了。少荃是通商大臣，结识的洋人多，筹借款子的路子也多。雪岩你说，如果我们也在福州设立一个制船局，结果会是怎样的呢？那个美里登，能不能帮着借到洋款？"

胡雪岩答道："大人，您有没有估算过，若设立船局，先期需多少经费？一百万两够不够？"

左宗棠笑道："哪用得了这么多！起屋设厂房，有十几万两也就够了。派人赴西国去采购造船所需机器，这笔款子大概也就二十几万两。还有材料费、匠师工费，总共算起来，有五十万两也就够了。以后用银呢？可从洋关税里出一些，不足部分呢？设厘局补充。本部堂先期能借五十万两便能设局，这笔款子可拿海关税抵押，大概一年就能还上。美里登想在福州募练洋枪队的事，大概有二十万两就能办妥帖。洋枪队以后的用款哪，可从厘局里出。本部堂计议已定，洋枪队是好事，但不能走常捷军和常胜军的老路。教练可以由法国武官任领，但领队与兵勇，却不能招募洋人。第一期可先从福州当地招募两千人，如果有成效，可再扩成三千人。该勇练成后，可划归督标军行列，西人不准调遣。”

胡雪岩犹豫了一下说道：“爵帅，照您老所议，恐怕美里登不会同意。依司里看他的意思，他要组建洋枪队，就是想像日意格那样，起码做个副领队。”

左宗棠笑道：“雪岩啊，洋人都是图利的，他想做个副领队，其实也不过是想得一份俸禄而已。这件事啊，他若办成，我们可以给他些好处。至于任不任副领队，他不会太在意的，关键是有没有好处。就说日意格和德克碑吧，当初热心地帮着史致谔筹措常捷军，不过是想得些好处。后来我们要裁遣该军，他二人就死活不同意，把柏尔德密这个老洋犊子都惊动了。那几日把史致谔愁得呀，头发一天天变白。

“后来呢？本部堂决定把他二人请进巡抚衙门，帮着试造汽轮船，两个人就再不过问常捷军的事了。因为他们见到好处了。他们这些洋人，撇家舍业来到我大清国，图什么呀？还不是想捞取好处费吗？雪岩哪，西国的有些东西我们想学，怎么办呢？就要给他们些好处，这样他们才肯让我们学。学这些东西干什么呢？为了不再受他们的欺侮，为了国富民强。

“涤生相国一到安庆，便让容闳和丁日昌在安庆设了个枪械所，当初那个难哪，真是一言难尽；费银之巨，更是让人心疼。但涤生相国却硬是扛着压力，把这个枪械所办下来了。你可能还不知道，现在各省绿营兵勇所使用的枪炮，有些就是安庆枪械所造出来的。你如果不信，就留意一下，十支洋枪里，准保有二到三支，打有安庆的印记。如果没有这个安庆枪械所，涤生相国和少荃爵帅，敢创立现在的上海江南制造总局吗？要学人家的长处，就不能心浮气躁，要一步步来，还要舍得花银子。不这样，就永远被动挨打，就永远在洋人面前矮三分！”

胡雪岩沉吟道：“爵帅容禀，如果爵帅决意在福州设一船局，这笔款子又不是很巨大，就算美里登不肯自己出面去找洋行，若由司里出面去和洋行商借，估计也能成功。司里大胆以为，设船局和招募洋枪队，大人可以分三步走。第一步呢，先让日意格和德克碑，带着匠师们到福州去找地皮，美里登呢，可以给他下个札委，让他回福州就着手招募洋枪队和商借洋款的事，大人可以同时委派几名候补道，一同随美里登办理这件事。设船局的用款呢，大人可以委派我们自己的人到上海去办，也可以就近请求少荃爵帅或丁日昌代办一下。大人以为怎么样呢？”

左宗棠哈哈笑道：“老弟说的不错，也有道理。不过，到上海这件事，本部堂一客不烦二主，就还由老弟来办吧。老弟通晓商人性情，又久与洋人来往，这件事交老弟来办，是最好不过的了。借款呢，就以五十万两为度，拿海关税做抵押。利息呢，仍照上次借款的样子办理。还款时间呢，就以一年为准吧。”

胡雪岩低头想了想，又道：“大人容禀，还有一件事，司里要事先同大人说明白。司里到上海后，势必还要去找英国人办的那家东亚银公司，若英国知道借款的用途后，也提出帮着我们办些事情，司里可怎么回答呢？”

左宗棠抚须点了一下头，说道：“雪岩哪，你所虑甚是。但英国人性情诡诈，恃强凌弱，最是野蛮不过。对英国人，少荃爵帅信他们，本部堂却是不信他们。本部堂以为，英人与法人相比，还是法人善良些。我大清国的好处，本部堂宁可给法人，也不能给英人，英人从我大清瓜分的已经够多了！他们该知足了！本部堂已立定主意，以后啊，不管我福建浙有什么事，都不许英人掺和。雪岩，本部堂的话你明白了吧？”

胡雪岩答道：“爵帅的话司里已是听得明明白白，司里照爵帅吩咐的去做就是了。大人，您准备什么时候见美里登呢？司里适才听说，他在官栈里急得到处乱骂人，仿佛疯了一样，还砸东西。”

左宗棠叹道：“这些洋人哪，性子都是烈的，从来不会容忍。也难怪他们都这样，他们毕竟没有读过圣人书啊！你让他过来吧。本部堂和他谈过，他就不会再骂人了。”

官场马屁的最高境界

傍晚时分，税务司美里登终于走进了设在漳州的临时总督衙门。

行前，美里登已从胡雪岩的口中得知，左爵帅是个爱听奉承话的总督，不管什么话，他老人家是只准别人顺着他说，不准拗着劲讲。还有一点胡雪岩也特意交代给美里登，左爵帅喜欢人讲文韬武略，而不爱听人讲什么一榜两榜。

胡雪岩讲过的话，美里登都牢牢地记在心里，他偏偏又是个最会见风使舵的人，见过左宗棠之后，原本已经施过大礼，他却又再次走到官厅中央，对着左宗棠来了个双膝跪倒，还砰砰砰磕了三个响头，口里跟着嘟囔了一句什么。翻译见左宗棠发愣，不得不起身走过来说道："爵帅，我家美里登先生说，他非常崇拜爵帅，他想拜爵帅为师，他现在是在给爵帅叩头行拜师礼。"

左宗棠愈发吃惊，忙道："通事，你快把他扶起来。他这个头，本部堂是不能受的。"翻译把话对美里登一说，美里登马上便爬起身来。

归座后，左宗棠说道："美里登啊，你要办的事，雪岩已经同本部堂讲了。这是件好事情，本部堂很感激你。不过哪，这件事你先不要急着去办，等本部堂到了福州之后，我们再商议。这件事啊，本部堂一个人说了不算，要征得总理衙门同意，还要奏请我家皇上和皇太后允准。我大清的有些事啊，比不得你们法国，办起来是很麻烦的。美里登啊，本部堂的话，你听明白了吗？"

美里登一字一句地把翻译的话听完，不由瞪大眼睛问道："恩师，您什么时候回福州啊？鄙人这次来漳州，就是拿札委的。只要鄙人拿到札委，不管您老到不到福州，鄙人都会把洋枪队建起来。还有款子，鄙人可以找银行去借，只要贵国出些利息就可以了。鄙人办事的成效是很高的。"

左宗棠笑道："美里登啊，你呀，还是改改口吧。你口里的这个恩师啊，本部堂担当不起。你呀，可以先回福州去好好办差，等本部堂到了福州之后啊，自会传唤于你，你要学会耐心等待。你以后啊，不要动不动就乱骂人，听说你还爱砸东西，这样有伤和气。”

美里登听了这话，忽然两手一摊，愁眉苦脸道：“您这话鄙人听得好糊涂，鄙人没有骂过人哪，也没有砸过东西呀！是了，一定是柏威林这个混蛋捣的鬼！这个混蛋，在背后讲了鄙人许多坏话，鄙人回福州后，一定去和他理论！”

左宗棠摆摆手道：“你不要说了。柏威林私通长毛这件事啊，本部堂是不会就此罢休的。本部堂不仅要奏明皇上，还要建议总理衙门，去与英国公使卜鲁士交涉，要让英国重新为福州委派个新领事过来。柏威林见利忘义去通匪，而你美里登却敢揭发他，这件事啊，本部堂也要奏明朝廷为你请功。你下去后，就回福州吧，税务司事繁，你又是正印官，离任太久怎么行呢？本部堂这里还有些事情要办，办完以后呢，自然就要到福州去。”左宗棠话毕，顺手端起茶杯。

美里登无奈，只好起身再次施了大礼，不得不走出去。

胡雪岩一直躲在外面听里面的动静，见美里登进去没多一会儿便走出来，他急忙求见左宗棠想知道结果。

左宗棠却苦笑着对胡雪岩说道：“雪岩哪，美里登这个法国人哪，本部堂看他脑子好像不大对劲。现在看哪，你当初没有答应他招募洋枪队的请求是对的。”

胡雪岩大惊失色道：“爵帅何出此言？司里怎么越听越糊涂？”

左宗棠抚须说道：“美里登一进来呀，就对着本部堂行了大礼，这自然没得话说。他是四品知府衔，本部堂是一品顶戴，他原该行大礼的。但他行过礼之后呢，本部堂要同他讲话，他却又一个人走到前面，两腿一跪，冲着本部堂砰砰砰磕起头来，口里还说什么崇拜本部堂，要拜本部堂为师，这就让本部堂不解了。他美里登一句大清的话不会说，一本圣人的书没有读过，竟然要拜本部堂为师，这不是天大的笑话吗？

“看样子，洋枪队的事，不仅不能再委他去办，连他现在的这个税务司，本部堂也要函告总理衙门和李少荃，建议开缺。他这种脑袋，在税务司任上久了，非闹出事故来不可。这个赫德呀，他怎么也不访查清楚，就委派美里登到福州就任税务司呢？雪岩哪，你这次去上海，如果见到总税务司赫德，你就告诉他，福州税务司美里登，这个人的脑子有些不对劲，让他访查访查后，换个脑子清醒的人过来。税务是我大清国的命脉，办事的人糊里糊涂怎么能行呢？”

胡雪岩一边听左宗棠讲话，一边在心里暗自叫苦不迭，却又无法替美里登辩解。

下来后，胡雪岩直接来见美里登，美里登正在官栈里跳着脚骂人。

一见美里登，胡雪岩埋怨着说道：“美大人，本官原本已和爵帅谈得妥妥的，怎么你一去见他，事情竟变成了这样？你来漳州是要谈公事，你拜的是哪门子师傅啊？”

美里登瞪大眼睛说道：“这都是按你的意思办的呀，你告诉鄙人，你家这个总督，是个吃软不吃硬的人。鄙人见了他，腿自然要软。何况，你们大清的一些官员都靠拜师互相拉拢，鄙人拜他为师怎么会错呢？鄙人拜他为师，不过是要讨他个高兴，按你们大清的话讲，鄙人不过是在拍他的马屁。千错万错，鄙人以为，这拍马屁是总不会错的。”

胡雪岩说道：“美大人，您老拍他的马屁，这固然不错，但您老不该去拍他的马腿。拍他的马屁，左爵帅自然很高兴，但您若去拍他的马腿，他老不仅不会高兴，还要扬起脚来踢您一下。他现在不同您议办招募洋枪队的事，分明就是踢了您一脚。”

美里登苦着脸道：“鄙人一心要拍他的马屁，谁会料到，他会反过脚来踢人。这个左宗棠，他真是太难捉摸了。胡大人，鄙人下一步该怎么办？鄙人是一定要从他的手里拿到札委的，否则鄙人就不回福州！”

胡雪岩见美里登使出一副无赖的样子，知道他的畜生脾气又犯了，不由劝道：“这件事呢，原本就是您美大人有错在先。您赖在这里不走，把他惹急了，一道咨文发到总税务司赫德那里，恐怕连您这个税务司都没得做了。美大人，您现在听本官一句劝，先回福州，容本官寻个机会再劝劝爵帅。

“如果劝得爵帅回心转意，您就给本官备上一份好处，如果劝不成呢，您也别太在意。总归一句话，您只要在福州做税务司，想捞些好处还是容易的。我家这位爵帅不同于别人，是个一心要干大事的人。他还有个脾气，受不得别人半点好处，若当真谁给他好处，他定要十倍、百倍地去还给人家。美大人您想，跟着这样一位总督，您哪有亏吃呢？”

美里登听了胡雪岩的话，火气登时小了不少，他说道：“胡大人说得对，鄙人回福州就是了。但胡大人，你还要告诉鄙人一件事情，你拍这位左爵帅的马屁，能拍得很准，可鄙人为什么，一拍就拍到他的马腿上了呢？你能把诀窍告诉鄙人吗？”

胡雪岩沉吟道：“美大人哪，拍马屁这件事啊，同你们西国制造火枪火炮一样，看着容易，想学却又是极难的，有个火候在里头。你们西国呀，靠船坚炮利和教会支撑局面。我们大清呢，靠得却是拍马屁混饭吃。我大清国衙门里的一般官员，都要学会去拍正印的马屁，正印官呢？则要学会去拍上宪的马屁。封疆大吏和朝廷大员怎么办呢？自然要学会去拍朝廷的马屁，否则就休想办成一件事。

“总归一句话，我大清的官员想发达，不学会拍马屁是不行的；我大清的商人不会拍马屁，也是发不了大财的。

“官场马屁的最高境界，不是一日两日便能学会的，要时时揣摩才行。本官曾经见过一个官员，一生不会拍马屁，到头来怎么样？回籍了！这人就叫史致谔，和曾相国是进士同年。曾相国都封侯拜相了，他还是个三品衔的宁绍台道！后来还是左爵帅可怜他，替他在朝廷那里说了不少的好话，朝廷才赏了他个以原品休致！您说可怜不可怜！”

美里登见胡雪岩越说越多，他却是越听越糊涂，临到最后，他仍在云里雾里。但不管怎样，美里登总算同意回福州了。胡雪岩的一番唇舌终归没有白费。

美里登走后，左宗棠便开始着手办理柏威林私通李世贤这件事情。

他先给通商大臣署两江总督李鸿章写了封密函，通报柏威林私通李世贤以及为李世贤买枪炮等事情经过，请李鸿章将柏威林的事情通报给总理衙门，然后左宗棠又给朝廷上了《请禁驻厦洋官私交发逆》一折。

左宗棠在折中先讲述了一下事情的经过，然后才写道：“查逆匪被剿穷蹙，勾串洋人，计图免脱，早在意计之中，迭饬在事文武严为防范。”折子接着才说出自己的意见：请总理衙门转告英国驻华公使，速将该国驻厦门领事柏威林撤任。左宗棠的原话是，“查各国驻口领事原以约束洋人毋许滋事，今柏威林乃以前次为侍逆送信之犯被洋关拿解地方官正法，辄借词亲赴贼巢，与侍逆会面，经该道等再三婉劝，竟不听受，反带贼目藏在战船，故违和约，叵测情形，殊难悬度。除由臣等仍饬在事文武严加防范，妥筹办理外，应请旨敕下总理各国事务衙门，传谕驻京英国公使，迅将该领事柏威林撤换，以弭后患。”

左宗棠同时又给总税务司英国人赫德（Robert Hart）书函一封，指出福州税务司美里登行为乖张，言语错乱，建议将美里登开缺现职，派明白之人出任税务司一职。

赫德接信后，先是大吃一惊，后经访查才知是左宗棠多疑所致，不由冷笑道：“左宗棠可见是疯了！他莫名其妙给本官发了这么一封信，说了美里登许多不是。他却忘了，本官是直接听命于大英帝国和大清国总理衙门的，美里登也是大清国朝廷直接任命的，我们是全都不受他节制的！”

赫德骂过后，就不再理睬这件事，权当什么都没发生。左宗棠反倒是自己讨了个没趣。

第二章
慈禧太后不放心左宗棠

愤怒的恭亲王

左宗棠向总理衙门建议，由总理衙门出面与英国公使交涉。

恭亲王收到左宗棠写给总理衙门的公函及奏折后，当日便约见英国驻华公使卜鲁斯，对该国驻福州领事柏威林，私通太平军一事，提出强烈抗议，请求英国马上召回柏威林，另向福州派驻新领事。

卜鲁斯接过恭亲王递交的抗议书后，先是看了看，最后才道："这件事，容本公使访查明白后再给贵国答复。"

其实，对柏威林私通太平军这件事，卜鲁斯不仅早就知道，而且还是在他许可之下所为。他如此同恭亲王讲话，不过是使用一种外交手段，无非是拖延时间而已。恭亲王及一班总理衙门大臣自然无话可说。

如此一拖就是一个月光景，卜鲁斯仍对柏威林的事没有一字的答复和说法。恭亲王有些生气，不得不再次约见卜鲁斯，再次提出抗议。

卜鲁斯此次的态度仍同上次一样，声称正在访查，尚无结果，俟访查明白，一定给总理衙门一个满意答复就是了。恭亲王气得三魂出窍，七孔生烟，但却无法发作，只好再次把卜鲁斯一行人送出衙门。

望着卜鲁斯的背影，恭亲王对身边站着的文祥说道："狗日的英国人，他不与本王说清楚，本王就同他交涉个没完！"

文祥小声说道："看这卜鲁斯的架势，好像小孩子过家家似的，全没当回事！真他娘的奇怪！"

恭亲王道："洋人都是见利忘义的，首鼠两端是他们的本能。长毛刚起事时，他们拿不准孰输孰赢，就保持中立。等长毛出现败象，他就开始帮着咱们打长毛，其实暗里却与长毛仍有勾结。长毛越打，火枪越多，哪来的？还不是这些洋犊子贩卖给他们的！洋人最不可信，但凭我们现在的力量，又实在打他们不过。我大清这几年，是生生让长毛给闹怕了！"

文祥没有接话，但看面部表情，是赞同恭亲王所说的。

文祥整整比恭亲王大了十五岁，时年已四十七岁，大清国能够成立总理各国事务衙门，就是他与大学士桂良会同恭亲王奏请的结果。

在军机处与总理衙门，文祥唯恭亲王与上头的话是听，在自己的本任部院，他几乎说什么便是什么，一些汉官连插嘴的份儿都没有，不仅霸气，也非常牛气。他的字原本是博川，人们背地里却硬给他改成霸川；他的号是文山，一些汉官偏偏叫做霸山。

十几天后，恭亲王正想第三次约见卜鲁斯，不想卜鲁斯却带着二十几名随员，主动到总理衙门来见恭亲王。

恭亲王原以为肯定是柏威林的事有了结果，谁知没等他开口讲话，卜鲁斯却从身后拉过一个与自己年岁相仿的英国人对恭亲王说道："本公使今日来到总理衙门，是来和王爷及几位大臣告个别。本公使任期已满，将回国叙职。"

卜鲁斯说着话，用手指着身边的人说道："这位是我国刚刚派来的驻贵国的新公使阿礼国先生。"

阿礼国向恭亲王伸出手来。恭亲王一边同他拉手一边小声说道："这位阿礼国先生，怎么看着眼熟？"

卜鲁斯听了翻译的话，忙说道："阿礼国先生一直在贵国的上海担任总领事，贵国的总税务司，就是在阿礼国先生的倡导和提议下设立起来的。"

恭亲王一听这话，顿时恍然大悟，口里不由说道："怪不得看着眼熟，原来阿礼国先生一直住在上海，我国的通商大臣李鸿章经常提起的，说阿礼国先生帮了我国许多忙。”

阿礼国却冷着脸子说道：“王爷阁下，鄙人刚到京师，还没有与卜鲁斯前公使交割，很忙，不能在这里说太久的话。我们来，就是要和王爷商量递交国书的时间，请王爷明确答复。”

恭亲王一听这话，忙和文祥交换了一下眼色，便道：“请阿礼国公使先回使馆歇着，递交国书的时间，须本王向上头请旨后才能确定。”

恭亲王话毕，又特意拿眼睛望着卜鲁斯，说道：“卜鲁斯公使，本王想问一句，关于贵国驻福州领事柏威林，通匪助匪的事情，您访查得怎么样了？贵国打算何时将柏威林解职？”

卜鲁斯两手一摊，作出一个无可奈何的姿势，道：“很抱歉，王爷，对您的问话本人无法正面回答。因为本人驻华公使的任期已满，已无权过问各口领事的工作。以后，凡是涉及我国驻贵国各领事的事务，请您和阿礼国先生商谈。王爷，鄙人即将回国，对鄙人驻贵国期间王爷及各位大臣对鄙人的帮助，鄙人表示感谢，鄙人会永远想念你们的。”

把卜鲁斯、阿礼国等人送走后，恭亲王大骂道：“强盗！狗娘养的西洋人，统统是不讲道理的强盗！有一天我大清翻过身来，一定把他们千刀万剐！”

阿礼国正式向总理衙门递交国书的第二天，恭亲王便不得不把阿礼国再次请进衙门，把柏威林通匪助匪的话，重新说上一遍，请求阿礼国将柏威林解职。

阿礼国听完翻译的话，当即予以否决。阿礼国振振有词道：“柏威林到漳州去会见李世贤，是禀承国内的旨意，向李世贤追讨一笔欠款。在这之前，柏威林已经同你们的福建浙总督左宗棠打过招呼。但你们的这个左宗棠，却不肯与我国合作，他不仅提前命令军队向漳州发起了攻击，而且把李世贤打跑了。李世贤这个混蛋，他欠了我国一笔巨款，他原本已经答应偿还的。但你们的这个左宗棠，对漳州发起进攻后，就借机跑掉了。本公使已经收到柏威林的报告，他说李世贤被汪海洋埋掉了。本公使现在强烈向贵国提出抗议，李世贤欠我国的巨额钱款，请贵国代为偿还！”

恭亲王被阿礼国给说得满肚子怒气，他冷笑着质问阿礼国：“阿礼国公使，您满嘴胡说什么呀？现在是我国向贵国提出抗议，怎么倒成了贵国向我国提起抗议来了？您来前，是喝了酒，还是喝了发昏药？”

阿礼国蛮横地说道：“本公使永远都不会错，错的只是贵国！本公使要贵国代李世贤偿还巨款，是禀承国内的旨意。请王爷阁下明确给予答复，这笔巨款，贵国准备什么时间还给我们？我国现在急等着用！”

文祥这时说道：“阿礼国公使，我家王爷说您满嘴胡说，您还嘴硬。本官现在问您，贵国原本是与我国友好的国家，通匪助匪已是不该，如今又说什么让我国替长毛去还债，这该是您说的话吗？”

阿礼国挥着两手道：“长毛不长毛的我国不管，我国就是不能有损失。如果你们的左宗棠，不提前对漳州发起攻击，李世贤是肯定能还款的。可你们的左宗棠，不肯同我国合作，他不仅提前对漳州发起攻击，而且把李世贤打跑了。李世贤是跑到广东后，才被那个该死的汪海洋杀死的。你们的左宗棠，如果不对漳州发起攻击，李世贤就不会跑掉。李世贤不跑掉，汪海洋怎么能杀他呢？李世贤死了，但他欠我国的款子却是要还的。贵国不是有句老话吗？叫做欠债还钱！”

恭亲王气得呼呼喘起粗气，不再理睬阿礼国。

文祥见阿礼国越说越不靠谱，只好一边叹气一边说道：“阿礼国公使，您怎么喝成这样啊！您如此贪杯，肯定要误事的。”文祥声音很小，近乎于喃喃自语。阿礼国带来的翻译，无论是竖起耳朵听，还是平心静气听，却怎么也听不清文祥说的话。

阿礼国叫嚣了一阵，见恭亲王与文祥等人都不言语，便也觉得无趣，只好夹起护书，带上一应随员走了出去。

恭亲王气嘟嘟地对文祥说道：“这个混蛋的阿礼国，他自从到我大清地面，就没干过一件好事。他是想把本王气死啊！”

文祥小声说道：“他这叫头顶上长疮，脚底下流脓，坏透了！看样子，这个该死的柏威林，阿礼国是不想将他解职的，这件事显然也就这么算了！”

恭亲王道：“这件事不算了又能怎么样？打又打不过人家！咳！”

革职留任

几乎就在阿礼国与恭亲王会面的当天，英国驻福州领事柏威林，禀承阿礼国的训命，带着一应随员，气势汹汹地来到漳州要见左宗棠。

一见面，柏威林礼也不施，便挥着两手大叫道："鄙人禀承我国政府之命，特来向左大人提出抗议！请左大人在最短的时间内，把李世贤拖欠我国的贷款，无条件地偿还给我国！"柏威林身边的翻译也学着柏威林的样子，舞着两手，瞪着双眼，把柏威林的话复述了一遍。

左宗棠一听这话，胸间腾地便升起一团怒火。他瞪着一双大眼，用颤抖的手抚着胡须，有意一字一顿地说道："本部堂有些耳沉，听不清柏领事适才说的是什么，请柏领事把话重新对本部堂说上一遍，你意下如何？"

柏威林听完翻译的话，问了一句："他说耳沉是什么意思？"

翻译想了想，答道："就是耳朵聋了，听不见动静。"

柏威林便冷笑道："好个大清国，竟然放了个聋子来做总督！"随后提高声音道："本领事现在向贵国提出强烈抗议！请贵国把李世贤拖欠我国的货款，还给我国！这没得商量！"柏威林几乎是在吼叫。

左宗棠用手一拍桌面，忽然站起身来，用手一指柏威林，大喝一声："柏威林，你放肆！你不过是英国派到我国的一名领事，竟敢在本部堂面前大喊大叫，若不看在两国是友好之交，本部堂让你来得漳州，却走不出漳州！你给本部堂滚出去！滚！"

柏威林见左宗棠胡子乱动，声音洪亮，却不知他口里在讲什么；而翻译此时也因为从未见过这么硬气的总督，吓得心跳腿软，一时竟忘了自己的差事，只是张大嘴巴，看左宗棠讲话。

柏威林见翻译发愣，不由大骂道："你这个混蛋，你快讲，他在说什么？"

翻译猛然清醒，他用手捂着胸口说道："他在说，他让我们离开这里！越快越好！他还说，要干掉我们！"

柏威林追问一句："为什么？他为什么要干掉我们？"翻译未及讲

话，左宗棠已转身走进内室里去了。

左宗棠当晚把柏威林胡闹的事，派快马紧急报告给李鸿章和总理衙门。李鸿章接到左宗棠的公函后，连日赶到上海，紧急召集法、美、俄等三国领事，向他们通报发生在漳州的事，请各国裁断是非。

各国领事不敢怠慢，很快把消息传递给各自的驻华公使。各国公使经过秘密磋商，一致认为，英国此次突然向大清国发难，而事先不通风声，是对各国的蔑视，是霸权行径，实属不该。各国公使决定，联合起来质问阿礼国：此次漳州事件，英国想从大清国单独得到哪些利益？他们怀疑，英国这么做，一定是想背着他们，从大清国图谋到更大的利益，这是各国最不能容忍的。

阿礼国见各国串通起来向自己发难，一时手忙脚乱。他先找到法国驻华公使柏尔德密，解释说，漳州事件，英国只是想让大清国代李世贤偿还一笔借款。

柏尔德密马上反问一句："英国私自放款给李世贤，为什么不让法国知道？英国从李世贤那里得了多少好处？"

阿礼国又是摇头又是摆手，整整和柏尔德密解释了一天，也没让柏尔德密服气。阿礼国随后又连续拜访了美国驻华公使蒲安臣、俄国驻华公使倭良嘎哩、德国驻华公使李福斯。

阿礼国向他们拍胸脯，信誓旦旦地表示，漳州事件，英国千真万确，是想让大清国代李世贤还款，没有别的企图。

阿礼国稳定住各国公使以后，又向总理衙门提交了一份书面照会，对左宗棠的不友好姿态，提出了强烈抗议，请求总理衙门速向朝廷请旨，一定要将左宗棠革职逮进京师问罪。照会最后又恐吓说："如贵国不照本公使的请求认真办理，本公使将向国内请旨，由我国直接向贵国交涉。"

恭亲王接到照会，气得满脸通红，大骂道："狗日的阿礼国，他还没完了呢！本王就是给他个不理，看他能把本王怎样！"

恭亲王当日约见美国驻华公使蒲安臣（Anson Burlingame），把阿礼国递照会的事详细说了一遍，请蒲安臣联络各国公使，替大清国向阿礼国讨还公道。

蒲安臣马上把胸毛拍得乱颤，说道："阿礼国实属无礼！阿礼国这么做，践踏了《万国公法》，本公使一定要替大清国讨个公道！这件事，就包在本公使身上了！本公使是决不向着英国人说话的！”

蒲安臣离开总理衙门后，既未去联络别国公使，也未去找阿礼国论理，而是直接回了公使馆。他是绝不会为了一个大清国而去得罪英国的，没有利益的事情，他是抵死不肯去做的。

阿礼国见一计不成，马上又心生一计。他派员出京赶到上海，通过上海的领事馆，给驻扎在香港的英国皇家海军发报，请海军速派出两艘战船向广州移动，如果广州海口查问，就告诉他们，是禀承国内的旨意，要到北京去公干。

驻守香港的英国海军司令见报，当天就派出两艘战船向广州行来。海口急报两广总督瑞麟。瑞麟闻报大惊失色，连夜拜折向朝廷报信。

恭亲王一见到瑞麟的折子，这才惊慌起来。他也顾不得多想，拿起折子就奔了宫里。

慈禧太后一见到瑞麟的折子，劈头便问了这样一句："阿礼国闹成这样，我们和皇上怎么不知道啊？凡事你都可以自作主张，你还进来干什么呀？"

恭亲王一听慈禧太后声音有异，忙道："回太后话，臣也没有料到这英国人翻脸会这么快！"

慈禧太后马上大声问道："你都料到什么了？你是功臣，是议政王，你想怎么着就怎么着，别人都不如你！对不对？你说呀，你眼里现在还能看见我们姐俩吗？"

恭亲王全身一抖，忙答道："回太后话，太后言重了！这件事的起因，是因为英国驻福州领事柏威林，私通长毛，接济长毛枪炮，又不准左宗棠过问。臣一气之下，才向英国提出抗议的。哪知这个阿礼国蛮不讲理，他不仅不将柏威林解职，还公然说出，让我们替李世贤偿还欠款这样的胡话。臣不过说了他几句，他就在衙门冲臣等大喊大叫，说了许多不讲道理的话。"

慈禧太后隔着帘子用手指着恭亲王大声训饬道："我不想听你说这些话。我现在是问你，这件事你为什么不早过来说呀？皇上小，我们还小吗？"

恭亲王低头答道："太后教训的是，臣有罪。阿礼国胡闹这件事，臣没跟太后讲，是怕太后听了烦心。”

慈禧太后应声道：“你胡说！你以为你现在说了这件事，我们就顺心了吗？我们更烦心！你呀，自打头上有了这个议政王，就以为不得了啦！大臣们有折子来，你不是不递，就是迟递，我们的话就再不入你的耳了！我今天这么说你，你也别不服气。真等出了事情，你是担当不起的。你呀，回府里好好想想我说过的话，再好好想想你这几年做过的事。衙门里的事，你就不用操心了。你下去吧。”

恭亲王一时被训得浑身冒汗，头昏眼花，很有些分辨不清南北。他战战兢兢地退出宫来，只感觉眼前一片迷茫。

当晚，两宫懿旨飞递进恭亲王府，旨曰：“恭亲王奕䜣，信任亲戚，内廷召对时有不检，颇失人望。奕䜣着即日起，毋庸在军机处和总理各国事务衙门行走，罢黜议政王赏号，着令闭门思过。”

恭亲王未及懿旨宣完，已然昏倒在地。

同一日，文祥亦接到圣旨，命其驰赴奉天，督剿当地马贼。

转日，两宫太后又紧急传见军机大臣及总理各国事务衙门大臣，商议英国之事。

很快，英国驻华公使阿礼国便收到了大清国总理衙门的照会。照会先对阿礼国的抗议表示接受，并称左宗棠所奏，柏威林通匪等事纯系误会。照会随后又通报了为固两国邦交，朝廷已飞旨漳州，将左宗棠革职留任。

阿礼国收到照会后自是大喜，他总算替柏威林出了一口恶气，至于要求大清国代李世贤偿还欠款云云，本系阿礼国强词夺理，生出的谎言，如今自然也就不再提起。

左宗棠接到革职留任圣旨后越想越恼火，不久便气病在床上；原打算十几天就移师福州的事，因他这病，竟整整拖后了四十几天才拔营。

胡雪岩在大营起程的前一天匆匆赶回了漳州。

左宗棠大病初愈，虽然胡须已基本全白，气色与精神，与以往尚看不出大的区别。施礼毕，胡雪岩不说公事，而是先替左宗棠鸣了几句不平：“柏威林通匪接济长毛已成铁案，如何阿礼国一抗议，朝廷就拿捏不住了？连恭亲王也给开缺了，这让各国怎么看我大清呢？”

左宗棠笑着说道：“雪岩哪，你我都是朝廷命官，有些话，是不该我们说的。朝廷也有朝廷的难处啊。我骂柏威林这件事啊，少荃爵帅给我发了一函，说这件事啊，我的确有欠妥之处。柏威林虽然只是名领事，不管他如何混蛋，他终归是代表英国朝廷的。两国交涉，骂不是本事。我看了这信啊，当时还以为这少荃爵帅是在替英国人讲话，可过后一想呢，又觉得他说的有理。我呀，就让案上给柏威林发了一个道歉的公函，向他认了不是。他虽然没有理睬，但我总算心安了。雪岩啊，同英国人闹了这么一回，这洋款恐怕也借不成了吧？”

胡雪岩忙笑道：“禀爵帅，这洋款如果借不成，司里怎么好回来交差呀？只是，这回的借款，却又有许多不尽如人意的地方。”

左宗棠抚须笑道：“你说说看。”

胡雪岩打开护书，从里面翻捡出用中英两国文字写就的借款合约递给左宗棠，道：“爵帅请看，司里同英国人讲了又讲，英国人却抵死不肯松口。”

左宗棠把借款合约举到眼前，细细看了一遍，说道：“啊，原来是利息比上次多了两厘。三十万两白银，倒也多拿不了多少。”

左宗棠放下合约，抬起头说道：“雪岩哪，不管怎么说，能把款子借到手就是好的。日意格已经在福州马尾，看好了一块地皮，能建一个很不错的造船局。日意格的话不能全信，究竟怎么样，还须我们看过之后才能定。

“本部堂此次主意已定，别看他英国人情愿借款于我，但我们此次在福州设造船局的事，他英国人休想捞一点好处。船局的所需机器，我们不仅要从法国买，连以后用的钢、铁等材料，也都从法国或其他国家买。英国人的东西无论怎么好，我们就是不理睬！

“别人对英国怎么样本部堂不管，也管不着，但本部堂是决不同英国人打交道的！雪岩哪，本部堂不仅现在讲这话，将来也讲这话，你要好生记在心里，不要忘了！”

左宗棠率军到福州不久，福建省内各州县已全部被收复。左宗棠一面向朝廷报捷，一面率一应随员到马尾一带勘察船局场地。

执掌大权

左宗棠的红旗捷报递进宫的当日，惇亲王奕誴、醇郡王奕譞、通政使王拯、御史孙翼谋、内阁学士殷兆麟、左副都御史潘祖荫以及内阁侍读学士王维珍、给事中广诚等，奏请重新启用恭亲王奕䜣的折子，也相继摆到慈禧太后的案头。

慈禧太后把左宗棠的折子放到一边，先一个接一个地翻看为恭亲王说情的这些折子。她看了又看，想了又想，于傍晚时分，把恭亲王传进宫来问话。

恭亲王此次进宫已大别于以往，不仅一进门来便双膝跪倒，还把头碰得山响，而且泪流满面，仿佛自己犯了天大的过失，不如此不足以说明自己的悔意。

慈禧太后见恭亲王的头已经碰得发青了，眼睛也哭得肿胀起来，这才徐徐说道："老六啊，你知道错了就好。其实，谁能没有大错小失呢？就算祖宗在世，他也不能拿住人的错不放不是？你起来吧。你的好啊，我们和皇上都知道。你哪，以后只要好好办事，也就算对得起我们和皇上了！"

恭亲王嘶哑着嗓子说道："臣对不起列祖列宗啊！臣更对不起太后和皇上啊！"

慈禧太后却反手把左宗棠的折子递给恭亲王道："你呀，明儿还到军机处和总理衙门去办事吧。英国的这件事啊，已经过去快三个月了。左宗棠哪，也都把福建全收复了，该还他一个公道了。现在呀，江西和广东，还有大股的长毛未平，让左宗棠去吧。这个左宗棠啊，他还真会用兵。他打一处，就能赢一处。听说，他就是脾气不大好，对吧？"

恭亲王接过左宗棠的折子后答道："太后说的是，左宗棠的确会用兵，也确是个有脾气的。臣下去后，就让军机处给福州拟旨，开复他的处分，让他率兵去广东督剿。"

慈禧太后想了想，突然又补充道："为了事权归一，让他节制三省军务，这样会好一些。"

恭亲王忙答一声："是！"随后又小声道："太后如无其他吩咐，臣就下去派人拟旨。"

慈禧太后没有言语，而是挥了挥手。恭亲王只得慢慢退出去。恭亲王头上原赏的议政王封号，慈禧太后到底也没再赏还给他。

这一天，左宗棠正坐在总督衙门的大官厅里，一边喝茶，一边同徐宗幹、刘典、胡雪岩等人商议设立船局的事，正说得热闹，两道圣旨恰在此时飞递了进来。左宗棠急忙率官厅里的所有官员跪倒接旨。

旨曰："左宗棠等奏官军剿贼获胜，福建全省平靖。览奏均悉。左宗棠着开复革职处分，伊子左孝威着赏三品荫生，准进京引见。钦此。"

第二道圣旨却是命令左宗棠，挥师进入广东征剿太平军康王汪海洋部，并特别授权："所有江西、广东援剿各军，均着归左宗棠节制，以一事权。"

左宗棠面北谢恩毕，颤抖着双手接过圣旨，仿佛接了一副千斤的重担。他做梦都不会想到，朝廷会把这么一副重担，放到他的肩上，而没有放到两广总督瑞麟的肩上。须知道，无论怎么讲，他左宗棠都只是名汉官，而瑞麟，却是名满员哪！

左宗棠想象不出，瑞麟接到圣旨后，会有什么样的想法和做法。送走传旨差官，徐宗幹带着众官员向左宗棠施行大礼贺喜。

左宗棠苦笑道："本部堂何喜之有啊？朝廷这是把本部堂，架到火上来烤啊！本部堂可以督兵援粤，却万不敢去节制三省军务啊！"

胡雪岩这时说道："爵帅这话可是言重了！圣旨上明明写着，如敢再因事因循，即着您从严参办的话，不要说两广总督是瑞麟，就算此时的两广总督是官文，他也不敢不听差遣哪！"

徐宗幹道："胡大人所言极是，朝廷放着瑞麟不用，却让大人来节制三省军务，可见朝廷对大人，是何等倚重了。大人，看样子，您老这一出征赴粤，这设立船局的事，就得拖后了。"

左宗棠沉吟了一下说道："设立船局的事啊，不能拖后。德克碑已带人去杭州搬运机器，你呢，明儿就委员监造船局所用的房屋。日意格也别闲着，让他回法国，去采购大型制船机器及一应所需。这样紧着办，也要办到年底才能出眉目。那时，粤匪大概就已扫荡干净，你我就可以联衔上奏设立船局的折子了！”

徐宗幹想了想道：“大人，监造厂房工程浩大，这事就只能委胡臬司来办理了。”说完这话，徐宗幹有意转头望了胡雪岩一眼，小声道：“老弟，你以为怎么样？”

胡雪岩巴不得能接到这么一个肥缺，但他口里却说道：“司里对土木石料也较生疏，最好大人能委一个懂行的才好。”

徐宗幹苦着脸道：“这里船家居多，渔民居多，偏偏就找不出几个能摆弄砖头瓦块的人。你让本部院上哪儿去抓懂行的人哪？”

左宗棠这时摆摆手道：“徐大人哪，监造船局房屋的事啊，你还是不要打雪岩的主意了。大军不日就要赴粤作战，须设几路粮台转运。这些事，还要仰仗雪岩之力。你把他留下，你让本部堂的各路人马，吃什么呀？何况，马尾要设的船局，只能用五万两银子来起屋造房，有个大概也就可以了，不能尽细。”

徐宗幹忙问道：“爵帅，按日意格所画的图样，五万两银子怕是不够用啊！”

左宗棠抚须缓缓答道：“有些事啊，不能全听外人的，须我们自己拿主意。船局的房屋究竟能用多少，占地究竟几亩，要视船局以后的情形而定。日意格这个人哪，一贯喜欢说大话，又总是贪大求全。他就不想想，这设船局的款子，是怎么凑起来的！日意格去购机器的时候，你多派几个明白人跟着去。机器的价格呢，要参照一下江南制造总局所购机器的价格，不能花冤枉钱。你可以同日意格讲，机器的价格若是低于英国的呢，就准他购，若高呢，我们就委托少荃爵帅来办这件事。徐大人，本部堂说的这些你懂不懂呢？”

徐宗幹笑道：“您这人可真是奇怪。若论布兵打仗呢，您老是大手笔；若讲经世致用呢，您老又是小家子气。下官算是彻底服气了！”

左宗棠叹口气说道：“我大清大乱方平，耗尽了银子。想办成一件事情，不精打细算怎么行啊？你们现在看本部堂是小家子气，其实你们并不知道，本部堂原是个大手大脚惯了的人哪！本部堂是被局面给逼的，不敢不小家子气呀！”

徐宗幹等各官员离去后，左宗棠沉思片刻，提笔拟了篇恳请收回节制三省各军成命折。他可以派兵援粤“助剿”，但却不能去节制三省的军务。两广总督瑞麟与广东巡抚郭嵩焘正闹得不可开交，他没有必要去凑这份热闹。江西巡抚沈葆桢与他配合原本最为默契，但沈葆桢此时正丁母忧，已回原籍守制。

继任江西巡抚的刘坤一，虽也是湘系中人，但因其随刘长佑援广西之后便被留在了广西，与左宗棠谋面无多，只有书信往来，却又并不频繁，一年之中也只是一两封的样子。何况刘坤一年岁虽比左宗棠小着十八岁，但出道却比左宗棠早。早在左宗棠尚为湖南巡抚张亮基佐幕时，刘坤一就已随其侄刘长佑，跟着江忠源练勇，很有声望。退一步想，假如这几位督、抚均出自湘、楚、淮三系也倒好办，这之中偏偏还夹着一个瑞麟。这个瑞麟，就足让左宗棠头痛。

瑞麟字澄泉，叶赫那拉氏，满洲正蓝旗人，道光进士。瑞麟居京时一直把官做到一品正黄旗护军统领，然后才外放陕西实授西安将军。但因西安气候太恶劣，他抵死不肯履任。今天拉肚子，明天屁股疼，还整天哼哼唧唧。

咸丰几次派人到他的府上了解实情，都没看出破绽。咸丰以为他当真阳寿尽了，就把西安将军放给了别人，却给他下旨，让他在家里好好养病。他原本就没病，接到圣旨的当天就开始四处打点，还把自己最得意的一位丫环送给一名王爷暖足。王爷的脚热了，就在咸丰面前替他美言了两句，得授直隶总督。

咸丰十年（公元1860年）六月，英法联军犯天津，咸丰命其率京兵万人守通州。哪知刚一交手，不仅全军大败，他自己胯下的睾丸还被流弹干掉一只。多亏他咬牙拼死奔逃，否则肯定变成太监。咸丰一怒之下将他革职，但念他少了个睾丸，特批准他随自己北狩。北狩是咸丰自己给自己找的台阶，其实是向热河逃跑。英法联军一步步向京城推进，谁有闲心去打猎呀。咸丰十一年（公元1861年），咸丰帝宾天，瑞麟看准机会，参与了“祺祥政变”。因表现积极，得慈禧太后赏识，再度崛起，赏头品顶戴授镶黄旗汉军都统管神机营，以后累官热河都统、广州将军直至两广总督。可谓一路扶摇，青云直上。

瑞麟不懂兵事，又为官贪婪，几乎一无是处。但就是这么一个蠢材，仗着慈禧太后的恩宠，竟然一贯瞧不起汉官，亦以与汉官共事为址。与他交往最密的是一些满贵大员，能入他法眼的是一些像官文那样的人物，既是满人又得上头宠爱。郭嵩焘由两淮盐运使任上，被李鸿章密保升署广东巡抚后，郭嵩焘到任的第二天，就去拜访同居一城的两广总督瑞麟，其实是想和瑞麟搞好关系。

瑞麟依礼制不得不与郭嵩焘见过，然后就谈起时局与洋人交涉之道。因为广州是大海口，无论谁来做督抚，都免不了要与洋人打交道。

论起与洋人交涉之道，郭嵩焘自然要比瑞麟强上许多。郭嵩焘这样说道："洋人也并非都不讲道理，关键也看我们怎么去做。"

瑞麟一听郭嵩焘讲起这话，当即手抚胡须冷笑两声说道："老弟不要再说了吧。老弟这套大道理，老弟未来广州前，本部堂就已经听人常常讲起。本部堂姑且不论老弟的道理是对还是错，本部堂只是想问一句话，洋人无论怎样，偏生好抡拳便打，你又怎么办呢？你同他打，又打不过人家；同他讲道理，他又不肯听你的。老弟且说说看。"

郭嵩焘笑着道："制军这话说得有些牵强，下官很想驳上一驳。"

瑞麟马上乜斜着眼睛问道："你驳我什么呢？"

郭嵩焘便道："下官想问大人一句，从古到今，讲求的都是先礼后兵，论过曲直后才打在一起。怎么可能两人一见面，话也没有一个，抡拳便打呢？他总该让人知道为啥挨打吧？"

瑞麟一听这话，愈发冷笑道："老弟当真驳得好！老弟若不驳我这一下，本部堂还真不想多说话，想省省力气去对付长毛。老弟这一驳，本部堂倒想多说几句话了。远的姑且不说，就说咸丰七年，叶昆臣总督两广，他得罪洋人了吗？洋人进城后又是怎样待他的呢？竟然用一根麻绳把他捆走了！老弟，碰到这样的事情，你还坚持说洋人讲道理？"

郭嵩焘正色答道："大人此言差矣。天下人尽知，洋人攻城之前，已约会叶昆臣举行谈判，而且不是一次再次，是三次！叶昆臣他是怎么做的呢？他竟然把洋人的照会，当成州县递过来的行文，不理不睬！还口口声声说什么，只要不理睬，洋人就不能攻城，亦不敢把他这个总督怎么样。叶昆臣说的话，换谁能够不生气呢？"

瑞麟气嘟嘟地抓起茶杯说道："本部堂今年已经七十几岁，本部堂平生，最不待见那种，只会站着说话不能办一点实事的人。朝廷很会用人，把老弟这样的高才放到广东，想来广东从今以后，是再不会有是非了，本部堂也可高枕无忧了。”

郭嵩焘一见瑞麟动了真气，自己也觉得很是无趣，等于是两个人一见面，便开始有了隔阂。这虽是郭嵩焘最不愿的，但也没办法。

以后，每逢郭嵩焘要做的事情，瑞麟一定反对，弄得郭到任三月有余，却一件事也办不成，以致汪海洋进入广东镇平以后，不仅未被剿灭，反倒日益强大，成了洪秀全之后各省当中最大的一支。

这都是督抚不和所造成的恶果。

凭左宗棠的出身与资历，要节制三省之军，瑞麟怎么能买账呢？

贪污者

左宗棠恳请收回节制三省各军成命折拜发不过四十余日，圣旨便下到福州总督衙门。

朝廷仍按原议，命左宗棠节制三省之军，但多少有些变通：

“左宗棠即可不必入粤。唯各路将领必须有威望重臣节制调度，方足以一事权，不至各怀观望，致误事机。左宗棠唯当视贼所向，前往江西居中调拨，相机剿办，以期迅殄狂氛。俟此股贼匪殄除净尽，方能卸此重任。此次所请收回成命之处，着无庸议。左宗棠各折片着抄给瑞麟等阅看。”

也就是说，左宗棠可以不必赶往广东督军，可就近在江西居中指挥、调度。接罢圣旨，左宗棠默然良久，只好一面派出快马，召集在福州周围的各路将官到总督衙门议事，一面飞檄正在江西、广东两省征剿的各路大军统领，着将太平军动向快速禀报过来，以便对各路大军的进止做出部署。

当时在江西作战的官军有：江西提标军六营三千人，由江西提督席宝田统带；江西抚标军八营四千人，由总兵娄云庆统带；已革总兵王开琳原为刘松山旧部，早在左宗棠入福建前就已进入江西“助剿”。王开琳现有人马十营五千人，打老湘军旗号。另有一万余人是陆续援江的各省兵勇。江西现在有兵力约两万人。广东的兵力相对厚些，计有提标军十营五千人，由广东提督高连升统带；抚标军十营，分由总兵康国器、副将康熊飞分领之；督标军二十营一万人，由提督衔方耀、提督衔卓兴分领之。瑞麟又另募有十营粤勇驻广州附近，郭嵩焘亦募勇八营正随军征剿。如此算起来，粤军总数竟达三万余人。

同年十月下旬，左宗棠先遣刘典率二十营进入江西，遣抚标军十营进入广东，自己则亲统督标军二十营进扎平和琯溪。在平和琯溪，左宗棠飞檄粤境各路官军，向嘉应州靠拢，决意寻机和占据嘉应州方圆的太平军康王汪海洋决一胜负，以期扭转广东全省的局面。期间，长子孝威奉旨进京引见，得赏加主事衔，准在京师候补，因母病，孝威恳请离京侍母，恩准。孝威于是年底返回福建浙总督衙门。

当时汪海洋在嘉应州一带有军兵八万余人，分扎在各要隘关口；汪海洋居中调度，天国偕王谭体元、太平军先锋总统胡永祥分扎左右，与各军遥相呼应，其阵式甚合兵法。左宗棠此次进逼嘉应州，所能调动者，不过四万余众。其他各军，要么正屯扎在省界严防太平军互窜勾结，要么正在与太平军交战中，无法征调。

左宗棠到琯溪不过月余，便又拔营走山路向大埔进逼。琯溪距大埔三百余里，且全是险绝山路。

左宗棠放开大路，走此山路，无非是想让汪海洋意料不到而已。行前，为确保沿路粮草有继，左宗棠预先派员给永定县送银两六千两，饬其就近采办军米二千石，以供来往各军取用。所谓三军未动，粮草先行，说的就是这个道理。

左宗棠确认诸事稳妥后，这才拔营起寨。但他此次却遭了一个人的圈套，这个人就是福建永定县七品知县李华秾。

李华秾原为文华殿大学士湖广总督官文的家奴，因将闺女送给官文为妾，得官文赏拔，出银为其捐了个七品知县出身，分发福建，不久补永定县。

李华秾做人本不老实，做官又最贪婪。他仗着官文的势力，不仅不将巡抚徐宗幹放在眼里，连总督左宗棠也不放在心上。

徐宗幹因为碍着官文的情面，不敢拿他怎么样，左宗棠因为以前曾与官文有过节，也不能过分刁难于他。何况他是地方父母，例归巡抚衙门节制，总督衙门不可能越级管他，他于是愈发胆大妄为。

永定本是小县，又经几年战火洗礼，人口更加稀少，落种时节，田里竟连个耕作的人都见不到几个，更不要提繁荣二字了。他却全然不理这些，巡抚衙门按人头下拨的麦种，他收到之后，拿到邻县去换成现银用来叉麻雀；上头发下来赈灾用的银两，他一不设粥棚，二不往下发放，全揣进自家腰包里吸烟（鸦片）用。境内百姓流离失所，靠挖野菜度日，县衙门里却整日灯火通明，不是李华秾同着妻妾躺在床上吸烟，就是一帮人围在一起叉麻雀，倒是好生热闹。

永定百姓安静到了极点，有时连徐宗幹都感到不解。这是什么缘故呢？这其实一点都不难理解，无非是百姓太穷了，太饥饿了，已没有多余的精力去打官司，衙门自然要清闲。

李华秾收到左宗棠派员送来的六千两购米银子后，把差官打发走，便哈哈笑道："本官这几日想银子正想得发疯，狗日的左季高，偏偏就送来了六千两的银子！这不是飞来的横财吗？"

他本想把这六千两悉数揣进腰包，但转念一想又觉不妥。这毕竟是购米军饷，比不得赈灾用的银两，上头当真怪罪下来，恐怕夫婿官文也不好替他讲话。他想了又想，决定留下三千两自用，只拿三千两去购米。若左宗棠问下来，只说当时收到的银子就是三千两，给他个死不承认。李华秾算计已定，转天就打发人拿着三千两现银去邻县购米。哪知派出去的这人胆子比李华秾还大，三千两银子到手，他先自留两千两，只用一千两购粮。

左宗棠统军未及行到大埔，前路各营已是飞函大告粮缺。

左宗棠急忙派员核对购粮数目，却原来只有三百石，离所需粮数相差甚远，不由大惊，急传李华秾到军前问话。

李华秾却托病不出。左宗棠再次派员去与他核对所收银两，他却开具了一张收到三千两奉差办米的字据；无论左宗棠派谁去查对，李咬死不承认收到过六千两的银子。当时军饷奇缺，六千两银子不是个小数目，李华秾一介知县，敢一口独吞三千两的军饷，不仅胆子大，魄力也大，大到连左宗棠都为之瞠目。

左宗棠一面上奏朝廷，请旨将李华秾革职拿问，一面派员飞赴永定县，先行将李华秾的顶戴摘下，押解至军前讯问，欲拿购粮差官，哪知早已跑掉；一面飞檄福州巡抚衙门，向徐宗幹通报情况，着徐宗幹速向永定派遣员缺。

李华稌离任前，自然背着官差派家丁给官文送信。

左宗棠见到李华稌后，自然免不了又是一番询问。李华稌却抵死不认收到的银款是六千之数，始终咬死是三千两。左宗棠气得将最初送银的差官传上来与他对质，他仍不松口，还大称冤枉。

差官无法，只好拿出他当时开具的字据给他看，以为李华稌见过后定然不会再有话说。哪知李华稌接过条子只看了一眼，便当堂撕碎，道："这是个假的！"这回连差官也不知如何是好了。

左宗棠命人将李华稌押出去看管起来，接着便将亲兵营的参将衔统带李铭新传进来，吩咐道："可恨李华稌，无赖之极！就算他收到的银子是三千两，如何只买三百石？本部堂已被他闹得没了办法。"

李铭新近前一步说道："爵帅容禀，卑职早就听说，这李华稌是官相国的老泰山，不知是不是真的？"

左宗棠鄙夷地说道："你听他说大话骗人！徐抚台信他的，本部堂可不信他的！他不过是把自己的闺女，送给官文个老犊子玩耍而已，连个姨娘的名分都不给，他算是什么泰山！本部堂已拜折请旨，将李华稌革职拿问，但本部堂仍是气愤不过。李华稌胆大妄为，目无王法，一次就敢吞我饷银三千余两，仅仅把他革职拿问，可不是太便宜他了吗？何况，就算将他革职拿问，押进京里去，用不几日，官文又能变个名目将他处分开复。若将他杀头，他又是朝廷命官。这个李华稌，他可真是恨死人了！李参将，你可有好一些的办法吗？"

李铭新压低声音道："大人，您是想让这李华稌死，还是想让他活着呢？"

左宗棠瞪眼道："你是真糊涂还是装糊涂？让他活，本部堂何必愁成这样！据本部堂所知，他到任所一年有余，何曾办过一件正事？他把粮种换成现银揣进自家腰包，上头拨过去的赈灾银、米，他何曾分给百姓一文、一石？像他这样的官，留之何用？"

李铭新笑了笑，又点了下头，道："大人只要有话，卑职就好办理了。前行五十里，便是一段大峡谷，深不可测。明日行军，卑职让人把李华稌扔进谷里也就是了。何况行军遇些险情是常有的事，失足落谷也时有发生。只要大人上奏朝廷时添上一句‘犯员李华秾随营行至山谷处不慎失足落谷身亡’可不就成了吗？不仅官相国无话可说，就是朝廷又能说什么呢？”

左宗棠低头沉吟了一下，笑道：“李华秾这种死法合情合理，只是有些便宜他了。”

李铭新一愣，随口问道：“大人此话怎讲？如何反倒便宜了他？”

左宗棠小声说道：“你想啊，朝廷得知他失足落谷后，自然要开复他的处分，还要拨给他遗属几百两的恤银治丧。如此算来，可不是太便宜他了吗？行啊，本部堂也不去计较这些了。本部堂先把李华秾失足落谷的折子拟好，等你办理完毕，就拜发进京。李华秾就交给你老弟看管了，可不能让他跑了！”

李华秾尽管在第二天傍晚就“失足跌落谷底身亡”，但先期抵达大埔的几路人马，却因为后续粮草不继，开始对当地百姓实行抢掠。一时间，大埔一带方圆百里，当地农家鸡飞狗跳，人仰马翻，控告官军抢掠的状子，雪片一般飞进地方衙门。

瑞麟闻讯大怒，一面拜折参劾左宗棠，一面飞函左宗棠，向左宗棠大肆问罪。左宗棠接信之后，也顾不得复函去向瑞麟分辩，连夜便紧急向大埔县衙门发文，着其从速筹办军粮一千石送往军前应急，购米用银俟大军到后补偿。

该文最后写道：“若该令接文迟误不办，必误军情，定当严参不贷！决不姑息！”节制三省各军的爵帅被逼之下终于开始发威了！

同治四年（公元1865年）十一月二十九日，左宗棠率马步三军终于在穿越茫茫林海、山石、岭路之后，如期顺利抵达广东大埔。

左宗棠到大埔的当日，为稳定军心，平息百姓胸头的怒火，先将纵勇对百姓实行抢掠的两名楚军营官绑至营前问斩，又委员跟随地方衙门，对受害百姓进行核查，所失粮、米、鸡、鸭等物，逐一登记，由军营粮台赔补损失。百姓至此才渐趋安定，军心也开始平稳下来。

为使此次出征功成，左宗棠又檄四川奉节，命正在原籍丁母忧的署浙江提督、一等子爵，原湘军统领鲍超，召集留江旧部，驰赴嘉应作战。正逢用兵之时，对统兵大员的各种请求，朝廷自无不准，但对在粤各军扰民一事却只字未提。左宗棠甚觉疑惑。

鲍超很快将旧部召齐，提军昼夜兼程向大埔赶来。

江宁收复不久，曾国藩便着手对所部湘军大肆裁遣。鲍超的霆字营原有人马三万，共六十营，是湘军的主力军。为能将该军顺利裁遣，曾国藩先密保鲍超为浙江提督，准鲍超统带十营旧部并亲兵两营赴任。鲍超离去后，曾国藩很快便将霆字余下的四十几营解散，又上奏朝廷，将鲍超带走的十营旧部转成浙江提标军，划归国家经制之师。统兵大员是见不得自己的余部被统帅解散掉的，就形同宰杀他的儿子，鲍超也不例外。他风闻自己的余部已被统帅解散后，当即飞马江宁来见曾国藩，又是磕头又是痛哭，求曾国藩看在往日的情分上，无论如何要多留一些兵勇供他急用，曾国藩却抵死不肯答应。鲍超气恨交加，当即便向曾国藩告假，执意要回籍葬母，续丁母忧。

鲍超回籍的路上，不骂统帅曾国藩半个字，却大骂朝廷卸磨杀驴。

鲍超哭着对随行的属官说道："若非朝廷逼得太紧，老相国是无论如何都不会这么做的。湘军的哪一营，不是他老亲手创建的呀！"

沿途都有被裁遣后滞留不动的霆字营营官，他们一路拦截自己的统领，向他哭诉冤情，密劝鲍超"何不就反了！"鲍超却双眼一瞪大吼一声道："有鲍春霆在，哪个再敢道半个反字，我砍他的脑壳做夜壶！"

湘军能够顺利裁遣，而且没有反起来，鲍超是立了大功的。

鲍超此次征调出征，除所属的十营提标外，又沿途收集已裁旧勇五营，合众八千余人，分作十五营，依次来到大埔；鲍超随亲兵营五天后亦赶到这里。鲍超的到来，使左宗棠陡然间增强了无数的信心。

鲍超尽管已是近四十岁的人，加之多年驰骋沙场，又染了几次重病，体力已大不如前，但他毕竟是湘军名将，是大清国难得的猛将，有实战经验，会带兵，又会打仗，只要有他随行，本身就壮全军的胆气。

鲍超赶到大埔的当日，就向左宗棠提出：此次对汪海洋作战，可否让他重打一回湘军霆字营旗号。

左宗棠了解鲍超的秉性，也知道他的用心，当即允诺。

鲍超于是奉左宗棠之命，统带麾下十五营，打着霆字营旗号，先期向嘉应州一带开拔；左宗棠同时札委鲍超抵达嘉应州后，总统已在嘉应州的福建、粤、赣三省官兵。鲍超满心欢喜，仿佛自己又回到了从前。

第二路开拔的是刘典。左宗棠统率中军为第三路。

密谋

左宗棠离开大营的当日傍晚，一艘官船停靠在岸边，十几位身穿常服的人走下船来，后面跟着近百位兵勇。走在中间的人六十几岁，须发花白，正是兵部左侍郎满员伊精阿。

伊精阿奉两宫太后密旨，特率刑部、都察院等一应官员，来大埔访查兵勇扰民一事。不用问，这是文华殿大学士官文奏请的结果。

官文已在半年前，因受湖北巡抚曾国荃弹劾而离开湖广总督任所，进京供职。所遗湖广总督，诏李鸿章之兄李瀚章署理。

恭亲王接到瑞麟的折子后，知道大埔各军是因断粮所引发的事件，于是便具实禀明了慈禧太后。慈禧太后也以为恭亲王说的有道理，便想把瑞麟的折子留中不发。官文得到消息后，却不肯罢休，他因为以前曾与左宗棠有过节，不好直接上奏，便花了几百两银子，买通了一名御史，由这名御史给两宫递了篇折子。御史原本就是专干无事生非勾当的，又都是些穷急了的人，得了官文的银子，哪肯不卖力呢。

慈禧太后收到折子的当日，便把恭亲王传进来商议办法。

慈禧太后手举着御史的参折说道：“兵勇扰民这件事，不独震惊了江西、广东、福建三省，还在百官中传得沸沸扬扬。左宗棠不能很好约束员弁，不行就换李鸿章吧。”

恭亲王禀道：“太后容禀，臣大胆以为，临阵换将，实为兵家大忌。何况，李鸿章此时正在江督任上，还要为曾国藩的各路剿捻人马督办粮饷，责任非轻。他此时离开江督到广东督军，不太合适啊！望太后明察。”

慈禧太后想了想，道：“老六啊，你说这件事该怎么办好呢？不行，咱偷着派几个人到大埔查一查？让伊精阿去吧。他久在京师，与瑞麟、左宗棠都无来往。他去，我们都放心。”

恭亲王不敢驳慈禧太后的话，这件事就这么定了。慈禧太后说得不错，伊精阿的确与瑞麟与左宗棠二人都无来往，但他却是官文一手保举起来的人；派伊精阿去大埔访查此案，其实正是官文梦寐以求的事。

伊精阿临行的前一天，特意到官文的相府去拜访。官文密嘱了伊精阿几句，让伊精阿借机把左宗棠扳倒，伊精阿自是言听计从。

伊精阿因是密访此事，他到大埔后，并不敢到地方衙门里去，只能日间走访百姓，夜间宿在船上，颇为辛苦。当时，大埔是征战官军运送给养的重要通道，日间船行不断，夜里也有军兵往来，颇为热闹。尽管伊精阿到了大埔十几日，但并未引起当地衙门的注意。

伊精阿一行直到离开大埔，也未在当地衙门露面，真正是神不知鬼不觉。

鲍超到嘉应州的当日，便带着亲兵营，张着湘军霆字营旗号，骑马绕着太平军大营走了一遭，然后才在嘉应附近的一座山上扎下大营，埋锅造饭。鲍超的一举一动，早被暗探飞报给汪海洋。

汪海洋闻报之下，心内也吃一惊，但他不相信，湘军霆字营会当真出现在这里。他站在嘉应城头，举着千里镜，对着山上的湘军大营反复观瞧。他足足看了半个时辰，才走下城头，不久便传出话来，让各营打点行装，准备于夜半时分弃城出走，到陕甘去与回民起义军相会。

汪海洋经过深思熟虑，认为与左宗棠决战的损失太大，何况威名赫赫的霆字营突然加入进来，也使他顿时丧失了必胜的信心。

是夜子时，八万余太平军突然拔营而起，分四路向清军反扑，企图一举突破封锁。

鲍超当时正在大帐鼾睡，闻报之下，他一跃而起，随手拉过一件战袍披在身上，口里大声吩咐道：“传我号令，各路人马不许慌乱，作速架炮轰击，不许长毛走脱一人！”

鲍超传令毕，马上更衣出帐，骑马亲自四处督战。炮声不久便在太平军四周响起，轰得半边天通红。

清军装备此时已比太平军强上许多，不仅兵勇大半使用洋枪，连火炮的数量也大大增加。汪海洋见周围火力太猛，硬冲势必要遭大创，遂紧急传话给偕王谭体元、先锋总统胡永祥及汪三麻子、黄矮子、何明亮等统兵大将，先撤回嘉应老营再作计较。

不料在回撤的路途中，汪海洋胸部忽然被飞来的一块炮弹弹片击中，血流不止，登时发晕。汪海洋被亲兵背进嘉应城内，未及抢救便作了古人。偕王谭体元依序统领全军，自封康王。

先锋总统胡永祥不服，与谭体元反复抗争后，终于得晋偕王；汪三麻子、黄矮子、何明亮等人也都官长一级。这才皆大欢喜，没有出现内讧。谭体元带着胡永祥等人，一连三天站在城头之上，举着千里镜苦苦寻找突围的路线，总不得计。

左宗棠统军来到军前，当夜在松口扎营。现在清军围困嘉应的各路人马已近六万，分由鲍超、帮办福建军务二品顶戴刘典、广东陆路提督高连升、鲍超丁忧期间接署浙江提督黄少春、福建布政使王德榜等分别统带。

左宗棠到松口的第二天，便有暗探来报，称太平军现在的康王谭体元已选定嘉应州东，佛子高、分水乡、曹塘一带作突围路线，并称前康王汪海洋，已于五天前被流弹片击伤失血而死。

暗探的话让左宗棠听得半信半疑，他不相信汪海洋会如此轻易死掉。左宗棠会同刘典、鲍超等人亲自来到佛子高一带看了看地形，然后便开始布置兵力。

当晚，谭体元、胡永祥果然亲统全部人马猛扑佛子高、分水乡、曹塘一带清军大营，确是想从这里撕开一道缺口突围出去。清军奋力截杀的同时，左宗棠又调亲兵两营，由亲兵营统带李铭新率领，直插嘉应州城下，顺利进入城中。

李铭新进城不久，便命军兵将城的四门关闭，断了胡永祥的归路。

左宗棠称此举是虎口拔牙，要冒很大的风险。试想，若太平军突围不成突然回转，进城的两营亲兵就算个个生出翅膀，也飞不出城去，只能是死路一条。

但谭体元此次突围不仅顺利成功，且战不多时便已来到原定的佛子高、分水乡、曹塘等地，等于从层层清军中生生撕开了一道口子。

骑在马上的谭体元眼见突围成功，不仅仰天笑道："左妖头，你自比诸葛孔明，恐怕没料到本王会走这步好棋！"

谭体元话未说完，迎头突然便响起炮声，后面也是杀声一片。谭体元陡然一惊，险些跌落马下，知道对面已有军兵拦截，便命人马走左路突围，想不到左路也是炮声连天。

挡在谭体元前面的是刘典一军，在左路截杀的是高连升一军，等在右路的是黄少春、王德榜两军，在后面追杀的是鲍超与左宗棠的亲兵十营。谭体元重新陷入重兵的包围之中。

太平军此次被围却又与前次被围大不一样。前次被围，太平军有城可恃，但此次被围，却已无所倚靠，只能硬拼，突围过程中，先是谭体元中弹倒地，接着是胡永祥腿部受伤，但汪三麻子、何明亮等首领仍带着大队太平军奋勇冲杀，全无怯色。

左宗棠见双方激战太久，伤亡过重，于是眉头一皱，计上心来，急命各军竖起降字大旗，上书“降者免死”四字，以瓦解军心。

此旗一竖，果然奏效。先有太平军右先锋眉天义曹玉科、前先锋鈞天义杨世如二人，率所部万余人向鲍超缴械投降，跟着又有太平军会天福何玉清、天将彭大贵二人，也把自己辖下的五千余人交给了刘典。

双方又激战了两个时辰，太平天国福将马有玉及天义、天福彭大元、刘福胜等，也率所部跪马前泣求免死，王德榜受之。至此，太平军已陆续归降约四万人，只有几千人杀出重围得脱。

左宗棠一面飞檄沿途官军截杀太平军余部，一面开始料理投降过来的太平军。他派人对投降人众逐一登记，查出先锋、佐将等大人物三十四名，天、侯等头目七百名。左宗棠先将太平军的七百三十四名大小官员先行斩首，部众则发往原籍交地方衙门看管，这才含毫命简起草奏折，向朝廷报捷；奏折的后面，自然又是一长串保举的名单。各路大军屯扎在嘉应州周围休整。

左宗棠不久移住进嘉应城内，等候圣旨的到来。四十几天很快过去，圣旨却迟迟没有递到。

这一天，刘典、王德榜等人依例进城来向左宗棠请安，喝茶的时候，刘典忽然说道：“季高，我算来算去，这圣旨早该到了，怎么还不见一点动静呢？”

左宗棠皱着眉头说道：“依我猜想啊，圣旨可能是在哪儿耽搁住了。不过，圣旨总是要来的，大概就这几日吧，急有什么用呢？如今三省平定，我们也到了裁遣兵勇的时候了！”

第三章
调任前留下一堆烂摊子

颁奖令

圣旨究竟耽搁在哪儿了呢？其实就耽搁在慈禧太后的手上。

慈禧太后收到伊精阿递上来的访查结果后，见左宗棠麾下各军不仅扰民还奸人妻女、烧百姓房屋等事，不由气得浑身乱抖起来。她当日把恭亲王、宝鋆等人传来，大骂道："反了，真是反了！你们总说左宗棠会用兵，他当真会用兵！他教唆出的兵，不仅抢人家粮食，还敢糟蹋人家妻女！连百姓的房屋也敢烧掉！你们都说说，他这是去剿长毛，还是去剿百姓呢？"

慈禧太后啪地把伊精阿递上来的折子摔出来，道："你们看看吧！"然后便是呼呼地喘粗气。她听政至今，最不能忍受的便是"奸""糟蹋"等字眼，仿佛是在奸她自己。这大概是她独守空房过久的缘故，多少有些心理失衡。

恭亲王小心地把伊精阿的折子捡起来翻开，一页一页地看下去。

恭亲王小声说道："禀太后，伊精阿的折子臣看完了，这左宗棠实在有负太后和皇上对他的圣恩。臣只是不明白，伊精阿怎么没有说，左宗棠到大埔之后，是怎样办理这事的呢？驻扎大埔的官军滋事是因为粮米无继，当时左宗棠在琯溪尚未动身。按说，前路各军闹出这么大动静，他不可能不知道啊，请太后明察。”

宝鋆这时说道：“禀太后，奴才以为，左宗棠骄妄过甚，如今又节制三省军务，想必他怕朝廷怪他治军不严，有意隐匿不报也是有的。请太后明察！”

慈禧太后想了想，问道：“恭亲王啊，你见到瑞麟折子的时候，左宗棠有没有奏报啊？”

恭亲王答道：“回太后的话，瑞麟的折子到后不久，军机处还当真接到大埔军营的一封文书，但里面却是空的！不知是何缘故。臣当即便让军机处发文，挨站追查，至今未见结果。臣当时收到瑞麟的折子时还想，营里出了这么大的事情，左宗棠怎么一字不提呢？现在回想起来，莫非打大埔沿途递上来的文书，就是左宗棠的？可不该是空的呀！”

慈禧太后听后，沉吟了许久才开始讲话，但语气已不似先前的凌厉：“恭亲王啊，你先让军机处给左宗棠拟道旨过去，问问他兵勇在大埔滋事一事，他如何不奏报？你另外再给曾国藩发道密旨，让曾国藩派员再到大埔去访查一番。事关统兵大员治军不严，朝廷慎重些总归是好。”

一道圣旨很快发往大埔，另一道圣旨则秘密发往曾国藩的剿捻大营。哪知圣旨到的时候，正逢太平军残部在嘉应州战败，刚巧退到这里。太平军打进城池之后，不仅将守城官员全部杀死，还抢掠了上百石粮食以及牛、马等物，传旨差官自然也未能保住性命。刘典督军赶到时，太平军已撤走多时，留下一片狼藉。

左宗棠没有接到圣旨，复奏自然也就无从谈起。左宗棠收复嘉应州的折子进京的时候，曾国藩的折子尚没有进京，加之左宗棠迟迟没有复奏朝廷所要查询的事情，弄得慈禧太后和一些大军机们都很有气。恭亲王情知事出有因，但他是干着急想不出办法。若非此时官文老病复发，蒙恩在府里养病，不能出来理事，否则更有左宗棠的难看。

曾国藩复奏的折子进京的时候，两广总督瑞麟与广东巡抚郭嵩焘也相继有折子送到。曾国藩对兵勇在大埔滋事访查的结果与伊精阿访查的基本相同，但只少了奸人妻女和焚烧房屋两项。伊精阿所报重在兵勇滋事，而曾国藩所报则侧重于左宗棠到大埔后是怎样办理的善后。两个人的侧重点不同，产生的效果自然也不相同。曾国藩奏折的后面，附了张当地衙门配合委员平息此事提供的证词，以及几份百姓的口供。

但郭嵩焘与瑞麟所上的折子却是互相参劾的。

郭嵩焘参了瑞麟大罪两款：一罪是“总兵卓兴、方耀因从前微有劳绩，竟至骄怯。而瑞麟仍复迁就优容并不早加参劾，致使两广军务废弛”；一罪是“两广政事不举，军务废弛，盖因瑞麟重用劣幕徐灏所致”。折子为此列举了徐灏操纵幕府的五大证据。

瑞麟则参了郭嵩焘大罪四款：一罪是“与洋人拉拢过密”；一罪是“凡事自己做主，不听规劝”；一罪是“以掣肘为能事”；一罪是“一言不合便意气用事”。

两道圣旨终于由军机处递出，火速发往嘉应，时间已是嘉应州克复两月以后的事了。左宗棠闻报圣旨递到，当即正冠掸衣，率一应文武官员到大厅跪倒听宣。

这个时候下发的圣旨自然是颁奖令：“福建浙总督左宗棠督办军务，调度有方，赏戴双眼花翎。署两广总督、广州将军瑞麟，赏还花翎、三品顶戴。署广东巡抚郭嵩焘，着赏给二品顶戴。江西巡抚刘坤一，着赏给头品顶戴。浙江提督、一等子爵鲍超，再赏加一云骑尉世职。二品顶戴前浙江按察使刘典、广东提督高连升，均着赏给云骑尉世职，刘典并赏给三代一品封典。记名提督娄云庆，着以提督遇缺尽先题奏，仍交部从优议叙。提督唐仁廉、谭胜达、曾成武、黄少春、福建布政使王德榜，均着赏穿黄马褂。浙江候补道按察使衔粮台转运委员胡雪岩，着赏给二品顶戴布政使衔。”后面又对大大小小三百余位立功的员弁予以奖赏。

二旨曰：“本日据刘坤一奏赣军进逼嘉应获胜，会同收复州城，并左宗棠、瑞麟、郭嵩焘奏收复嘉应州城，追剿窜匪，全部荡平详细情形各一折。览奏曷胜欣慰。业明降谕旨宣示，分别加恩矣。”听到此，左宗棠知道，下面一定是裁军之事。圣旨果然接着宣道：“所部各军，自应由左宗棠会同瑞麟、郭嵩焘、刘坤一酌量分别遣留。”

听宣的所有官员听到此时，全身均为之一抖，他们最怕的事情终于发生了。

传旨差官读到此，有意顿了一下，然后又读道：“唯现在东南虽已肃清，而捻匪窜扰北路，楚、豫等省到处戒严，防剿正当吃紧。鲍超一军，前本令其驰赴北路助剿，此时粤贼业已办结，即着左宗棠饬令统带所部迅速赴楚、豫之交，听候曾国藩调遣。其江、福建各路得力将弁兵勇，有可调赴楚、豫、江、皖助剿者，并着曾国藩迅速函商左宗棠等酌量调往，以期厚集兵力，早殄逆氛。左宗棠等仍当听候曾国藩函商调派将士之信，分别遣留，不得先将得力诸军概行遣撤，以顾全局。”

原来是虚惊一场，盖因捻军纵横数省，朝廷不仅未下裁军令，还让左宗棠督饬鲍超等部赶往湖广、河南一带堵截捻军。

圣旨宣完，不仅左宗棠长出一口大气，所有听宣的官员均松了一口气。随后的几天里，鲍超、刘典各军，被左宗棠陆续派往剿捻前线，听曾国藩调遣，江西、广东抚、提各标，也都相继回归本部。

左宗棠准备在嘉应州过完大年，再由潮州返福建。左宗棠一直不知道圣旨迟到嘉应州的原因，以及大埔兵勇滋事在慈禧太后、京师百官中所造成的震动，乃至负面影响；而军机处一直也未追查出左宗棠上奏大埔兵勇滋事的折子究竟丢失在何处，成了不了之局。

如今想来，左宗棠及时发出的折子，同朝廷着左宗棠及时覆奏的圣旨一样，都是流动的太平军的功劳。

同治五年（公元1866年）正月十六日，左宗棠正在办事房里与两名文案喝茶谈闲话，竟突接一旨。

原来是广东巡抚郭嵩焘参劾总督瑞麟，任用劣员，导致军务废弛。朝廷命左宗棠先不要回福建，就近替朝廷访查一下。

旨曰：“现三省大局稍定，左宗棠暂勿返福建，即就近将郭嵩焘所陈各节确切访查，该署督抚因何不协，究竟为公为私？据实复奏。左宗棠秉心公正，谅不肯稍涉偏徇，代人受过。郭嵩焘折片四件，均着抄给阅看。钦此。”显然，朝廷又把一个烫手山芋交给了左宗棠。

送走传旨差官，左宗棠对着一班幕僚大声说道：“这是哪个大老给上头出的好主意？筠仙与本部堂是同里又是一榜同年，他与瑞麟不和，本部堂回避犹恐不及，怎么反倒要本部堂出面访查此事？这不是害筠仙吗？筠仙所陈各件都是事实，若本部堂据实覆奏，瑞麟必诬本部堂以私情废公论也。其实，广东之弊端，筠仙已几次函告于本部堂，本部堂没想到两个人闹到这么僵！筠仙官运一直不顺，总算做到了一省封疆，偏偏又碰着了瑞麟这个死对头！”

左宗棠连夜拟就《请将访查事件另派员查办》一折。

在折中，左宗棠先谈了一下自己对郭嵩焘所参瑞麟各款的看法，称：“郭嵩焘所陈数误，自系实在情形。”接着又讲了一下郭嵩焘的为人：“郭嵩焘勤恳笃实，廉谨有余，而应变之略非其所长。”最后才道：“臣于郭嵩焘生同里闬，且与臣胞兄儿女姻亲，应请回避。伏恳简派妥员查办以昭核实。”

左宗棠无论如何，都不能去趟这浑水。

折子拜发的当日，左宗棠又给郭嵩焘急函一封。

函曰：“至粤东贻误各节，尊疏已详，但言之未尽也。督于抚虽有节制之义，然分固等夷，遇有龃龉，应据实直陈，各行其是，唯因争权势相倾轧则不可耳。老兄于毛寄耘，心知其非，而不能自达其是，岂不谓委曲以期共济，而其效已可睹。兹复濡忍出之，迨贻误已深。而后侃侃有词，则已晚矣。谕旨敕就近查办，已将同里而兼婚姻之故，请旨回避。至贻误各节，则彰明较著，无待察访也。计此书到时，必已奉明谕及之，故不必有所隐匿。弟自揣疏狂婞直，久不见谅于人，行当自陈，以避贤路。唯所事未了，不得不婆娑以俟耳。”

朝廷很快下旨照准所请，着左宗棠离粤回任。但左宗棠寄给郭嵩焘的这封书信，却大大地伤了郭嵩焘的自尊。

郭嵩焘读罢左宗棠的信后，竟将信猛掷桌面，随即拍案而起，对着一班幕僚冷笑道：“本部院的这个同里，把官做到了总督，竟然也学会教训人了！”

郭嵩焘当日回到书房后，连夜秉烛给剿捻前线的曾国藩写信。在信里，郭嵩焘说了许多对左宗棠不满的话。曾国藩阅信之后，默然无语。

左宗棠于同治五年（公元1866年）刚出正月即开始班师还福建，途中，收到总理衙门建字第十二号咨文，称：“以英国阿使欲中国雇借外国轮船缉拿海盗一节，已照会各国允办，属即函商李鸿章酌筹购买，一面先行雇觅，将各口应用轮船若干，并水手、兵丁、炮械以及控制、训练、旗号各项，妥议章程具复。”

左宗棠未及将咨文读完便连连说道：“这个阿礼国，他占不到大便宜是不肯罢休啊！说什么雇借洋船缉拿海盗，雇哪国的轮？借哪国的船？还不是他英国的！不行！本部堂一定上书总理衙门，劝阻此事！”

左宗棠与徐宗幹函商后，上书总理衙门，指出：“就局势而言，借不如雇，雇不如买，买不如自造。而自造一层，虽已商议及之，尚未能确有把握，应俟有端绪，再行奏咨办理。”

开厂造船

同治五年（公元1866年）五月十三日，左宗棠抵达福州；同一天，左宗棠接到官报，云：“谕准郭嵩焘开缺回籍养疾，实授瑞麟两广总督，广东巡抚着蒋益澧补授。”

左宗棠默然无语，心里却极为郭嵩焘鸣不平。很显然，郭、瑞之争，瑞是赢家。朝廷论满汉不论曲直，这让左宗棠大为不解。

进总督衙门后，左宗棠当天没有办公事，而是在上屋与妻妾儿女们说了一天的话，来见的属员也都被门上挡了驾。

左宗棠统军入粤不多几日，老夫人诒端便染病在床，至今不能走动。长子孝威因从京师回福建途中感了瘟疫，加之回来后一直料理母亲的身体及府中各事，也已病倒多日。次子威宽因要参加乡试，不敢多问家事亦不能为长兄分忧。三子孝勋只有十四岁，四子孝同亦不过十岁，两人都在塾馆读书，都在需人照料之列。

左宗棠从咸丰十年九月起募勇离湘，到同治四年止，与家人团聚的时间不过四个月左右，随后又奉命督师援粤，一走又是近半年的光景。左宗棠此次回任，是已打定主意，无论公事多忙，他也要尽力多抽出一些时间陪陪诒端及二妾，也多过问过问孝宽等四个儿子的学业，享享天伦之乐。左宗棠是大丈夫，但不是神仙，他永远都斩不断自己心底的那份儿女私情。三省大定，自己又得封伯爵，诒端已是一品诰命夫人，长子孝威也在一榜之外恩赏了三品荫生加主事衔。大丈夫该有的功名利禄，封妻荫子，左宗棠已经全都有了，他是真该享享清福了。

十日后，左宗棠在徐宗幹、胡雪岩等人陪同下，乘轿来到马尾口岸，视察造船局的进展情况。造船局厂房已盖起大半，正在加紧建造存放材料用的库房。日意格已从国外采购了部分机器，并有一些已经装船起运，大概两个月后就可抵达码头。德克碑已奉了徐宗幹札委，到法国采购钢铁煤炭等物，同时办理聘请洋技师等事。

左宗棠在马尾看一路笑一路，对徐宗幹、胡雪岩二人夸奖一路。左宗棠夸胡雪岩筹借洋款有功，赞徐宗幹督办有方委员得当，全是歌功颂德的话。徐宗幹与胡雪岩二人当日都特别欢喜。

从马尾回到福州不多几日，左宗棠便向朝廷上了《拟购机器雇洋匠试造轮船先陈大概情形》一折。

该折主要从海防、地理优势等方面论证自造轮船的可行性，接着谈到福建设立船局的优势,然后又谈机器的来源,最后说道：“臣前在杭州时，曾觅匠仿造小轮船，形模粗具，试之西湖，驶行不速。以示洋将德克碑、税务司日意格，据云大致不差，唯轮机须从西洋购觅，乃臻捷便……日意格闻臣由粤凯旋，拟来福建面订一切。臣原拟俟其来福建商妥后，再具折详陈请旨，因日意格尚未前来，适奉购、雇轮船寄谕，应先将拟造轮船缘由，据实驰陈。”

此折拜后，左宗棠又接到谕旨，谕旨就英国公使馆参赞官威妥玛受公使阿礼国指使，向总理衙门呈递《新议略论》，旨在阻挠中国造轮船，再次提出雇船胜于造船，并说，英国已与各国达成共见，各国均可为中国提供欲雇之轮船。

左宗棠把《新议略论》反复看了两遍，于是给朝廷上了《复陈筹议洋务事宜》一折，对威妥玛所论逐条给予驳复，并说了许多英国人的坏话。左宗棠对英国人讨厌至极，福建浙要办的任何洋务，他只让法人参与，而不准英国人染指，更不让英人得些许之利。英国人始终恨左宗棠，左宗棠到死亦恨英国人。

一个月后，圣谕到达，肯定并允准了左宗棠在马尾试造轮船之举。

朝廷允准了左宗棠试造轮船之举，但对左宗棠第二个折子的观点，却持有不同意见。折子被留中不发实等于驳复。

但无论朝廷持何种观点，其他督抚如何办理，左宗棠自己已打定主意，他在福建省所办涉洋之事，就是不准英人染指分毫，当然，借款除外。接旨之后，左宗棠自是满心欢喜，感觉前路一片光明。

随着机器的陆续购进，左宗棠开始委员赴各省招募中国工匠和船政学堂的首期生员，又让胡雪岩在福州办理选募做工人员。

日意格由法国回到福州后，马上便被左宗棠札委为即将设立的船政局正监督，总揽船政局除经费以外的所有事务，权柄颇重。

日意格奉到札委，登时喜得一蹦多高，他一面催促胡雪岩加速选募工人，一面急函在法国尚未动身的德克碑，着其从速统带已聘之法国匠师登船返福建，不准延误半刻，唯恐夜长梦多。真正应了古人的那句老话：一朝权在手，便把令来行。日意格不想耽搁过久，其实是怕别国人插手进来分利分肥，他自然要比左宗棠、徐宗幹、胡雪岩等一班中国在事官员都急。

德克碑倒也真是听话，他接到日意格信时原本正在乡下度假，他准备假期过后再从容返福建，如今一见日意格发了急，他也就马上结束假期。当日返回巴黎，并快速召集所有已雇之匠师到巴黎会合，又赶到外务部去请旨，商议动身一事。

三天后，趾高气扬的德克碑带着所有人众，包轮船离开巴黎，向大清国行来。德克碑如此匆忙返福建还有另外一层原因：日意格在信中已答应，在左宗棠面前保举他为船政局副监督。这个发财的好机会，德克碑是抵死不肯错过的。

经过一阵紧锣密鼓的忙碌，福建福州船政局终于在德克碑一行人众赶到的第二天，正式挂匾成立。匾额由大学士曾国藩题写。

创办该局首期费用为四十七万两，除胡雪岩原向英国东亚银借款三十万两白银外，左宗棠又派员自筹了十七万两而成。该局日常所需银款，自设立之日始，奉旨每月由福建海关拨银五万两使用。该局札委日意格与德克碑分任正、副监督，工头亦由法国人担任。

该局最先只有二十几名法国匠师、五十余名中国匠师，招募本地的做工人员一千七百名，后随着规模不断加大，法国匠师陆陆续续增至一百余名，做工人员也达到两千三百名。

该局由铁厂、船厂和船政学堂三部分组成，是当时的大清国唯一的一所专门制造汽轮船的大型制造工业。

船政学堂又称“求是堂艺局”，招收十六岁以下的学生，分前学堂（造船班）、后学堂（驾驭班），体制悉按法国海军院校成规。因福州船政局设在马尾，故又称马尾船政局。

调任陕甘总督

同治五年（公元1866年）初，陕甘一带地方，因连年歉收，加之官府盘剥过甚，爆发了规模更加浩大的回民起义，其声势只在太平天国之上，不在其下。义军在极短的时间内发展成几十万之众，并很快将陕甘一带大部分州、县占据。陕甘总督杨岳斌会同署陕西巡抚刘蓉，一面征调大量官兵征剿，一面紧急向朝廷告急。

恭亲王接报，飞速跑进宫去，面见两宫太后请示办法。慈禧太后未及读完杨岳斌与刘蓉联衔发过来的折子，已是吓得腿软心慌，脸色也很快由红润化作一张白纸。慈禧太后颤抖着双手喃喃自语道："这日子是不能过了！"

恭亲王这时说道："禀太后，目前陕甘一带作战官军只有一万余人，杨岳斌又突发急病，无法理事。刘蓉刚到西安，便被回匪打得晕头转向，一再后退。太后，臣反复思虑，不向陕甘增兵是不行了。杨岳斌也不争气，他早不病，晚不病，偏偏选在这个时候病！"

慈禧太后接口道："他哪是在选时候病，他这是被吓的！看样子，陕甘非派个得力的人去不可呀。恭亲王啊，你是怎么个主意呀？你也说说，不能我们说怎么着就怎么着。"

恭亲王想了想答道："回太后的话，臣以为太后说的是，陕甘是该派个得力的人过去。臣收到折子以后，先和文祥、宝鋆计议了一下。臣以为，就眼下来看，只能从以下五个人中挑一个过去。一个是曾国藩，一个是李鸿章，一个是官文，一个是左宗棠，还有一个是曾国荃。

"曾国藩现在剿捻前线，李鸿章现在总督两江，又为曾国藩置办后路粮饷，何况曾国藩此次作战，主要靠的也是李鸿章的淮军，这两个人肯定不能动。官文、左宗棠、曾国荃三个人比较，官文去再合适不过。他是文华殿大学士，又封了伯爵。他在湖广任上时，通过法国人日意格练成的洋枪队先锋营，恰巧现在还没遣散，正好随他出征。他又是正白旗蒙古都统。官文会打仗，有威望，他去陕甘，能让朝廷放心。请太后明察。"

慈禧太后沉吟了一下问道："听说官文从打回京，就一直闹病来着？我记得不错的话，他好像有七十了吧？"

恭亲王答："回太后话，太后真是好记性。官文今年已满六十九岁，还有几个月就七十了。但据臣所知，他闹的都是些小毛病，无大碍，请太后明察。"

慈禧太后就转头问了慈安太后一句："姐姐以为怎么样呢？"

慈安太后忙答道："妹妹看着办吧，我哪懂这些呀。"

慈禧太后就一锤子定音道："那就按你说的办吧，你现在就把官文传进来吧，我们还有几句话要向他交代。陕甘这次闹得这么大，兵派少了怕是不行。"

恭亲王高兴地答应一声，不久，他便领着官文再次走进宫来。

礼毕，慈禧太后徐徐道："官文哪，陕甘的事情你知道了吧？你是怎么想的呀？"

官文忙跪倒答道："回太后话，陕甘的事，王爷已同奴才讲过了。奴才一定不负太后和皇上所望，力争早日将贼匪荡平！"

慈禧太后笑着说道："官文哪，你能这么想，我们和皇上就都放心了，官文哪，你起来回话吧。"

官文忙叩了一下头，答："奴才谢过太后。"

官文话毕，双手撑着身子便往起爬，也许是他用力过猛甚或使力不均，他往前一抢，不仅没有爬起身来，反倒身子一歪，再次倒在地上。

慈禧太后眼望着官文跌倒在地，忙叫道："官文，你这是咋了？碍不碍事啊？"官文倒在地上，把双眼死死闭住，一声不吭，装成晕过去的样子。慈禧太后忙传人进来把他扶出宫去，着他回府歇着。官文却把头垂成个死了秧的葫芦，牙关紧咬，只用鼻子出气，仿佛死了一般，身子跟面条一样。

望着官文的背影，慈禧太后惊道："怎么好好的，他就跌这么一跤啊！恭亲王啊，官文成了这样，这陕甘他还怎么去呀？干脆，放左宗棠过去吧。左宗棠会用兵，他到陕甘准行。"

恭亲王忙道："回太后话，太后说的是，左宗棠的确很会用兵。只可惜，他现在正在福州筹办船政局的事，离不开呀。依臣大胆想来，不如放曾国荃到陕甘去。"

慈禧太后想了想道："放曾国荃去陕甘我们不放心，许多王爷大臣们也不会放心。曾国荃爱闹意气，用兵也不如左宗棠老练。何况，他的吉字营已裁遣干净，他一个人到陕甘去，谁会听他的呀？恭亲王啊，你着军机处拟旨，准杨岳斌开缺回籍养病，左宗棠转补陕甘总督。左宗棠所遗福建浙总督一缺，放马新贻补授。着英桂署理福建巡抚，放徐宗幹转补浙江巡抚。行，就这样，拟旨去吧。"

左宗棠接到转补陕甘总督的圣谕后，脑海顿觉一片空白，口里不由自主道出一句"船政局完了"的话。

他当夜把徐宗幹、胡雪岩等人召集到总督衙门，忧心忡忡地说："朝廷既不同意设立造船局，当初驳复也就是了。如今船局刚刚起步，与法国人的合约也都签得妥妥当当，却在这个时候放本部堂到陕甘去！放本部堂到陕甘去也无不可，但他不该放马穀山来做福建浙总督！马穀山对设船局一事，口上喊着全力筹办，心里却是一万个不同意。他来福州，用不上一年，这船局就得解散。这都是谁给上头出的好主意呀？为了设立这个船局，本部堂连养廉银子都拿出去了！这可如何是好啊！"

左宗棠急得两眼冒火，捶胸顿足，却又无计可施。

胡雪岩这时小声道："日意格与德克碑若听说此事，真不知要气成啥样呢！这两个大鼻子，为了能有今天的局面，已是忙了几年。"

徐宗幹瞪了胡雪岩一眼道："法国人才不管谁来做福建浙总督呢，他们只是担心自己的利益罢了。洋人都是唯利是图的，他们中有几个是肯真正为我大清办事的呢？没有，没有啊！"

胡雪岩脸一红，道："司里说的又何曾不是这话呢。这两个大鼻子在杭州的时候就试制汽轮船，那么卖力，还不是想得些银子！哪知马中丞到任不及半年，就把试制轮船的银子给掐了！这两个王八蛋急的，是哭着大鼻子直追进漳州找爵帅要讨说法。那个可怜样，咳！"

众人陪着左宗棠坐了半夜，却一个好主意也想不出，只能陆续告别。左宗棠被人扶进上房夫人的屋里，仍是愁眉不展，口里连连叹气不止。夫人诒端见左宗棠愁得要死要活，不由小声问道："老爷，外面究竟发生了什么事？如何您接到圣旨，就茶不思饭不想的？莫非调补您老去陕甘做总督，您老舍不得我们几个？还是舍不得孝威他们几个？"

左宗棠不耐烦地说道："你们女人家不要什么都问！陕甘匪事闹

大，朝廷调我去陕甘是对我的信任！你不要乱猜！真是的！我看你一眼就走。”

诒端笑道：“您现在真是官升脾气长，连同您说句闲话都不中了。贱妾不过是替您着急罢了。您是有了年纪的人，比不得从前，不要动不动就着急上火。朝廷既然放您去陕甘，您就只管上任去吧，我们娘几个回湘阴也就是了。孝宽几个有孝威在身边，您又有什么不放心的呢？”

左宗棠拉过一把木椅子在床头坐下，长叹一口气道：“我对孝威他们几个能有什么不放心？我是不放心，辛辛苦苦才建起的船局呀！”

诒端一听这话，反倒笑了，她慢慢地说道：“老爷呀，船局的事，您怎么不写个信给涤生相国呀？大伯他现在徐州，写个信过去，他很快就能收到的。”

左宗棠一愣，略沉吟了一下，忽然道：“我没有想到，女人也并非都是一无是处的。好，就依你，我现在就去书房给涤生写信。写完信，我就不过来了，到香儿那里去歇。”

诒端说道：“您别忘了，捎带着问问玉英的病怎么样了，我挺惦念她的。还有劼刚那孩子，整天跟着洋人呜哩哇啦，能不能学坏呀？我是真怕，大伯的一世英名，毁在劼刚的手里呀。”

左宗棠走到门口，诒端忽然又道：“老爷，您与大伯是至交，您就算向他认个错又怎么样呢？”

左宗棠边推门边道：“你又开始说胡话了。我又没有错，你让我认什么错呀？真是的！”

诒端一个人苦笑着说道：“胡子都白了，可脾气怎么还不改呢？”

曾国藩收到左宗棠专人递送的书信后，略想了想，便给恭亲王和左宗棠各拟函一封。曾国藩向恭亲王建议：“左宗棠入陕甘后，军饷必要从福建浙出，而浙省将兴，饷必无出，饷源只能在福建。徐宗幹久在福建，与左宗棠又配合默契，似不宜动。”曾国藩最后又对恭亲王说：“福州船政局新成，须派大臣专管。该局由左宗棠一手创办，左宗棠现虽调任陕甘总督，但对船政局一切事务，仍当预闻，方为万全之策。”

曾国藩给左宗棠的信中，先谈了一下自己对陕甘用兵的看法，认为兵单不能成事，提出拟调刘松山大营随行前往。曾国藩最后才谈到船政局。曾国藩认为：“为使船政局不受督抚干预，非奏调一名大员专管不行。”曾国藩建议左宗棠：“上书总理衙门并奏请朝廷，奏请起复正在福州丁忧守制的前江西巡抚沈葆桢为船政局大臣，由部颁发关防，凡事涉船政，其可专折请旨，不受督抚节制。”

曾国藩短短的一封信，读得左宗棠热泪盈眶，茅塞顿开。他顾不得多想，提笔便给总理衙门上书：“窃维轮船一事，势在必行，志在必成。而将军、督抚事务既繁，宦辙靡常，五年以内，不能无量移之事。洋人性多疑虑，恐交替之际，不免周章。前此本拟俟开局以后，请派京员来福建，总理船政，以便久司其事。现则请派京员已迫不及待。唯前江西巡抚沈幼丹中丞，在籍守制，并因父老，服阕欲乞终养，近在省城，可以移交专办。沈中丞清望素著，遇事谨慎，可当重任，派办之后，必能始终其事。”

书函发走，左宗棠对胡雪岩叹息道：“人都云宰相肚里可撑船，本部堂一直不信，今观曾相国，书荐沈幼丹管理船政，本部堂方知此言不虚也！”

左宗棠为什么发如此感慨呢？原来，曾国藩与沈葆桢之间，也是有过一些过节的。曾、沈二人之间的恩怨，不独湘系的人知道，楚、淮各系的人也都尽知。

沈葆桢字幼丹，福建侯官人，道光二十七年（公元1847年）进士。在御史任上，数上书论兵事，为咸丰帝所知，视为能员。咸丰五年（公元1855年），出为江西九江知府。九江为太平军所破，得曾国藩保举，为湘军办理营务，次年署广信知府，同太平军作战。曾国藩惜才，累疏荐其能，诏嘉奖以道员用，七年实授广饶九南道。八年，赏三品顶戴按察使衔，转补吉赣南道，未就，旋奉曾国藩之命回籍募勇。

当时曾国藩在江西用兵，累受江西巡抚陈启迈掣肘，曾国藩怒参陈启迈，并密保沈葆桢江西巡抚。咸丰帝不仅诏准，而且特别指出：“朕久闻沈葆桢德望冠时，才堪应变，以其家有老亲择江西近省授以疆寄，便其迎养。”依曾国藩原意，沈葆桢出自幕府，到任后，断不会为厘局一事与己掣肘。但沈葆桢到江西后，见曾国藩在江西设厘卡如云，而全然不顾江西本省的死活，便拜折一篇，称江西百姓穷苦，百业凋敝，奏请湘军在江西所设厘局，应分拨一半给江西本省留用。咸丰想也没想便同意了。沈葆桢成功了，江西的日子好过了，但曾国藩和湘军的日子却难了。曾国藩思虑再三，强把苦水咽进肚里。但湘军的将领却不干了，有人甚至背着曾国藩去信责问沈葆桢，问沈葆桢如此作为，是否想蹈陈启迈的覆辙。这件事，使曾国藩与沈葆桢之间，无法再像从前那样相处，但曾国藩仍然很敬重沈葆桢。沈葆桢为官清正，敢作敢为，从不以私废公。曾国藩敬重沈葆桢，还有另外一层原因，沈葆桢是一代名臣林则徐的女婿，这后一点，最被时人看重。否则，不要说一个沈葆桢，就算十个沈葆桢，曾国藩能轻易罢手吗？曾国藩不用上什么参折，只要把印把子一摔，朝廷就得将沈葆桢革职！东南当时离不开曾国藩啊！

尽管沈葆桢对曾国藩来说有负义之举，但沈葆桢也确有沈葆桢的难处；从曾国藩向左宗棠密荐沈葆桢总理船政这件事可以看出，曾国藩不仅理解了沈葆桢当时的处境，也原谅了沈葆桢。

就目前的情况来看，凭沈葆桢的名望，若他当真能出任船政大臣，不要说马新贻奈何不了船政局，就连福州将军英桂，也不敢轻易便对船政局下手。

给总理衙门的书信发走的当晚，左宗棠就决定亲自去说服沈葆桢来出任船政大臣。这过程并不顺利，三次去宫巷（福建福州“三坊七巷”中“七巷”之一）拜访，沈葆桢才终于答应左宗棠所请。

返回福州的当日，左宗棠顾不得歇息，急传文案拟折，奏请朝廷简派沈葆桢为船政大臣，总理船政局所有事务。

左宗棠在折中写道：“臣维制造轮船一事，势在必行，岂可以去福建在迩，忽为搁置……再四思维，唯丁忧在籍前江西抚臣沈葆桢，在官在籍久负清望，为中外所仰。其虑事详审精密，早在圣明洞鉴之中。现在里居侍养，爰日方长，非若宦辙靡常，时有量移更替之事……可否仰恳皇上天恩，俯念事关至要，局在垂成，温谕沈葆桢勉以大义，特命总理船政，由部颁发关防，凡事涉船政，由其专奏请旨，以防牵制。其经费一切，会商将军、督抚臣随时调取，责成署藩司周开锡不得稍有延误。一切工料及延洋匠、雇华工、开艺局，责成胡雪岩一手经理。缘胡雪岩才长心细，熟谙洋务，为船局断来可少之人，且为洋人所素信也……微臣西行万里，异时得幸观兹事之成，区区微忱亦释然矣。”

左宗棠随后又着文案另拟两折，一折奏请回籍省亲的刘典帮办陕甘军务，一折奏请籍隶陕西潼关厅的浙江即补知府张树荧、籍隶陕西后改归湖南原籍现在陕西丁忧的前翰林院庶吉士谢维藩等三人，随军办理军务。两折之后，左宗棠又亲拟了《请入觐》片，希望能入京面圣，恭听两宫训谕。

当晚，胡雪岩从起稿师爷的口里得知，左宗棠密保他一手办理船政局以后之工料购进及延洋匠、雇华工、开艺局等事，左宗棠喜得心花怒放——他梦寐以求的这个一等一的肥缺，总算是捞到了。

酒后闹事

一道圣旨火速入福建，准左宗棠所请，命沈葆桢总理船政；胡雪岩交由沈葆桢差遣。

圣旨最后又道："左宗棠另奏请令刘典帮办甘肃军务，本日已给刘典明降谕旨，照所请行。并谕令湖广总督李瀚章催令刘典迅赴甘臬新任，仍一面听左宗棠调拨数营统带入甘。其张树荄、谢维藩二员，亦谕令刘蓉、乔松年饬令赴左宗棠军营矣。钦此。"

圣旨中所提之乔松年，原为安徽巡抚。

乔松年字健侯号鹤侪，山西徐沟人，道光进士。咸丰三年（公元1853年）外放江苏，因为人不露锋芒，为官又一贯小心，拜见上司总弯着腰。咸丰六年（公元1856年）开始，随两江总督怡良驻防常州，腰弯得更厉害。每次见怡良，不仅不敢抬头，而且从不大声说话。

一开始，怡良还误以为他有腰病，劝他找个好郎中治一治。怡良有一次想吃鼋鱼，买了几次没有买到。后来才知道，打捞鼋鱼分季节，不是一年四季都有。这件事不知怎么传到了他的耳中。时候已经很晚，他早已用过晚饭。听说制台想吃鼋鱼而没有买到，他当即换了件衣服，跑到一处河湾，亲自下河去摸，脚被一连扎了两回，整整折腾了半夜，好歹摸出三只鼋鱼。

第二天一早，他早饭也顾不得吃，拎着鼋鱼打着嚏喷一瘸一拐地来见怡良。怡良大受感动，从此后就把他引为心腹，拼命保举。三年后保举两淮盐运使不算，还兼办苏北粮台，次年又督办江南江北粮台。同治三年（公元1864年），也不知是因什么功劳赏了二品顶戴，任江宁布政使，旋授安徽巡抚，终成方面大员。此后，乔松年腰不仅不再弯，与属官讲话声音也大得吓人。别人都说乔松年的巡抚是靠两只王八（王八是鼋鱼的民间称呼）换的，他一笑置之，不急也不恼。同治五年（公元1866年），接替刘蓉巡抚陕西。乔松年没有突出的业绩，算不上能员，但也不是太无能，只是谋官的方法有些另类而已。

乔松年于上月才统兵抵达西安任陕西巡抚，陕西署理巡抚刘蓉交出关防后，则被诏令留陕办理军务。

此旨到达的第二天，刚刚打宁波税务司任所抵福建的日意格、德克碑，得知圣谕已诏令沈葆桢出任船政大臣，马新贻总督福建浙，左宗棠赴陕甘后不再过问船政的事，两个人都吓了一跳，凑在一起密商了半天，认为大清国办事难成，有始无终，全系他们的朝令夕改所致。他们认为，若此时尚不提出抗议，前在杭州试制轮船的悲剧，必将在福州再次上演。两个人计议完毕，便派人置办酒菜，开始喝酒，一直喝到天不怕地不怕的程度，这才摔碎酒坛，红着眼睛到总督衙门来见左宗棠。

左宗棠此时正同着徐宗幹、胡雪岩以及福建补用道、署福建布政使周开锡、署福建盐法道夏献纶、粮道英朴等人，在签押房议拟船政局章程及求是堂艺局章程、开学后所聘洋教习薪俸等事。

正在这时，日意格、德克碑二人，带着几位随员及通事，一摇三晃地来到辕门。站哨的侍卫一见，急忙迎上前去拦截，无非是礼节问题，何况擅自放人进衙门也是不许的，必须提前通报。这是侍卫的职分所在，亦在情理之中。

日意格因为喝了酒，已然早忘了这些规矩；侍卫请他稍候，他却理也不理，用手把侍卫推向一边，迈开大步便闯进去。侍卫在后面急得大叫：“快禀报爵帅大人知道，日意格洋大人闯进去了！”

守在辕门里的侍卫闻言正要进去通报，日意格等人已是飞快地走了进来，直向签押房闯去。

推开签押房的大门，见坐了一屋子的人，日意格仍未清醒，挥着双手对着端坐炕上的左宗棠大叫道：“左大人，贵国言而无信，要弄鄙人以及我国工匠，鄙人要向您提出抗议！强烈抗议！鄙人要奏请我国驻华公使柏尔德密大人，向贵国的总理衙门和你们的太后交涉！必须交涉！你们太过分了！”

胡雪岩一见日意格的神态，便知他一定是喝酒喝多了，就慌忙起身迎上前来，把日意格的衣袖一拉道：“您老怎么成了这个样子？这是总督衙门，不是您的办事房，您老快带人出去，等醒过酒了再来！”

日意格大叫道：“胡大人，你不要拦我！你是个好人，鄙人知道，但鄙人是一定要向爵帅大人提出抗议的！”

左宗棠见日意格不成样子，不由脸一沉，喝道：“胡雪岩，你先坐下，本部堂倒要听听，他要向本部堂抗议什么！”

胡雪岩瞥了日意格一眼，小声嘀咕了一句：“您惹祸了！”无奈地坐回原位。

日意格并不理会胡雪岩说什么，也不在意左宗棠的态度，他一步跨到炕前，舞着两手说道：“左大人，鄙人只是不明白，贵国办事怎么总是有始无终？您知道吗？为了给船政局聘请技师，德克碑同我国的外务部说了多少好话！如今机器购来了，我国的技师也都离开自己的妻子来到了这里，您现在却要到什么陕甘去当总督！贵国如此言而无信，就算我日意格肯通融办理，我国大皇帝陛下，也要向贵国提出交涉的！你们太过分了！”日意格话毕，又是咬牙又是跺脚，还把衣扣解开，露出浓密的胸毛。

徐宗幹这时说道：“日大人，您怎么糊涂了？不错，爵帅是马上要到陕甘去做总督，但朝廷已诏令沈宫保出任船政大臣。我国并未说不再办船局，这和爵帅到不到陕甘有什么干系呢？您快把扣子系上。您这个样子，让外人看见，成什么呢？”

日意格大叫道：“徐抚台，您是在用漂亮话蒙鄙人，鄙人什么都懂！当初左大人命鄙人和德克碑，在杭州试制轮船，马抚台也是这么说的。你们大清国的官员，没有一个是肯办实事的人，全部都是阳奉阴违！鄙人不再上你们的当了！鄙人就是不许左大人到陕甘去！”

胡雪岩见日意格越说越多，左宗棠的脸子也愈来愈难看，不由再次起身对日意格道：“你是越说越离谱儿了！爵帅是堂堂大清国朝廷命官，听你的还是听朝廷的？你是来谈事情，解开衣扣干什么呀？你快系上！”

日意格用手拍着胸毛大叫道："胡大人，你是大清国最好的人！但我不能听你的话。你们的朝廷太过分了！那匹马对我们很不友好，他却来当总督，我们怎么办？那匹马太坏了！我不同意！坚决不同意！左大人就是不准离开这里！"

左宗棠此时已是听明白了日意格要讲的话，他本想斥责他几句，可又怕因此引起不必要的交涉，只得压了压火气，用平缓的语气说道："日意格呀，你的来意，本部堂已经知道了。你是担心，本部堂离开福建浙后，船政局不再办下去，对不对？"

日意格忙应道："船政局是大人一手创立，如今大人要离开，那匹马却要来这里，船政局还想办下去吗？鄙人倒还好办，回任税务司也就是了，但德克碑与我国的技师怎么办？他是与我国外务部签订了契约的！"

左宗棠笑了笑，道："日意格呀，你同德克碑回船局理事去吧。本部堂明儿就向上头请旨，保证给你和德克碑一个满意的答复就是了！你呀，先把扣子系上，外面风大，不要吹出什么毛病。以后，船政局还要靠你和德克碑费心。"

左宗棠话毕，随手端起茶杯，口里随即道出一句："来人，送日意格、德克碑二位大人回署！"

日意格还想说什么，两名侍卫走进来，连拉带劝地把一行人好歹弄出去。日意格等人退出去后，徐宗幹愤愤地说道："这些洋杂种，太放肆了！爵帅面前也敢如此！还露出黑毛吓唬人！"

胡雪岩也忙道："司里一会儿就去船政局同这个洋杂种算账！他要不肯向爵帅赔理认错，司里便不会罢休。惹急了，司里去找福州领事白来尼，让白来尼来教训他！这个洋犊子，太没教养了！"

左宗棠摆摆手说道："本部堂适才想了想，日意格所担心的呀，也并非全无道理。我大清国，有始无终的事情的确不少。船政局这件事啊，本部堂还须向上头请旨。"

当晚，左宗棠在着文案拟就《详议创设船政章程购器募匠教习》、《密陈船政机宜并拟艺局章程》二折的同时，又附《船局事件仍必会衔具陈以昭大信》一片。

左宗棠在片中奏请，为防洋人猜忌，自己离开以后，船政局遇有事件，可否与沈葆桢联名奏报？

说一千道一万，左宗棠最不放心的还是马新贻。

当晚歇下后，香姑娘见左宗棠一连十几日计议船政局的事，不由问道：“老爷，朝廷已明降谕旨，让沈大人出任船政大臣，专管船政局，您如何还不放手啊？您即将督兵出征，听说陕甘气候变化无常，极其恶劣，您该好好休养一下体力才是啊！”

左宗棠用手摸着香姑娘的头发，叹道：“香儿啊，老爷我今年还差几天就五十五岁了，这船政局呀，也可能是我一生当中，办得最大的一件事情。办得好呢，有可能扬名千古。要是办不好啊，就遗臭万年了！朝廷派别人来总督福建浙也就罢了，却偏偏放马穀山！老爷我如何敢轻易放手啊！香儿啊，吴仲宣即将到任，我也即将离任，你同夫人也即将回湘阴。夫人有病，你不要同她闹意气，要替我照顾好她的身子骨。”

香姑娘小声道：“奴婢主意已定，奴婢是不会跟着夫人回湘阴的。老爷已经这么大年纪了，又去那么远的地方，奴婢不会放心老爷一个人去的。老爷以后不管到哪儿，奴婢都要跟着到哪儿，决不离开半步。”

左宗棠笑道：“你这个香儿啊，陕甘天气恶劣，常常飞沙走石，你们女儿家怎么能去？你要听话，好好跟着夫人回湘阴去住。老爷我呀，用不几年就能回任的。到那时候，你就是想离开我，怕也不能了。”

香姑娘坚决地说道：“奴婢主意已定，就算陕甘是地狱，奴婢也决计是要去的，除非老爷让人把奴婢乱棍打死，否则谁都休想让奴婢改主意！”

转天，一道圣旨又十万火急递进福建浙总督衙门：马新贻毋庸调补福建浙总督，福建浙总督着吴棠署理，徐宗幹仍任福建巡抚。送走传旨差官，左宗棠长出一口大气。

沈葆桢来到福州船政局拜印视事的第二天，吴棠也带着一应随员及家小乘船来到福州。

左宗棠先把一家大小移出督署居住，这才同吴棠办理交割事宜；三道圣旨正在这时递进总督衙门。

左宗棠与刚上任的福建浙总督吴棠及徐宗幹，布、按两司等人急忙跪地接旨。

第一旨同意了左宗棠的请求，以后沈葆桢奏报船政局情况，左宗棠可以列名；第二旨却是命左宗棠不必来京请训，迅速赶赴甘肃督办军务；第三旨命令左宗棠可由湖北进军陕西，先“征剿南山之贼”，局面好转之后，再赴甘肃。

三道圣旨三个说法，可见朝廷也是方寸大乱。

左宗棠万没想到陕甘的局面变化如此之快，接旨的当日，便匆匆与吴棠、沈葆桢等人办了交接，第二天就督率亲兵六营离开福州，由江西赶往湖北。香姑娘此次随行出征，沿途照料左宗棠起居；左宗棠眷属则由吴棠派人雇船送回湘阴。

隐秘往事

同治五年（公元1866年）十二月二十六日，左宗棠与刘典在汉口后湖大营见面。刘典旧部已先期抵鄂，计二十营万余人。刘典接到帮办陕甘军务圣谕后，奉左宗棠札委，又在湖南募勇十营，现在统带兵勇总计一万六千余人。

昔日患难老友，在新年将至的时候相见于军营，商议进兵的事，心头自有一番无法言表的感慨。这时，湖广总督李瀚章乘轿来到汉口后湖大营，邀请左宗棠、刘典二人进武昌居住，一同过年。

李瀚章笑道：“左爵帅、刘臬司，离大年只有几天时间，本部堂已在总督衙门备了好酒好菜，我们三个好好过个年。本部堂另外又将爵帅的令兄宗植先生请到了总督衙门，还有监利王柏心，也想见爵帅一面。王柏心专攻兵学，说不定能与爵帅谈到一起。本部堂已派人去请了。”

左宗棠与李瀚章是早就相识的，咸丰十年左宗棠到宿松大营见曾国藩时，李瀚章同其弟李鸿章还请左宗棠吃过一顿酒。李瀚章当时正为曾国藩办理粮台，因做事认真，深得曾国藩倚重。

左宗棠见李瀚章诚意相邀，不好推却，只好将营务料理了一下，便同刘典一道，随李瀚章到武昌居住。但王柏心因为外出访友，已离家多日。在总督衙门，左宗棠见到了一别多年的二哥宗植。

左宗植比左宗棠整大八岁，时年已六十有三，所幸身体还硬朗，须发也未全白。兄弟见面，自有一番衷肠要述，宗植悄悄对左宗棠说道：

"三弟，你知道为兄为什么从湘阴赶来见你吗？这一则是因为我们兄弟多年未见，为兄实在想你之故，一则也是因为你那几个不成器的侄子。还有另外一层原因，就是我们的大嫂。三弟呀，自父亲故后，你便一个人离开家中考入城南书院，之后，就再未与大嫂说过一句话。为兄知道，若不是大嫂逐你过紧，你也不能去考城南书院。但你也有不是，她毕竟是我们大嫂，大哥走得又早，她一个人替大哥拉扯几个孩子着实不易，你不该做到总督之后，就不回老家看她了。你是总督大员，总不能跟女人一般见识。为兄这次来，就是盼你能随我回湘阴一趟，扫扫父母的茔地，给祠堂上上香，顺便也跟大嫂说上一句话。"

左宗棠习惯地摸着胡子说道："二哥能到武昌来，为弟的心里着实高兴，可二哥不该谈起从前的事情。二哥既然说起从前的事，为弟也正有一肚子话想说。父亲故后，大嫂欲吞为弟该得的那份祖业，竟天天恶语相向，又串通族长，设千方用百计想将为弟逐出家门，铺盖都不给。

"为弟被逼无奈，只好躲进破庙里将就了一夜。第二天，为弟思来想去，也实因书院有膏火、住处，这才一狠心舍了院试考取了城南书院。为弟为能参加是年乡试，不得不借银以捐监生应试，也才入赘妻家讨食。二哥不是不知道，在我湖南，一个男人但凡有一点办法，也不会入赘[①]到妻家讨食的。这是让祖宗丢脸的事啊。大嫂当初如此待我，二哥为什么一言未发呢？二哥那时已娶二嫂，也在靠着父亲留的那份薄田过活。二哥当初若站出来替为弟说上句公道话，或替为弟张罗些银两纳捐，为弟又何必到别家的屋下乞食呢？"

左宗棠话未说完，眼里已经滚出豆大的泪珠来；他憋了几十年的话，终于可以说出口了。左宗植听了面红耳赤，许久开言不得。

左宗棠流泪说道："大嫂天良丧尽，她今生今世，都不要指望我跟她说一句话了。我当真有一天当面称她一声大嫂，她肯定得折寿。"

左宗植叹气说道："大嫂是当真把三弟的心伤透了。咳，这样一个不贤的女人，爹娘当初怎么就相中她了呢。"左宗棠不语，只是流泪。

见三弟如此悲切，左宗植也不由落下泪来。左宗植了解三弟的性格，也深知在妻家乞食的不易。他红着脸道："三弟，你也不能尽挑为

①男方到女方家里落户，也称"倒插门"。

兄的不是，族长不容为兄说话呀！何况，大哥早逝，两个孩子又小，大嫂仅靠父亲的那份薄业过活，也实在难以为继，依当时情形，族长所为不全是错处。三弟呀，我兄弟二人，都是读圣人书长大的，我们不能总记着别人的错处不是？”

左宗棠抹了一把眼泪说道：“二哥，我兄弟见面一回不易，又都这个年纪了，还是说些别的话吧。二嫂的身子骨怎么样？我托人送给她的人参收到了没有？那是皇上赏的正宗高丽参，补血补气最是见效了。”

左宗植忙道：“为兄正要同你讲这件事。你捎过来的人参不仅收到了，而且已经给你二嫂熬了两片喝了。你二嫂喝了人参之后，不仅不再气短，脸色也红润多了。你二嫂现在在家里，是天天念叨你的好。她还说，她当初进我左家的时候，就看你同常人不一样，将来一定有大出息！真没想到，还真让她料中了！”

左宗棠把眼泪擦干，缓缓说道：“二哥呀，为弟此次去陕甘赴任，已委托吴仲宣制军，雇船委员将诒端及孝威他们几个送回湘阴。她们回到湘阴，还回老宅去住，又累您照料了。孝威读书尚可，孝宽他们几个的功课却不能放松。孝威十六岁中举，孝宽已经二十一岁，尚未考取生员，这怎么行呢？”

左宗植说道：“三弟呀，你也不能心急。圣人说，功名富贵原本天定，什么时候考中生员，什么时候考取举人，那是命里早就安排好的，一丝一毫都不会错。比方说你我兄弟二人，同年中举，为兄还是科乡试解元，结果怎么样呢？三弟你已经得封伯爵，官至一品总督，为兄仍在故里开馆授徒，还是个不名一文的老举人！这难道不是命吗？富贵本天定，半点不由人哪！”

左宗植的一番话，把左宗棠说得高兴起来，他笑着说道：“二哥，现在回想起来我还疑惑，您说，我三次进京会试不中也就是了，您可是解元，怎么竟也考不进甲榜呢？您这不是掌恩师徐大人的脸吗？”

左宗植摸着胡子笑道：“为兄说得不错吧？这就是命啊！命里该进甲榜，你不用十分用功也能考中；若命里没有甲榜，你就算一榜考取了解元，也还是进不了甲榜！你就说湘乡的曾涤生，长了对三角眼，真是貌没貌，才没才，整个湖南谁不说他笨哪？可就是这么个人，不仅考取了举人、进士，还被点了翰林，成了天子门生！如今更不得了啦，又是两江总督又是钦差大臣，还被封侯拜相！这都是他命里有啊！”

左宗棠忙小声说道：“二哥，您这话可千万不要同别人乱讲啊！现在的大清国，可全靠曾涤生支撑着呢。这话要传到沅甫的耳中，他非找我们兄弟拼命不可！”

左宗植忙道：“为兄不过是随便说说，看把你吓的！为兄读了一辈子的圣人书，哪能不知轻重呢！为兄也知道，这些年曾涤生没少帮你的忙，为兄不过一时高兴，说几句家里话。何况，曾氏兄弟与三弟之间的矛盾，也是全湖南尽知的。”

左宗棠长叹一口气道：“为弟与涤生相国之间，只有公事之争，而无私情之曲；与曾老九之间，亦无甚大矛盾，实为老九自闹意气。二哥，您适才所言几个侄子不争气，莫非是想让他们弃文从戎？”

左宗植点头说道：“三弟所言不错。如他们都像孝威一般争气，为兄是不会行此下策的。三弟知道，孝诚年届不惑，至今仍未考取生员，脾气还老大，动不动就打骂下人。长此下去，不仅毁了他，也毁了三弟你创立的一世英名。你二嫂为此很是上火。为兄反复思虑，既然孝诚读书无成，不妨就跟着你到外面去历练几年，或许能出息个人。这也是你二嫂的意思。三弟以为呢？”

左宗棠沉吟着说道：“二哥说得固然不错。但跑马沙场，征战杀人，却非我辈所愿。想起从前，一次涤生写信给我云：‘杀人实乃人世间最为损寿之事’，这句话我一直记着。为弟累年出征，东征西讨，杀人何止十万数！我辈生逢乱世，不得不为之，但我左家后人，却不能再行此事。为弟之意，不妨给孝诚先捐个监生。他若能考中举人固然好，若不能考中，总算也有个功名，为其他几个弟弟立个榜样。二哥，您认为我说的对不对呢？”

左宗植想了又想，说道：“三弟呀，大哥家的孝廉也不是个争气的人。日子过得原本就窘迫，下人都用不起，还成天装爷。不光喝酒耍疯，还整日去赌，赌输了就打骂他娘。有一次我去省城，他竟然把大嫂打得满大街跑。”

左宗棠忽然起身说道：“二哥，天已是太晚了，明儿我还要和克庵，计议在汉口设立陕甘后路粮台的事。说不定，还要有旨递到。刘霞仙与乔健侯不和，也不知他们两个闹成什么样了，我们歇吧。”

左宗植愣了一下，只好长叹一口气，默默地点了下头，他知道，这个倔犟的三弟，恐怕一生一世都不会原谅大哥、大嫂了；入赘妻家乞食这件事，大概让三弟伤心太重了。想到此，左宗植悔得恨不能抽自己一顿嘴巴。

不久，左宗棠收到军机处抄发给各地督抚的圣谕。圣谕题目是：陕省糜烂至极谕曾国藩严檄鲍超、刘松山等兼程赴援并将前陕抚刘蓉革职回籍。

原来，捻军占据了陕省大部分州、县，且逼近了省城西安后，乔松年檄刘蓉率军迎战，结果大败，除刘蓉逃回外，麾下各路将领均不知下落。乔松年紧急上奏朝廷请调援军。

朝廷无奈之下，只好先将刘蓉革职勒令回籍，又派曾国藩、李鸿章二人严檄所部鲍超、刘松山等大将急速统兵援陕。该谕最后特别强调了一句："将此由六百里谕知曾国藩、李鸿章、左宗棠、李鹤年、赵长龄、乔松年，并传谕鲍超、刘松山知之。"

李鹤年是湖南巡抚，赵长龄原任陕西巡抚，被革职后由刘蓉署理，现接替刘蓉帮办陕西军务并署山西巡抚。鲍超、刘松山二人现均在剿捻前线，随同曾国藩作战。

左宗棠读罢圣谕先是大惊失色，继而便是连连叹气。陕西的形势真可谓一日多变，他现在唯一的希望，便是曾国藩能及时将鲍超、刘松山二人调派入陕，以期能保住省城西安。至于朝廷为什么要调派鲍超、刘松山援陕，鲍超、刘松山离开剿捻前线，曾国藩能否支持，二将饷源何出，这些都在左宗棠心里存下了问号。

午饭的时候，大营又收到军机处转发的国子监祭酒车顺轨的一篇折子。左宗棠读了车顺轨的折子后，这才知道朝廷飞催曾国藩严檄鲍超、刘松山二将援陕的真正原因。

国子监是大清国的最高学府，祭酒，从四品，相当于现今的国立大学校长，但比校长位尊。车顺轨籍隶陕西，一直密切关注家乡的形势。有一天，车顺轨收到同为陕西籍广东候补道李宗沅的一封信。李宗沅回籍养病，目睹了陕西的情况，心里很是焦急。据李宗沅函称，捻军张宗禹和宋景诗部进入陕西，先是盘踞在二华，后来就突然逼近西安，然后又东扰蓝田，围困多日，却又开赴临潼的新丰、阴槃一带，与官军对峙。现在张宗禹捻军直奔西安。官军行至灞桥一带，便被捻军包围，湘军一营全部战死，总兵萧德杨阵亡。现在西安已被捻军团团包围，危如累卵，朝不保夕。车顺轨接函便上折。朝廷于是把车顺轨的折子转给左宗棠，用意不言自明，希望左宗棠尽快入陕。

车顺轨的折子最后写道："伏思关中为形胜之区，自回逆倡乱以来，百姓蹂躏，已不堪言。现在省城被围甚急，粮断援绝。若不飞调劲旅立即救援，断难保守。左宗棠到尚需时日，合无仰恳天恩，即饬提督鲍超、刘松山二军无分星夜迅速赴援，以救生灵，而保关辅。"

左宗棠读了车顺轨上奏的这个折子，已无法在武昌城内住下去，当日便回到汉口大营。

左宗植见左宗棠公务繁多，也只得提前离鄂返湘。临别，左宗棠送左宗植纹银五百两贴补家用。

左宗植始不肯收，后见左宗棠说出"原本想多给二哥几两，怎奈为弟的养廉已借与船政局使用。如今将赴陕甘，尚不知饷银何出"这样的话，才急忙收下，匆匆别去。

第四章
老部下指点左宗棠怎么送礼

钦差大臣

同治六年（公元1867年）正月初一，左宗棠接到六百里快马递到的圣谕："陕甘总督、一等恪靖伯左宗棠，着授为钦差大臣，督办陕甘军务。钦此。"

显然，为事权归一，朝廷经过反复考虑之后，不得不把"钦差大臣"职衔授给左宗棠，以便左宗棠能在粮饷募勇之事料理完备后，尽早入陕，扭转陕甘的被动局面。

接旨不久，左宗棠又收到杨岳斌及刘蓉快马送到的信函各一件。

杨岳斌在函中向左宗棠通报，老湘军统领刘松山所统带部队十七营，马队三起，已飞速抵陕并解除西安之围，并通报鲍超各营，因粮饷尚未备齐加之鲍超本人旧病复发，全队尚未开拔的实情。

刘蓉则向左宗棠讲述了因乔松年掣肘，致使"月饷欠悬，饥寒交迫，死者无葬埋之费，伤者无医药之资，各军将领日来弟寓泣诉"的窘境。读过刘蓉的信，左宗棠气得一夜未眠，他暗道："陕省局面坏得如此之快，全系乔松年滞怠饷糈所至！"

所幸刘松山已抵西安，这总算能让左宗棠松上一口气。

左宗棠就陕甘目前的形势以及如何办理等事，给朝廷拜发了《敬陈筹办情形》及《筹拟购练马队》，又附《恳恩敕下杨岳斌、刘蓉悉力支持》一片，恳请朝廷自己未到任前，仍由二人主持大局，自己可以从容展布；抵任后，与二人共同维持局面，把陕甘两省的局势稳定下来。

左宗棠以为，放刘蓉做陕西巡抚，一定比乔松年任巡抚更合适。刘蓉久经战场，颇知兵事玄妙，而且筹饷有方。左宗棠担心刘蓉革职回籍后，再难有出头之日。于公于私，都该上折奏留刘蓉、杨岳斌。

但朝廷并不这么想，一个月后，圣旨下到大营，驳复了左宗棠奏留刘蓉的请求。圣旨以不容回旋的口气写道："杨岳斌迭经有旨，责成将甘肃军务妥筹整理，准归该督调遣。刘蓉于捻踪入陕后，屡次催令出省，终以抗违，去冬灞桥之挫，已降旨将其革职，毋庸留陕，以为疲玩者戒。钦此。"左宗棠长叹一口气，只得作罢。

转日，左宗棠着刘典统勇先期入陕，自己拟待马匹、枪械以及粮饷办理妥帖后，再拔营跟进。

刘典离开汉口第五天，左宗棠又收到朝廷十万火急递来的圣旨，告以据陕西巡抚乔松年奏报，陕西形势危急，军心、民心日渐涣散，着其迅速入陕，勿在鄂停留。

圣旨最后命令左宗棠："该大臣务当先其所急，迅往镇压，并以屏蔽晋、豫，断不令遽行入甘，致碍该大臣种种布置。"

左宗棠接旨色变，等传旨差官离去，便大骂道："这个乔鹤侪，他这是发得哪门子神经？陕甘粮饷无出，不把粮饷料理妥当，你让几万大军怎么剿贼！陕省的事，是生生坏在他这个王八巡抚手里！本部堂到陕后，看怎么同他算账！"

骂归骂，气归气，左宗棠又不敢不奉谕拔营。他只能一面西行，一面料理未尽事宜。途中，左宗棠陆续接到圣旨。

一旨曰："杨岳斌奏八旬老母病重，自身病亦增剧，恳请开缺回籍。着宁夏将军穆图善暂署陕甘总督，准杨岳斌交篆回籍。"

左宗棠收到此旨苦笑不止，杨岳斌、刘蓉这两位同乡，他一位也没有留住。

一旨曰："裕瑞奉旨赴蒙古等地为入陕官军采办马匹已成，现已分起解赴陕甘总督衙门，交穆图善；富明阿奉旨已率麾下吉林马队五营，并新募年力精壮炮手千余名，拔营向陕西进发。"

一旨曰："两江协饷已由曾国藩、李鸿章派人送抵西安，四川、福建浙协饷已启运。"

同治六年（公元1867年）四月初八，左宗棠率军抵达樊城。

在樊城，左宗棠收到穆图善军情快报，称："入侵新疆的中亚浩罕汗国帕夏[①]阿古柏，已统率麾下安集延人，突然占领库尔勒以西地区，并赶走新疆伪回王布素鲁克，公然建立'哲德沙尔'汗国，自封'毕条勒特汗'"。

左宗棠读了穆图善的兹文后，又是几夜不得安枕。他私下对香姑娘说道："这个阿古柏洋犊子，他是欺我大清无人吗？待陕甘平靖，看本部堂怎么收拾他！"

宁夏将军穆图善，字春岩，满洲镶黄旗人，那拉塔氏，是有名的揽权不干事的主儿，与军机大臣宝鋆的关系最好。初以骁骑迁参领，同治二年（公元1863年），随多隆阿阻击太平军陈得才部西进陕甘，战败之后，却把责任推到多隆阿头上。

多隆阿还没来得及辩解，穆图善已通过宝鋆的举荐，升任西安左翼副都统，两年后继多隆阿署钦差大臣。同年夏，又是宝鋆说了话，赏一品顶戴补荆州将军，与刘蓉会办陕甘军事。次年调任宁夏将军，会同总督杨岳斌继续办理陕甘军事。他自恃边务老臣，圣恩又好，自然不肯屈尊于人下，刘蓉与杨岳斌竟全不放在他的眼里。他要办的事情，全陕甘没有人敢道半个不字。按大清官制，总督与将军虽是平行的，但地位，总督却是高于将军的。但在陕甘，无论总督杨岳斌办理何事，若不征得穆图善同意，他就办不成。明眼人一眼就能看出，陕甘的局面如此糟糕，全是总督、将军、巡抚互相掣肘出现的结果。

六月十八日，左宗棠抵达陕西潼关。

在潼关，左宗棠接到穆图善、乔松年十万火急发来的咨文称："原定济饷除两江按额如期到陕，其他济饷均未解到；如今粮饷不继，入陕各路官军人心浮动，均有哗变之象。"

---

①中亚浩罕汗国，在今俄乌兹别克斯坦共和国境内；帕夏，是总司令或最高军事长官之意。

左宗棠接文大惊，不得不飞檄福州船政局胡雪岩，命其速赴上海向洋行借款二百万两以救急。左宗棠在信里交代胡雪岩，此次借款，长短局均可，仍用各省济饷做抵押，拿陕甘的国课做担保。给胡雪岩的信让快马送走后，左宗棠又飞檄乔松年，着乔松年加紧筹饷以稳军心，并让乔松年转饬陕西藩台林寿图，倾陕省现有银额解营，不得有误，如其不然，定当严参！

左宗棠当晚又紧急给朝廷拜发了《奏请商借洋款以急需》的折子。在潼关耽搁了五日，左宗棠正要起程前行，不期赏二品顶戴候补巡守道刘锦棠，统率七营老湘军人马赶到这里。

刘锦棠是奉刘松山与乔松年之命，特赶来潼关接应左宗棠的。一见刘锦棠，左宗棠分外高兴，当即命令各营驻扎原地不动，决定和刘锦棠会商后再决定进止。

后生可畏

左宗棠如此高看刘锦棠是有原因的。刘锦棠是湖南湘乡人，字毅斋，以监生捐县丞。其父名厚荣，早年投湘军，与太平军作战身亡。为报父仇，他弃县丞不做而随叔父刘松山同投曾国藩麾下。

刘松山被曾国藩拔为营官后，他为刘松山办理文案，闲暇则与兵书战策为伴，深得曾国藩嘉许。刘松山临阵对敌，每有疑难，亦与之商议。其每献计于刘松山，使刘松山每战必捷，直累功至提督衔，与鲍超齐名；刘锦棠本人，也因佐刘松山兵事有功，被曾国藩保举成二品顶戴候补巡守道，并拨七营人马归其统带。刘锦棠早年丧父，一直视刘松山为父。刘松山也因连年征战未娶，视锦棠如子。

刘锦棠时年不过二十八岁，如此年轻，能有如此之成就，在当时的大清来说，的确是凤毛麟角，既难得又罕见，左宗棠不能不高看一眼。

刘锦棠到潼关的当晚，左宗棠向刘锦棠询问了一下在陕各军的情况。刘锦棠道："世叔容禀，晚生以进陕后所见情形而论，陕事如此不易措手，实则是在兵而不在将，粮饷倒在其次。"

左宗棠见刘锦棠发出如此言论，当即一愣，不由笑着问道："毅斋，本部堂接到督办圣谕，首先想到的便是饷事。你也知道，本部堂每次出征，总把饷粮列为首要。所谓兵马未动，粮草先行，说的也是这个。你如今讲粮饷倒在其次，这可大出本部堂意料之外了。你几年来，一直以兵事为主业，你来说说看。”

刘锦棠想了想，说道：“世叔，这里就我们叔侄二人，晚生有思虑不周的地方，世叔既莫怪晚生妄言，也莫笑晚生无知。晚生大胆以为，现在在陕的捻贼张宗禹大队人马，主要以马队为主，步队次之。而我入陕之各路官军，则是步队为主，马队次之。曾相国在徐州师久无功，也是缘于我各路官兵步多而骑少之故。”

左宗棠哈哈笑道：“毅斋所言极是，你大概已经听说，本部堂上奏朝廷，让裕瑞到蒙古买马的事了吧？现在裕瑞已将马匹运送到兰州，穆图善正在择将选勇设立骑营，相信月余可成。毅斋，你大概也没有想到，本部堂会有此一策吧？”

刘锦棠微微一笑，道：“裕瑞将马匹运送兰州的事，晚生不仅早就知道，而且最近又风闻，督标营因粮饷不继，穆大帅正将这些马匹，陆续拨给各营宰杀充食。晚生还听说，世叔让裕瑞采购马匹数目是两千余，裕瑞实际解送的只是一千八百匹。如果督标此时仍无粮救急的话，裕瑞解送的马匹，应该能剩一千匹左右。”

刘锦棠话未落音，左宗棠已是惊得瞪大双眼，张大嘴巴，一脸的困惑。刘锦棠见左宗棠呆若木鸡，不由接着说道：“世叔如此吃惊，大概是没有想到吧？其实想想也不奇怪，裕瑞匆忙奉旨，他如何能在十日之期，购到几千匹战马？不把些老弱病残拿来充数，他如何能向上头和您老交差呢？穆大帅久屯边关，最知马之优劣，上不得沙场的马匹，不让兵勇宰杀充饥，您让他老留之何用？草料都供不起呀。”

左宗棠这时才像醒过神来似的，道：“毅斋，你适才讲的这些，是从哪里听来的？如真像你说的那样，本部堂购马匹的这几万两银子，可不是打了水漂？你说的这些，究竟是不是真的？风闻可不行啊！”

刘锦棠答道：“世叔莫急，大概这一两日，穆帅的军报就能递到。但不管怎样，晚生已经料定，裕瑞采购的这批马匹，能真正上沙场的不会很多，恐怕连一个骑营都建不成。世叔，晚生一直有个疑问，不知当讲不当讲？”

左宗棠忙道："你有话尽管讲就是，不要藏着掖着。这方面，你不如令叔寿卿痛快。"

刘锦棠道："晚生想问世叔一句，采购马匹本系为建骑营所用，像这样的一桩大事，世叔怎么不委托黑龙江将军特普钦或者吉林将军富明阿去办呢？"

左宗棠小声说道："特普钦正在病中，富明阿呢，本部堂又未与他打过交道，有些信他看不着。何况，富明阿素有贪名，本部堂亦怕他狮子大张口。本部堂派裕瑞赴口外购马，是因为裕瑞执掌过太仆寺，应该懂马之优劣嘛！"

刘锦棠接口说道："普天下人都知道，裕瑞最会吃马，却从未听说过他会相马。一匹马能出多少斤肉，多少斤筋，没人能赛过他。"

左宗棠急忙挥挥手道："毅斋，你不要说下去了。本部堂想和你计议一下，眼下在陕各路人马，纷纷断粮断饷，当如何才能稳定军心？你入陕已有些日子，又和捻逆与匪徒交过手，你说说看。"

刘锦棠沉吟道："世叔容禀，晚生以为，粮饷相比，粮为第一，饷次之。世叔应当先派快马分赴河南、山西两省，去向赵长龄抚台、李鹤年抚台求援，先商借一批粮食应急。朝廷已有旨着赵抚台帮办陕西军务，他不能不借粮于我。山西则是陕西的邻省，李抚台也自无坐视之理。粮食一到，军心自可稳定。

"第二步，世叔可上奏朝廷，请吉林将军富明阿选派炮队赴陕，以防捻军狂奔无度。若饷有着落，世叔先要派人去和富明阿联络，请他代购一批军中用马，先期采购五千之数，陆续增至一万匹。世叔可就在潼关方圆，从各营抽调兵勇设立骑营，酌派明白此道之人出任营官，请总兵、提督衔的大员分统之，最迟不过三五个月，必能成军。

"晚生大胆以为，规陕甘之道，由骑兵追剿，用炮营轰击，以步兵围而歼之，方能大见成效。"

刘锦棠话毕，打开身边的护书，从护书里拿出几张草图来，递给左宗棠道："世叔请看，这是晚生自绘的一张追剿路线，最后这里，便是围歼捻贼的地方。"

左宗棠接过图纸，不由感慨了一回："本部堂年不过五十有六，但同你相比，的确老了。现在的督抚当中，本部堂自忖兵书读得最多，也不怕打仗，但和你这个年轻后生比起来，考虑事情就有些迟钝。人哪，不服老不行啊！”

刘锦棠忙道：“晚生没有把世叔当成外人，才放胆说了这些。世叔倒如何讲出了这些话？这不仅是在打晚生的脸，其实是在逼迫晚生以后闭嘴！”

左宗棠一把拉过刘锦棠的手，动情地说道：“毅斋呀，你我形同父子。本部堂适才所言，本非自谦，是心里话。本部堂是真的老了！毅斋呀，你应该知道，本部堂几年征战，都是在福建浙一带，那里的气候，与我湖南相差无几。陕甘气候不仅大异于我湖南，地形地貌也与本部堂想的大不一样。这其实也正是本部堂奉命督办陕甘军务后，一直被动的原因。厚庵与霞仙在这里几年，已熟知这里的情形，但上头偏偏不容他们在这里多待一日。本部堂有些事情，想找个商量的人都没有！有人从京里给本部堂写信，说这是官相国给上头出得主意。

“官文这个老犊子，他这是想把本部堂一世的英名，给毁在这里呀！我湖南有句老话：‘最毒莫过妇人心’，可本部堂却以为，这话说得不对。本部堂以为，最毒不过官文心哪！这个狗杂种，本部堂早晚找他好好算算账！毅斋呀，就依你所言，本部堂暂时驻节潼关或临潼，先向赵长龄、李鹤年借粮救急。等胡雪岩把洋款借到手后，本部堂第一件事就着手选勇设立骑营。”

左宗棠随后派出几路快马，召集各路将领连夜到潼关议事。

刘锦棠回营后，左宗棠躺在床上许久未眠，他在反复思考刘锦棠讲过的每一句话。

左宗棠辗转至夜半，口里忽然冒出一句令香姑娘莫名其妙的话：“生子当如刘毅斋，生子当如刘毅斋呀！若非这个龟儿子及时提醒，本部堂不知要走多少弯路。”

香姑娘怕惊着左宗棠，原本在侧佯睡，如今见左宗棠口里说起话来，她也就只好睁开眼睛说道：“奴婢一直以为老爷半夜不眠，是在为眼前的局面发愁，却原来是在想毅斋这个人。刘毅斋与大少爷孝威年岁相仿佛，奴婢以为，毅斋虽熟读兵书，又聪颖过人，可惜只是个监生出身。我们孝威，可是个举人哪！”

左宗棠笑着摇头道：“他们两个不能这样比呀！毅斋虽出身监生，

但他所学，正是当今所用之学，不要说孝威仅仅是个举人，就连一些甲榜出身的人，也无法与他相比。我大清不缺相国，不缺军机，更不乏督抚，却偏偏就缺少像毅斋这样的少年才俊。”

几乎就在各路将领到达潼关的同时，左宗棠收到陕西巡抚乔松年从西安紧急送过来的告假单子。

乔松年在告假单子上报称：“忽染头晕腹泻急症，已向朝廷告缺，请爵帅速派委员到西安料理粮饷各事。”乔松年不早不晚，偏赶在这个时候向左宗棠摔起了印把子，这无异是在向左宗棠示威！左宗棠把乔松年的告假单子撕碎，扬手丢进纸篓里，权当没有收到。

此次到潼关面见左宗棠的各路将领有：署陕西按察使帮办陕西军务的刘典、二品顶戴候补巡守道刘锦棠、提督衔老湘军统领刘松山、提督衔楚军前路先锋总兵刘端冕、楚军二路先锋总兵衔周绍濂、刘松山帐前提督衔统带总兵杨和贵以及吴士迈、甘肃臬司张岳龄、广东提督高连升等。另有原在陕境随同刘蓉作战的五名提督衔统兵大员，以及新授陕西提督郭宝昌、抚标统领随乔松年征战多年的总兵黄鼎等人，也先后赶到潼关。

各路将领在陕境与捻、回等军交战多日，面目上多少都有些狼狈，加之缺粮心躁，俱不见了往日时的从容气概。

左宗棠知道各位的苦处，到的当日，便让潼关知府衙门代购了几只牛羊宰杀，先行慰劳，待各路统兵大将吃好喝好后，这才传到一起议事。刘松山笑着对左宗棠说道：“爵帅呀，卑职南征北讨了几十年，还从没这么馋过！入陕三月肉不尝。这个乔鹤侪，他可把老湘军这几万人马给坑苦了。”

刘松山说完这话哈哈大笑，有意看了看坐在对面的郭宝昌、黄鼎二人，二人佯作没有听见。

左宗棠悄悄问刘典道：“乔抚台的病重不重？”

刘典一愣，默默摇了摇头，然后才小声说了一句：“抚台的气色比座中的哪位都好！”

左宗棠苦笑了一下，清了清嗓子说道：“我们议事吧。各位都说说这仗应该怎么打。”

当晚，左宗棠在灯下给朝廷拟了四篇奏折。

一篇是《请催各省原定协饷迅速解陕救急折》，一篇是《请饬吉林将军富明阿急调熟练炮手入陕助剿折》，一篇是《乔松年突发急病不能理事申请着刘典暂署陕西巡抚折》，一篇是《请饬吉林、黑龙江两地将军代购良马将在潼关训练骑营折》。四折之后，左宗棠又附《预陈剿抚回匪事宜》及《鲍超伤病情形》二片。

因军情瞬息万变，各路将领只在潼关住了两天便飞马回营。

临行，左宗棠将陆续由汉口粮台转运来的五万石米，分发给各路将领带回军中，又将手头仅有的八万两饷银交给各路将官，充各营十日之饷银，聊稳军心。

左宗棠离开潼关不久，圣旨开始陆续递进行辕。朝廷对左宗棠所请诸事一一照准，但对刘典暂署陕西巡抚一事，却给予否决，反倒给刘典提了一格：以三品京卿帮办陕甘军务，算是给了左宗棠一个面子。

左宗棠有他的理由，但乔松年也有乔松年的圣恩。左宗棠虽是钦命钦差大臣、陕甘总督，但他想撤换一省巡抚，却是不能轻易便办到的事。左宗棠除了一个人生闷气，无其他办法好想。

这时，李鸿章接替曾国藩，出任钦差大臣节制河南、山东、湖北、安徽等省的剿捻各军，同赖文光、任化邦统率的东捻军作战；曾国藩回任两江总督，为李鸿章督粮筹饷。

三个月后，经胡雪岩之手借到的首期洋款六十万两送达潼关。

胡雪岩在送给左宗棠的密信中称："另一百四十万两借款已有眉目，东亚银已答应商借，但利息非八厘不办。司里正通过盛杏荪与东亚银商谈，已许到六厘，东亚银尚未答复。"

左宗棠急忙给胡雪岩送快函一封，称："若东亚银坚持非八厘不办，亦可答应，不过改长局为短局可也。"

洋人借机抬高借款利息，这本在左宗棠的意料之中，但一下子抬高这么多，这还是让左宗棠吓了一跳，他只能用缩短还款日期的办法来减少损失，除此之外，也确实没有第二个办法。

左宗棠收到银子的第二天，即飞檄富明阿，请其速将代购的战马，委员送解潼关，并许以马到即付购马用银。

左宗棠随后行文各路将领，着派员到潼关领取一月饷银。不久，从山西、河南两省商借的军米运抵潼关；富明阿奉旨挑选的二千五百名炮手，也已开始陆续进陕。

五千匹战马到后，左宗棠札委刘锦棠赴各营选取兵勇，另成十营骑营之数，归刘锦棠统率、操练，新成骑队各营营官，则由刘锦棠自行委派。

左宗棠经过反复思虑，决定付刘锦棠以重任，大胆使用，以解决湘楚各军统兵大员接续不上的矛盾。

鲍超此次抗命不出对左宗棠打击颇大，若湘楚各军统兵大员济济一堂，相信鲍超是不敢以病抗命的。左宗棠已经意识到，鲍超、刘松山等一班名将老之将至，是真到了该为他们培养几个替手的时候了。

左宗棠把札委刘锦棠训练骑营的事函告于曾国藩，曾国藩回函赞之，称其为明智之举，又称颂刘锦棠“日后定能创立盖世奇功”。

左宗棠接信一笑，并不以为然。他一直对曾国藩的识人之学抱有怀疑。但左宗棠还是把曾国藩的回信送给刘锦棠阅看。刘锦棠的眼里流出了感激的热泪。以后，刘锦棠更加勤奋，几乎吃住在军营里。闲下来，不是研读兵书战策，就是会同各营营官，探讨骑营作战的方法及战守要略；十营又三起骑勇竟生生被他在三个月后练成。

左宗棠亲赴营地来观看骑勇的操练，看后甚觉满意，不多几日就命刘锦棠统带着这支队伍及原来的旧部，开赴征战前线。

陕西的被动局面开始渐渐扭转。

处乱不惊

同治六年（公元1867年）十月十六日，左宗棠收到福建浙旧时官员的来信，讲述吴棠受小人怂恿，极力排挤各员，各员不得不辞缺另投之事。左宗棠虽反复函致吴棠，吴棠仍我行我素。

在各路清军的层层压迫下，陕西一带的回民义军陆续撤往甘肃、宁夏等地；西捻军张宗禹、张禹爵及邱远才各部约六万余众，转向陕北，几日光景便攻占绥德、安寨、延川等县。刘松山提军追击，刘锦棠、刘典、高连升等各路将官，率部陆续跟进。

这时，左宗棠收到圣谕，却原来是各国即将与总理衙门换约，旨令沿江通商口岸的将军、督、抚陈述意见。左宗棠虽然是陕甘总督，但因船政局的关系，自然也在被询行列。

显然，朝廷想知道的是各将军、督抚对换约的看法，而左宗棠却想借机，把憋在心里许久的话说出来，通过此折告吴棠一状。

在折中，左宗棠所陈吴棠的罪状是：更改我定的章程，专听劣员怂恿，导致船局上下人心不稳。

此折拜发的当日，刘松山亲率中军十二营抵达洛河岸边。当时，中路郭宝昌十营，尚距刘松山有三十里的路程；郭宝昌之后三十里，则是安徽寿春镇总兵李祥和率所部三营。刘松山见天色尚早，决定先期过河，到洛州县城等待郭宝昌、李祥和的两路人马。

傍晚时分，刘松山率部到达洛州。刘松山一面令军兵安营扎寨，一面派出报马去打探郭宝昌、李祥和两路的进止情况。

当时正值深冬，陕北又极其寒冷，洛河结冰甚厚，光滑如镜，大军一轰即过，形如平地。但刘松山在洛州等来的并不是大队人马，而是郭宝昌派快马送到的一封救援文书。

刘松山展信一读，得知郭宝昌即将过洛河时，忽听后队传来枪炮声，他便知道一定是李祥和遇到了敌情，便马上命令后队变前锋，开回原路去接应李祥和，哪知就中了捻军预先设好的埋伏。他一面紧急给前路送信，一面和大队捻军交战。

刘松山不敢耽搁，随即传令拔营回援，但还是晚了一步。刘松山赶到时，大队捻军经郭宝昌等力战已经撤走，只留了一地的湘军伤亡将士。这一战，记名提督、安徽寿春镇总兵李祥和战死，记名总兵刘芸桂身受数枪，命亦难保。

刘松山详加统计伤亡兵勇，计伤三十八人，亡八十八人，大量粮食辎重被席掠殆尽。

刘松山气得哇哇一顿乱骂，他却是如何也想不明白，明明是他刘松山在追击捻军，捻军如何又从后面杀出来了呢？

左宗棠收到刘松山的通报，当即便断定是刘松山孤军冒进，让捻军钻了空子，于是就飞檄刘松山、刘锦棠、刘典等各路人马，只准互相策应齐头推进，严防单军冒进。

左宗棠当晚拜折向朝廷通报追剿失利的情况，并为阵亡将弁请恤、为出力将弁请奖。

刘松山等各路人马，接到左宗棠紧急发来的军命，不敢稍存大意，开始步步为营，互相策应着向前推进，终于在一个月后，将六万余捻军包围在绥德、安寨、延州等地。

陕西官军在完成对西捻军包围的同时，东捻军赖文光、任化邦约十万余众，也被李鸿章以长墙之工事，围困于黄河南岸、六塘河北岸、胶莱河西岸、运河东岸地区内。赖文光率部左冲右突，却连遭败绩，兵马损失惨重，形势极其危急。

为解救被围的东捻军，在陕西绥德一带受困的张宗禹，经与张禹爵、邱远才等将领商议后，决定出奇兵救之，来个围京救赖。

经过周密思考，张宗禹决定把突围地点，选在清军兵力最薄弱的宜州一带，拟从壶口踏冰桥渡过黄河，进入山西，再由山西飞马直奔京城，将统治大清国的两个女人和一个娃娃生擒活拿，趁势把满人逼出关外，重振天国大业，打李鸿章个措手不及，圆自己的一个皇帝梦。

张宗禹此计一出，各将领无不叫绝，当即分头准备。

同治六年（公元1867年）十二月十七，当晚子夜时分，全部捻军分由绥德、安寨、延州三地飞出，呼啸着扑向宜州方向，马踏尘土扬起的飞沙，赛似陡起的狂风，笼罩得天地朦胧。捻军此次突围速度之快，大出各路官军所料。各路人马提军追赶，却哪里赶得上？只好架炮猛轰。

捻军却全不顾忌炮火，只管一路猛杀猛冲，其势若排山倒海，其快如闪电雷鸣，转瞬即逝；眼见着踏冰桥飞过黄河，进入山西境内，把各路清军，生生甩在后面。

刘典飞报左宗棠。左宗棠大惊失色，连连跺足道："捻贼此行意欲何为？莫非想与东捻会合吗？"

左宗棠一面派快马给山西巡抚赵长龄通报消息，一面把西捻的去向通报给朝廷。

西捻军突围成功的时候，东捻军大部已被李鸿章所统湘淮各军所斩杀，仅赖文光一人率领千余骑，突破六塘河防线，正在沿运河东岸南下寻找突破口。

西捻军得知东捻军大部被杀的消息后，几乎疯狂了，他们以夜行百里的速度从山西呼啸而过，直入豫北、冀中北上，兵锋直达北京卢沟桥。

时任直隶总督的文华殿大学士官文，此时正在保定张罗着过年的事，忽然得到捻军从天而降的消息后，他竟吓得一句话都没说出口，便一跤跌倒在地，直跌得口歪眼斜，更是一句话也说不出了。

驻在天津的三口通商大臣崇厚，连夜把西捻军突然到来的消息，紧急上报给朝廷。大清国朝野震动，慈禧太后一面令恭亲王紧急调派直隶各军防堵，一面着令军机处连夜给官文、崇厚、李鸿章、左宗棠等督抚拟旨。圣旨快速飞往各地。

圣旨对所有在事督兵大员都给了程度不同的惩处："朝廷特命官文署理直隶总督，剿匪是其专责，乃毫无布置，任令捻逆北趋，日肆蔓延，实属有负委任。左宗棠于张总愚捻股未能在陕省就地歼除，致令纷窜山西、河南，扰及畿辅，调度无方。官文、左宗棠着交部严加议处。李鸿章身任钦差大臣，为朝廷素所倚畀，当此匪踪北扰，宜如何速派援军同心剿贼？乃迭奉谕旨，既未催令刘铭传暨善庆、温德勒克西等军趱程前进，又日久无一字复奏，是何居心？着拔去双眼花翎，并褫去黄马褂，革去骑都尉世职。李鹤年未能迅速出省督剿，会歼逆氛，以致捻逆窜入直境，扰及近畿，所调宋庆等援军又不遵旨饬令分途前进，失误戎机，着革去头品顶戴，并摘去翎顶。"

从圣旨中可以看出，官文、左宗棠是交部严加议处，李鹤年革除头品顶戴、摘去花翎，对围剿东捻的李鸿章惩罚最重：不仅被拔去双眼花翎，褫去黄马褂，还革去骑都尉世职！显然，慈禧太后是被西捻突然扑犯畿辅吓坏了。

左宗棠接旨完毕，先派快马檄催宜州各军，作速入晋追剿，一面把香姑娘安置到潼关城内居住，便连夜拔营赶往夏县，拟由闻喜、曲沃、介休直入直隶防堵。左宗棠的这个新年，眼看着只能在途中度过了。

同治七年（公元1868年）正月初九，左宗棠率亲兵十营五千人抵达介休，正是连日大雪，草木皆白，积雪厚达尺余，前路雪阻不能行。

左宗棠冒雪踏察地形，决定改由寿阳走井陉入直隶。大军顶风冒雪前行，极其缓慢，整整走了八天，才抵达寿阳。左宗棠在此感染风寒，咳嗽不止，但因军情急迫，不敢休息，仍带病前行，终于十八天后，由获鹿到达正定。在正定，左宗棠扎下大营，向朝廷拜折请示进止。

圣旨很快飞递过来，命其总统现在直隶之各省官军，并对各路人马作出详细部署，同时委左宗棠总统在直隶的各省官军。

左宗棠接旨，连夜拜发《总统现到各军筹剿捻逆》折，随后提军赶往定州，由定州赴保定督战。左宗棠行军途中又得到消息：东捻军最后一部在扬州被淮军吴毓兰部歼灭，首领赖文光被生擒，旨令就地处斩。至此，东捻军不复存在，李鸿章已亲率亲兵十余营到直隶景州督战。

二月初四，左宗棠行抵定州。当晚，左宗棠接到圣旨。原来是朝廷怕各督抚互相扯皮，为事权归一，决定派恭亲王奕䜣统率神机营出京。各督抚进止，悉归恭亲王一人调派。

旨曰："现在各路统兵大臣并各省督抚带兵入直剿办捻匪，虽经派令左宗棠总统前敌各军，仍恐各大臣等意见分歧，事权未能归一，以致呼应不灵。本日已明降谕旨，令各路统兵大臣并各该督抚等，均归恭亲王等节制矣。各该大臣、督抚等，于贼势军情俱当随时具报神机营核办。唯军情变幻靡常，一切进止机宜，仍应责成各该大臣等随时相度办理，不得专候神机营指示，俾免稽延贻误。左宗棠、李鸿章均系钦差大臣，现既归恭亲王等节制，自可一事权而免分歧。"

接旨在手，左宗棠长出一口大气，病情也陡然间好了许多。很快，恭亲王的王驾驶出京师，前中左右均有神机营兵勇护卫，地动山摇，很是威风。

双雄联手

张宗禹见清军倾全部兵力征剿，知京师已不能取，于是由晋州西南渡滹沱河南下，到新乡、滑县一带。

恭亲王随命各路在直官军跟踪追击，左宗棠亦不得不由定州赶往正定，由正定渡滹沱河向南追击。同年四月十四，左宗棠与李鸿章相见于吴桥。在吴桥，两个人就目前的局势进行了反复商议。

李鸿章向左宗棠提出，此次征剿西捻，非设长墙围困不能功成。很显然，李鸿章仍决定用对付东捻军的方法对付西捻军。

左宗棠经过反复思考，同意李鸿章的建议。李、左于是联衔上奏朝廷，共同向朝廷提出设长墙围困西捻的建议。鉴于京畿危险解除，恭亲王率神机营各部，不久即返回京师。

恭亲王进京的当日，慈禧太后便听从官文的建议，给李鸿章、左宗棠分别下达圣旨：钦命李鸿章总督追剿各军，左宗棠只率亲兵十营就近清剿。

圣旨语气极其严厉，限一月内将西捻军悉数荡平，否则便唯二人是问，严惩不贷。

接旨在手，李鸿章叫苦不迭，左宗棠也有些莫名其妙。但左宗棠很快便猜测出，这肯定是文华殿大学士官文向上头提的好建议。

左宗棠私下骂道："老王八，你害左老三也就是了，如何还把李少荃给捎带上！"李鸿章接旨也是大感意外，却又不能不奉旨行事。官文此时已交卸直督印绶，奉命回京养疾。官文想害左宗棠，却偏偏捎带害了李鸿章。

西捻军如此能征惯战，又全系骑兵，奔走如飞，各路官军如何能在一个月之内将其荡平呢？官文的建议，慈禧太后偏偏就相信。恭亲王明知官文此举是在借机泄私愤，却也无奈，只能照慈禧太后吩咐的去做。

一个月的时间很快过去。尽管李鸿章、左宗棠二人日夜调兵遣将，虽也小有几次胜仗，但对西捻军的大队人马，却无计可施，仍任其奔走自如。朝廷无奈之下再颁圣谕，决定钦命都兴阿钦差大臣，接替恭亲王统带神机营并指挥各军，对左宗棠、李鸿章严惩不贷的话，反倒不再提起了，仅仅以交部严加议处而已。

送走传旨差官，李鸿章望着左宗棠，左宗棠望着李鸿章，两个人都是一脸的苦相。

李鸿章小声说道："爵帅，这都兴阿接替恭亲王来督师，我们所议的长围计划大概难以实施了。都兴阿同僧王爷一样，只会带着马队穷追猛打，谋略是一丝也无。"

左宗棠抚着胡须说道："你我二人若听都兴阿的，这西捻只会越剿越多。何日功成？实无定期耳！"

李鸿章沉思良久，默默无语。左宗棠小声说道："少荃爵帅，我想了想，这西捻军要想荡平，还须用你的长围之计不可。"

李鸿章摇头苦笑道："长围不能一时奏效，都兴阿不会采纳的。"

左宗棠压低声音道："少荃，我们如果和都兴阿各行其是怎么样？他打他的，我们打我们的。他是钦差，你我也是钦差。"

李鸿章点了点头，道："我们也只好冒这一次险了。我们如果尽听都兴阿的，你我两军非被拖垮了不可。"

二人计议已定，仍按原来议好的方案办理，但凡都兴阿递过来的督剿各命，二人均不理睬。都兴阿向朝廷告黑状，奏折又全被军机处压住不递。因为恭亲王实在信不过都兴阿这个人，怕他误事。

都兴阿气急，开始率所部马队及吉林、黑龙江马队，渡滹沱河奋力追赶西捻军，决定一个人成此大功，好好羞一羞左宗棠、李鸿章。

都兴阿，字直夫，满洲正白旗人，郭尔贝氏。由荫生授三等侍卫，晋二等。生得高大威武，极其生猛。曾随僧格林沁剿捻，因作战勇敢得授江宁将军。同治三年（公元1864年），陕甘爆发回民起义，诏赴绥远督防，调西安将军督办甘肃军务，署陕甘总督。他到了之后，到处征剿，却累战累败，一怒之下，便开始对所有回民下手，把陕甘闹了个乌烟瘴气。江宁收复，论功予骑都尉世职。四年调荆州将军，在任期内，对周边百姓大肆残害，随意糟蹋良家妇女。两江总督曾国藩气急，狠狠参了他一本。朝廷无奈之下，只好把他调回京师管理神机营。

都兴阿是大清国出了名的常败将军、摧残妇女将军，但就是这样一个人，却深得慈禧太后和一些王公大臣的信任，称其会用兵，通韬略，为大清国罕有之大才。都兴阿平日亦以懂兵事自负，真正是眼中无人。

都兴阿此次挂帅出征，能否给慈禧太后的脸上增光添彩呢？不但慈禧太后本人密切关注，满朝文武也都在关注着。

但都兴阿实在太不争气。他先是忘了追敌过快要防后路这条古训，他以一日行一百二十里的速度，一路猛追，却把黑龙江和吉林马队甩在了后面，让西捻军巧妙地抄了后路，整整损失五百余骑；他率兵回援赶走捻军后，先是谨慎了几天，缓行了几日，然后便又开始忘乎所以了，犯了僧格林沁心急的毛病，被西捻军拦腰斩断，一顿猛杀猛砍，若非张曜、宋庆救援及时，他和副都统春寿都难保全。神机营有兵勇八千余人，加上黑龙江、吉林两支马队，人数已经接近两万，人数不算少。但最关键的一点他却忘了，神机营拱卫京师日久，已多年未经征战，已经变成了只会拿俸禄而不会打仗的老爷兵了。

此役，都兴阿被杀得心慌手抖了许多天，也才知道，捻军仍同从前一样，不是谁都能剿的。他和春寿商议了许多天，竟一改过去的老做法，不再一路追赶，而是把营盘分扎在各条要道上，防堵捻军回窜京师。他认为，只要捻军不再袭扰京畿，他就算无功肯定也会无过。

李鸿章、左宗棠二人见都兴阿忽然停了下来，先是不解，后见都兴阿一直没有拔营起寨的意思，李鸿章便对左宗棠笑道：“都兴阿这是被捻子打怕了！”

左宗棠笑道：“有这个满贵堵在后面，我们正好用计。”

李鸿章点头道：“没有都兴阿这个蠢货，我们的兵力还真不够用。我看，我们该收网了。”

左宗棠用手摸着胡须笑道：“都兴阿这次不是要干大功劳吗？我们哪，偏偏不给他机会，让张宗禹离他远一些，把他们往山东赶！”

李鸿章用眼望着地图，先沉吟了一下，便用手指着运河以东、减河以南、黄河以北和东临大海的一片区域说道：“那就把张宗禹圈到这里，然后压缩，让都兴阿伸不进脚来。”

左宗棠击案道：“少荃哪，涤生早就在我面前说你是会用兵的，我当时还不信哪。如今看来，你岂止是会用兵，简直是用兵如神哪！”

李鸿章哈哈笑道：“您老才是我大清真正的用兵大家呀。我使用的计策，都是恩师设计好的。这瞒得了别人，却瞒不过您。与其说东捻赖文光，是败在我李少荃的手里，莫如说是败在我恩师的手里。我恩师的河防大计，是捻逆真正的克星啊！”

左宗棠抚须说道：“少荃哪，我与涤生相交甚久，已成莫逆，这些你都知道，令兄筱泉制军也知道。我今天同你说句心里话，我对涤生的用兵，是一直不以为然的。涤生用兵，也同他做人一样，太过死板，极易钻进死胡同。关于这一点，我说过他多次。

“现在细细想来，这恰恰是他赢人的地方。长毛作乱，声势浩大，朝廷起用的能员何止百人，但却一个都没有成功。就说江忠源吧，从千人起家，几年后就拥兵过万，南征北讨，立了无数的大功，成了普天之下无人敢比的能员！文宗对他寄予了多大的期望！但庐州一战，他便成了古人。还有周天爵、袁甲三、胜保、陆建瀛、吴文镕、向荣、和春、琦善，这些人，哪个不比涤生的名头大呀，却一个个都没有笑到最后！少荃哪，我有时就想啊，什么圣人之书，什么兵家之书，都没有难读之处，但曾涤生这部书，却不是轻易便能读懂的。你以为呢？”

李鸿章笑着说道：“你老今儿说出这话，我也就同您老讲句心里话。依我看来，我恩师可不是个一般的人物，他是千百年来难遇的圣人啊！他是真正做到了‘修身齐家治国平天下’呀！恩师知我大清以后外交当是第一，就刻意让劼刚跟着洋人学洋话、攻西学。遍观宇内，谁敢这么做啊！就说您老吧，敢狠下心来，让孝威四兄弟放着圣人书不读，去读洋人的书吗？”

左宗棠哈哈大笑道：“犬子孝威已经考取了举人，离甲榜已经不远了，我怎么能让他舍了正业呢？”

李鸿章笑道：“怎么样，我说得不错吧？”左宗棠哈哈大笑。

他俩当晚命令所部各军，压缩包围圈，力争把张宗禹西捻军人马，赶至运河以东、减河以南、黄河以北和东临大海的区域内围剿。

各路人马接到军命，开始步步为营，不动声色地压缩包围圈。都兴阿派出几路探马打探消息，仍然无法猜出李鸿章、左宗棠二人葫芦里装的到底是什么药。他仍按兵不敢擅动，决定等看清头尾后再作打算。但李鸿章、左宗棠人根本不给他机会。

很快，李鸿章穿过都兴阿大营，移节到前敌去指挥。左宗棠统带亲兵营仍驻吴桥。

这期间，两江总督一等毅勇侯曾国藩晋武英殿大学士，成了大清国汉官之首；陕西巡抚乔松年因调度无方被罢任，诏正在直、东围剿西捻的刘典署陕西巡抚。

李鸿章移节前敌不久，朝廷又颁诏天下：鉴于各路官军“围剿捻逆”已见成效，“着将官文、左宗棠迭次降革处分一并先行开复；赏还李鸿章双眼花翎、黄马褂、骑都尉世职并迭次降革处分一并开复”。

当晚，左宗棠又接一旨，却原来是陕西布政使林寿图，秉承宁夏将军署陕甘总督穆图善之命，上奏朝廷欲撤西安粮台，朝廷专为此事征求左宗棠的意见。朝廷着左宗棠接旨后，快速复奏结果，不得延误。

左宗棠不由骂道：“这个穆图善，他真是昏了头了！他想把本部堂设立的西安粮台，并入他宁夏将军府辖属的秦安粮台，他这分明是想掐我湘、楚各军的脖子。”

左宗棠连夜上折，指出：总督管辖陕西、甘肃两省，西安粮台一撤，饷道中断，不能从此进兵。历代关、陇兵事，未有不从此着手者，地势然也。左宗棠的主题只有一个：西安粮台不能撤。

左宗棠最后这写道：“非俟中原兵气全销，不能以全力注之西北；非俟关中元气渐复，不能以全力移之陇中。局势如斯，穆图善之屡次陈请，本非无病而呻；臣之力主先秦后陇，亦非敢心存歧视。”

左宗棠派随行文案誊折的时候，他脑海中涌现出的是关外的一派风光。那里天山横亘，牛马成群，古称西域，现为新疆。新疆是陕甘的辖区，是他左宗棠的辖区，但此时，却被一个叫阿古柏的人侵占。

左宗棠咬牙在心里说道：“阿古柏呀阿古柏，你这个老洋辏子！等左老三把这里的事料理明白，回任陕甘后再把回逆料理明白，然后，我再同你算总账！”

奉旨进京

进入六月，山东、河北等北方地区的苦雨季节到了。

连续的降雨，使黄河、运河的水位猛升，使以骑代步的西捻军活动的范围越来越小，伤亡开始加大。

李鸿章抓住这天赐良机，命令各部快速缩小包围圈，力争在大雨结束前全线合拢。左宗棠亦不敢怠慢，严饬各军不准懈怠，就近听从李鸿章的调遣。都兴阿所辖的神机营及吉林、黑龙江马队，却不惯于在雨中作战，何况大雨滂沱之下，也不利于马队行军。面对着叫苦连天的所辖各部，都兴阿传下令去，等雨过天晴道路板结后再向前开拔。一次绝好的立功机会，让都兴阿生生给错过去了。

十日后，西捻军被李鸿章、左宗棠所部湘、淮、楚各军，包围在山东茌平南镇的一大片沼泽地里。

官军先是用重炮猛烈轰击，然后又用洋枪射击，最后才从四面八方兜杀过来。此役整整进行了一昼夜才告结束，只有张宗禹率五百余骑杀出重围，西捻军被斩杀两万余人，其他皆降。

淮军大将藩鼎新见张宗禹逃脱，马上率所部人马奋力猛追，定要得此头功。张宗禹飞也似地狂奔，沿途又遭小队官军截杀，突围出来的五百余骑，最后只有两名亲兵跟在张宗禹的身后。张宗禹当时只顾逃命，专捡马能奔跑的地带行走，哪知跑来跑去，竟然就跑到了汹涌澎湃的徒骇河边。潘鼎新却是穷追不舍，一味猛赶，很快也来到徒骇河边。

潘鼎新拿起千里镜在河边搜寻，见河岸恰恰站着三人，当中一人，骑着一匹枣红马，身材胖大，满脸胡须，正是西捻军首领张宗禹。

潘鼎新放下千里镜，让身边亲兵立起降字大旗，开始带着人马，慢慢向河岸推进，决定生擒活拿张宗禹。眼见大功在握，潘鼎新狂喜。

张宗禹回头看了看越走越近的大队官兵，忽然大吼一声："爷爷死也不降大清！"话毕，从马上纵身一跃，跳进了深不可测的大河之中，转瞬无了踪影。

潘鼎新无奈，只好将跪在岸边求降的两名张宗禹的亲兵拿获。

至此，让大清国朝廷寝食难安的西捻军不复存在。

李鸿章与左宗棠分别拜折向朝廷报捷。

朝廷很快颁诏四海，奖赏督办大臣：李鸿章着赏加太子太保衔，并以湖广总督协办大学士；左宗棠着赏加太子太保衔，并交部照一等军功议叙；丁宝桢、英翰均着赏加太子少保衔，并交部照一等军功议叙；李鹤年着交部照一等军功议叙；崇厚着赏加太子少保衔、头品顶戴，并赏戴双眼花翎；两江总督曾国藩着交部从优议叙；署直隶总督官文加恩开复太子太保衔暨剿捻不力革职留任处分，并赏还双眼花翎。圣旨里独少钦差大臣都兴阿和副都统春寿的名字，两个人为此大病了一场。慈禧太后让都兴阿伤透了心。

朝廷很快又给各路统兵大员降旨，就善后办理一事做出布置，同时向各省发布，官文病免回京供职、曾国藩调补直隶总督、马新贻升署两江总督的消息。李鸿章、左宗棠等人又开始忙碌起来。

都兴阿、春寿二人不久即率神机营回返京师，吉林、黑龙江各马队也陆续回到原驻地。都兴阿损兵折将，却无功而返。他回京途中原本路过吴桥，却并没有去见左宗棠。左宗棠知道都兴阿返京时必从吴桥通过，便早早让厨下备办了一桌好酒席候着他。

左宗棠虽然自己享用了这桌饭菜，口里却大骂道："这个狗娘养的都兴阿，他还来脾气了！他不来见本部堂，本部堂倒落得一个人清静、快活！像他这种东西，回京后最好活活气死，免得丢人现眼！"

都兴阿回京不多几日，便被慈禧太后开缺本兼各职，勒令在府养病。原本无病的都兴阿，一接到圣旨，登时病倒在床。

一道圣旨如飞般地递进左宗棠大营，圣旨命左宗棠等善后事宜就绪即进京陛见。左宗棠把朝廷着其进京陛见的消息通报给刘典、刘松山、刘锦棠等人。

刘典很快带着亲兵营来到吴桥的左宗棠行辕。刘典把一个方方正正的木箱子放在左宗棠的面前，说道："季高，您这次进京，不备份厚礼是不行的。我给您准备了一件，不知中不中您的意，您先看看。"

左宗棠哈哈笑道："你这个刘克庵，总这么神神秘秘。我这次进京是面圣，又不是走亲戚。何况，我京里又没有靠山，几个王爷和军机大臣，我一个都不认识。我备份厚礼送给谁呀？是送给皇上还是太后？”

刘典笑道：“怎么样，我没有料错吧？我就知道您想不周全！一些王公大臣您不认识，又无来往，您可以不去见，但潘伯寅您见不见？您真想大恩不言谢呀？”

左宗棠一愣，随即脸色一红，嗫嚅道：“多亏你提醒！我还真把他给忘了！别看潘伯寅与我也未谋过面，但我不仅要去见他，还真得给他备份厚礼谢他！”

刘典一边听左宗棠讲话，一边打开木箱子，从里面小心地捧出一个青铜鼎来。

刘典道：“这是我在西安的一座破庙里得到的。我找人给看了看，说是大汉时期器物，祭祀用的。潘伯寅同曾相国一样，最爱古器。曾相国偏重于图书字画，潘伯寅却爱收藏青铜器。季高，怎么样？能不能拿得出手？”

左宗棠举起铜鼎看了又看，说道：“克庵哪，把这个送给潘伯寅，不是夺你所爱了吗？以我说呀，这件东西已不多见，你还是自己留着吧。我在临潼啊，曾经在市面上买过一只碗，费了十几个大钱。我当时听卖碗的人讲，这是他祖上留下来的，原来是一对，不知怎么就碎了一只。”左宗棠放下鼎，起身打开一个竹箱子，从里面当真摸出一只碗来。他把碗递给刘典，接着说道：“你看看，就是这只碗，碗底刻着建元元年字样，这不就是汉武帝时的事吗？”

刘典把那只碗举起来贴近耳朵，然后用手指敲了敲，不由说道：“我说季高啊，这是后人仿造的呀。您听这声音，这哪是什么建元元年建的，分明是同治元年造的！这种东西，您也敢往潘府拿，您是羞辱潘伯寅不识货咋的？”

左宗棠接过碗来又细看了看，说道：“这种东西，连你刘克庵这种半懂不懂的人都骗不过，看样子是不能往京里拿了。”

刘典说道：“就这只鼎吧。等以后您到兰州碰到有好东西，赔我一件也就是了。不过我可把丑话说在前头，大街上的东西您可不能买来送我；一地的古董，一地的假货。”

左宗棠一边把鼎又重新放回木箱子里，一边笑道：“克庵哪，你这话也不尽对。我第三次进京会试的时候，就在京师琉璃厂的一家古董行里，买到过一把香木扇，上面是刘墉题的字。柜上开价就是十两银子，我好说歹说才讲到二两银子成交。这把扇子，现在就藏在湘阴我的书房里！”

刘典一听这话，笑得上气不接下气。笑过一阵后，刘典才说道：“哎呀我的爵帅呀，您老适才这话也只是对我讲讲罢了，可万不要对别人再讲。您老二两银子就能买到刘墉的真迹，您竟然还深信不疑！这要让曾相国知道，他老不笑昏过去才怪！”

同治七年（公元1868年）七月十五，左宗棠统带亲兵十营，离开吴桥乘轿赶往京师。其时北方苦雨时节已过，正是艳阳高照、大地葱绿的好时候。左宗棠心情舒畅，走走停停，看不够满眼的景致，赏不尽沿途的风光，真正让他倍品苦尽甘来的滋味。行到彰德府，他传命大营就地屯扎，然后只带少许亲兵乘车进京。

第五章

打点不周又得罪人

送礼

京师早已不是三十年前的京师了。

左宗棠车驾接近京师城垣时，他印象中的城墙原本是整洁如洗的，但现在却布满了枪炮轰击后的痕迹，不用问，这肯定是咸丰八年，英法联军攻占京师时留下的创伤。

左宗棠鼻子一酸，两眼流出泪来。他想起了咸丰帝，想起了咸丰帝下给自己的几道圣旨。

当天晚上，他被引到贤良寺住下。贤良寺在东华门的冰盏胡同，就是原来雍正年间怡亲王允祥的府第，改成寺后，专供封疆大吏入觐述职时下榻之用。

吃过寺僧敬献的素点心，又打发走了赶来请安道乏的京县官员，左宗棠也不及歇息，便命人套车，自己随手拿过装有铜鼎的木制箱子，就乘上马车，要到潘府去看望潘祖荫。潘祖荫已提前接到左宗棠打发人送过来的帖子，此时正备好了酒菜在府里坐等。闻报，潘祖荫忙命人打开中门，自己则快步迎出去。

潘祖荫此时是四品顶戴，领大理寺少卿，年纪也不过三十九岁，加之一直在京师做官，更显得年轻。

左宗棠时年已五十七岁，比潘祖荫整整大了十八岁，他又一直做外官，长年累月布兵打仗，须发已然全白，看上去就更加显老。无论从年岁还是体貌上看，左宗棠都该是潘祖荫的长辈。

但左宗棠一见潘祖荫，还是直挺挺地跪下去，一边磕头，一边用他那特有的官话，夹有极重的湘音说道："湘阴举子不才左宗棠，特来给京卿大人请安。"

潘祖荫慌得急忙三步并作两步，用双手把左宗棠一扶，见左宗棠不起来，他便也顺势跪下道："该行大礼的是潘伯寅，您老不起来，伯寅也只好跪下同您老讲话。"

左宗棠一边起身一边说道："潘京卿有恩于左季高，季高就算见大人一次就跪一次，也不为过。"

潘祖荫也站起身来，笑道："伯寅知道大人今天到京，特在舍下备了些粗茶淡饭和不中喝的酒，原本要与您老好好地喝他一顿，哪知您这一进门，先给伯寅来了个下马威。这要是传出去，您让伯寅以后还怎么做人？"

左宗棠却说道："伯寅哪，您可能不知道，左季高从咸丰十年开始，就一直想您哪。若非您仗义执言，左季高说不定已被官文这个老犊子下进大狱多时了。伯寅哪，老哥此次进京，一共要办三件事。第一件事是要见您一面，第二件事是向两宫太后和皇上请训，这第三件事，就是要和官文算算总账。我就是要问他，左季高与他素昧平生，他如何要屡屡诬陷于我？是何居心？他说不出个子午卯酉，我就掴他的大耳刮子。狗娘养的，我不信治不了他！老弟，老哥这么做不过分吧？"

潘伯寅把左宗棠一直引到大方厅坐下，又安排下人把菜重新热过，又沏了茶，这才说道："季翁，您老也是读圣人书长大的，难道忘了'冤家宜解不宜结'这句古话了？官文从直督任上回京，一直告假在府里养病，他大概也没几天好过了。他又是文华殿大学士，是西太后心目中的能员。许多汉官躲他犹恐不及，您老还要找他去闹，您就不想想，好好的大活人，和快死的人能计较出什么呀？"

左宗棠点了一下头，忽然想起了什么似的一拍手说道："看看，我真是老糊涂了！一见到您光高兴了，倒把送给您的一个玩意儿给落车上了。您先坐，我把它取过来。"

潘祖荫笑道：“天下人传闻，左爵帅性急如火，您老这毛病还没改呀？您坐着喝茶，我让人送进来。”

左宗棠道：“让他们慢着点儿，我可是小心了一路。”不一刻，木箱子被人送进来。

左宗棠接过来，当着潘祖荫的面小心地打开，把鼎拿出来，递给潘祖荫道：“也不知您喜欢不喜欢？”

潘祖荫微笑着把鼎接过来，一边看一边说道：“您老以后可不能这样，这么远的路途……”

潘祖荫突然不再讲话，举起铜鼎细细看起来。他看了一会儿，又用手里外摸了一遍，然后便把鼎小心地放到桌上，又顺手拿过放大镜细细地看起来。

良久，他放下放大镜，忽然对着铜鼎双手一拍，又把手伸进鼎内抓了些什么用舌尖舔了舔。潘祖荫把鼎重新放进箱子里，说道：“季翁，真谢谢您老让我开了回眼。这只鼎，曾相国看过吗？”

左宗棠一边喝茶一边笑道：“涤生在江宁督粮督饷，老哥我和少荃爵相在直、东督战，他怎么能看见呢？也不知他这直督什么时候才能到任？伯寅，您从上面看出了什么？我怎么看您看起它来跟写八股文似的？”

潘祖荫端起茶杯喝了口茶漱了漱嘴，说道：“季翁，您老先讲讲这只鼎的来历吧！”

左宗棠道：“这只鼎还有来历吗？这是刘克庵在陕西的一座古庙里得到的。克庵说我与您是初次会面，您又喜欢收藏一些坛坛罐罐的，所以我就把它带进京来了。”

潘祖荫小声说道：“季翁啊，您老离京的时候就把它带回去吧。您告诉刘克庵，这只盂鼎是一件真正的古物，它当是汉朝宫廷的祭祀器物。克庵如果不信，可拿给曾相国看。曾相国是这方面的大手笔。”潘祖荫长叹一口气道：“这等无价之宝，伯寅怎敢擅留呢？”

左宗棠起身把木箱子往屋角一放，说道：“什么宝不宝的，您老弟只要觉着不恶心，我就知足了。要我看哪，您潘伯寅才是真正的国宝呢！伯寅哪，我赶了一天的路，到贤良寺只吃了两块点心，现在有些饿了。您说备好了饭菜，如何到这时候还不摆出来呀？”

潘祖荫忙道："好好好，我们现在就去用些饭吧。饭后，我带您去恭亲王府先见一见恭亲王，同王爷商量一下，看能不能给您请个恩典下来。还有几位军机大臣，您老也要去看一看，多少打点一下，以后也好说话。"

左宗棠边起身边道："老弟，恩典的事就免了吧。请下来倒好，若请不下来，您让老哥这张脸往哪儿搁？何况，我朝祖制，大臣六十五岁，才能奏请。这个钉子就不要碰了。还有去拜各位军机的事，也得算计着来，老哥准备的银子可有限，别花冒了，让人笑话。"

潘祖荫道："恩典的事由我同王爷去说。去拜望各位军机，恐怕总得一千两银子吧？少了，怎么拿得出？"

左宗棠在心里算了算，说道："那就够了。我这次进京，一共带了四张银票。两张三万两的，两张两万两的，一共是十万两。"

潘祖荫想了想道："十万两怕要不够。我们吃过饭再议。"

饭后，两个人又喝了一杯茶，这才去拜望恭亲王。恭亲王没有见过左宗棠。见了之后，自然是极其客气，又说了几句奉承的话，便忙着要过左宗棠请训的折子，走出屋去传人往宫里递。潘祖荫便给左宗棠使个眼色，自己也跟着走出去。

左宗棠知道，潘祖荫一定是去同恭亲王讲为他请恩典的事，一颗心就激动地怦怦乱跳。

恭亲王很快又同潘祖荫走回屋来，三个人又谈了几句话，左宗棠便告辞出来，恭亲王则拉着左宗棠的手再三嘱咐："明天晚上，你哪儿都不准去，本王要在王府为你接风。"又对潘祖荫道："伯寅，到时候由你去贤良寺接季高。"

按着预先同潘祖荫计议好的，左宗棠临别时给恭亲王留了两张银票，一张是三万两的，一张是两万两的，一共是五万两。

左宗棠边递银票边道："下官来得仓促，也没给王爷置办什么，王爷买包点心吃吧。"

恭亲王起先还不肯收，后见左宗棠执意要送，这才口里说一句："既然你有这份心，本王就不同你客气了。"

走在路上，左宗棠苦笑着对潘祖荫说道："伯寅哪，一出手就是五万两，还有几位王爷可怎么办哪？"

潘祖荫笑道："您听我的错不了。恭亲王虽说现在不是议政王了，但还是拿权的人。您送少了，不入他的法眼。还有两位王爷也需要去拜一拜，一个是惇亲王，一个是醇郡王，每人两万两就够了。军机大臣现在是四位，文祥和宝鋆每人需要一千两，沈桂芬可以给五百两。李鸿藻刚入军机，给他二百两也就行了。还有各部院尚书、侍郎，不走动一下也不好。另外就是宫里头，也需打点一下。像总管太监安德海，他若打发人到贤良寺去给您请安，您最少得拿出一万两银子的赏赐才能过关。"

左宗棠皱着眉头说道："伯寅哪，已经花光了，没银子了！"

潘祖荫笑道："您老不用发愁，有没有银子您老都得打点。我跟您说句实话吧，您老最少还得拿十万两的银子才能离开京城。没有银子不打紧，我们可以到钱庄去借，您回任以后，再还给他们也就是了。您老现在名头大，每年过手的军饷，成百万计算，您还没进京，有人就已经瞄上您了。您不给他们些甜头，您还想在任上安安稳稳地办事？"

左宗棠叹息道："这哪是进京请训哪，这简直是过鬼门关哪！"

潘祖荫笑道："您这话同我说说也就是了，万不可与其他人讲。"

左宗棠说道："伯寅哪，您多虑了。我又不是孩子，哪能那么不懂事啊。您这都是为我好啊！"

左宗棠很晚才回贤良寺，本打算一回来就歇息，好养足精神明日进宫去见太后，哪知户部尚书罗惇衍正等在客厅里，非要给他请安道乏。

户部堂官是不好得罪的，左宗棠只好拖着疲惫的身躯到客厅来见他。礼毕，罗惇衍说道："本部堂今天急着来看爵帅，是因为有一件大事要同爵帅商量。爵帅知道，去年爵帅在福州办船局，又在陕西用兵，用饷银一共是一百三十二万两，这笔账，爵帅虽然报到户部多时，但户部一直还没有落账报给上头。"

左宗棠一惊，忙问一句："请大司农明言，这是为何？"

罗惇衍抚须说道："爵帅莫急，这里有个缘故。朝廷因累年用兵，一直是寅吃卯粮，窟窿越来越大。本部堂找恭亲王商量办法，恭亲王却让同爵帅商量着来办，否则本部堂也不会这么晚，还要等着同爵帅见上一面。"

左宗棠见罗惇衍绕来绕去不说正题，不由急道："大司农有话尽管直说，季高听不得慢话。”

罗惇衍笑道：“爵帅莫急，是这样的。去年户部把各省的用饷摆到一起来看，整整和朝廷预想的数目差着二十二万两。这二十二万两如不添平，今年更不好办。怎么办呢？户部只好把这二十二万两分摊给各省。陕甘用饷量大，就只能多摊一些，想来爵帅也能理解。”

左宗棠问道：“多摊一些是多少呢？”

罗惇衍道：“是三万两。这笔银子爵帅现在给也行，离京时给也行，如实在不凑手，就算回任后打过来亦可。”

左宗棠想了想说道：“大司农啊，这件事啊，本部堂还真不能马上答复你，总须和陕甘两省藩台以及沈幼丹函商一下。”

罗惇衍起身说道：“那样也好，等爵帅离开京城时，本部堂再过来讨信吧。”

罗惇衍离去后，左宗棠皱眉叹气道：“进京请训，怎么比用兵打仗还费银子啊！照这么下去，这大清不是完了吗？”

闯祸

第二天早起，因为没有召见的旨下来，左宗棠只好乘车二进潘府，决定让潘祖荫领着，到每位军机大臣的府上去拜望。

潘祖荫却说道：“这件事需要午休的时候，军机们下衙门以后才能办。我们先去钱庄商借银子，等召见的圣旨下来，就没有时间了。”

左宗棠不懂京城的规矩，只好潘祖荫说什么他便听什么。两人先喝了一杯茶，便一同乘车到潘祖荫熟悉的钱庄去商借银子。

这件事办起来倒极顺手，很快便借到十五万两的银款，分成多多少少二十几张银票，由左宗棠亲自划的押，潘祖荫做的保。

从钱庄出来，左宗棠打护书里摸出一张两万两的银票，递给潘祖荫道：“您老弟别嫌少，权当老哥请您喝了杯茶。”

潘祖荫用手一推银票道：“你我神交已久，已经用不着这个了。何况，您拿过来的那个铜鼎，就值十万两之数。”

左宗棠见潘祖荫说得认真，只好把银票又放回护书里，说道：“伯寅，我请您去大菜馆吃顿大菜如何？我总觉着欠您的太多。”

潘祖荫边上车边道：“免了吧，我们还是回舍下去吃便饭吧。饭后，军机们也该下衙门了。在他们午后上衙门前我们去正好，我们午间也能歇个晌。”

左宗棠笑道：“做京官真是滋润，午间还能歇个晌。我这几年哪，都忘了歇晌是啥滋味了！”

午后，潘祖荫带左宗棠拜访的第一个人是文祥，第二个人是宝鋆，第三个人是沈桂芬，傍晚时分又是恭亲王打发人到潘府来请。

潘祖荫、左宗棠二人赶到恭亲王府时，不期文祥与宝鋆都在。二人慌忙与两位军机大臣见礼，又与王爷见了礼，刚坐下，沈桂芬又到了。

席间，恭亲王先向左宗棠道喜，说道：“季高啊，圣旨已经下来，请训的日子定在八月十五，恩典也请下来了。你可得多喝两杯。”

沈桂芬这时说道：“我朝祖制，大臣非六十五岁，不赏紫禁城骑马。季高啊，上头这回可是破格加恩了。”左宗棠激动得胡子乱颤，一时不知说什么才好。

文祥这时说道：“季翁啊，您在临潼住了几个月，没有见着什么稀奇的玩意儿吧？”

左宗棠一愣，猛然想起这文祥也是偏好古玩的，忙道：“文大人哪，现在临潼已经不是以前的临潼了，连寺庙都让捻匪给捣平了。不要说古器了，连现在制的坛坛罐罐，完整的都少了。咳，这捻匪呀，他可把陕西给害苦了！现在各营用的碗，都是豁口的，一不小心就扎嘴。”

文祥听左宗棠的话不太上道，便忙举起酒杯道：“季翁啊，您老是大清国的功臣啊。”

宝鋆这时接口道：“文大人说的对呀，陕甘以后怎么样，就看季翁的了。”

几个人边吃边谈，直到很晚才散，宾主都很尽兴。八月十五一晃就到了。

这天早起，左宗棠穿上簇新的官服补褂，又特意换了个新珊瑚的顶子，在差官的带领下，先乘车赶到军机处，然后才是赏紫禁城骑马，最后才到后朝房同着所有大臣一处，等传见单下。许多大臣见左宗棠到来，都纷纷过来见礼。

左宗棠也给座间的几位王爷见了礼。客套过后，左宗棠举目环顾，独没有看见官文的身影，想来真是病了。

很快里面便传出话来，第一起召见的，仍然是几位王爷。第二起是军机大臣，想来是有军国大事要商量。

左宗棠正这样想着时，便轮到他了，立刻便紧张起来，心里开始默诵潘祖荫教过的礼数，很怕闹出笑话来。

带班的是恭亲王。恭亲王见左宗棠紧张，不由先小声说了几句宽慰的话，不过是让他放松之意，以免紧张过了头，反倒铸成大错。

到了养心大殿，恭亲王闪到一边，由着左宗棠双膝跪倒，口称："臣左宗棠恭请圣安、两宫太后安。"眼泪便流出来了。

上面自然坐着两宫太后和皇上，问话的自然也还是慈禧太后。慈禧太后问的第一句话便是："左宗棠啊，你这几年在外面还好吧？"

左宗棠忙答道："回太后话，臣这几年托皇上、两宫太后的福，一切还好。"

左宗棠的湘音太浓，慈禧太后自然是听不太明白，但她并不计较，又问道："左宗棠啊，你很会用兵，我们都知道，但是啊，你进兵陕甘的同时，也不要忘了山西，要记着西捻贼匪窜扰京畿的教训。回逆现在都聚在甘肃一带，征剿起来不容易。我们都知道，皇上也知道。左宗棠，我的话你能听明白吗？"

左宗棠忙道："回太后话，太后讲话清清楚楚，臣能听明白，臣已把太后的话，都记到心里了。"

左宗棠说的"臣能听明白"这几个字，慈禧太后还当真听清了，但他以后说的是什么就分辨不出来了。可她又不好怪他，只能又说道："左宗棠啊，陕甘的情形，你已经知道了，你以为，陕甘的事，什么时候能平定呢？"

左宗棠想了想回答道："回太后问话，臣以为，陕甘地处边关，甚为贫瘠，筹饷和办粮都颇费周折。这样算来，总要五年才能平定，请太后明鉴。"

慈禧太后长叹了一口气，许久没有再开言，因为她实在不知道左宗棠在下面说的是什么，她听得糊里糊涂，于是停了一会儿，只好道："左宗棠啊，你有什么话，回去后就写个折子递进来。有些事情啊，咱们要慢慢商量着办。”左宗棠叩头退出，当日召见便告结束。

回到贤良寺的当日，左宗棠谨遵慈禧太后的话，闭门谢客，便当真给朝廷拟了个《陕甘饷源奇绌请指拨实饷折》，决定把憋在心里的话，以及陕甘的情形，一股脑说出来，请个懿旨下来，省得回任后，户部以及各省，又延迟着不认真去办理，那时将会难上加难。

按常理推断，左宗棠上折子前，应该和恭亲王先计议一下才好，但他此时偏偏为恭亲王设想，认为恭亲王是大忙人，每天要办许多事情，再去扰他便有些不该。何况做陕甘总督的是他左宗棠，又不是恭亲王，陕甘的事情，自然要陕甘总督自己拿主意才是正理。

他的这些心事，不仅恭亲王无从知道，连潘祖荫也一丝不知。他们都以为他一路劳顿，年纪又大了，是累着了，想闭门谢客好好地歇上一天，就没有在意。

慈禧太后却在第二天的中午，收到了左宗棠直接递进来的折子。慈禧太后就一边拆阅折子，一边感叹道："这个左宗棠啊，还真是个办事利落的人。昨个儿召见他，他今儿个就有折子递进来。"

左宗棠在折中，一共向朝廷提了八点陕甘兵事不易措手之处。该折的后面，他又附《请将各省酌留厘金移作西征军饷》一片，提出："现在军务荡平，东南各省饷事足敷周转。虽厘金一项曾奉谕旨量为裁减，酌留大宗，统计为数尚巨，似可移作西征军饷。"

从西北的实际情况出发，左宗棠向朝廷提出，请各省把多余的厘金，全部作为西征军饷。

慈禧太后读完折子，想了想，也不去见慈安太后，自己提笔就在上面批了"军机大臣会同户部速议具奏"几个大字。

慈禧太后放下笔，起身走了两步，又第再次坐下，提笔在上面又加写了"刘松山饷需，谕令马新贻从速协拨，不得延误"十八个小字。

恭亲王收到宫里转来的左宗棠折、片未及读完，头皮已是一麻，暗道："这个左季高，怎么就给太后上了这么一个折，他这不是要把各地督抚都得罪光了吗？"

当晚，恭亲王把文祥、宝鋆、沈桂芬三人，请到王府里会商此事。

文祥读了折子，不由说道："王爷，这个左季高，办事可是太少思虑了。他这样下去，迟早要出事。"

宝鋆这时道："吴仲宣到福建浙总督未及一年，左季高便累篇参劾，直到把吴仲宣放了四川总督才休。福建浙总督放了英桂，他又开始挑英桂的毛病。这个左季高，他想干什么呀？照这样下去，我大清真要装不下他了！"

恭亲王这时说道："这件事啊，我们都不好说什么，先按太后的懿旨办办看。不过呢，总要有个人去跟他言语一声才好。太后住在宫里，对外面的事情不甚明白，他说什么，太后便准什么，我们可就难办了。"

沈桂芬这时说道："这件事啊，还得让潘伯寅去办吧。潘伯寅替他说过话，潘伯寅的话，他肯听。"

恭亲王道："经笙啊，找伯寅这件事，就由你去办，越快越好。左季高这个人，性子挺急，他说不定明天，又有折子递进宫去，我们可就全让他牵住鼻子了。"

文祥这时对沈桂芬道："经翁啊，你让潘伯寅同左季高讲，他上折子固无不当，但他总要先和王爷通个气儿，哪些能办，哪些不能办。能办的呢，随他怎么上折子都行。不能办的呢，他就一个字也不能乱写。还有啊，他的着眼点也不能全放在陕甘，总要替别的省也考虑一下。各省都经过大战，都需要好好地恢复一下。总归一句话，他不能想说什么便说什么。"

沈桂芬把恭亲王的话及文祥的话，都一一记在心里，脑海便开始思虑见到潘祖荫后该怎么说。

连夜离京

这一天潘祖荫到贤良寺来看望左宗棠。

潘祖荫到之前，太监总管安德海打发来的人，刚刚离开这里。这是两名在宫里当差的太监，一老一少，是受安德海的指使来给左宗棠请安的。两个太监见到左宗棠后，把一串红辣椒递给左宗棠道："安公公知道大人是湖南人，能吃辣的，就特别派奴才来，把这串辣椒送给大人佐餐用。"

左宗棠平生最瞧不起的便是太监这一行当，太监的做派、言行，他从心里犯恶心。

他冷着脸子把辣椒接过来看了看，又反手递给太监道："请你转告安公公，本部堂是湖南人不假，但却并不吃辣。他打发你们两个来给本部堂请安，本部堂谢谢他。希望他在宫里头好好当差，不要做违法的事。"

左宗棠话毕便端起茶杯，仿佛不懂规矩。两名太监等了半晌也未见赏银，只能悻悻退出去。左宗棠刚把茶杯放下，潘祖荫便走进来了。

礼毕，左宗棠笑着把太监来请安的事说了一遍，潘祖荫惊道："季翁这事可做得有些欠妥。季翁谁都可以得罪，却偏偏不能得罪宫里的太监。尤其是安德海，更不能得罪！"

左宗棠笑道："我就要得罪他，看他能把我怎样！我就不信，他还能把我也弄进宫里去，阉割了做他的徒弟？伯寅，我忙完事情，正准备去看您，您怎么倒一个人跑来了？"

潘祖荫道："季翁这个年纪，这大热的天跑来跑去，我可是忍不下心。何况，我也是受人之托来同您老商议事情。"

左宗棠马上道："您不说我也知道，肯定是罗大司农找过您。罗椒生这人也真是的，他说的事情，我已答应回任后就办，他却就等不得，好像等米下锅！"

潘祖荫道："季翁，您给上头上的折子，西边已经批下来了，让军机处会同户部速议具奏。今儿军机处已转发了圣谕，命马穀山从速给刘寿卿拨付饷需，不准延误。季翁，您老的面子还真大。递上的折子这么快就交由军机处办理，这还是第一次。”

左宗棠高兴起来，抚须说道：“太后召见我时，让我有什么事就上折子，我这是奉懿旨办事。伯寅，您还没有说找我有什么事？怎么倒说起折子来了？”

潘祖荫叹口气道：“季翁，您可能没有想到，我这次匆匆来见您，就是为得您老上的这个折子。您老上的这个折子，西边读了很高兴，但恭亲王和几位军机大臣却犯了难。季翁，您这事实在做得有些唐突。”

左宗棠未及潘祖荫把话说完便大惊道：“伯寅何出此言？我说的可都是实情啊！”

潘祖荫说道：“季翁没有明白我说的话，王爷并没有说您老奏的不是实情，王爷是说，您老以后无论奏什么，总要先跟军机处透个口信。王爷讲，太后深居宫中，对外面的情形不甚了然，自然是督抚的折子怎么说，她便怎么听。其实，一些事情看似简单，若当真办起来，却又麻烦得很。季翁，王爷这话，您老是一定要听的。我来这里，要说的也就是这几句话。王爷还有一句话让我转告您，曾相国和少荃相国，马上也要进京请训。他们人未到，信却已经提前到了王爷的手上。他们请训时要讲哪些话，要办哪些事，都写得清清楚楚，明明白白。”

左宗棠愣了许久，才嗫嚅道：“伯寅，看样子您还得陪我走一趟恭亲王府。有些话，我要同王爷讲清楚，省得他疑神疑鬼。”

潘祖荫沉吟了一下道：“容我先去王府看看动静，您老等我的回话。季翁，您一直做外任，不大理会京里的事情。您老总以为做督抚不易，其实，王爷和几位大军机也不易呀。好了，我该上衙门了。从衙门下来，我就去王府打探消息，晚饭前我一准要赶过来，您不要一个人吃饭。”

送走潘祖荫，左宗棠连连叹气道：“老了！糊涂了！不会做人了！进京刚这几天，不光军机大臣生气，连王爷也生气了！连不男不女的太监也给得罪了！我呀，还是赶紧陛辞出都吧。再住几天，不定又惹谁生气呢！”

左宗棠主意打定，便开始着人安排出都的事。偏偏这时，他又收到刘松山的来信，告知已按左宗棠进京前的计划，老湘营又增步队三营、马队一营；郭运昌新增马队一营；全福又增募吉林民勇马队三百。各营现均抵洛阳休整待命。

刘松山信后，左宗棠又接刘典、刘锦棠等人的来信。刘典向左宗棠通报，他已率勇抵达西安巡抚衙门任所视事，刘锦棠则请左宗棠在京师预筹入甘各军寒衣的事。真是一波未平，一波又起。

左宗棠想了又想，只好提笔又拟了《饷项苦绌恳增拨巨款以利戎机》一折。

左宗棠准备自己在出都的前一天，再把此折递进宫去，免得恭亲王及几位大军机生气。

其实，在其位就要谋其政，恭亲王、左宗棠及一班大军机，虽说各有各的难处，但却都不会为此大动肝火。说一千道一万，都是为了公事。但太监总管安德海却大动肝火。安德海尽管不是在事大臣，仅仅是名太监，但他这个太监，又确非其他的太监可比，他大动肝火自有他大动肝火的道理。

安德海是直隶南皮人，十三岁自宫为宦，人称小安子。咸丰十一年（公元1861年），因为慈禧太后密送懿诏进京，得慈禧太后宠幸，晋总管，渐干国政，权势比一些军机大臣还隆。

尤其是近几年，慈禧更是宠他宠得厉害，没人敢给他一点气受。许多进京引见的官员，只要走了他的路子，都能得个好缺分，竟致传扬开来，使得一些督抚也要与他结识，为的是把印把子拿稳。他得了甜头便不想罢手，每逢有大员觐见，他不等人家来请，便主动打发人来请安，请安时手里不是拿根黄瓜便是一串辣椒，算是见面礼。进京的官员都知道他的意思，也就不等他开口，便三万两万的把银票送给他；来送黄瓜、辣椒的太监，自然也不能白跑腿，亦有上百两银子赏赐到手。安德海如此做法，几乎已成定例，无人敢驳其情面。

但他偏偏此次在左宗棠手里栽了个跟头，你说，他怎能不大动肝火呢？偏偏大动肝火又不能当时便发作，总要寻个机会才好下手，这就更让他对左宗棠有了不同以往的仇恨。他把牙咬得咔咔响，暗里发下重誓，一定要让左宗棠吃尽天底下的所有大苦头！他不信左宗棠当真能逃出他的手掌心。

同治七年（公元1868年）八月二十八日，左宗棠乘马车离开京师，赶往驻扎在彰德府的亲兵大营。

到彰德府的当日，左宗棠向朝廷拜发了早就拟好的《饷项苦绌，恳增拨巨款以利戎机》一折，再次恳请朝廷拨付巨款应付局面。

左宗棠在折中这样写道："圣人论政，以足食为先；如不得已，则以去兵为急。事理昭然，岂必今异于古。"

折子随后又重讲了一遍陕甘每年所缺的饷额，除了让朝廷转饬各省分出一些厘金给陕甘，左宗棠实在想不出其他办法。

左宗棠知道，他的这个折子，到了恭亲王以及军机大臣的手里之后，他们一定还要生气，甚至还要骂他不懂事、添乱。但除此之外，左宗棠又有什么好办法可想呢?

刘松山等各路大军已经进甘作战，如果粮饷突然不继，后果会怎么样呢?哗变?投敌?什么事都可能发生!左宗棠不能不预为防范。

胡雪岩现在仍在上海，因东亚银索息过高，左宗棠经与李鸿章、曾国藩二人往来协商，没敢让胡雪岩贸然答应，算是谈崩了。曾国藩和李鸿章甚至通报说，经过调查，胡雪岩有假西征之名私分利息之嫌。关于这一点，左宗棠本人也有所察觉。但左宗棠经过反复思虑，认为不借洋款，不能从根本上扭转西征困境。而要借洋款，又非胡雪岩不可。

左宗棠终于还是函告胡雪岩，请胡雪岩找其他洋行想想办法。胡雪岩现在正和有利银行周旋。有利银行也是英国特许经营的海外银行之一，总行在香港，上海是分行。

左宗棠并不知道，他西征以来，胡雪岩已经把商借洋款当成了主要职业。因为胡雪岩发现，他每借一笔洋款所获利润，不知比钱庄和药材行的收益好上几倍。

九月十八日，左宗棠率军于孟津渡河，歇息一天后继续西行，于十月十三日到达西安。

西安将军库克吉泰同着署抚刘典，率布政使林寿图以下各官员，出郭三十里迎接。左宗棠把大营扎在城外，同库克吉泰、刘典、林寿图等人一起进城议事。

刘典到西安不久，即照左宗棠的嘱托，将香姑娘及其随侍丫环等人，接到西安择署居住，照料颇为周详。当日进城，左宗棠先到署馆歇了一日。香姑娘自是满心欢喜，陪左宗棠说了一天的话。傍晚，左宗棠命人把刘典传来一起用饭。

吃饭的时候，左宗棠说道："克庵哪，林寿图这个甘肃后路粮台不能再干了，本部堂想把这个粮台裁掉，另在西安设立西征粮台，让袁保恒来经理此事。林寿图是穆图善的走狗，你以后须防着他些，这个人不太地道。"

刘典小声道："季高，设西征粮台固然可以，但向陕甘增加济饷的事，朝廷能不能答应下来呢？一年饷需四百余万两，缺口太大，我看朝廷未必能全答应。"

左宗棠道："胡雪岩正在上海同有利银行谈，估计从有利银行借个百八十万两白银的洋款没问题。我已函告胡雪岩，有利的利息如果高于六厘，就让他再回过头来同东亚银谈。六厘是个极限。"

刘典忽然小声问道："季高，潘伯寅见了那只铜鼎，没说什么吧？喜欢不喜欢？"

左宗棠笑道："你不问我还忘了。克庵，你那铜鼎真是在破庙捡的？我怎么怀疑你是讹人家的呢？潘伯寅说那是个宝贝呢，最少可值十万两银子！"

刘典笑道："你不用瞎猜，有些东西你是无处讹的，讹也讹不来，只要他喜欢就好。季高，还有一件事我要同你讲，因为欠饷过多，寿卿的大营可不太平稳。还有高连升，你未到西安前，就已闹过一次饷，我派六个营过去，才帮他平息了这件事。寿卿大营里旧部多，估计不会闹出大乱子。高连升就不一样，他新设的六营全是降过来的捻子。我们总要想个办法才好。"

左宗棠苦笑道："什么是好办法？有足够的饷粮运过去，就是最好的好办法。对了，各营的冬衣筹置得怎么样了？陕甘气候异常恶劣，没有冬衣可不行啊！"

刘典叹口气说道："购冬衣这件事，我已派人到江苏去了，大概这几日就能办回来。季高，说起这件事，我们可得好好感谢一下彭雪琴。他听说我西征各营冬衣无着，马上便派人送过来两万两银子。我收到这笔银子，当时还以为他是从水师大营助拨的济饷，后来问了送银子的人才知道，这笔银子并非公款，是他这几年存下来的养廉！"

左宗棠先是一愣，随后眼睛一热，说道："为了西征，彭雪琴把养廉都献出来了，这件事，我一定要上奏朝廷为他请功。看样子，我的养廉也不能再领了，什么时候局面好了，再一起领吧。”刘典没有言语，默默地喝起酒来。

左宗棠知道刘典的心思，他说道：“克庵哪，我知道你为什么不说话，你是在笑我无能啊！我也知道，靠不领养廉来西征是痴人说梦，但现在没有办法啊！我一年才一万多养廉，你的养廉也不过七八千两，我二人合起来，就算三年不领，也不过七八万两的样子，什么都干不了啊！咳！我为了给西征筹饷，不仅得罪了三个军机，连恭亲王都给得罪了！克庵哪，他们生气，我也生气呀！我这次进京，扔出去将近二十万两白银，好似过了一趟鬼门关啊！现在各省都对我左季高不满，说我西征耗饷太巨，有些得不偿失。可不如此，陕甘何得平靖？新疆何得收复啊！我有苦衷啊！”

第二天，左宗棠召集西安将军库克吉泰，署陕西巡抚刘典，甘肃提督现在陕西统军的高连升，署汉中镇总兵李辉武，候补道黄鼎、魏光焘、袁保恒等，齐聚陕西巡抚衙门官厅，计议进兵的事。

布政使林寿图正在自己的衙门，与一班属员商议筹饷的事，没有参加会议。当时，刘锦棠率马、步各军正在甘肃屯扎、练兵，刘松山一边在洛阳休整，一边筹饷。

此时，陕西境内尚有两部回民义民占据城池固守，一部是董福祥率领的回民义军，约十万人，以甘肃花马池为基地，控制陕西绥德、清涧等州县；另一部义军为白彦虎部，在董志原一带，分由回民首领冯阿浑、郭阿浑、张万宝、马正和、马长顺、马文举等统率，控制陕西、甘肃两省交界之处的宁州、庆阳，南连邠、凤，东北直达廊、延，号称“十八营”，人数也达十余万众。白彦虎义军与董福祥及甘肃的义军成掎角之势。

左宗棠要进军甘肃，必先将董福祥及董志原的义军扫除方可。

痛下杀手

董福祥是甘肃固原人，字星五，祖上三代在当地为绅，自小学得一身武艺，兼会书写回汉两种文字，颇有威望。同治元年（公元1862年），西宁民团与当地回民发生冲突，回民拥马文义为首领举兵起义，致使陕甘一带也竖起多面义旗。董福祥亦在此时聚众，后来势力越来越大，成了与白彦虎、马化龙、马文禄并称的义军首领之一。马化龙在甘肃灵州一带自称两河大总戎，并修建王城东府、西府于金积堡。白彦虎踞董志原，自忖势力与所占州县只在马化龙之上而不在其下，于是亦在陕甘交界处的宁州建王城一座，自称四方总王爷。董福祥也不甘落后，很快也在花马池建王城一座，又绕王城周围筑东、西、南、北四座小城，并檄告马化龙、白彦虎各部，称为顺应民意，自己已在花马池王城即皇帝位，自称西域大皇帝。檄至灵州，马化龙对董福祥此举颇为不满，回函称：为顺应民意和天意，西域大皇帝应归两河大总戎节制。董福祥对马化龙不予理睬。白彦虎是什么态度呢？白彦虎不仅不承认董福祥为西域大皇帝，还在寻找机会吞并他。白彦虎认为，在陕甘有资格称皇帝的，只有他自己，其他全不足论。

至同治七年（公元1868年），青海、陕西、甘肃一带，不把阿古柏的侵略军列在内，仅回民义军就达百万之众，整整是左宗棠所统各路清军的二十二倍。左宗棠此次西征，真是千难万难，稍有不慎，就成被剿之势。

在西安，左宗棠与各将领反复计议，只因刘松山、刘锦棠二军尚未拔营，加之寡饷少粮，竟迟迟不敢进兵。

同治七年（公元1868年）十一月二十日，绥德一带滴水成冰，风劲雪厚。就是在这样的天气里，回民义军白彦虎部与董福祥部发生了火并。此战，双方虽均无大的伤亡，但两部之间的仇恨却愈演愈烈，几乎成了不可调和之势。在此十日前，刘松山已领到两江总督衙门奉旨送到的原欠饷粮，正向陕西进军。

回民义军董、白二部火并的消息传到西安，左宗棠马上抓住这一有利时机，飞檄刘松山，命刘松山率各营驰赴绥德，攻击董福祥部，力争逼降该部；同时檄饬刘锦棠所部，就近接应，以防不测。左宗棠推测，刘松山此时进攻董福祥，白彦虎在董志原必作壁上观。

考虑到第一期济饷将至，左宗棠秘密委派总理营务处道员祝塏、李耀南二人，分赴屯扎在西安的各路官兵大营，悄悄清点实际兵勇数额，以做放饷的凭据。

祝、李二道受命乔装离去，左宗棠又把刘典传来，商议欲在西安设立制造局的事，以便及时修理损坏的枪械。

因兵额不足而导致，营官瞒兵冒饷是左宗棠早就发现的事，但因连续进军，无法认真办理此事。如饷源充足，这种事也还罢了，但现在的情形是饷源无着，洋款借到无期，左宗棠不能不把此事当成一件大事来办。但他又不能明目张胆地来办此事，怕营官不满，怂恿兵勇哗变，后果可就更加难以预料了。祝塏、李耀南以及袁保恒，都是左宗棠此次西征的幕僚，尤其是袁保恒，不仅久历兵戎，且还是已故皖籍名将袁甲三的长子。

祝塏、李耀南离开西安城的第二天，西征粮台收到汉口粮台转运局递交来的江汉关定拨的八万两饷银；袁保恒同时又收到福建浙总督衙门飞速递过来的咨文，称已借拨四成洋税银十万两、浙海关五万两，已交上海转运局汇解。

左宗棠设在上海的转运局，主要办理海关税里应拨付的西征款项，以及办理洋款商借事务，由胡雪岩经理该局。

袁保恒急忙飞函胡雪岩，催解福建浙总督衙门与浙海关汇过去的共十五万两款项到陕。

胡雪岩很快回函，称两笔款子尚未到局。袁保恒又急忙咨文两江总督衙门，檄催江海关应拨付给西征军的五十万两。

马新贻先是不理，见袁保恒不依不饶连连檄催，只得回函一封，称年内无款拨解。再以后，随袁保恒发多少道公函，他竟一个字也不回了。袁保恒急得无法，只好据实向左宗棠禀告。

左宗棠虽气得胡子撅起老高，仍只能让袁保恒继续檄催，除此之外，也无好办法可想。偏偏这时，左宗棠由京师动身前派到四川各州县办理捐输的几名委员，又被吴棠饬退了回来，言称几人带入蜀地的五千张贡、监各执照，已被吴棠奏请归并成都、重庆两局办理，不仅将各照全部没收，办捐的人也一个不剩地被他全部饬退出境，否则便按扰民处治。吴棠不留情面地给左宗棠来了个釜底抽薪，让左宗棠哑巴吃黄连，有苦说不出。吴棠已抱定主意，随你左宗棠怎么到上面告状，我就是不理，你想在我的辖区里劝捐搞银子，朝廷答应你，我却不能答应你！

两江是饷源的主要输出地，左宗棠最初的援浙、援福建，甚至设立船政局，大部分的饷需都是出自两江及所属的江海关。但马新贻到两江后，不仅把曾国藩制定的章程统统改掉，而且还累累奏请朝廷，言称两江有许多事情要办，江海关每月能出的税额，自给尚略显不足，若再分出一些提作西征用款，两江正在办理的事情就只能中止，比如江南制造总局、金陵制造局以及设在江宁、苏州两地的皇家织造，也势必受到影响。一句话，两江正用着的款子，不能拨给左宗棠。马新贻已经公开和左宗棠唱起了对台戏。

眼看着新年将至，许多兵勇都盼着年前能补发些欠饷寄回家中，将领们也都盯着西征粮台的进账，每日都向袁保恒打探进饷的消息。

左宗棠愁得整日在行辕里走来走去，他的精神已是接近崩溃的边缘了。他派出快马赶往直隶省城保定向曾国藩求援，又飞檄设在汉口的陕甘后路粮台，着粮台委员速找湖广总督协办大学士李鸿章想办法，还分别给在籍的刘蓉和郭嵩焘写信托他们筹措些款子应急；同时，他又不得不再次向朝廷紧急拜发了《军饷匮绝，请敕筹拨实饷急救危疆》一折。左宗棠是含着两眼热泪来写这篇奏折的。

折后，左宗棠有意又附《彭玉麟拨助陕饷》一片，向朝廷奏报兵部侍郎湘军水师统领彭玉麟，得知西征粮饷无继，把自己节省的两万两饷银捐赠出来，请朝廷给予奖励。

奏折拜发的当晚，左宗棠愁容满面地对香姑娘说道：“西征势成骑虎，各督抚之冷漠，实出某之意料之外也！若此时雪岩商借洋款之事定议，或可挽救。”

左宗棠不得不把全部的希望都寄托到胡雪岩的身上。

其实，胡雪岩此时已与有利银行达成借款合约，未签字画押的合约正在由专人送往西安的途中。此次借款总数为关平银[1]一百二十万两，月息七厘，付款坐扣。银行实际得息四厘，胡雪岩个人得息三厘，有利银行同胡雪岩暗中结算。胡雪岩已料定，此时的左宗棠，只有靠借洋款才能渡过危机，他大捞银子的时候到了。

祝垲、李耀南二人也回西安交差了，两个人此次清点各营勇丁的结果，让左宗棠大吃一惊。

祝垲向左宗棠禀报说，抚标刘典各营有两营缺额，一营缺二十二人，一营缺四十八人。不过，两营正在就地募勇补充。

李耀南向左宗棠报告说，提标高连升所部也有缺额出现，有三营情形比较严重，最多的一营缺额竟达六十人之多；亲军各营也均不足额，丁太洋一营就缺一百四十余名之多，且毫无补足缺额的迹象。李耀南称，曾私下问过一名哨长，据哨长讲，营官丁太洋吃缺饷的时间已达半年之久，累计冒饷额近万两，实不多见。

左宗棠把花名册放过一边，秘嘱二人不可张扬此事。

祝、李二人退下后，左宗棠急召刘典、高连升到署，言称明日看操，让二人去各营布置。刘典与高连升很有些莫名其妙，却又不敢不去布置。

左宗棠决定利用看操的机会，认真核对一下各营现有的勇丁数。

转天，左宗棠乘轿出城，在刘典、林寿图的陪同下，到各营看操。

两天下来，左宗棠已经心中有数：视嵦、李耀南所清点的人数可信，各营果有多少不等之缺额，尤其是亲军丁太洋一营，足额当是五百人，现在出操的竟只有三百五十二人，缺额高达一百四十八名！丁太洋原是太平军李世贤旧部，自福建汀州投诚后，随左宗棠征战福建、粤，积功得保升都司。左宗棠于同治六年（公元1867年）入陕时，因见其勇猛，便拨一营归其统带，累功至从三品游击衔，并赏戴了花翎，进入武职大员行列。

左宗棠思虑再三，决定先摘其顶戴，然后再请旨将其革职留任，饬其将缺额勇丁补足，并命其将冒领之万余两饷额退还给粮台；但祝垲的一句话，又让左宗棠打消了这种从宽办理的念头，下定决心要借丁太洋

①清代虚银的一种。是海关征收进出口货物税时称量银两的标准。

的脑袋一用。

祝垲在看操回城的当夜向左宗棠秘报："据丁太洋营里的一名守备讲，丁太洋因见西征饷源中断，认为此次西征功成无望，正在密谋离陕入甘，向两河大总戎马化龙投降。"

祝垲话未说完，左宗棠脸色已吓成灰白。他当即决定，以召丁太洋进城议事为由，先将其擒拿斩首，并将该营分解补充进缺额的营里。

丁太洋做梦都没有想到，左宗棠敢对一名三品武官痛下杀手。

他奉命进城时，同以往一样，带了十几名亲兵，进城门以后，亲兵便被拦截，只准他一人进城，他才发现情况与以往有些异样，但已来不及了。他被左宗棠派来的亲兵协裹着前行，一直到了行辕才捆翻了押进去，不久又从城里被军兵押出城外斩首示众，罪名是"冒饷、谋反"。

左宗棠随后传谕各营，速将缺额补足，但有冒领饷额者，定斩不饶。丁太洋其人此后便不复存在，其营也很快被分解化为乌有。

左宗棠这才从容拜折请旨，其实却是先斩后奏。军兴以来，先斩后奏早已是经朝廷默许了的规矩，不仅左宗棠如此，许多督抚都这样办过。

曾国藩收到左宗棠的告急信函后，马上便发动身边僚属筹了九万两银子，他自己又从养廉里提了一万，凑成十万两的整数，然后派员火速送到设在汉口的陕甘后路粮台那里，着粮台速解西安。

曾国藩在给左宗棠的信中称："杯水车薪，非借洋款不能以继。"

郭嵩焘、刘蓉二人，见到左宗棠的信后，马上飞函从前故旧，替左宗棠西征募款。

李鸿章亦是统兵大员，他深知道大军断饷将会发生的种种后果。他接到陕甘后路粮台送来的告急函件后，马上便委派身边一名候补道连夜赶往江汉关衙门，将预留在那里的二十万两用于湖广修缮书院的款项，从中提了十万两，暂借给陕甘后路粮台。粮台不敢延误半刻，收款的当日便派快马解往西安。

有识之士均向西征大军伸出了援助之手。但一场比较大的闹饷哗变，还是不可避免地发生了。

内部动乱

这场哗变发生在甘肃提督高连升的营里。事情的起因，须从刘松山入陕进攻董福祥说起。

初始，刘松山见董福祥拥军达十余万人，惧其势大，未敢贸然进攻，后经过详细打探，得知董军虽人众，但器械不精，兵卒手里多持长矛、大刀作战，洋枪极少，洋炮更无一尊。刘松山这才放下心来，开始率军逼近董军，并放洋枪扫射。

董福祥率队出迎，先遭遇官军一顿猛烈的火枪射击，阵脚不由大乱。这时，偏巧一发炮弹射来，将董福祥的中军大旗轰倒。董军于是疑其主帅已殁，便开始四散奔逃。董福祥阻饬不住，也被协裹起来奔跑，导致漫山遍野都是奔逃的回民义军。刘松山先是命令各营包围厮杀，后又亲自骑马率两营亲兵，冲入董军大营里面去作战。也是事有凑巧，该着刘松山立此大功。刘松山冲进董军大营不一刻，偏偏就和董福祥走了个满怀。董福祥当时身穿龙袍，头戴皇冠，极其显眼。

刘松山一见，料定必是董军主帅自称大皇帝的董福祥无疑，便策马近前，大喝一声："董福祥！刘松山在此，你还不下马受降，还要等到什么时候！"

董福祥见刘松山到此，还道全军已然覆灭，加之官军火枪火炮极多，自忖不敌，便就势双膝跪倒在刘松山的马前，口称："败军之将不言勇，福祥愿降也。"

刘松山一听这话，自是喜从天降，当即让身边的亲兵将董福祥身上的枪械拿下，随后令董福祥作速传命下去，让所部放下器械，听候官军发落。刘松山入陕第一战，便创造了天大的奇迹。

左宗棠接报大喜，当天即派人急赴刘松山大营，帮同料理善后事宜，又让刘松山转饬董福祥，从回民义军旧部挑选出三营兵勇，交由董福祥统带。

左宗棠素知董福祥作战勇猛，加之该人在这里土生土长，对这里一草一木及回军各营情况都熟，不想浪费了这个人。

左宗棠随后着令刘典、高连升两路人马，连夜向董志原、宁州一带进发，与刘松山、刘锦棠，从三个方向对进，围剿白彦虎。

就在高连升率军离开西安的第五日，所部九营发生闹饷哗变事件。

后据刘典派人向左宗棠报称：那日晚，高连升中军人帐设在杨店。约在子夜时分，亲兵营哨长丁玉龙，会同左营管军装差弁邬宏胜、左营哨长蒋宏高、前哨什长石文科等，突至大帐，声称与高军门计议饷事。哨兵声称军门已歇，欲加拦截，被邬宏胜挥刀斩杀，旋突入大帐，摸黑寻至高连升榻前。

高连升业已惊醒，喝问何事。邬宏胜答称：索还欠饷，欲另投他处。高连升大怒，反问一句："伊欲反耶？"邬宏胜就一步跨前，挥刀乱剁，曰："就是要反！"

邬等戕杀高连升后，将高连升首级割拿在手，出营呼曰："军门欠饷，不顾我等死活，已斩杀矣！我等欲投他处，愿往者随之。"各营从者甚众，竟有八营之多；有不想反者，因怕性命不保，也只得随行。大营营官、总兵衔副将贺茂林、提督衔总兵黄毓馥二人，挺身劝阻，被众兵勇杀死。

刘典闻变之后，立派记名提督丁贤发亲率所部，进耀州，扼其南窜，然后亲提所部各营向杨店进发，准备用武力平叛。哗变各营见大军赶到，于是拼死抵抗，终因无人指挥，很快向后败退。

刘典一面追击，一面招抚，很快便有五营人马受抚，有四营在奔逃过程中被赶来的官军斩杀。兵变终被平息。

此次兵勇哗变，给左宗棠造成的损失颇大，不仅四个营的番号被取消，还折损了高连升、贺茂林、黄毓馥三员大将，这倒正应了那句古话："屋漏偏逢连天雨，故知又是讨债人。"

西安粮台在高连升大营哗变的当夜，便收到曾国藩紧急筹助的十万两饷银，随后又有李鸿章的十万两到账；尤其是胡雪岩派人送到的有利银行借款合约到左宗棠之手后，左宗棠才算彻底地松了一口大气，知道西征的危机是真正地过去了。

白彦虎在各路官军抵达宁州之前，便已将所部分成四路人马，分由白彦虎、马正和、崔伟、于得彦四人统带，拟趁官军尚未合围前，退往金积堡一带与马化龙会合。

白彦虎的如意算盘被刘锦棠识破。刘锦棠亲赴老湘军大营相商于叔父刘松山，想提前发起对白彦虎的攻击。

刘松山却说道："白贼不同于董福祥。白贼久居董志原一带地方，又几次从洋人手里购得洋枪洋炮，逆众骑、步各半，颇有战力，不可轻攻。毅斋，你意如何？"

刘锦棠说道："叔父大人容禀。暗探已打探明白，白贼已把部众一分为四，分路退往金积堡，想赖马化龙之力，长久与我抗衡。愚侄以为，金积堡一带地方，地形险恶，若任由白贼窜去，恐成不了之局，莫不如在白贼退往途中半路击之。暗探又报称，白贼此次退往金积堡，并非真心想和马化龙会合，他不过是想通过金积堡而到达肃州（今甘肃酒泉），由肃州而出关外。"

刘松山大惊道："毅斋，你是说，白贼是想出关，去与那个洋犊子阿古柏会合？"

刘锦棠答道："暗探称，白贼正是此意。"

刘松山低头想了想，道："毅斋，你我两路人马，不过两万人，白贼却有十余万众。据说，白贼光火枪营就达二十营，骑勇也有三十营，还有两个炮营，若攻之不利，必被其所害。我以为，还是等刘抚台、老爵帅等各营到后，再计议进击为上策。毅斋，杀敌最忌心急，心急必露破绽。这是曾相国常讲的话，你可细细揣摩。"

刘锦棠答道："叔父大人所言极是，愚侄可只对白贼监视，若有军情，随时禀报吧。"

刘松山道："毅斋呀，董福祥所降人众，尚未办理遣散事宜，都是因为没有粮饷啊。董部不办理明白，任由这些人反投到白贼那里去，其祸大矣！"

刘锦棠点头称是。刘锦棠离去的当夜，刘松山所部两营兵勇发动哗变，因刘松山发现及时，出兵过快，没有造成损失。两名营官被刘松山就地处斩，兵变平息。

左宗棠此时正在同着刘典、袁保恒等人，筹办在西安设立西安制造局的事。

对西安设立制造局的事，宁夏将军署陕甘总督穆图善却持有异议。为了阻挠这件事，他两次上奏朝廷，认为左宗棠在西安设立制造局，是好名之举，除了徒费饷银，不会对西征有丝毫帮助。为此，朝廷曾两次给曾国藩、李鸿章下旨，征询对此事的态度。

曾、李二人却都持赞成态度，认为设立西安制造局，是巩固西征的根本举措，有百益而无一害。朝廷于是诏准。西安制造局总算赶在同治八年（公元1869年）的新年到来之前宣告成立。

左宗棠委西征粮台督办袁保恒兼西安制造局督办。为防大军进甘后布政使林寿图掣肘，左宗棠又奏请准袁保恒专折奏事。

林寿图万没料到自己身为一省藩台，在西征粮台与西安制造局成立之际，竟然被左宗棠排除于事务之外，一气之下，横下一条心来，要同左宗棠闹上一闹，把长久憋在心里的那几口恶气出一出，也让左宗棠见识一下他的手段。

这一天，他借着给西安将军库克吉泰送礼的由头，到将军府来拜望库克吉泰。

库克吉泰与宁夏将军穆图善是儿女亲家，林寿图素来都对库克吉泰高看一眼，何况将军并不受地方督抚节制，直接归朝廷调遣，这就更让林寿图把库克吉泰当成了一座靠山。

库克吉泰对林寿图的到来是极其欢迎的，林寿图奉上年敬之后，库克吉泰更是热情异常。库克吉泰虽是位将军，但在贫困的陕西地面，能给他送上份像样年敬的人并不多，尤其是左宗棠到西安以后，除了布政使林寿图以及自己的属官逢年过节还记着他，给他送礼的人几乎就更少了。

刘典是署抚，又是京卿衔，他现在在西安，除左宗棠外，几乎不买任何人的账，库克吉泰休想从刘典手里捞到任何好处。但林寿图有林寿图自己的算盘。

一杯热奶未喝完，林寿图便神秘地说道："库大帅，您老没有发现吗？这陕西自从左季高来了之后，不仅司里这藩司成了皇上家的摆设，连您老这堂堂的西安大将军，也快成了摆设了。这左季高想干什么呀？"

库克吉泰不知林寿图这话里藏着的意思，反倒哈哈笑道："我大清立国至今，从来都是讲究'能者多劳'这四个字。左季高能耐大，又赐封了伯爵，他自己原本就是该多干些事情，才不负上头对他的期望。本官老了，在西安多年，不仅腰眼子常酸，老寒腿也是每到这个季节便发作。本官是不想再做什么功劳了。有功劳，本官都留给他左季高去干。无论怎么讲，本官辛苦了这么多年，该享几天清福了！”

林寿图一见库克吉泰说出这等话来，便知这位西安将军，是不想再有所作为了，于是也就住了口。

林寿图回到府邸后，又整整思虑了两天，便忽然向刘典写了篇告假的快函，提出要回原籍去省墓。刘典当时正在和刘松山会在一处，他原本已和刘松山、刘锦棠等前敌将领约好，想在大年底下再回西安去过年，今见林寿图忽然要告假，便只得把大营的事料理了一下，同刘松山、刘锦棠以及各路人马中总兵衔以上的武职大员，提前赶回西安。衙门每逢年底都比较忙碌，藩、臬二司更忙，衙门有许多事情要赶在大年之前办理完结。林寿图在这个时候要告假回籍省墓，这的确是在给刘典这个署抚出难题。

刘典回到巡抚衙门的当日，便急传林寿图来见，送信的亲兵却回称：藩台大人正在府里打点行装，不得空闲。林寿图等于是在同刘典叫板。

刘典无奈，只好来见左宗棠。

左宗棠却笑道："我大清素来以孝治国，林藩司此时回籍省墓不仅该准假，还应当奏请上头表彰于他。克庵哪，给朝廷的这个折子本部堂来写，你会衔。"

刘典笑笑没言语，他是被林寿图、左宗棠二人给弄糊涂了。

左宗棠当日交代刘典，暂委袁保恒到布政使司衙门，去接办林寿图未竟事务，然后便把自己关在书房里，开始给朝廷拟折子。

左宗棠先说林寿图肯于任事，是陕甘两省不可多见的能员。又说刘典统兵离开西安期间，巡抚衙门一应事务，俱由该员代为料理等，然后才话锋一转写道："奈该员体弱多病，不堪繁剧，每每在人前陈述诸多苦处，往往涕泪俱下，又多次陈情开缺回籍休养之因由，实属迫不得已。"折子最后才道出真意："恳请朝廷体恤该员苦处，准予回籍休养有年，待身体复原后，再图报答。臣查二品顶戴、西征粮台督办、西安制造局总办袁保恒，于钱粮事务比较熟悉，可胜任陕西藩司一职。"

大年一过，左宗棠就要同刘典等人统兵离开西安，他只是不放心林寿图这个人。为免除后顾之忧，也为事权归一，他决定让林寿图回籍休养，以便袁保恒能放开手脚做事。左宗棠这么做，不仅林寿图没有想到，连西安将军库克吉泰和宁夏将军署陕甘总督穆图善也没有想到。

新年尚未过去，已回原籍的林寿图，便收到陕西巡抚衙门转来的圣谕：朝廷为体恤臣子，准予林寿图以原品休致。林寿图未及把圣谕读完，便觉眼前一黑，一头便栽倒在地。

正想在官场有番作为的林寿图，就这样糊里糊涂地被朝廷准予休致了。清朝官员所谓的休致，按现在的话讲，就是退休。本不想退休的人你让他退休了，换谁都要一头栽倒。

第六章
一山难容二虎

歪打正着

同治八年（公元1869年）二月初十，左宗棠亲率大军二十营，迎着凛冽的寒风及连日的飞雪，离开西安进驻乾州。香姑娘因染了风寒，一直咳嗽不止，左宗棠只好把她一个人留在了西安行辕，托袁保恒照料。

除左宗棠外，袁保恒现在成了陕西最忙的人。

袁保恒字小午，籍隶河南项城，道光三十年（公元1850年）进士。从父袁甲三在安徽随大臣周天爵办团练。咸丰九年（公元1859年）回京供职，咸丰十年（公元1860年）复命赴父袁甲三军营帮办军务，旋回京任职。累官翰林院从四品侍讲学士。袁甲三病殁，上命赴淮北接统其父所统各军。哪知这袁保恒一到军营，便把这支队伍当成了私家财产。今儿派一个营去盖屋挣外快，明儿又打发两个营去开垦荒地，种上庄稼换银子。袁保恒到营仅仅几个月光景，仗未打过一次，自己的腰包倒是鼓起来了。满安徽都知道，袁保恒打仗不行，做官也未必行，过日子倒是把好手。

一名回乡省亲的御史知道了这事，回京就上了个参折。朝廷大怒，下旨将其私役兵勇所获钱财悉数没收，所统各营交巡抚衙门接管。他闹了个白忙活。召回京以后，又将他降了一级，命其在京候补。

同治七年（公元1868年），西捻张宗禹犯京畿，他一见有机可乘，马上哭着喊着自请效力戎行。上命其赴李鸿章大营委用，被李鸿章一脚踢出。他无奈之下只好回京继续候补。他此时已经穷得上无片瓦、下无立锥之地，一家大小跟着受活罪。正在这时，左宗棠入京觐见，袁保恒马上又哭着喊着情愿跟随左宗棠入陕甘效力。左宗棠一直认为，袁保恒困顿成这样，全是被人诬陷所致，又想到其父袁甲三英名一世，朝廷不该卸磨杀驴，就上了个折子，奏请袁保恒帮办陕甘军务。朝廷看在左宗棠的面上，于是恩赏其二品顶戴，派赴陕甘归左宗棠使用。至于帮办军务云云，朝廷没有答应。

袁保恒于是拖家带口先左宗棠一步进入西安。左宗棠对袁保恒却当真不薄，一直高看他一眼。

袁保恒先出任西征粮台总办，又兼署了西安制造局总办，最后又署了陕西布政使，三个差事都是繁差和要缺。一肩三职，非常繁忙，他却不以为苦反以为乐，认为自己出头之日就要到了。

上海转运局的胡雪岩与西安的袁保恒，是左宗棠目前的两位最得力助手，也是左宗棠最信任的人，堪称心腹。

在乾州，左宗棠上折奏请着刘典统所部随行帮办陕甘军务。

折子拜发的当日，左宗棠遣提督衔亲军统领温宗秀，统亲军马、步十二营，星夜赶往绥德，会同刘典、刘松山、刘锦棠各军，对董志原一带地方，实行战略包围，相机进剿。

十日后，刘典率各军对董志原发起攻击。这之前，董志原四大营回民义军已有白彦虎、于得彦两路人马撤出该地，现只有马正和、崔伟两大营人马因负责断后并钳制官军，尚在这里镇守。

马正和、崔伟两营没有撤出董志原还有另外一个原因：两营中妇女儿童较多，辎重较多，步兵较多，已无多少战斗力可言。

所以，当刘典向各路人马下达攻击的命令后，董志原一带很快便陷入混乱的无序状态，仅用半天时间，便将这里的十几座州、县城池收复。

马正和、崔伟二人，只率几百人冲出重围，余部非杀即降。刘典一面将战果飞报左宗棠，一面派人赴各州县料理善后。

至此，陕西全境收复。

同年五月十九日，董志原降过来的几万回民义军，其中包括一万余妇女儿童，全部安置完毕，被安插到各州县居住。左宗棠于是率五营亲兵离开乾州，取道永寿、邠州、长武，驻节甘肃泾州。

到泾州的当日，左宗棠收到圣谕："照左宗棠所请，派刘典毋庸署理陕西巡抚，以原品帮办陕甘军务；陕西巡抚命蒋志章补授，蒋志章未到任前，陕西巡抚暂着库克吉泰署理。"

在泾州不过五天，左宗棠因连日在雪地行军，忽患眼疾。双眼先是疼痛，很快便开始红肿，终于发展成什么都看不见了。

袁保恒在西安得到消息，一面派人将香姑娘急送至泾州来照料左宗棠，一面飞函在上海的胡雪岩，通报左宗棠在泾州突然双眼失明的情况，请胡雪岩想办法请洋医速到泾州为左宗棠诊病。

左宗棠只得在泾州扎下大营，一面让随行军医为自己调治双眼，一面把文案传来，向朝廷口述《进驻泾州筹办军务》一折。

在折中，左宗棠先讲述了一下目前甘肃的局面，称："窃甘肃之患，为回匪，为土匪，而皆由陕回构祸而起。"又道："陕回败窜甘肃之后，散布黑城子、预望、同心各回堡，地与金积堡相近，有递呈求抚者，有投附河州回巢者，有由中卫渡河东窜旋复败回者……马化龙亦上禀代陕回求抚。臣仍以前年分别剿抚之谕示之，生死祸福，听其自择。"

折子随后又讲了一回各军进止的情况："刘松山一军，由清涧以指定边、花马池……其金顺、张曜之军，则已向磴口进发矣。道员魏光焘，进屯安化县板桥及庆阳府城。提督刘端晃，分屯合水县。总兵张福齐，进屯宁州以西。提督丁贤发进正宁，周兰亭驻萧金镇……峙糇粮，勤屯垦，禁扰累，戒妄杀。仍懔遵谕旨，只分良匪，不分汉回，为久远之规，制贼之本，尽瘁图之，不敢玩寇以误戎机，亦不敢求速而忘至计也。"

折子最后又对穆图善发泄了一通不满，左宗棠和穆图善的关系越来越僵，几成水火。

但朝廷对左宗棠所持观点并不认可。朝廷认为，刘松山应该尽快赶到花马池，“截剿宁、灵窜匪”；左宗棠不应以屯田为名驻节泾州，应尽快赶到秦州接受总督关防。

圣谕以极其严厉的口气对左宗棠发出了警告：“左宗棠、穆图善同办一事，务当和衷商酌，以顾大局，不得各存意见。”

左宗棠接奉圣旨，眼疾愈烈，虽经军医调治，香姑娘到后亦倍加照料，竟无明显效果。有一天，左宗棠语重心长地对香姑娘说：“既然一山难容二虎，那就走吧！”随后他上奏朝廷，言明眼疾之实，请求离职静养，另委大臣接办甘事。

左宗棠尽管也知道，此时上折请求离职的确有些不合时宜，容易引起朝廷误会，但一双不争气的眼睛，加上工作不畅，的确把他折磨得无路可走。

慈禧太后接到左宗棠请求开缺的折子后，果然大骂道：“这个左宗棠，他早不害眼疾，晚不害眼疾，偏偏这个时候害眼疾！他这不是在闹意气吗？好，我就成全他！”

慈禧太后当晚把恭亲王及军机大臣宝鋆、沈桂芬、李鸿藻等人传来，商议左宗棠的这个告缺折子。

文祥没有进宫，是因为正在病中，文祥因病年前就已告假。李鸿藻是去年十月以户部侍郎职分在军机大臣上行走的。

恭亲王进宫前，恰巧收到穆图善紧急递到的一篇折子。恭亲王将穆图善的折子大略看了看，便袖起来，准备面见太后的时候便呈上。

礼毕，未及太后问话，恭亲王当先把穆图善的折子呈上，奏道：“禀太后，这是军机处刚刚收到的穆图善从兰州紧急递过来的折子。”

慈禧太后一惊，忙道：“穆图善怎么说？”

恭亲王答道：“穆图善说，左宗棠此次所患眼疾，颇为严重，双眼已近失明，虽经军医百般诊治，却并不见好。穆图善说，左宗棠的这双眼睛，大概坏定了。穆图善以为，陕甘事繁，左宗棠已无法胜任督职。穆图善建议朝廷，应该将左宗棠召回京师调理眼患，总督一缺另放大臣简任。”

慈禧太后沉吟了一下，不由自语了一句：“想不到，左宗棠的眼病倒是真的！朝廷倒险些冤枉了他！”顿了顿，慈禧太后忽然又冒出了一句：“这左宗棠倒真是难得呢！”

话毕，慈禧太后望了望慈安太后，忽然笑了笑，便对恭亲王说道：“穆图善的折子留中吧。你让军机处给左宗棠拟旨，赏他长白山人参和高丽参各一棵、假两月，让他先在泾州养病，就近调度刘松山各军对吴忠堡的围剿。”

恭亲王内心一喜，忙答应一声：“太后说的是，臣下去就办。”

大概连穆图善自己都没有料到，他心怀叵测发来的这篇请将左宗棠撤任的折子，倒帮左宗棠解了个大围。

左宗棠收到御赏人参的时候，胡雪岩从上海高薪请的一名法国医生，也在军兵的护送下，辗转来到了泾州。

这名法国医生到的当日，便用仪器对左宗棠的双眼反复检测，很快得出结论：是陕甘一带的漫天大雪及雪后的阳光，通过白雪的反照力，把左宗棠的一双眼睛给伤着了。也就是说，左宗棠此次患的不是眼疾，实是雪疾。结论一出，幕府顿时哗然，正为左宗棠治病的在营军医更是一万个不相信。

军医一连几日逢人便说道：“刀能伤眼，枪亦能伤眼，我祖上三代行医，还没听说过雪能伤眼！洋杂种真是昏了头了。大帅的一双亮眼，当真交给他治，不治坏才怪！”

但左宗棠经过反复思虑，眼见自己的一双眼，被在营军医愈治愈糟，索性横下一条心，决定大上一回胆子，就让法国人来治。主意打定，这名法国医生于是就在泾州住下，开始为左宗棠治眼患。

说来真是让人不可思议，左宗棠的双眼经法国医生治疗不多几日，便开始有些好转。这件事，不仅幕僚称奇，连那名在营军医也认为是西人用了妖术，否则万难有此神效。左宗棠的心情开始渐渐好转起来。

拉锯战

同治八年（公元1869年）七月二十八日，陕甘大地一片生机，大规模进兵的最好时机已经到了。

按着左宗棠的布置，老湘军统领、广东提督男爵刘松山，会同苏松镇总兵章合才、道员刘锦棠，分三路向吴忠堡推进。吴忠堡等地已与金积堡很近，均是马化龙控制范围。得知刘松山向吴忠堡推进，马化龙急从金积堡调一万人，着余彦禄统带，增援吴忠堡。

刘锦棠得知吴忠堡有兵来援，急率队星夜赶到吴忠堡与金积堡之间的一处密林潜伏，以期在半路进行拦截。

刘松山则督饬各路人马，向吴忠堡发起猛攻。守堡回军欺官兵数寡，遂分四路迎战，又命五千余骑兵冲阵。

刘松山急调火炮营轰击，迫使回军阵脚大乱，纷纷回奔。刘松山趁势掩杀，势如旋风，搅得回军首尾不能相顾，分四路出走。这时，刘锦棠已将余彦禄援军杀退，率部赶到吴忠堡。

刘松山当晚准备在吴忠堡安营，刘锦棠见该地地形成鱼釜之状，力持不可。刘松山于是传命各营，撤出吴忠堡，到远离该堡五十里左右的一处平原地带扎营。

是夜子时，撤出吴忠堡的四路回军人马汇在一处，决定偷袭官军大营；及至赶到吴忠堡时，但见四门紧闭，仿佛官军已在堡内睡死。回军发一声喊，很快打开堡门冲进来，里面却空无一人。

回军于是重新闭上堡门，再次占领了吴忠堡，决定重整旗号与官军再战。

第二天，刘松山分四路人马来夺吴忠堡。鉴于头天的教训，刘松山改变策略，并不向里面冲杀，只用大炮与洋枪向堡里轰射，以期最大程度地对堡内守军给予杀伤，而不刻意夺堡。

堡内回军的伤亡数字开始成千上万地增长，终于不支，竖起白旗请降。刘松山传命堡内请降将士，将器械堆放到一起，然后分批移出堡外。刘松山单委刘锦棠统所部料理善后，自己则率提督李占椿、章合才、喻执益以及马队提督余虎恩、陈宗藩、潘运璋、彭绪炘、谭上连各部，直赴灵州。

此时占据灵州的是回民义军首领马正和、马长顺等部；余彦禄被刘锦棠击败后，也率五千余骑来到灵州。

得知官军杀到，灵州响起号角，各庄回民义军纷纷出动，马队在前，步队在后，正面来迎官军。

刘松山一见回军出郭来战，不敢怠慢，立饬提督易德麟率李就山、李树棠三营作中路前锋；提督陶定升、易致中及五品军功回军降将董福祥，各率所部，作中路后卫跟进；提督章合才率李占椿、喻执益各营进左路；提督萧章开、曾德善、李云贵各率所部进右路；刘松山亲率提督何作霖、谭拔萃、周国胜及马队五营，总统后路。

各营未等回军杀到近前，便枪炮连环开放，间以炸弹，声震山谷。回民步队虽伤亡颇大，但上万骑马队却不为所动，呼啸而来。

刘松山见回军马队凶悍，骑术亦都精湛，人数也众，于是飞令何作霖、周国胜二将，督步队跟在马队后加劲猛冲，又命大炮队猛射回军骑兵马匹，步兵则不顾骑在马上的回军兵勇，只是拼命埋首猛砍马蹄。

双方激战大半日，记名提督、苏松镇总兵章合才右肩肘被火炮炮弹击中，提督李占椿左脚亦被火枪射穿，血流不止，兵勇伤亡亦达二百余名。

回军损失更重，近万名步队几近被杀光，近万名骑兵有二千余名倒在了血泊里，另有两千余骑马蹄被砍伤，兵勇俱被掀翻马下，成了俘虏。

马正和、马长顺并余彦禄见恋战无益，只好各率残部向金积堡方面撤退。

马化龙知道灵州正在激战，遂遣白彦虎率所部万余人飞援，竟在半路与败逃过来的马正和、马长顺、余彦禄残部相遇。两军稍事休整，马正和等人伙同白彦虎，又掉头向灵州杀过来。

刘松山见回军再次来夺灵州，知其援兵必至，加之官军各营激战半日，疲惫至极，不能再战，便传命各军快速撤出灵州。

白彦虎掩军杀来，意欲夺回吴忠堡，刘松山急传命刘锦棠，先撤出吴忠堡，待各营补充给养后再战。白彦虎于是进驻吴忠堡，并分兵去守灵州，又急书马化龙，请加派援军。

马化龙知白彦虎相继夺回灵州、吴忠堡后自是大喜，很快又向两地各加派一万军兵助守，同时颁诏各部回军，加封白彦虎为两河兵马大元帅。诏书由锦缎制成，上面盖着两河大总戎的玉玺，玺印足有盘子那么大，很是耀眼生辉。

白彦虎又名白素，回族，陕西邠州人，于同治元年（公元1862年）在当地举起义旗抗清，拥兵过万，与于得彦、马正和、崔伟等人一起，占据董志原一带。董志原被清军收复后，白彦虎率所部投靠马化龙，拜马化龙为义父，甘愿称子。白彦虎早年曾拜一位江湖术士为师，学得一些巫术在身，自称能治百病，后又与一位绿营守备结为兄弟，亦学了些兵书战策在肚里，甚是得意。马化龙能赏识白彦虎，也是基于以上两点。

白彦虎到吴忠堡后，很快便侦知刘松山各军缺粮的情况，并得到确切密报，知刘松山已派出五路人马到山西一带采办军粮。

白彦虎双眼一转，不敢怠慢，也马上派出五路人马，乔装成当地的百姓，伺机在半路上劫粮，决意要把官军生生饿死。

刘松山采购回的粮食，当真有一半被白彦虎劫走。

刘松山不动声色，派出暗探，分头打探白彦虎屯粮之所，不久得到回报，白彦虎的屯粮之地设在灵州，除粮食外，另有上万只活羊亦在那里屯养。刘松山于是督率各军向吴忠堡逼近，暗中却遣刘锦棠率所部由间道去灵州取粮。

这一天晨起饭罢，吴忠堡四周腾起弥漫的硝烟，刘松山督率马、步各营次第围向这里。刘松山已颁下号令：奉左爵帅命，为扭转被动局面，官军要在吴忠堡与白彦虎决一死战。

得到暗探密报，白彦虎不敢大意，急忙登上瞭望台观察动静。虽距离尚远，总在十里开外，但官军今日攻城阵势却是非比平常，不仅旗帜胜过往日许多，马蹄踏起的灰尘，更遮蔽了大半个天空。官兵仿佛一夜间骤增了许多。

眼望着官兵缓慢地向城堡推进，白彦虎不自觉地紧锁双眉，苦苦地想着对策。

他走下瞭望台，派人把几名心腹大将召集到自己的身边，笑着说道："自古道：'骄兵必败。'刘松山仗着自己枪械好，尤其是自从软骨头的董福祥投降过去后，他一直横行无忌，想怎么打就怎么打。本老爷今儿不挫他一挫锋芒，他是不会知道我们的手段的。"

见白彦虎胸有成竹的样子，一人不由说道："白爷，这姓刘的可很会打仗啊。"

白彦虎神秘地一笑说道："他以为我们只会孤守城堡，本老爷偏偏早就放了一颗闲棋子，在堡外等着关键时刻使用。你们速去分头准备迎敌，看本老爷号令行事。他刘松山此时就算想打退堂鼓都办不到了，我们今儿是一定要取他项上人头，为死去的弟兄报仇雪恨。"

众将官散去后，白彦虎急遣人，持他自制的兵符，飞马离开城堡，速往灵州征调八千军兵增援。深通谋略的白彦虎，决定采用反包围的办法，将官军尽歼于城堡之下。

把守灵州的回兵有两万之多，除了老弱病妇，能战之士亦在半数开外。守城官当日见到兵符后，毫不迟疑便挑选了八千精悍之士，分由三名统领管带，浩浩荡荡开出城去，杀奔吴忠堡。就当时而言，官军与回兵数目，相互间都隐约知道个大概。依常理推断，刘松山既要与白彦虎决战，肯定是倾其所有兵力，就不可能再分兵来袭灵州。所以，尽管白彦虎一下子从灵州，几乎将能战之兵全部调走，但余下守城的回兵仍不惊慌，同以往并没有任何区别。

谁料，八千军兵离开城堡未及一个时辰，一大队官兵在刘锦棠的统率下，犹如神兵天降，突然便将城堡包围，旋用重炮对着城墙轰击，间或参以快枪扫射。火力之猛，守城回兵见所未见，登时乱作一团。

城墙被轰塌之后，官军步队开始呼啸着抢城。守城回兵无法抵抗，竟然打开后门争相出城，把白彦虎囤积在这里的大批粮草，及上万只牛羊、上千匹战马，悉数留给官军。

从灵州开出的八千援兵，向吴忠堡飞赶的时候，刘松山的人马，却正在逐步撤离城堡。

闻报，白彦虎再登瞭望台细细观看，却无论如何都猜不透官军的意图。

浓烟起处，援兵赶到，白彦虎命人打开城门接援兵进城。再看官军时，不知何时已经不见踪影。

白彦虎的心头忽然掠过一丝不祥，不由自主说了一句："莫非刘松山是佯攻吴忠堡，暗中另有盘算？"

他快步走下瞭望台，急调五千人马赶往灵州。五千人马刚刚行至半路，便和从灵州撤出的人马会合。两部人马不及歇息，一齐奔向灵州，哪知刘锦棠统帅官军押着粮草、牛羊等物，已经离开多时了。

消息传到吴忠堡，白彦虎不仅恨得连连跺脚道："汉妖狡诈，防不胜防，本元帅定要报此夺粮之仇！"

白彦虎开始思索对付官军的办法。

同年八月二十二日，在泾州养眼病的左宗棠，收到福建船政局船政大臣沈葆桢的来函，称船政局所造的第一号汽轮船，已全部组装完毕，即将下水试航，请左宗棠为该船命名。

左宗棠未及把信读完，已是喜得浑身颤抖，两眼流出泪来，口里一连声道："造出来了！造出来了！我大清的第一艘大型汽轮船，终于造出来了！这是我大清百年之大计！千年之大计！万年之大计！——对，该船就叫万年清！"

左宗棠此时眼病已基本痊愈，但还不敢直视强烈的日光。

法国医生无奈之下，只好给胡雪岩写信，让在上海的胡雪岩，到法国洋行去购买一副墨玻璃眼镜，为左宗棠保护眼睛用。胡雪岩见信即去洋行采办，很快购到一副，眼镜由专人送往泾州。左宗棠从此以后就戴墨镜。

幕僚得知福建船政局造出了一艘大型汽轮船，都来向左宗棠贺喜。左宗棠当即命厨下宰马屠羊，置办酒席，定要与属官同醉。

刘典此时率所部各营已渐渐逼近金积堡。

狡猾的马化龙闻报，一面快速招募勇丁，一面派人赶赴各州县采购战马，却又一面置办了一份好礼物，挑选了十名好女人，派了身边的一名军师，用车载着礼品、女人和两万两白银，赶到宁夏将军府来见穆图善，声称愿降，并恳请穆图善奏明朝廷，请求罢兵休战，不要征剿吴忠堡以及金积堡。

穆图善见了美女和白银，已然喜得心花怒放，当即满口应允，并连夜上奏朝廷，请求息兵。息兵的理由是什么呢？理由有二：一、马化龙是绿营的一名军官，本无反心，是受回民义军首领马光沅胁迫；二、马化龙起义之初，并不想与官军作对，后因曹克忠向前逼近，这才拼死抵抗。说完理由之后，穆图善笔锋一转，又开始论眼下的局势：左宗棠现命刘松山等两路官兵向金积堡推进，实在是逼迫金积堡、灵州、吴忠堡等众多回军群起抵抗。

穆图善在折子的最后这样写道："如今日之宁、灵，若不分别良莠，恩威并用，实恐甘省兵连祸结，迨无已时。即将来左宗棠剿而后抚，亦未必能坚回民之信。奴才虽将交卸，不敢知而不言，亦未敢闻而不顾。"

穆图善拜折的同时，又飞檄刘松山、刘典等各前敌统兵大员，称"回绅马化龙已向朝廷请降，朝旨即将颁下"，嘱各军不可妄攻。

穆图善为贪马化龙的蝇头小利，开始儿戏军事。马化龙利用这一时期，飞檄各部落，命加紧招兵买马，购羊屯粮，伺时机成熟，一举而定输赢。

左宗棠得到密报的当日，即飞函穆图善，指出："马化龙几次请抚又反，最是反复不定，首鼠两端。方今晴空万里，最宜作战，不可轻信马化龙之言也。"

穆图善把左宗棠十万火急送到的信件撕得粉碎，大骂道："朝廷放左季高总督陕甘，实是败招！他筹饷无方，购粮无力，各路官兵眼见要反，他还不肯罢手！甘肃大局好不容易平定，他却搞危言耸听！他这分明是在与本将军争功！"

穆图善对左宗棠干脆来了个不理，自己则每日沉湎于酒色之中，兀自逍遥。

陕甘一带于是有民谣曰："穆图善乃良将，左宗棠是屠夫。青草要变黄，孤儿寡母放声哭！"

一山难容二虎

事情仅仅过去了一个月，白彦虎就自恃生息养成，决定袭攻刘松山大营。

白彦虎把出战时间定在子时，用步队一万人取官军营盘，派五千马队去取官军粮草，又督一万马队随步队出击。为重创官军，白彦虎又从金积堡请调了十门开花大炮，马化龙另拨三千人马相助。该夜恰好阴云密布，正是偷袭的好时机。行前，白彦虎先默诵了一段古兰经文鼓舞士气，然后便屠羊祭旗，这才号令各队出击。

官军各营此时均在离吴忠堡五十里处屯扎。为防白彦虎袭攻，刘松山已预先在离吴忠堡二十里的一座山上埋伏了一营人马。

白彦虎各路人马从山下浩浩荡荡经过时，已尽收该营兵勇眼底，营官急遣快马飞赴大营去向刘松山报信。

刘松山急命各营将士撤出营盘，埋伏在大营的周围，决定围歼来犯之敌，趁势收复吴忠堡、灵州二地，杀白彦虎个措手不及。

白彦虎统率马、步各队，一路狂奔来到刘松山大营前，见鸦雀无声，亦不见灯火，还道是官兵正在睡梦中，自以为得计，便发一声喊，当先杀进营来。

刘松山站在高处，眼见白彦虎率马、步各队全部冲进大营，他这里便令旗一挥，马上便响起号炮；一时间，大营周围亮起无数火把，跟着便是枪炮齐鸣。刘松山又下令军兵尽将手中的火把向营盘投掷，导致大营很快燃起熊熊大火。

白彦虎知道中计，慌忙后撤。人马互相践踏，竟然无法传达号令，死伤惨重。

白彦虎拼死杀出一条血路，只带三千余骑突出重围，退归吴忠堡。到堡前，白彦虎正要让军兵喊话，哪知一声炮响，正从城楼射出，吓得白彦虎险些跌落马下。一人在城楼高声喝道："匪酋白彦虎，你还不下马受降更待何时？吾乃老湘军分统领西宁道刘锦棠是也！"

白彦虎拨马便走，直奔灵州。刘锦棠一见，急命大开堡门，提军随后猛追。白彦虎行至半路，正与败走的马正和相逢。

马正和禀告白彦虎，灵州已被官军打破，他与马长顺、余彦禄只好各率一路突围。

马正和话音刚落，马长顺率两千余人赶到，余彦禄也率三千余骑来与白彦虎会合。

白彦虎知道吴忠堡、灵州二地已不可复图，逐率军撤到吴忠堡以北顾家寨、马家寨等村寨落脚，并派出快马去向马化龙报信。

刘松山因地形不熟，传令各军停止追击，就地扎营休整，一面行文左宗棠与穆图善，具实禀告交战实情。

左宗棠收到刘松山的通禀后，当日即上折为刘松山等一班出力员弁请功；穆图善收到刘松山的通禀后，急派员去向马化龙问明情况。

马化龙则回函称："吴忠堡之役，实因刘松山无视抚情，一意征剿所致。"马化龙同时在函后请穆图善传令给刘松山，能否让出灵州给受抚各军居住。马化龙怕穆图善不肯答应，回函不久，又紧急从身边挑了五名美女送到了将军府。

穆图善收到美女后，一面传令给刘松山，快速将吴忠堡、灵州二地重新交给白彦虎等军居住，一面上奏朝廷，怒参刘松山不分良莠，一意滥剿，又说其语言矜躁，逼使回民聚众滋事，影响甘肃安定全局。

刘松山接到穆图善的咨文后，当日就传令下去，着令各营让出吴忠堡、灵州等城堡，全部移至五十里以外的地面屯扎。

白彦虎确认官军全部撤走后，马上便带着人马重新占据各堡，并派出近百名属官，奔赴各州县秘密招募新兵，与官军抢购粮食，忙得不亦乐乎。

圣旨终于递进泾州行辕，请左宗棠甄别马化龙求抚真伪，不可有成见，败坏全局。左宗棠接旨后良久不语，转日即飞檄刘典、刘松山，嘱其遵旨办理。一月后，圣旨又到泾州，却是斥责左宗棠、刘松山二人的。圣旨指明据穆图善所奏，刘松山在吴忠堡、灵州等处滥杀无辜，大肆抢掠，命左宗棠严办。

左宗棠接旨的当晚对香姑娘说道："真不知这个穆图善是怎么想的！白彦虎要对刘寿卿下手，刘寿卿趁势把他赶出吴忠堡、灵州，这有什么不对？他不仅让寿卿把吴忠堡、灵州两城，重新交给白彦虎，还向上头告了寿卿一状！这穆图善，他是不想在甘肃待了！”

第二天，左宗棠拜折一封，向朝廷详细讲明了刘松山收复吴忠堡、灵州二地的真相，然后便拔营离开泾州赶到平凉驻节，同时飞函穆图善，着其将总督关防送往平凉。时间已是同治八年（公元1869年）十一月初，甘肃最恶劣的天气到了。

左宗棠此次行军，双眼不仅被罩上了一副黑玻璃眼镜，头上也多了顶狐皮帽子，官服的外面，还特意穿了件毛皮大衣。香姑娘怕左宗棠足冷，又特意让侍卫在轿里备了盆炭火。

穆图善接到左宗棠发来的函件，不由大骂道：“左季高不死，甘肃永无宁日！他竟当真进驻平凉了！他是真想在甘肃做一辈子总督啊！”

穆图善很快传一名游击到签押房，吩咐道：“左季高要在平凉接受总督关防，这件事就由你去办理。你可带两营兵丁，关防让文案封好了，交你手上。左季高如果问起本军，你酌量着答他就是。总体说来就一句话，本军懒得去见他。本军一会儿还要给上头上篇折子。他左季高既要接领总督关防，就该行总督事。总督衙门在兰州而不在平凉，他在平凉接印算怎么回事？兰州的事谁来料理？他想图清闲，须问问本军同不同意！”

关防送走后，穆图善果然笔走龙蛇，给朝廷拜了一篇折子，有没有的说了一大堆，全是左宗棠的不是。他已打定主意，朝廷一日不将左宗棠撤任，他手中的那支笔便一日不停下来。大清国毕竟是满人打下来的天下，汉员想干什么事，须要看满人的脸子才行。

穆图善的折子递进京师以后，又是什么反响呢？

恭亲王见到穆图善的折子后，当即把文祥、宝鋆、沈桂芬、李鸿藻四位军机召到军机处，说道：“这是穆图善从兰州发来的折子。这个穆图善，真不知他要干什么。左季高在甘肃用兵，他却力主招抚；左季高在泾州居中调度，他却又说偏离省垣，力主让季高驻节平凉；季高当真到了平凉，他却又说什么兰州的军、政无人料理！你们几个都看看吧。”

恭亲王把折子最先递给文祥。

文祥上日病了一场，病过之后又丁母忧。慈禧太后怕文祥回籍后，权柄全落在恭亲王一人之手，于是下旨命其穿孝百日，百日期满照常到衙门办事。文祥除孝不过月余。

文祥把折子看完，随手递给宝鋆，口里却对恭亲王说道：“王爷，这甘肃啊，下官是看明白了，有穆图善，就不能有左季高，有左季高啊，就不能有穆图善。这两个人，可是天生的一对冤家呀！王爷你觉得我说得对不对呢？”

宝鋆这时尚未把折子看完，却反手往身旁坐着的沈桂芬手里一塞，接口道：“文大人所言极是，这两个人，好像是天生的对头。不调开，甘肃的事没法办。”

沈桂芬展开折子正要慢慢阅看，不妨李鸿藻伸手把折子夺了过去，口里道：“总宪看东西太慢，还是让下官先看吧。”

李鸿藻话毕，也不管沈桂芬愿不愿意，展开折子便看起来。

沈桂芬不急不恼地笑了笑，伸手摸了把胡子，慢慢说道：“这甘肃的事情还未了，听说宁夏又闹腾起来了。”

恭亲王这时说道：“甘肃用兵的好时候是过去了，而现在又是冰天雪地。你说这个马化龙，他心里究竟是怎么想的呢？他当真能安稳地降过来？”

李鸿藻这时放下折子道：“王爷，下官适才把折子通看了一遍。下官以为，穆图善所言还是极有道理的。一意对马化龙用强，耗费实在巨大。虽说胡雪岩在上海为左季高借到了洋款，但仍是不划算的事情。下官以为，左季高再在甘肃待下去，对穆图善招抚马化龙，有害而无益。还有一点王爷也要想到，这左季高一贯爱唱高调，若由着他的性子胡来，说不定，甘肃就要成我大清的无底洞了。这甘肃啊，还是按穆图善的意见去办稳妥些。”

恭亲王没有讲话，文祥却道：“李侍郎这话讲得有失公允。本部堂以为，甘肃的事情，并没有坏在左季高的手上，恰恰是坏在了穆图善的手里。左季高在西安的时候，穆图善就上折说过马化龙要降的话，结果怎么样呢？本部堂以为，马化龙要当真想降，就该把手底下的人马统统解散。他现在不仅不解散人马，还在暗中招兵买马！穆图善已经误了剿贼的大好时机，朝廷不能再听他的了！”

宝鋆这时接口道：“文大人所言极是。甘肃的事情，当真就要坏在穆图善的一人手里！沈大人，您老以为呢？”

沈桂芬眯着眼睛说道：“宁夏现在最是空虚，应该派个人过去才为妥当啊。”

恭亲王这时点头道：“经笙所言极是。宁夏还真不能大意。”

恭亲王忽然用眼望住文祥道：“文山，把穆图善放到宁夏去吧。省得他在兰州同左季高捣乱。”

文祥小声说道：“王爷，穆图善虽然是宁夏将军，可他一直驻节兰州。他虽把总督关防交了出去，可左季高尚未到兰州啊！这个时候让他去宁夏，不合适吧？”

宝鋆这时道：“穆图善是宁夏将军，宁夏将军就该驻节宁夏才对。何况宁夏又有乱子，他不去谁去呢？应该加强本任哪！”

恭亲王沉思了一下道：“跟上头建议一下，宁夏将军，以后就驻节西宁，头上可以再加个都统的兼衔，这样就更名正言顺了。文山，有些话你可以同上头讲。甘肃的事情要想办好，不把穆图善调开是不行了。本王想了又想，甘肃的事情，还是让左季高来办吧。”

沈桂芬与宝鋆点头称是。

李鸿藻本想说句什么，但见几个人都同意恭亲王的观点，自己也只好把要说的话强咽了下去。李鸿藻进军机的时间太短，说话没有力度，分量也轻。

同治八年（公元1869年）十一月底，三道圣旨飞速发往平凉、兰州两地。一旨曰：“宁夏军务吃紧，需派大员居间调度、料理。宁夏将军穆图善着兼署宁夏都统，驰赴宁夏本任，移军西宁驻节。”第二旨是命左宗棠速赴兰州，或先派人进驻兰州，以防穆图善离开后有变。第三旨是说马化龙求抚不可轻信，命左宗棠督饬刘松山各部进剿。

形势开始向左宗棠有利的一面发展。

风云突变

左宗棠接旨的当晚，又收到李鸿章派快马送到的急函一件。

李鸿章向左宗棠通报了一件大事情：本年十月初，太监总管安德海奉上头指派，往南方采办宫中用物。安德海带着一应随员，乘楼船沿运河南下，船头张着三足乌旗，用的是《史记·司马相如传》里的“三足乌，青鸟也，为西王母取食，在昆墟之北”的典，一路张扬跋扈，招权纳贿，惹恼了山东巡抚丁宝桢，被丁宝桢以“宦竖私出，非制，且大臣未闻有命，必诈无疑”拘捕上奏，未待旨下，便诛于济南。李鸿章随后向左宗棠透露说，上头未怪罪丁宝桢，是因为四川总督吴棠出面同上头说了话，这才使丁宝桢顺利逃过此劫。

左宗棠读罢此信呆了半晌，终于明白了李鸿章来信的用意。原来，本年初，吴棠转补四川总督。吴棠在赴任途中，用夫役过千，入境后又沿途索贿，到任不足半年便遭御史参劾，致使京、川两地物议沸腾。朝廷无奈之下，派湖广总督协办大学士李鸿章入蜀查案，这原也没有不妥之处。但李鸿章入蜀后，不久便上奏朝廷，替吴棠辩诬，使左宗棠对李鸿章心生不满。

针对此事，左宗棠曾两次致书李鸿章，提出自己的看法，认为李鸿章没有必要替吴棠辩诬，该实事求是才对。李鸿章此次来函，显然在向左宗棠陈述自己的难言之隐，同时也是向左宗棠表明，丁宝桢的巡抚之位，是自己通过吴棠保下来的。

左宗棠长吁短叹了许多天。

同治九年（公元1870年）大年初一，在甘肃各地防扎的将领，依例全部赶到平凉，同左宗棠一起吃团圆饭。

刘典因于一个月前带军去西安押运粮草，顺便和袁保恒清理一下西安制造局的账目，只得在西安过年。

新年的头一天晚上，左宗棠做了个奇怪的梦。他先是梦见自己的行囊不见了，到处找也找不到，真正把他急得不行；后又梦见一头猛虎，对着他的膀子咬了一口后遁去，醒来尚觉疼痛。因为这个梦的出现，左宗棠的这个新年过得颇不开心。

吃团圆饭的时候，左宗棠对座中将领们说道："穆图善不懂兵事，一味言抚，甘肃的局面，于是才成了现在这个样子。本部堂听兰州过来的人讲，穆图善还在上奏朝廷，大讲马化龙受抚之事可信。本部堂一直想不明白，这穆图善久历军戎，他怎么就相信马化龙的话呢？他不信本部堂的话，却相信马化龙的话！可不是怪吗？"

事关朝廷一品大员的话题，各将领均未敢插言。

各将领在平凉一住三天，然后便各回大营，只有刘锦棠一人，统带自己的亲兵十营，奉左宗棠札委，星夜赶往兰州去接替穆图善，料理省城军务。

越十日，左宗棠收到刘松山派快马送到的禀报，称：刘松山由平凉回到大营的当日晚，从金积堡方向开出十几股回兵，约七万余众，分别到吴忠堡、灵州沿途扎寨；从吴忠堡东南胡家堡很快涌出两万余骑队，开到秦渠南、万家庄一带空堡屯扎。经暗探报称，金积堡此次开出的几路回兵，分由马五、马八条、马七等元帅统带，马化龙亦来到吴忠堡回兵大营，总统各路人马。现在，十余万回兵已从四面八方，远近不等，将刘松山统带之老湘军各部，团团围定。刘松山随后又禀称：同日，刘松山收到宁夏将军署宁夏都统穆图善咨文一件，咨文称：马化龙此次率大部人马赶往吴忠堡，其意非是要与官军作战，实乃为向官军请降也。穆图善嘱刘松山等各将勿疑，亦不要与回兵作战，等马化龙请降可也。刘松山现在已是四面回歌，请示左宗棠如何办理。

左宗棠见报大惊失色。他一面飞函刘松山，嘱其务必先行突出重围，一面飞调刘锦棠回援，又急檄金积堡附近之陕安道黄鼎各营，飞赴吴忠堡，从外围接应刘松山各营。其实，就在左宗棠收到禀报的当天，刘松山已经开始组织各营实行突围。见官军有所动作，马化龙急遣十名亲兵，押着五十匹战马，马上驼着几捆枪械，多是毛瑟之类，挥着白旗来见刘松山。

回兵见到刘松山后，先传达马化龙的致意，称：马化龙此次亲率大队来吴忠堡，非与官军作战，实为请降，并再三约请刘松山，于午后，到吴忠堡接受回军各部投降。

刘松山思虑再三，不想放过这次机会，便慨然应诺，也实在是他艺高人胆大之故。回兵去后，刘松山把各营营官召到帐前，对兵事略作了一下交代，又约定了一旦出现变故各营的进止事宜，便带上五营亲兵，亲赴吴忠堡去见马化龙。

得知刘松山赶往这里，马化龙令回兵打开堡门，自己带着白彦虎、余彦禄、马八条三将，骑马统带千余骑兵迎将出来，列队堡门等候刘松山的到来。

刘松山带着马队距离堡门百米左右的地方停下。

马化龙用马鞭一指刘松山道："来将可是刘军门吗？"

刘松山大喝道："既知刘某大名，如何还不下马受降？快快下马自缚双臂，到刘某马前请罪，可饶尔不死！"

马化龙哈哈笑道："刘军门口气好大！刘军门肯饶本大总戎不死，本大总戎却定要送你归西！"

马化龙话音刚落，安在堡楼上头的两尊开花大炮突然炸响，一起射向刘松山。

刘松山猝不及防，当即被打下马，左胸流血不止。

刘松山大叫一声："马贼诈降！快快还击！"说完就昏厥过去。

亲兵把刘松山抱到马上，一边还击，一边后撤，回军却从四面八方杀过来。

后路大营闻听吴忠堡响起枪炮，情知有变，便奋力杀了过去，很快便与刘松山会在一处。

湘军一边保护刘松山，一边开始突围。

刘锦棠率本队人马飞速赶来，便还是晚了一步。刘松山一手统带出来的四万湘军老营，已被斩杀大半，剩下的一万七千余人马，还有五千余人受伤。最让刘锦棠痛心的是，刘松山因失血过多，已气绝多时。

刘锦棠见刘松山时，刘松山尽管双眼圆睁，但身体已经僵硬。可叹年仅三十七岁的湘军名将，就这样去了。

刘锦棠抱住刘松山的尸体放声大哭，连连昏厥。老湘军提督衔统带谭拔萃、周国胜、李占椿、易致中、曾松明、朱德开俱痛哭不止，连降将董福祥亦哭成泪人。董福祥对刘松山重用自己，一直心存感激。

消息传至平凉，左宗棠悲痛得昏死过去。

衙门军医慌忙抢救，整整忙乱了半日，左宗棠才苏醒过来，一边流泪一边传命下去，令平凉各营为刘松山穿孝三天，又飞檄刘锦棠，让刘锦棠将刘松山的尸体，派官兵护送到平凉公祭。

当晚，左宗棠眼含热泪亲自拟折，向朝廷汇报刘松山战死、官军征剿失利的情况，并为刘松山请恤。

折后，左宗棠又亲书《请赏刘锦棠京衔接统老湘全军并派黄万友帮办》一片。左宗棠决定让年仅二十七岁的刘锦棠，接统西征主力老湘全军，并奏请加恩刘锦棠京卿衔。左宗棠认为，刘锦棠智勇双全，是接统老湘全军的最佳人选。

左宗棠随后又给大学士直隶总督曾国藩书函一封，通报刘松山战死及密保刘锦棠接统老湘军的事情，并请其为刘松山作墓志铭一篇，又给署浙江巡抚杨昌浚书函一封，陈述自己的伤感之情。

在给杨昌浚的信中，左宗棠这样写道："刘寿卿一腔忠义，近世无两。与弟计议至熟……不料大捷之际，寿卿忽为飞炮所中，遂以捐躯。失吾右臂，伤何可言！"又写道："西戎错处中土千数百年，涵濡卵育，种类繁滋。肇衅八年，诛殛何可数计！而马化龙以新教勾煽其众，犹倔强一隅。其声息呼吸数千里，此关一开，余或不甚烦兵力。"

刘松山战死不多几日，陕甘两地形势大变。马化龙统率回兵各部，由被动被剿，转而开始主动出击。同时，马化龙又派出亲信数十人，奔赴陕西已降各部，联络各部重举义旗，把陕甘两省从大清的版图上分割出去。

眼见风云突变，穆图善怕殃及自家性命，慌忙带着亲兵五营，快速逃离兰州，抄近道驰赴西宁，图清闲去了。偏偏这时，刚刚抵达任所的陕西巡抚蒋志章，又因饷、粮等事与刘典发生冲突，扬言要参刘典。刘典一气之下，将所部悉数遣往平凉，独自一人，只带十几名亲兵，负气离开西安回籍养病。袁保恒眼见形势越变越坏，慌忙派快马给左宗棠送信。

左宗棠接到袁保恒信的时候，陕西已经大乱。左宗棠气恨交加，加上连日悲痛，登时病倒在床。陕甘形势越发不可收拾。

蒋志章紧急把陕甘两地的情况上报给朝廷，并力参刘典，间参左宗棠，想趁势把陕甘总督的大印拿在自己的手里。

蒋志章字璞山，江西铅山人，两榜出身。外放四川，由知县做起，直做到四川按察使，眼见六十有二，才熬成二品顶子的四川布政使。蒋志章久历官场，最会落井下石。他知道要想把左宗棠挤出陕甘，必须断其一文一武两条臂膀，才能达到目的。文自然是刘典，武便是刘松山。如今，刘松山阵亡，刘典又负气回籍，蒋志章于是决定趁势下手，让左宗棠自请撤任。

折子上去后，蒋志章坐镇西安，一任陕西各州县义旗频举，他却视而不见，每日里除了饮酒，便是邀一二文友吟诗答对，全不派一兵一卒征剿，只等着总督的关防凭空落下。

陕西新任布政使翁同爵，揣知抚台心意，亦来了个你唱我随，不仅不加紧督粮筹饷，反倒处处与袁保恒为难，决意要把袁保恒挤走，自己能总理西征粮台与西安制造局事务。

曾国藩接到左宗棠书信的时候，他正在天津，奉旨会同三口通商大臣崇厚，与法国交涉办理天津教案的事。

曾国藩原本正在病假中，天津教案事起，朝廷着他带病赴津办理，他只得提前销假办理公事。得知刘松山阵亡，曾国藩病势登时加重。

圣旨陆续递进平凉。

第一旨是表彰刘松山的：按照提督阵亡例从优议恤，加恩予谥忠壮，入祀京师昭忠祠，并于陕、甘等省立功地方建立专祠。所部阵亡各员，查明一并附祀。

第二旨是关于刘锦棠的：刘锦棠着赏加三品卿衔，接统刘松山旧部。老湘军最年轻的统领至此诞生。

左宗棠派员把圣旨紧急送给刘锦棠阅看。

刘锦棠接旨以后，一面为刘松山守孝，一面开始重整老湘军旗鼓。这个阶段，回军与官军基本处于对峙状态。

四面受敌

两个月后，第三道圣旨飞递进平凉。原来是朝廷收到蒋志章的奏报后，感到陕甘形势突变，不加派劲旅很难扭转，于是命协办大学士湖广总督李鸿章，统帅所部淮军紧急入陕。圣旨特别强调指出，李鸿章进入陕西，左宗棠才能安心办理甘肃军务。

圣旨特别命令："左宗棠、定安、李宗羲、蒋志章亦当随时与李鸿章和衷商酌，益臻周密。金顺剿办王家疃庄，近日能否得手？务与张曜竭力进攻，毋得迁延观望。宁、灵距定边不远，亦当与李鸿章随时关会，免致疏失。李鸿章俟陕境肃清，再行督兵赴黔，以靖边隅。"

这件事到此已经结束了，哪知圣旨却笔锋一转，谈起了另外一件事。这件事让左宗棠倍感震惊。这一个圣旨其实说了两件事情。

圣旨接着写道："本日据袁保恒奏，老湘、卓胜两军，饥疲之余，所存不过十之五六，请饬归并等语。该两军既多缺额，他营亦所不免。现在饷项短绌，岂可任其冒滥，着将左宗棠降三级留任交部议处。着左宗棠统饬查明，核实归并，以节饷需。钦此。"

从圣旨中可以看出，蒋志章的折子的确起了作用，但并未达到蒋志章自己预想的那样，取代左宗棠总督陕甘的目的。朝廷现在调李鸿章入陕，显而易见，是在用李鸿章渐次取代左宗棠。很显然，蒋志章是把自己估计得过高了。他就不想想，遍地烽火的陕甘，岂是什么人都能当总督的？蒋志章接旨后，一连发了两天高烧，很是上火。

左宗棠接旨后却表现得异常冷静。刘松山阵亡，官军征剿失利，朝廷派大员入陕，这本在他意料之中。但让他不解的并不是李鸿章入陕，也不是自己被降三级留任，反倒是袁保恒上折奏参"老湘、卓、胜两军饷疲之余，所存不过十之五六，请饬归并"这件事。

老湘军经刘锦棠重新整顿后，兵额已达两万五千余人，而卓胜军金运昌、雷正绾、周兰亭各部，虽也经回军重创，但兵额只减去一成，现经金运昌就地补充，兵额已与原来相附。也就是说，老湘、卓胜两军，根本就不存在冒滥的事。

左宗棠推测，袁保恒背后捅这一刀，定有他不可告人的目的。左宗棠饬令刘锦棠、金运昌各军向吴忠堡、灵州进军的同时，又单派了营务处候补道祝垲骑了快马，赶赴西安去密访此事。

这时，朝廷又有旨下来，追查刘典擅自离营回籍养病的事。

左宗棠原本对刘典不与自己商量，便赌气离营这件事，也心存了老大的一个不满，但面对圣旨，他又不能不上折为刘典求情，希望上头能体谅刘典的难处，给刘典一个改过自新的机会。

此时的左宗棠，可谓内忧外困，焦头烂额，四面受敌，他此时把所有的希望，都寄托到刘锦棠的身上。刘锦棠如果征剿顺利，或许能扭转陕甘的局面。

那么，刘锦棠究竟能不能把已经形成的被动局面扳回来呢?

刘锦棠到吴忠堡附近不久即探明，马化龙已派马正和以及马正和的弟弟马魁，率回兵五千，欲在夜半偷袭官军屯粮之所预望城，图谋占据该城，掐断官军粮道。

刘锦棠略一思索，先派记名提督周绍濂、苏如松二将，各率本部人马由半角城，开赴预望城左近十里处的一座高山埋伏。各部拔营后，刘锦棠又传令下去，在吴忠堡、灵州两地附近，各扎大营一座，只派少许骑队屯扎，以此迷惑马化龙，使其不敢贸然进攻。刘锦棠所用乃疑兵之计也。

当晚夜半，马正和、马魁兄弟二人果然率大队回兵来抢预望城，被及时赶到的周绍濂、苏如松击退后，又遭黄鼎、徐占彪二部迎头拦截。马正和、马魁并不惊慌，摆队来迎。黄鼎先命炮队轰击，徐占彪则趁着硝烟弥漫，率马队杀进敌阵，直奔帅字大旗。徐占彪是湘军有名的快马军门，他又会藏身术，能躲在马肚下面射击，惯于百万军中取上将首级。此次也是这样。

徐占彪隐身马下闯入阵中，飞奔如箭，眼望着离帅旗越来越近，但回兵却尚未发现徐占彪的身影。待到徐占彪枪响，眼看着马正和、马魁二帅相继中弹栽落马前，这才明白马肚子底下还藏着人，但拦截已是不及，不仅官军的大队人马跟进，尾追在后的官军步队也已杀进阵来。随着帅旗的倒下，回兵开始大乱，已无心抵抗，纷纷寻机逃跑。

此役，五千回兵有四千请降，一千被杀，马正和、马魁兄弟二人双双中弹身亡。刘锦棠知官军得手，立即与帮办军务黄万友分别统带余部湘军，向吴忠堡、灵州二地逼近。

刘锦棠进军的同时，札饬军功董福祥率所部赶往预望城，收编请降回众，并着董福祥传谕周绍濂、苏如松、黄鼎、徐占彪四将，立即回攻吴忠堡、灵州二地。

马化龙欺刘锦棠兵少，竟亲率吴忠堡五万守军来迎战；白彦虎亦率三万余众开出灵州。

刘锦棠并不理会，先调火炮营对迎上前来的回兵尽力猛轰，然后又让火枪营一阵扫射，这才派出八营马队杀进敌阵，亲督步营随后跟进。刘锦棠又派人在大营立起两杆大旗，上书“缴械不杀，降不杀”七字，来个剿抚双管齐下。

激战半日，双方各有死伤。不久，周绍濂、苏如松、黄鼎、徐占彪四将赶到。

刘锦棠见援军来到，马上振臂高呼：“为老军门报仇的机会到了！”话毕，双手一抖马缰，当先冲进敌阵。

见统帅身先士卒，老湘军各营一时士气陡涨。徐占彪此时本已中弹负伤，但当他看到统帅刘锦棠杀入敌营后，也不敢怠慢，将伤口稍事包扎，也冲入阵中。

徐占彪跑马闯阵，竟然再次隐身马腹之下，直奔黄罗大伞扑去。徐占彪推断，黄罗伞下不是马化龙，就一定是白彦虎。但黄罗伞周围护兵太多，徐占彪无法靠到近前。

马化龙眼见激战半日，取胜无望，只好率队向金积堡方向撤退。白彦虎见马化龙撤退，也只好竖起撤字令旗。

此役，刘锦棠除收复吴忠堡、灵州二地外，又收降回众两万余人以及未及掳走的回妇三千余人，另有上千匹的战马、牛羊并大量粮食、衣物等，同时又斩杀回兵五千余人。

但湘军伤亡也颇大，仅阵亡的统兵大员就有记名提督周和羲、补用参将赵吉祥、参将衔游击周大雨、游击衔都司冯余云、都司龚龙舜、都司衔守备邓晚云、黎亮高、守备李世梧、章贵义、马呈祥以及守备衔千总董福生、把总曹松茂、许忠美、吴永清、刘得胜等，阵亡的兵勇亦达八百余人，伤三千有零。

刘锦棠当日收队，一面派员料理善后，一面亲书军报，向左宗棠汇报战果并为阵亡将士请恤，为出力员弁请功。

左宗棠收到刘锦棠从吴忠堡发来的军报后，未及读完便拍案大喜道:“毅斋此战，足令马贼丧胆！陕甘局势扭转矣！”

左宗棠连夜拜发《截剿南窜逆回迭胜，首逆马正和伏诛》一折，折后除了一长串保单，还有一长串请恤单。左宗棠所料不错，刘锦棠接统老湘军的第一仗，的确从根本上扭转了陕甘的局面。

第七章
六十一岁破格拜相

落井下石

恭亲王收到左宗棠《截剿南窜逆回迭胜，首逆马正和伏诛》的同时，收到三口通商大臣崇厚奏《曾国藩病重请另简派重臣来津办理教案》折和曾国藩所上的《复陈津事各情》折及《复陈津事各情》片。

恭亲王读了左宗棠的折子，知陕甘局面已渐趋好转，于是连夜进宫面见慈禧太后。恭亲王在递折片的同时，又向太后建议，可否调李鸿章到天津，接替病重的曾国藩续办津案。

慈禧太后沉默了许久才说了一句："你先下去吧。"

恭亲王无奈，又不能深问，只能默默地退出来。

不久，又一篇折子递进军机处。恭亲王展读之下，不由颜面俱变。原来是两江总督马新贻，在赴署西箭道阅射返回途中，被一个叫张汶祥的人用刀刺死了！折子是江宁将军魁玉发来的，言称张汶祥已被捕获收监，请朝廷速派大员来办理此案。

总督被刺身亡，大清立国百年还是首次发生，一时朝野震动。魁玉的折子被恭亲王火速递进宫去。很快，刑部尚书张之万，奉命赶往江宁办理马新贻被刺案。同日，两道圣旨也由快马递出京师。

一旨曰："武英殿大学士曾国藩调补两江总督，未到任以前，派魁玉暂时护理督篆。”

二旨曰：“协办大学士湖广总督李鸿章着调补直隶总督。李鸿章现在陕西督军，接旨日起，即统带入陕旧部驰赴天津，接替曾国藩续办津案，不得延误。”

李鸿章其时刚抵潼关，接旨的当日，便给左宗棠发了封辞别函，就连夜拔营起寨，向天津赶去。这时，被左宗棠派往西安，密查袁保恒上折起因的候补道祝垲，也回到平凉向左宗棠交差。

左宗棠这才知道袁保恒上折请归并老湘、卓胜两军的真正原因。

原来，就在旨令李鸿章入陕督军的同时，袁保恒也想趁机将父亲袁甲三以前招募的安徽、豫两地旧部，引入陕境。袁甲三死后，他奉命接统，不久便因私役兵勇被召回京，旧部亦命别人统带。但袁保恒统兵之心未死，一直寻机崛起。他背着左宗棠上折，虚张声势陈述西路军情紧急，北山贼势猖獗，又说刘松山战死，老湘、卓胜两军受此大创，兵额仅存十之五六，请求两军并成一军。袁保恒如此谎报军情，是想给自己招引旧部入陕找个理由，后面请将两军并成一军，无非是想给自己进陕的旧部，挤出些饷粮。

其实，蒋志章一到西安便将刘典挤走，也是想让袁保恒召回旧部达到取而代之的目的。

蒋志章与袁保恒二人，为了各自的目的，沆瀣一气，双双在左宗棠的背后举起了石头。祝垲入陕行至潼关，便从潼商道的口中得知，有豫军锐字五营即将入关，潼商道称，已接袁保恒札函，着潼商道为锐字营筹粮饷若干，以备豫军进于潼关时取用。札函最后特别注明，后续还有十营豫军、五营皖军入陕。

祝垲到西安不久，果然得到确报，安徽、豫各军已开始陆续进陕；袁保恒已从西征粮台为两军划拨了一定数量的粮饷。祝垲知事情紧急，不敢在西安再住下去，急速登程返甘。

蒋志章怎么做左宗棠都不觉意外，但袁保恒的做法，却让左宗棠大感伤心。袁保恒是在京师混不下去的情况下被左宗棠带到西安的，且委以要缺，授以权柄，奏许他单独上折言事，并引为心腹。

左宗棠做梦都不会想到，在他左宗棠最需要别人伸手帮一把的时候，袁保恒却在背后举起了石头！

袁保恒之举，让左宗棠一连几夜不得安枕。他感叹大清官场的险恶，感叹人心的叵测。他先是气愤，继而便是偷偷落泪，一个月之后，才渐渐平静下来。

左宗棠终于想明白了，与其说是袁保恒忘恩负义，不如说是他自己有眼无珠，错在荐人者而非被荐者。如果他像李鸿章那样，无论你袁保恒把话说得多么感人，仍旧把你一脚踢开，今天的事就不会发生了。

同治九年（公元1870年）三月初七，左宗棠收到蒋志章公函，称陕西定边、安定两郡，相继被回兵攻破，他正在尽全力组织抚、提各标伺机收复。

左宗棠依据蒋志章的函报，连夜拜发《复陈定边、安定失陷情形》折，折后，又附《袁保恒奏湘、皖两军多有缺额核实查复》一片。

左宗棠在该片中逐项驳斥了袁保恒：一、袁保恒系谎报军情，老湘军及卓胜两军早已将缺额补充，并无冒滥；二、袁保恒欲调何军没有与我商量；三、据潼商道禀报，有豫军锐营入关，听说后续人马也即将动身。现在，陕西已无回军踪影。如果豫军系袁保恒所调，我不明白，他到底想干什么？这些部队的粮饷从哪里出？我准备给袁保恒发函，如这些人马到了西安，请饬赴平凉，由我挑选安插，余皆遣散。陕甘粮饷奇缺，以后没有我的命令，一概不准调军入关。

左宗棠决定对袁保恒痛下狠手，不仅准备将其已入陕之旧部进行分解，还将其已募未到之勇就地撤遣，永绝其重新统带兵勇之念！

折片拜发的第二天，左宗棠准备带上一应随员，到早已荒废的郑白渠去考察一下，拟将该渠重新修复，筑坝以引泾水灌田。

左宗棠更衣的时候，侍卫进来禀报："老爵帅，大少爷来了。"

左宗棠闻言一愣，忙道一句："你是说孝威？他怎么来了？快把他领进来！"

一身素白的孝威带着两名年轻的家人，风尘仆仆地闯进门来。孝威对着发愣的左宗棠双膝跪倒，大放悲声。两名家人也在孝威的身后跪下，对着左宗棠叩头。

左孝威一边流泪，一边哽咽着说道："爹，儿子向您老请罪来了！儿子不孝，没有照顾好娘，娘不在了！"

左宗棠一听这话，脸色陡然一变，口里跟着问出一句："什么？你是说你娘她……"

一名家人这时道："老爷，老奶奶她走了！大少爷是特意入关来给老爷报信的。"

孝威这时已站起身来，跨前一步扶住左宗棠道："爹，您老千万不要着急啊。"

左宗棠愣了许久，眼里才慢慢流出泪来。

一连几天，左宗棠在肚里为夫人构思墓志铭，终于酝酿成熟，遂含毫命简，一挥而就。该墓志铭先从"夫人湘潭周氏，名诒端，字筠心"写起，然后便叙述自己入赘经过以及夫人如何帮着操持家务不厌累，生儿育女又如何不辞辛苦，最后才不无痛心地写道："珍禽双飞失其俪，绕树悲鸣凄以厉。人不如鸟翔空际，侧身南望徒侘傺。往事丛寻泪盈袂，不获凭棺俯幽窆。人生尘界无百岁，百岁过半非早逝，况有名德垂世世。玉池山旁汨之澨，冈陵膴膴堪久憩。敕儿卜壤容双椁，虚穴迟我他年瘗。"墓志铭是写给活人看的，无一例外全是歌功颂德的话。

左宗棠将墓志铭用楷书誊写清楚，交孝威带回。孝威离去后，左宗棠很快又投入繁忙的军务之中。

圣旨分别递到西安西征粮台与平凉陕甘总督行辕。圣旨先痛斥袁保恒"招募各军，何以不与左宗棠相商？"并明令各省"就地撤遣"，最后向袁保恒发出警告："袁保恒不得再轻率行事，如其不然，定当重处。"

袁保恒未及圣旨宣完，已是汗流满面，浑身抖个不住，那原本白白净净的一张脸，也马上变成泥土色。他这次败得比以前还惨。

左宗棠接旨后，则开始对陆续开到平凉的袁保恒旧部，分解成若干哨，补充各营之缺额；同时，又上折密保候补道祝垲出任西安制造局总办、西征粮台帮办，以此分解袁保恒现有之权势，旨准。袁保恒成了陕甘乃至京师人人唾骂的小人。

蒋志章见大势已去，只好收起觊觎总督关防的野心，开始老老实实地做他的陕西巡抚。

丧子

同治九年（公元1870年）九月十八日，历经几个月的奋战，刘锦棠、雷正绾、黄鼎各军，从东西两面进逼金积堡，实现了战略合围；同日，侵入新疆占踞吐鲁番的阿古柏，率军向北深入，很快占领乌鲁木齐及周边大片领土。

消息传到平凉，左宗棠心急如焚，想尽快将甘肃平定，好腾出手来集中兵力，去对付霸占新疆的阿古柏侵略军。

为事权归一，尽快收复金积堡，左宗棠札委三品京卿老湘军总统刘锦棠，节制围困金积堡之各路人马。年轻的刘锦棠受命于决战之时，自然不敢有丝毫的懈怠之心。

刘锦棠经过慎重考虑，决定采用剿抚并举的策略来对付马化龙，以期逐步减弱马化龙的兵力，达到一战功成的目的。刘锦棠开始组织当地百姓对金积堡喊话，又设就抚营多座。左宗棠对刘锦棠的战略方针给予肯定。

一个月后，马化龙麾下陈林、阎兴春二将率部众一万三千人，主动到就抚营缴械。刘锦棠对陈林、阎兴春二人好言安慰，然后派员将其就抚部众分三批送往平凉。

左宗棠将就抚回众分发甘肃各州县安插，并给土地、赈粮、籽种、牛驴、农具，以使其安心耕垦，不生反心。

左宗棠此举，在金积堡产生极大影响。事不过一月，又有三万余人陆陆续续就抚。刘锦棠见决战的时机已到，于是传命各军缩小包围圈，决定发起总攻击。

马化龙见败局已定，再次故伎重演，派人带着美女、白银、黄金以及二百余支枪械，举着白旗来见刘锦棠，请求招抚。

刘锦棠将白银、黄金交粮台保管，又将二十几名美女送往就抚局安置，却将来人打发回去给马化龙送信。

刘锦棠在信中称："马总戎若真心请抚，可自缚双臂，亲来大营请罪，本官可从宽发落也。"

送信的人被送出大营后，刘锦棠传命各军继续向金积堡推进，并让各军将火炮营俱调到前头，以期轰击得力。一连几日，金积堡上空战云翻滚，大战随时爆发。

马化龙终于在总攻的前一刻，自缚双臂，硬起头皮来见刘锦棠。刘锦棠对马化龙自然又是一番好言安慰，然后便让马化龙传命堡内所有回众，分期分批出堡就抚。就抚整整进行了三天，独不见白彦虎。

刘锦棠只好向马化龙询问白彦虎的下落，被告知，早在官军对金积堡合围前，白彦虎便带着三万余回众，离开金积堡，撤到肃州一带去了。刘锦棠气得连连跺足，口称遗憾。

年底，左宗棠在平凉拜发《平毁马家滩王洪各堡，陕回就抚，马化龙就擒》一折，折后，又附《密陈马化龙暂缓伏诛》一片。

马化龙暂缓伏诛的理由是：一、“关陇安危，机括全在金积。金积一克，全局已在掌中。现在首逆就擒，勒其缴械平堡，而官军锁围如故”。二、“马化龙稔恶三世，谋逆已久，蓄机甚深，纵有后效，不蔽前罪，暂若从宽，必滋后患。臣早知为国家必讨之贼，而此时议暂缓其诛者，王家疃堡墙高厚，存粮极多，非猛攻不可骤得，金积既克，其势已孤，以马化龙徇之，宜可速下，若先诛马化龙，回酋或怀疑惧，必滞戎机”。

该折片拜发的当日，左宗棠即檄饬总统南路诸军道员周开锡，由巩郡东赴伏羌，就近调度。周开锡见到檄文，即命提督王铭忠，总兵敖天印，副将张廷秀、李文彪诸将，统率本部人马向前推进，对王家疃形成包围之势。为使王家疃免招战火焚毁，刘锦棠又命马化龙派员赶赴王家疃，逼迫所有王家疃一带回众就抚。马化龙只得派遣麾下元帅马殿魁，持了自己的手谕，连夜奔赴王家疃。

官军于是未费一枪一弹，便顺利收复了王家疃。

收复王家疃的当日，左宗棠密饬刘锦棠，以藏匿枪械为借口，将马化龙及其亲属一千二百人，与六百名原回兵大小头目，共一千八百人，全部逮捕，秘密斩首。

令到自然功成，刘锦棠将马化龙首级亲自送到平凉刘松山的棺柩前哭祭，左宗棠则连夜上折向朝廷汇报战果。

这时，由湘阴左府递送的一封家书辗转来到平凉。

左宗棠展读之下，不由大叫一声："痛杀我也！"口吐鲜血，昏倒在地。侍卫慌忙把他抬进上房抢救。左宗棠醒来之后，又是一顿呼天抢地，不仅军医莫名其妙，连香姑娘也摸不着门道。

香姑娘一边好言相劝，一边慢慢动问情由，这才知道，原来却是大少爷孝威，由平凉返回途中，竟然染了瘟疫，于上月去世了！人生的三大不幸，幼年丧母，中年丧妻，老年丧子，左宗棠摊上了两个。

年近花甲的左宗棠，无法经受丧子的打击，在平凉再次病倒。

到甘肃后，左宗棠因水土不服，一直患有腹泻、全身浮肿等症；虽经军医多方医治，时轻时重，但总不能痊愈。此次发病，不仅腹泻、浮肿加重，且又添了足麻脸肿、眼痛三症。其中脸肿尤甚，已有几处明显溃烂。消息传开，胡雪岩再次在上海请了洋医，火速赶赴平凉为左宗棠治病。

左宗棠病重的消息传进两江后，同样重病缠身的曾国藩，为使左宗棠早日康复，竟将正在为自己治病的一名老中医打发了过来。而直隶总督李鸿章得知左宗棠病重后，也在天津请了两名英国医生，紧急赶往平凉来为左宗棠治病。

圣旨飞递进平凉。左宗棠在香姑娘的搀扶下，抱病到官厅接旨。圣旨自然又是颁发奖赏令：一、陕甘总督、一等伯左宗棠，运筹决胜，调度有方，加恩开复降三级留任处分并赏加一等骑都尉世职；二、穆图善着交部从优议叙；三、蒋志章着交部议叙；四、道员刘锦棠，接统湘军，克平巨憝，着加恩赏给云骑尉世职，并赏穿黄马褂。

朝廷奖赏的虽大多是些空顶戴、黄马褂以及勇号，但也是人人有份，无一疏漏。

圣旨到后不久，刘锦棠由金积堡大营赶回平凉，拜倒在左宗棠的榻前，哭请左宗棠代为向朝廷告假，想送刘松山灵柩回籍安葬，以慰亡灵。左宗棠于是传文案于榻前，让文案起稿。

奏折很快由平凉拜往京师。

圣旨马上颁下："遵照所请，准刘锦棠护送刘松山灵柩回籍安葬，并赏赐祭一坛，赏刘锦棠假六个月，命沿途地方官妥为照料。"圣旨最后又道："刘锦棠现在请假回籍，并将伤病弁勇撤遣，另行募补。着饬令到籍后认真挑选，假满即行回甘，以资得力。"

旨抵平凉不多几日，刘锦棠统带因伤病遣撤回籍的弁勇，扶着刘松山灵柩，登程赶往湖南湘乡。

左宗棠则檄饬各路官军，就地休整，加紧筹粮筹饷，为攻打肃州做准备。

左宗棠此后一连多日，一边在平凉养病，一边派员奔赴各地，料理安插回众的事，并饬西安、兰州两地设立书局，刊刻经籍，散发府、厅、州、县，同时在陕甘遍修府、县各学堂馆，所有经费由其养廉项下拨付，不足部分派员筹措。

明眼人一眼就可看出，左宗棠是在用繁重的事务，来弭消自己心灵深处的丧子之痛。

同治十年（公元1871年）五月十七日，俄国趁新疆形势混乱之机，悍然出兵强占了新疆伊犁[1]九城，并欲东侵。新疆的形势愈加危急。

消息传进平凉，左宗棠连夜拜发《敬陈进兵事宜》一折，称："兰州东、西、南三面均紧连河州，而河州此时正屯有大量的回兵；河州不靖，兰州不能解严。"左宗棠随后提出："据各路禀报，浮桥、渡船已办，各营刍粮军用粗备，道路修治已平。乃檄各将领克期会师而进，进窥河州。""臣俟诸路布置略定，即率亲兵由平凉而隆德，从隆德赶往静宁、安定督剿；俟河州大定，乃图西宁也。"

因尚未接到正式官报，左宗棠在折中没有提及新疆。

左宗棠随后亲提大军离开平凉赶往隆德，又从隆德渐次赶到静宁。在静宁，左宗棠收到圣旨，正是关于伊犁的。

圣旨说：俄国地方官给俄国驻华公使发电报称，俄国七河省省长鄂尔帕鄂夫斯基已率军将伊犁九城替大清国代为收复，俄国还要去代收乌鲁木齐。朝廷已命令荣全去接收伊犁，命景廉带兵去收复乌鲁木齐，着左宗棠转饬乌鲁木齐提督成禄，从速出关去与景廉会合；着左宗棠迅速收复肃州，为成禄出关扫除障碍。圣旨又说，已命刘铭传所部绕兰州北路节节前进，即将出关去收复新疆各城。

左宗棠接旨后不敢怠慢，当日即飞饬记名提督、哈西巴巴图鲁、赏穿黄马褂徐占彪，统所部马、步十二营，由靖远防所快速拔营，取道兰

①今新疆伊宁市西惠远。

州，逾凉、甘两郡，赶往肃州，以期收复肃州，为成禄出关打开通道；又咨商淮军将领、正在原籍养病的提督刘铭传，商酌进兵道路，以备沿途饷需。

左宗棠布置完毕，才上《派兵前赴肃州》一折，向朝廷汇报办理情形。圣旨很快颁下。圣旨先通报刘铭传病重不能马上到营一事，又对左宗棠飞饬徐占彪赶往肃州一事大加赞扬，称其“实能力顾大局”。圣旨最后又道：“成禄现在出关，粮饷最关紧要，该军虽有专拨之饷，深虑各省未能如期解到，左宗棠亦当代为筹划，随时接济，俾利师行。”

左宗棠接旨后，顿感两肩千钧般沉重。在甘各路人马饷需，已让左宗棠备感头痛，一直处于拆东补西状态，朝廷如今又责其为成禄代筹粮饷，让他如何能不备感沉重呢？

成禄原在肃州高台城外一带屯扎，因兵单势孤，未敢与肃州回兵接仗。白彦虎到后，守城回军人数大增，成禄更不敢近前一步，只是一意固守高台，坐等援兵。

徐占彪督率所部马、步十二营，历经两个月行程，于是年九月中旬抵达高台与成禄会合。

撤销船政局

左宗棠在徐占彪拔营的同日，即飞函正在原籍募勇的刘锦棠。

在信中，左宗棠对成禄出关会合景廉收复乌鲁木齐一事，不抱一丝一毫的希望，却盼着刘锦棠早日募勇归来，替自己分忧解困，挽救局面。

刘锦棠当时所募之勇已齐，计六营三千人，接到左宗棠的信后，知事情紧急，当即率勇成行，无分昼夜赶往安定大营。行前，刘锦棠依例给左宗棠急函一封，约定在安定会师。

左宗棠见信，病势立刻减去一半。他也顾不得多想，马上亦拔营，取道会宁，到安定扎营等候刘锦棠。

左宗棠到安定的当日，即上奏朝廷，请调前河南按察使、现在籍丁忧守制的谭钟麟，赴陕甘练习边务，遇有缺出，请旨简用。

谭钟麟，字文乡是湖南茶陵州人，咸丰进士，与左宗棠是一榜同年。谭钟麟在京官至御史，补江南道监察御史。同治三年（公元1864年）繁缺知府用，年底经浙江巡抚马新贻奏调，补授杭州知府。同治六年赏道员衔，同治七年升河南按察使，旋丁母忧回籍守孝。

左宗棠与谭钟麟交厚，亦重其为人之诚，为官之清，于是请调他，想让谭钟麟取蒋志章而任陕西巡抚，免去后顾之忧。

正在这时，肃州的白彦虎探知官军援军来到，便知肃州决难久守，遂统率本部两万人马及一万余名普通百姓和大量粮草、牲畜等，秘密出城，扑向西宁，去与马桂源、马真源兄弟会合。肃州守城回军，转眼间就只剩了马文禄所部总计约三万人。马文禄与白彦虎原本就无深交，白彦虎率兵来到这里，他虽然接纳，但并不是十分欢迎，反倒戒心百倍，唯恐被其取而代之。白彦虎如今突然离去，在他亦不以为忧，心头反倒放下包袱，竟无比轻松起来。

马文禄乃甘肃河州人，回族，本名马四，又名马忠良。原为甘州提督索文部下小兵头，同治四年（公元1865年）与马化龙等一同起义，占据肃州已历六年，自称肃王。马文禄部众原只有三千，后陆续增至一万。陕甘各路回兵被左宗棠督兵击败后，未降回众从各地涌进肃州，使人数猛增至三万有余。他又通过各种渠道，从俄国购进大量洋枪洋炮，使部众攻守能力大为提高，很想和官军较量一番。

成禄久居高台，深知马文禄目前的实力。尽管他与徐占彪会面之后，满口答应，一定配合徐部人马去攻取肃州，但等徐占彪率部向肃州进发后，他却传命所部各营不得擅动，违令者斩。此次收复肃州，成禄是决定隔岸观火了。

徐占彪所部在距离肃州城垣五里左右的地方扎下营盘，想等成禄所部到后再发起攻击，哪知一连等了三天，也未等到成禄。

徐占彪知道成禄是不会来了，于是就把各营营官召集到一起，决定独享收复肃州这件大功劳，也让成禄见识一下自己的手段。

各营于是开始布置，于第二天黎明时分，提军围向城垣，旋发起攻击。孰料激战多时，不仅未向城垣靠近一步，兵丁的伤亡数字反倒加大起来。

徐占彪低估了马文禄所部回兵的作战能力，守城回兵手里枪械之精良，也让他大感意外。徐占彪碰了硬钉子，不得不停止攻城，率各营后退十里扎营。马文禄见官军退去，他亦不派兵出城主动来战，只是手抚胡须冷笑不止。

其实，早在徐占彪所部抵达高台时，马文禄就知道，官军是势必要来攻城的，他却早已盘算妥帖，决定靠持久战法，打败来犯之敌。马文禄已经探知官军缺粮乏饷的内情，知其利在速战，他却是一定要反其道而行的。当时，马文禄在肃州城中，屯有大量的粮食及上万只牛羊，他不信缺粮乏饷的官军能奈何得了他。

马文禄此次料想得果然不错。此时的徐占彪，存粮的确无多，偏偏硬攻无力，巧取无门，驻守高台的成禄又不肯拨一兵一卒，分明有些骑虎难下。

一贯刚强的徐占彪，不得不派出快马，火速向左宗棠求援。左宗棠此时手里的大部分兵力都在围攻河州，抽不出更多的兵力去助攻肃州。左宗棠反复谋划了两天，好歹凑成三营步队、一营马队，单委董福祥为统带，押着两万石军粮，星夜赶往肃州城外的徐占彪大营救急。

董福祥虽满心地不愿意，但碍于军情紧迫，也只得硬起头皮上路。

俄国在新疆发难，肃州攻剿受挫，河州战事亦极其不顺，而对左宗棠打击最大也是最让他伤心的，还是曾国藩在两江病薨和朝廷将裁撤福建船政局二事。

就在前不久的同治十一年（公元1872年）二月初四，正是甘肃最寒冷的季节，就是这一天的午时三刻，为大清国立下汗马功劳的一代名相曾国藩，病薨于两江总督任所，年仅六十二岁。

消息传来，无异于晴天霹雳，病势刚有好转的左宗棠再次昏厥，被击倒在病榻之上。两天后，左宗棠含悲为曾国藩拟挽联一副，联曰：谋国之忠，知人之明，自愧不如元辅；同心若金，攻错若石，相期无负平生。

挽联送出不多几日，左宗棠在病榻之上接到朝廷拟停办福建船政局的询旨，这更让病中的他雪上加霜了。裁撤船政局的折子系内阁学士宋晋所上。

宋晋上折的议题只有一个：福州船政局糜银太重，所造轮船工期既长，又和洋船无法媲美，当此国库干涸之际，必须停止制造。

左宗棠接旨之后，一面大骂宋晋目光短浅，一面把身边几名得力的文案急传到病榻之前，让几人会商起稿，务必劝阻此事。

左宗棠喘息着说道："船局历经几年摸索，刚出成果，正可一蹴而就，全力办之。此时停办，不仅前功尽弃，亦让外国人耻笑。我大清欲图振奋，非倡办洋务不可，此乃大势所趋。无论怎样，船局都不能裁撤。"

几人下去后，开始会商起稿，历经十几天的修改、推敲，终成一万字左右的一篇大奏折。稿子交上来后，左宗棠不敢大意，又开始抱病反复修改，一直压缩到五千字以内，这才派人誊写。

该折先据理驳斥了停造轮船的言论，称："制造轮船，实中国自强要着。臣于福建浙总督任内，请易购、雇为制造，实以西洋各国恃其船炮横行海上，每以其所有傲我所无，不得不师其长以制之。"折子最后又道："窃维此举为沿海不容已之举，此事实为国家断不可少之事。若如言者所云即行停止，无论停止制造，彼族得据购、雇之永利，国家旋失自强之远图，隳军实而长寇仇，殊为失算。"

几乎就在此折拜发的同时，直隶总督协办大学士李鸿章，也与左宗棠遥相呼应，上了《筹议制造轮船未可裁撤》一折。李鸿章在折中向朝廷发出呼吁："臣愚以为，国家诸费皆可省，唯养兵设防、练习枪炮、制造兵轮船之费，万不可省。求省费，则必屏除一切，国无与立，终不得强矣。左宗棠创造福建省轮船，曾国藩饬造沪局轮船，皆为国家筹久远之计，岂不知费巨而效迟哉！唯以有开必先不敢惜目前之费，以贻日后之悔。该局至今已成不可弃置之势，苟或停止，则前功尽弃，后效难图，而所费之项，转成虚糜，不独贻笑外人，亦且浸长寇志。"

福建船政局裁撤之议终未得通过。

告状

刘锦棠统带新勇来到安定。

左宗棠精神一振，当日就与刘锦棠会商军情至夜半。

第二天，按着左宗棠的部署，刘锦棠统带新勇赶往河州督战。

得知刘锦棠到来，河州一带回兵头目马占鳌，惧官军势力，自缚双臂到刘锦棠帐前请降。

河州事平，左宗棠的精神再度一振，病也好去大半，遂自统亲兵五营，拔营向兰州进发；刘锦棠则按左宗棠的部署，统带湘军新、老各营，飞速开赴西宁作战，以靖省垣周边。西宁是马桂源、马真源兄弟二人的占领地，有部众两万有余。白彦虎未到前，马氏兄弟已多次派员向穆图善请抚。穆图善怕蹈刘松山的覆辙，未敢派兵前往招抚。但白彦虎到后，西宁回兵猛增至五万，马氏兄弟就不再提请抚的旧话，而是日夜操练兵勇，还多次派出马队，袭扰穆图善的中军大帐。穆图善见回兵势大，不敢与战，反率军连连后撤，直至远离西宁百里之外，才扎下大营，却又不准军兵解甲脱衣，怕回兵打过来，跑不脱。

肃州尽管久攻不下，但为了把后方稳定住，左宗棠经与刘锦棠反复商议后，还是决定先扫清西宁通道，再西顾肃州，以期兵力集中，不用旁顾。

但徐占彪却飞马来见左宗棠，向左宗棠禀报成禄到高台后的所作所为。据徐占彪讲，成禄到高台后，便以即将出关为由，开始在当地疯狂抢掠牛羊，遭到百姓拒绝后，他竟然率所部把高台县城包围，逼迫当地回绅用牛羊粮食赎城，引起了极大的恐慌。徐占彪已得到密报，高台回绅已派人去向肃州马文禄求援，想乞马文禄把成禄吃掉，然后便起义。显然，事情正在逐步地恶化。

徐占彪赶到兰州的时候，恰巧乌里雅苏台将军金顺督率所部，奉旨来助攻肃州，也来到兰州督署领支军粮。

左宗棠于是让徐占彪先随金顺赶回肃州，同时加派提督宋庆统率的毅军五营，赴肃州助攻。行前，为事权归一，左宗棠札委徐占彪总统肃州各路人马。

徐占彪奉到札委，登时兴高采烈，金顺和宋庆却把嘴噘起老高。

按着大清国的武官顺序排列，将军、都统、提督都是从一品，但将军、都统不受地方督抚节制，而提督却要受地方督抚节制。照理，将军、都统应该排在提督前面。如今，左宗棠札委提督衔的徐占彪总统前敌各路人马，身为将军的金顺和同为提督的宋庆，难免要心怀不满。

但左宗棠也有左宗棠的道理。徐占彪现在统辖马、步十二营，又有董福祥老湘军三营，人马共是十五营，而金顺所部人马只有六营，宋庆只有三营，左宗棠只能让主力营的统领来总统各军。何况徐占彪久随刘松山作战，深得刘松山的真传，作战极其骁勇，金顺与宋庆无法与之相比。

徐、金、宋三将离开兰州后，左宗棠又委派了两名候补道，会同甘凉道萧宗翰，赶往高台县衙暗晤署县管笙，访查成禄到高台后做过的一些不法事情。

成禄是满员，又得上头和穆图善信赖，左宗棠不能不慎重对待。

同治十二年（公元1873年）正月，萧宗翰同着两名候补道由高台返回兰州，据实向左宗棠禀报成禄在高台的种种不法情事，并呈上高台县署理知县管笙的详复。左宗棠读过详复不由大怒。

原来，成禄到高台后，不仅即委员向县衙勒派杂捐、粮草、车辆、骆驼、牛羊，且向当地各回绅索银累达三十余万两，并将不情愿捐银之回绅生员李载宽、赵席珍等二百余人处死，又围困县城达二十二天之久！几乎是在逼迫当地回民百姓造反！

“这还了得！”一连多日，左宗棠愁眉苦脸，苦苦思考对付成禄的办法。

萧宗翰所说，究竟是真的还是假的？身为提督衔统兵大员的成禄，莫非吃了熊心豹子胆不成？

其实，身受朝廷信赖的成禄，既没有吃熊心，也不用吃豹子胆，他在高台县的所作所为，比萧宗翰查到的还恶劣。

甘肃是大清非常贫瘠的省份之一，高台则是甘肃最贫瘠的县份之一。高台既非要冲，亦非商贾云集之地，又临近嘉峪关，是千真万确的穷乡僻壤。

旗兵都是不能挨饿的，旗员的布兜里更不能少了银两。成禄提军到高台后，粮饷起始还能按月领到，但随着战事的逐步扩大和陕甘兵额的日渐增多，粮饷便不能保证正常的支领了。终于，成禄所部旗营，也同其他官军一样，过起了饥一顿、饱一顿的日子。值此特殊时期，在陕甘各地的官军，都在勒紧肚皮咬起嘴唇渡难关，他成禄身为朝廷信任的领兵大员，也该如此才不负皇恩。但他偏不。眼见粮将不继，他麾下所部各营每日仍是饱食三餐，成禄本人不仅照样一日三醉，隔三差五，还要招妓女进营玩耍，发泄兽欲。这笔费用也不是小数目。粮台终于向他禀告粮罄饷断的事了，他哈哈一笑，当即叫过文案开具了一张字据，着一名守备带了一营军兵，赶着十几辆马车，直接进城，去找高台县知县管笙索借。

管笙见成禄的字据口气强硬，来借粮银的军兵又都个个凶猛，口里不敢不答应。但答应之后，县衙又拿不出粮银，便只好打发人，分头把当地几个有名的乡绅请过来，由他亲自出面同大家商量。

管知县说："自古兵、民一家。如今官军有难，我们做地方的，不能看着不管。各位多少出些份子，让官军把难关度过去，本县一定奏明上头，借出的钱粮不仅加倍奉还，还能免掉部分地丁。各位说是不是呢？"

众乡绅见县太爷说得诚恳，自然不能一点面子不给。不拘多少，大家都同意借出一些，好歹把进城的军兵打发走。但成禄却从此吃定了高台县。不管营里钱粮是否得继，一月当中，他都要派人进城向管笙借上几车粮食和银子。管笙稍有不悦，来人不是谩骂就是打砸，把县衙闹得乌烟瘴气。仅两月光景，管笙签押房里的桌子，便被推翻过六次，管笙坐的木椅子，也换了三回。管笙在衙门里已经无法正常办事，当地的乡绅也都东躲西藏，把成禄认做寻仇的冤家，无人肯借一粒米、一锭银。

军营粮台见从高台县已经借不到钱粮，只好把实情通禀给成禄。

成禄不听便罢，一听之下，当即一蹦三尺高，口里大叫道："反了！高台县眼里没有本军就是没有朝廷！不使出些手段，他们不知马王爷有几只眼！"

成禄当即传令下去，命各营饱餐一顿，然后便拉出队形，高举旗号，又把战鼓擂得山响，亲自率队把高台县城团团围住，将进出的几条要道封锁。

成禄带了两营兵进城闯进县衙门，逼迫管笙当堂把当地乡绅的名号一一写出。管笙早已经被吓得抖作一团，成禄让他干什么他便干什么，一心只想着保住性命。成禄委派专人，按着名单，把人全部拿来，一一投进大牢。牢房不够使用，他就把人关进签押房、饭厅里，最后连管笙的卧房都关进了人。成禄按着家财的数量，把这些人分成三六九等，每个等级都明码实价。多少银子多少粮谷，一丝一毫都不差。银粮及时送到的，人立即放回；有粮无银或有银无粮的，他把人吊起来打；无银又无粮的，他把人绑到城外杀掉。高台县城被封锁了二十二日，高台乡绅被他斩杀了二百二十人，日均杀人十名。什么大清律例，什么王法，在丧心病狂的成军门眼里，全是乌有！

成禄把高台县搜刮殆尽，计得粮二十四车，得银十三万两，牛羊等活物亦不少。成禄鸣锣收队，仍到原地驻扎待命。

出城的当日，成禄在中军帐大摆宴席，仿佛庆功一般。

成禄在席上振振有词地说："本军是来保一方平安的。如今粮饷不敷，当地百姓不应该捐助些吗？就算是有人告到太后那里去，本军也有话说！"

左宗棠决定密参成禄，以稳高台民心。他很快将参折写完，正要拜发的时候，圣旨却递了进来。圣谕先讲俄国占据伊犁后，到处要挟当地百姓加入俄国国籍，如果不马上收复乌鲁木齐，不知俄人又要什么花招。但据穆图善、成禄二人奏称，出关所需采办不到，左宗棠又不配合。左宗棠这么做良心何在？

圣旨最后告诫左宗棠："官军出关已刻不容缓，成禄既未筹办妥当，左宗棠即饬徐占彪围肃各营，先期出关，另派别路官军攻剿肃州。成禄出关各项置办妥当后，亦当迅速出关，不得观望徘徊！左宗棠当顾全大局，将出关马步各队粮饷随时源源筹济，并严饬经过地方官妥为照料，俾利师行，毋得稍分畛域。"

左宗棠未及圣旨宣完，已是气得浑身抖个不住，口里大骂道："成禄个乌龟王八蛋，他竟然串通穆图善，来个恶人先告状！"

左宗棠于是连日附折拟了个《肃州不复，出关各军无法接济粮饷》

一片，连同奏参成禄的折子一起，火速拜往京师。

这时，在西宁的刘锦棠，经过几次交战，逼迫回兵头目崔伟、禹得彦、毕大才三将缴械。刘锦棠将西宁合围后，马桂源、马真源兄弟二人，知大势已去，亦自缚双臂到刘锦棠帐前请罪投降。

白彦虎趁官军松懈的空当，丢下胁裹来的百姓，率本部两万余人马，突破官军封锁，再次向肃州杀来。

白彦虎沿途大肆抢掠牛马驼羊和粮银无数，又一路武力胁裹青壮年回民百姓近万随行，以张声势。刘锦棠快速委员办理西宁善后，随后督军追剿。

左宗棠得知白彦虎来到肃州，亦不敢怠慢，抱病率亲兵十营离开兰州，亲赴肃州督战。在途中，左宗棠接到圣旨，得知同治帝已于正月二十六日举行亲政大典，于是上《庆贺亲政典》一折。

折子拜发，左宗棠在心里长出一口大气道："皇帝亲政，大清国牝鸡司晨的时候过去了！"

左宗棠赶到肃州徐占彪大营的当晚，逮问成禄的圣旨亦递进军营，并命管笙一同进京对证。圣旨最后再次饬命左宗棠："军粮关系紧要，左宗棠务当随时妥筹接济，毋令缺乏，一切运送军粮军火，并檄饬地方官勿得稍分畛域。"

左宗棠接旨时，金顺已经奉密谕先赴高台逮捕成禄；左宗棠接旨毕，又打发随行的两名道员，带了一营兵勇，赶赴高台配合金顺办案，又札饬其中的一名道员，接替进京的管笙暂署知县一缺，料理安抚高台受害的生员、回绅。

成禄被解京问罪，后果怎么样，就不是左宗棠所能管得了的。

左宗棠到肃州的第二日，白彦虎率人马亦呼啸而至。徐占彪继续围城，自己则亲统亲兵营及金顺部分人马，摆阵迎敌。

白彦虎狡诈多端，并不与官军交战，而是快速绕开左宗棠与徐占彪两座大营，直奔嘉峪关而去。左宗棠提军来追，白彦虎仍不与之交战，而是快速穿过嘉峪关，一路西行，直奔新疆哈密。左宗棠只截获大量的牛羊及少许车驼。

越五日，刘锦棠统军杀到。

左宗棠心大安，遂重新布置兵力，札委刘锦棠节制围肃各路人马。在肃州军营，左宗棠百病齐发，力不能支，不得不上《请特简贤能接任陕甘总督并钦差大臣》一折。

折后，左宗棠秘荐在籍养病的一等伯爵曾国荃出任陕甘总督，现在西安帮办陕西军务的谭钟麟为陕西巡抚，署浙江巡抚现在宁波筹办海防的杨昌浚帮办陕甘军务。左宗棠举荐的这三个人，都是能独当一面的边务老臣，而且与自己都熟。

折子刚刚拜发，圣谕又火速递进，却原来是白彦虎狂奔出关，朝廷责令金顺接统成禄所部，快速出关追剿。圣旨以不容商量的口吻写道："金顺着克期出关，接统成禄所部，扫荡妖氛，不得迟误机宜，致负委任。至关外米粮缺乏，兵食维艰，金顺所部军粮，着左宗棠妥筹兼顾，檄令地方官设法采买转运，源源接济，以资饱腾，毋稍膜视。"

金顺接旨后，拉长着一张老脸来见左宗棠，请左宗棠代为奏明朝廷，因军粮采办艰难，实难克期出关。

左宗棠也知，大军孤悬塞外，非办齐三五月粮草，未可轻行。现在陕甘各军，大多欠饷半年以上，粮草也只够一个月食用，非有大量的财力、人力，时间也应有三个月左右，否则根本筹措不到金顺全军三五个月的用粮。

很显然，朝廷一心想尽快派军出关去接应景廉，稳定乌鲁木齐的局势，却忘了新疆的特殊地理环境及位置。

左宗棠一边苦笑，一边吩咐文案起草《金军未能迅速出关》一折。

在折中，左宗棠先向朝廷详细禀报了新疆转运的种种困难："关外转运，向本专用骆驼，不宜车驮。以地多戈壁，水草缺乏，非骡马所宜，亦非民车木轮所便，转运一次，损耗必多，非若驼只之可以负重耐久，而又不择水草也。"又讲了金顺不能迅速出关的原因："金顺原带骆驼，据称仅只剩二百余只，又疲乏不堪。此外，各军虽有夺获，然各私为己有，搬运柴薪粮料，亦难责其借供出关之需。金顺疏称出关数营，计每月需粮一千石，料三百石，以甘郡、肃州斗斛合计斤重，粮一千石，重三十余万斤，料三百石，重九万余斤。以一月运粮料赴玉门之数计之，每驼一只，每月仅能两次往返，负运止五百斤，非共用驼八百只不敷周转，而负运军装、军火不与焉。"

向新疆转运粮饷，的确千难万难。不仅天气变化无常，且沙漠无涯，道路崎岖，戈壁险滩众生。左宗棠向朝廷讲述的都是实情，毫无夸张之处。

拜相

左宗棠所上《金军未能迅速出关折》拜发不久，圣旨开始陆续抵达肃州。

第一道圣旨：不准左宗棠开缺回籍，但赏左宗棠一个月病假，安心调理，军情可随时奏报。

第二道圣旨：考虑到新疆的实际情况，朝廷同意金顺一军暂缓出关，但却命令左宗棠“金顺需要粮食、车驼等项，仍命左宗棠饬令该地方官速为预备，毋稍延误”。

接旨的当日，肃州回目马文禄，自缚双臂，出城赴大营请罪乞降，请免全城回兵一死。左宗棠允之，转饬马文禄命城内回兵次第出城，缴械受抚。马文禄不敢抗命，一切照办。

刘锦棠统军从四门进入肃州接防，料理善后。越五日，马文禄眷属及麾下得力大小头目一千五百七十三人，被秘密斩杀，一部回众被遣往兰州择地安插，一部回众被送往凉州，一部留肃州。

至此，除新疆外，陕甘两省全境平定。左宗棠在向朝廷拜发红旗捷报的同时，又附《请敕张曜、额尔庆额带所部出关并简重臣总司粮台》一片，奏请嵩武军张曜所部、凉州副都统额尔庆额所部，先金顺一步出关，用于加强新疆的兵力。

左宗棠在该片的最后这样写道：“如蒙俞允，张曜、额尔庆额应请敕帮办金顺军务，俾尽其赞画之长，庶期共济。”

左宗棠随后又给总理衙门急函一封，谈了自己对新疆用兵的看法。

在函后，左宗棠又向总理衙门提出：“饷项奇绌，请仍准以四成洋税提拔甘饷。”

以后的一个月，为了能使张曜、额尔庆额两部人马，接旨后顺利出关，左宗棠不得不派几路委员，赶赴内地紧急采购军食，又飞函上海采运局的胡雪岩，速借洋款五十万两以应急。

金顺，字和甫，满洲镶蓝旗人，伊尔根觉罗氏。初授骁骑校尉，随多隆阿在湖北、安徽同太平军作战，因巴结有方，得多隆阿保举晋协领。陕甘回民起义，被穆图善奏调至陕甘作战，却累战累败。穆图善却称其不屈不挠，英勇善战，被朝廷升授镶黄旗汉军副都统。就是这样一个作战无方、冒功有术的庸员，同治五年（公元1866年）竟然出任宁夏副都统，同治八年（公元1869年）暂代宁夏将军，同治十年（公元1871年）擢乌里雅苏台将军，发达得连他自己都不敢相信。

张曜又是何许人呢？张曜字亮臣，号朗斋，直隶大兴人，初不通文墨，却很会打仗。先在河南固始参与办团练，后自募一军，在汝宁击败陈大喜、张凤林所部捻军，被任为河南布政使。同治初，御史刘毓楠参劾其目不识丁，将其由文官改为武职，以总兵加提督衔，被降格使用。张曜从此发愤读书，始通文墨。同治五年（公元1866年），为与捻军交战，河南巡抚李鹤年募军两支，一为豫军，一为嵩武军。其中豫军由宋庆统率，嵩武军则交由张曜统率。同治七年（公元1868年），率嵩武军赴直隶、山东剿捻。捻平，授广东陆路提督，派往陕西攻回，现驻镇番一带休整。

额尔庆额，字蔼堂，满洲镶白旗人，格何恩氏，以骁勇闻名于世。被穆图善调入陕，因收复狄道赐号法福灵阿巴图鲁，授黑龙江马队副总管，旋被穆图善保举为凉州副都统，仍统带所部马队，现在凉州休整。

左宗棠密举张曜、额尔庆额先期出关，去配合景廉收复乌鲁木齐，是因为二军都已经经过长时间的休整，能够一鼓作气开抵乌鲁木齐，不致贻误军机。

就当时的陕甘兵力而言，除张曜、额尔庆额二军，能在最短的时间内开出关外，其他各部如无长时间的休整，很难担负起长途跋涉的任务。左宗棠不愧为兵事大家。

左宗棠的折子递进京师，朝廷很快下旨照准。

接旨的当日，左宗棠即派出快马转饬张曜、额尔庆额二人，命其快速出关，驰赴乌鲁木齐。二将接命，很快传命各营打点行装，并于十日后，各率所部行抵肃州领取三个月的军粮，便由嘉峪关出关西行。二将走后不久，金顺亦统带本部二十营一万余马步兵勇，浩浩荡荡出关。左宗棠酌派精悍兵勇，押护运粮驼队跟进。

送走驼队，左宗棠猛然松一口大气，只感觉浑身些丝力气皆无，再次瘫倒在床。随侍的侍卫慌作一团，一面请军医诊病，一面飞跑着去向刘锦棠报信。

刘锦棠飞马赶到大营，见左宗棠腿肿脸膀，沉沉昏睡，两名军医正在开方下药，忙个不休。刘锦棠一边落泪，一边向军医小声探问左宗棠病情。

军医把刘锦棠拉到外面，小声道："老爵帅病已很深，不好好调理一下是不行了。他老病未痊愈，到肃州后，竟连一日都不得安歇，这不是在赌命吗？以往发病，身边还有个香姨娘精心照料，可此次……刘大人，爵帅醒后，您老务必劝他回兰州吧。他老若再不好好歇上一阵，恐怕就算把圣手华佗请到，怕也要束手无策了！"

刘锦棠泪流满面道："新疆事急，您让他老如何能静得下心去歇呀！"刘锦棠连夜派出快马，向穆图善通报左宗棠病重的消息。穆图善接报一阵狂喜，马上便让文案拟折，奏请朝廷速派大员赴兰州接替左宗棠料理陕甘事务。

折子拜发后的一连几日，陕甘总督的关防总在穆图善的眼前晃动。

同治十二年（公元1873年）十月初七这一天，是左宗棠六十一岁寿诞。六十一年前的这一天，左宗棠在湖南湘阴文家局左家塅降生；六十一年后的今天，恐怕连他自己都没有想到，他会在这里过生日。

时令已是深秋，肃州一带已连降了十几天的大雨。但这一天，阳光却出奇地好，既无雨，也无风。

刘锦棠为使左宗棠能过一个热闹的生日，不仅让属员采购了许多的时鲜菜蔬，又特意从山西购买了一头大肥猪运到肃州，着人秘密杀掉，为左宗棠摆寿宴时食用。左宗棠原本最喜食猪肉，但到陕甘后，因风俗等因，陕甘一带无猪可买，左宗棠只好入乡随俗，改吃牛羊肉；但每逢有大的战绩，在庆功宴上，左宗棠却总要私下同刘锦棠等将领讲上一句："这时能吃上一口猪肉，那是再好不过的了。"

刘锦棠知道左宗棠入陕以来，一直想吃顿猪肉，所以就在一个月前背着左宗棠，秘密派遣了一名守备，赶赴山西去采购肥猪，想在左宗棠过生日的时候，给左宗棠一个惊喜。

朝廷原本对有功大员的生辰都记录在案，按远近推算，在大员的生日之前，吏部或兵部就要奏明军机处，由军机处上报朝廷，由朝廷派出快马向大员颁赐赏物，以示体恤；朝廷颁赐的赏物，无论远近，都要赶在大员生日的这一天上午送到。大清立国至今，一直如此，从无更改。

左宗棠生日的这一天虽在生病，但为了接领赏物，一大早，他还是勉强起床，由亲兵服侍着，换上簇新的官服、顶戴，坐进大帐里。一为迎接来祝寿的文武官员，一为接旨。

刘锦棠已着人置办了十几桌酒席，只等左宗棠接领赏物后，便开席畅饮。

各路将领开始陆续到达肃州，见过刘锦棠后，便在刘锦棠的带领下，一起来到大帐，向左宗棠祝寿。各州县原本也打算在这一天到肃州给左宗棠祝寿的，但因左宗棠提前几天发了函文，不许地方官员擅离衙门，否则严参，这才不得不作罢；但心里还是欢喜的，毕竟省了一项花费。

各路统兵将领却又与地方官员不同，一则他们在这一天不仅不用花费，反倒可以为自己所部各营领到一个月饷银，还能饱餐一顿。他们毕竟与左宗棠出生入死了几年，交情自然要比地方官员厚上许多。

各路将领见过左宗棠后，自然分坐两边，一边喝茶，一边说些闲话，其实是陪着左宗棠在等着朝廷的赏物到达。

但这一天却煞是作怪，眼看日到中天，赏物仍未到达，左宗棠有些沉不住气了。他苦笑一声起身道："毅斋呀，我们开席吧。各位统领赶了一路，想来早已饿坏了。本部堂活到今儿，整整是六十一岁，我们大家要尽兴才是。"

刘锦棠抢前一步扶住左宗棠，小声道："世叔，不差这一刻，再等等吧。说不定，差官已到辕门了。"

左宗棠摇头道："不等了。不能因我一个，误了大家开饭。毅斋，扶我去饭厅。"

刘锦棠拗不过，只好扶着神情落寞的左宗棠当先走出大帐。到了饭厅，各将领依座次入席。左宗棠因病不能饮酒，面前只摆了一杯浓茶。

刘锦棠见全部入座，便站起身，手举酒杯，正想对左宗棠说几句“福如东海，寿比南山”的祝寿话，传旨差官却偏在这时，风尘仆仆大步闯了进来。

随着一声“圣旨到，左宗棠接旨！”的喊声，左宗棠带着所有人急忙跪倒，恭听圣谕。

传旨差官读道：“内阁奉上谕：昨因肃州克复，已降旨将在事出力之刘锦棠、徐占彪等分别优奖。因思陕、甘逆回扰乱十有余载，势极狓猖。自简任左宗棠总督陕甘，数年以来，不辞艰苦，次第剿除。此次亲临前敌，督饬将士，克复坚城，关内一律肃清，朕心实深嘉悦，自应特沛殊恩，用昭懋赏。经礼部会议，恭亲王奏请，钦赐左宗棠进士出身，赏加翰林。左宗棠着以陕甘总督协办大学士。该大臣前经赏给骑都尉世职，并着改为一等轻车都尉世职。钦此。”

差官宣旨毕，大厅一片寂静，人们仿佛傻了一般。差官不得不走到左宗棠的跟前，小声说道：“老爵相，您老怎么不领旨谢恩啊？”

一句“老爵相”，使左宗棠猛然清醒，他至此才真正地意识到，一榜出身的他，真的被朝廷破格拜相了！他双手接过圣旨，连连面北叩头谢恩不止，起身时已然泪流满面。左宗棠此时内心的激动充溢着全身，根本无法掩饰。

送走传旨差官，刘锦棠带着众将领重新跪倒，向拜相的左宗棠祝贺。左宗棠嘶哑着嗓子边哭边道：“都起来吧，都起来吧。朝廷如此破格加恩于老夫，全是各位的功劳啊！老夫何德何能受此殊恩哪！”

刘锦棠替左宗棠扶起各位将领后，又对左宗棠说道：“老爵相啊，我大清立国百年，区区乡间举人拜相的，可就您老一个呀！朝廷这是破了祖宗立的家法呀！”

一闻此言，刚刚平静下来的左宗棠，再次激动得浑身颤抖，泪流满面。大清官制，不仅一榜不能拜相，未被钦点翰林院庶吉士的普通进士，也不准拜相。为了能使功高盖世的左宗棠入阁拜相，又能堵住百官的嘴，朝廷只得用了个障眼法：钦赐左宗棠进士出身，赏加翰林。这样一来，别人就不好再说什么了。

第八章
为鼓舞士气，抬出自己的棺材

失误

左宗棠抱病带着刘锦棠、徐占彪等将领，乘轿来到嘉峪关内外视察，考察囤粮之所，然后才拔营向兰州回返。

刘锦棠、徐占彪各营留在肃州休整。左宗棠走一路，视察一路，病情竟然日见好转，随行人员莫不称奇。

到兰州后，左宗棠陆续收到杨昌浚、刘典、刘蓉等人的来信；来信无一例外全是对他拜相一事表示祝贺。这些信后，他又收到一些督抚发来的贺函。几年不与他通音信的曾国荃，也从湘乡发来了一信。

一见曾国荃的信到，左宗棠忽然想起曾国藩，心头就猛地一热。他含泪把信读完，决定最先给曾国荃回信。

当晚，左宗棠对香姑娘说道："沅甫倒真讲信守。我不拜相，他便一个字不写给我；我当真拜了相，他便主动与我握手言和，还自称晚生！涤生拜相多年，我就从未自称过晚生，也真难为这个九帅了！涤生去后，沅甫一直在原籍赋闲。攻克江宁，沅甫是立有大功的，朝廷不该如此对待功臣。我当寻机奏明朝廷，敦促沅甫重新出山。沅甫好闹意气，但终不失为一代名臣。名臣赋闲，国家言何昌盛！"

这话说过不久，左宗棠果然拜折一篇，奏请起用曾国荃。

左宗棠的折子递进宫去，慈禧太后一览之下，仿佛这才想起大清国还有曾国荃这号人物，于是命军机处拟旨，先授曾国荃陕西巡抚，旋又改授河东河道总督。曾国荃于是得以重新出山。

同治十二年（公元1873年）底，左宗棠从实际出发，再上《官军出关宜分起行走并筹粮运事宜》一折。大军孤悬塞外，左宗棠采用的是次第出关的方略，以期更有把握。

折子拜发，考虑到陕甘累遭兵燹，乡试已中止多年，两省士子翘盼已久，遂又上折奏请，将原甘肃乡试与陕西合并，改为甘肃分闱乡试，并分设学政，每科取中名额由二十一名增至四十二名。

为不误乡试届期，左宗棠派人奔赴各省筹措款项，拟于来年开春在兰州建造贡院。旨准。

同治十三年（公元1874年）正月，照例，大清国每逢此时，正是衙门封印之时，不办公事，但左宗棠在这一个大年里却忙得不可开交。他百病缠身，自觉去日无多，又受皇恩深重，不敢心存懈怠，极想在有生之年，把自已想办的事、该办的事都办完，以报答破格的皇恩。他得知张曜大军已抵哈密的消息后，当即给张曜写信，提出屯田一说。

左宗棠函告张曜，哈密土地肥沃，五谷皆适合种植，气候也与内地差不多。哈密历经兵燹，荒地不少，可招募当地人种植，也可军垦，收获会很可观。左宗棠向张曜讲述了屯垦的四点好处："各营勇丁吃官粮，做私粮，于正饷外，又得粮价，利一；官省转运费，利二；将来百姓归业，可免开荒之劳，利三；又军人习惯劳苦，打仗更力，且免久闲致生事端，容易生病，利四。"

给张曜的信刚刚发走，左宗棠又接福建船政大臣沈葆桢来函，言称已奏请朝廷，建议派出国留学生，除去英、法两国外，还可赴德国学习制造水雷、水器等技艺。

左宗棠接信大喜，马上致函总理衙门，对沈葆桢所议表示赞同。

函曰："遣人赴泰西游历各处，借资学习，互相考证，精益求精，不致废弃。则彼之聪明有尽，我之神智日开，以防外侮，以利民用，绰有余裕矣。就此一节而论，沈议遣赴英、法，曾议遣赴花旗[1]，窃竟既遣生徒赴西游学，则不必指定三处，尽可随时斟酌资遣。如布洛斯枪炮之制晚出最精，其国曾言彼中新制水雷足破轮船，如中国肯挑二十余人同往学习制造，则水雷、后膛螺丝开花大炮亦可于三年内学得。”

很快，朝廷又颁诏四海，实授景廉为乌鲁木齐都统、钦差大臣，督办新疆军务；金顺为帮办大臣。大清国武力收复新疆的序幕开始拉开。

左宗棠接诏大喜，尽管他对景廉的能力一直持怀疑态度，但不管怎么说，景廉毕竟是朝廷倚重的边务老臣，如今实授钦差，或许当真能扭转新疆的局面。

左宗棠一面派员出关向景廉赍送钦差大臣关防，一面檄饬各路粮台，加紧筹措饷粮，以利师行。

但岛国日本以琉球船员在台湾遇难为借口，突然发兵侵犯台湾一事，却打乱了大清国西征的部署。大清国朝廷不得不由专注新疆，转而兼顾起海防来，并由此引发了一场声势浩大的塞防与海防之争。武力收复新疆的脚步放慢了。

同治十三年（公元1874年）初，经过充分的准备，早已觊觎我国台湾的岛国日本，以琉球船员在台湾被当地人杀害为借口，悍然发动对台湾的战争，只用三昼夜便将台湾占领，其进军之速大出朝廷所料。日本此次虽只派兵三千，但船坚炮利，士兵手里的器械精良，极有战斗力。

这件事最后虽然仍然通过外交谈判得以解决，但大清国不仅允给日本恤银十万两，还对日本军队占据台湾期间所有修道、建房等件，偿银四十万两，并承认日本此次侵台是保民义举。日本侵台事件，无意中显示了日本海防的强大，也暴露了大清国海防的薄弱。

而就在总理衙门与日本反复交涉期间，左宗棠以饷源顿涸，奏请允借洋款三百万两，以支西征大局。又上《附陈开屯实在情形》及《嵩武军进驻哈密垦荒》二片。

日本侵台事件发生后，左宗棠又连续两次上书总理衙门，就总理衙门筹议海防一事，条陈自己的意见。

左宗棠指出：“此次倭奴窥犯台郡，西洋各国先未与闻，其竟以相

①当时对美国的俗称。

告，示其无他，似近情理。然岛族性情贪诈傲狠，不可深信。倭人既舍其旧俗，变其衣冠，以从西人，西人安之素矣。谓此次阴助之者，仅花旗一起，未必尽然。”又说：“轮船已成十五号，洋防可固。更得劲卒万余，以次航海继进，陆路亦有把握。维此事肇端虽在一隅，而事体事关全局。”

很显然，左宗棠对日本之患还没有深刻的认识。而朝廷对左宗棠奏请借洋款以及上书总理衙门等事，均未给予答复。

问计

此时的慈禧太后，正在反复思考李鸿章所上的《筹议海防折》，无法顾及左宗棠。

李鸿章是大学士、直隶总督、北洋通商大臣，涉及海防，朝廷自然对南、北二洋的态度格外重视，李鸿章也自然最有发言权。

李鸿章此次上《筹议海防折》竟达一万余字，可见是经过深思熟虑的。李鸿章在折子中一共向朝廷提了六点建议：

一、门户洞开，江海已成我与各国公共之地，必须加强海防；二、向西欧强国购买铁甲战船成立大清自己的舰队；三、把用于西征的款项移给买船加强海防上；四、新疆不复，于肢体之元气无伤，海疆不防，则腹心大患愈棘。腹心大患主要针对的是日本；五、抓重点建设。就眼下国家的财力，既要加强东南万里之海防，又要收复新疆，恐怕做不到；六、暂时放弃塞防，重点加强海防。

李鸿章上折不久，两江总督、南洋通商大臣李宗义，也就加强东南海防一事拜上一折，所论与李鸿章基本相同。随后，福建船政大臣沈葆桢、署福建巡抚丁日昌、福建浙总督李鹤年、署河道总督乔松年以及江苏巡抚吴元炳等人，也纷纷上折，主张专注东南海防及目前急务。日本突然侵略台湾一事，给东南沿海督抚的印象太深刻了。

针对专注海防之论，慈禧太后会同恭亲王与一班在京的大学士、军机大臣，反复议论了两个月有余，终觉专注海防，就此放弃新疆，似有欠妥之处。

慈禧太后为稳妥起见，令军机处给各省督抚遍发询旨，同时亦将李鸿章等人的折子悉数抄阅，让大家共同讨论，“妥筹密奏”。

询旨递进兰州，左宗棠把李鸿章、李宗义等人的奏折全部阅看一遍，很快便形成自己的观点。他赞成李鸿章提出的加强东南海防之议，但对移塞防之饷作海防之饷一说，却持有不同的看法。

他把刘锦棠传至兰州，并会同一班幕僚，决定好好筹议此事。两宫太后的懿旨却在这时快速递进来：年仅十九岁的同治皇帝驾崩了！

左宗棠一面布置灵堂，一面传命全城文武官员成服到总督衙门拜祭，又札饬各州县衙门，国丧期间严禁饮酒作乐等事，以维国体。

国丧期间，地方公事虽照办不误，但一些督抚上奏的折子，凡与国丧无关的，自然就要拖后了，这也是成例。

很快又有懿旨下来，宣布新皇帝登基，仍由两宫太后垂帘听政，国号为光绪，定明年为光绪元年。

这新皇帝年仅四岁，也不是同治帝的儿子，是咸丰帝之弟醇亲王奕譞的儿子，因同治帝无后，由慈禧太后做主，将其过继给咸丰帝为子，继入大统。

光绪帝名载湉，从太祖努尔哈赤算起，是大清国第十一位皇帝。

照常理推算，同治帝驾崩无后，应该从皇室的近支中同治的晚辈里找出一个人过继过来才对，但那样一来，慈禧太后就成了太皇太后。按着大清的祖宗家法，皇帝冲龄践祚，皇太后可以听政，但太皇太后却不能听政。慈禧太后为了控制朝政，达到继续垂帘的目的，只能这么做。

光绪元年（公元1875年）三月初七，经过反复论证，左宗棠所奏之《复陈海防塞防及关外剿抚粮运情形》一折拜往京师。

在这之前，左宗棠已陆续收到军机处转抄过来的一些大员，就海防塞防一事，上给朝廷的奏折，自然是谈海防重于塞防的多，赞成移西征之饷加强给海防的亦不在少数。只有湖南巡抚王文韶等少数人，以“俄人不能逞于西北，则各国必不致构衅于东南”，主张宜以全力注重西北，认为塞防大于海防，强调海防为轻、塞防为重。

左宗棠却认为，大清国的海防与塞防，应该并重，并为此谈了三点自己的看法：一、西洋各国由海上进入中国，寻求的是商业上的利益，而不是国土；二、加强海防，用不着投入太多的资金，只要购些轮船、购些枪炮、再购些防守器具、修建炮台就可以了；三、现在新疆还未收复，断无撤兵之理，就算新疆已复，不征兵也不能坚守。兵既增而饷怎么能缺呢？如果不加强边塞防守，国家不可能平安无事；四、停兵节饷，于海防未必有多大帮助，于边塞则大有伤害。

慈禧太后把一应有关海防、塞防的折子，统统交给恭亲王，由恭亲王召集在京的一班王公大臣讨论，最后决定按着左宗棠所陈的办理。

当恭亲王把讨论的结果上报给慈禧太后以后，慈禧太后独自思考了两天，终于允准。

一道密旨于是悄悄递往兰州。朝廷是向左宗棠询问一下，就目前关外的统帅及兵力，是否当真便能收复新疆？到底应该怎样做才能更有把握？这实际上是向左宗棠问计。

左宗棠接旨的同时，大学士直隶总督李鸿章亦收到圣谕，派李鸿章督办北洋海防事宜，所有分洋分任练军设局，及招致海岛华人诸议，统归其择要筹办。

朝廷是决定对东则海防，对西则塞防，来个两者兼顾了。

左宗棠性情原本耿介，不会拐弯抹角，加之收复新疆事关国家安危，自不敢稍存私念，只能对现居新疆之帅、将能力，据实陈奏，以供朝廷采择、参考。

他首先对景廉投了反对票，认为景廉做关外统帅不胜任。

左宗棠是这样评价景廉的："景廉为人正派，也有学问，就是太固执，不变通，应变能力差。而他身边的人，如裕厚等人，阿谀奉承、仗势欺人，在所难免。额尔庆额刚来新疆时，得罪了裕厚，所以和景廉也少有往来。额尔庆额虽然性情粗莽，有时做事不理性，然而胆力过人，如果能稳住他内心的暴躁，应该是得力的将帅之才。"

谈完景廉，又谈景廉与金顺之间的统属问题，认为就所拥有的兵力而言，金顺为多，景廉为少，让金顺做统帅相对会好一些。

左宗棠接着又谈了对西征粮台督办袁保恒的看法，对其几乎是大加鞭挞。左宗棠给袁保恒的评价是："豪侈骄矜，习惯成性""空言无实""立意牴牾，意图牵帅，仍以臣所言为错误，而不顾此心所安。又借购备军械，觅买物件，任性妄为，并无顾忌，视粮台协款为私计，恣其挥霍。各局糜所适从，臣亦无凭稽核，同役而不同心，事多牵掣”。左宗棠几乎没说袁保恒一句好话。

折子随后又对广东陆路提督嵩武军统领张曜等人，作了比较客观的评价。折后，左宗棠再附《筹借洋款》片。

依折子来看，除了大借洋款，左宗棠实在想不出其他办法。

折子拜发后，左宗棠对帮同料理文案事宜的幕僚、候补知府、参军饶应祺道：“老夫也知道，我大清因连年用兵，又多次向洋人赔款，已经是债台高筑了。可要收回国土，饷从何出？粮从何来？大量的弹药怎么办？”

饶应祺小声说道：“老爵相啊，因为向外洋借款，您老挨的骂已经不少啦。下官以为呀，这次商借洋款的折子啊，不该您老上，应该景廉上，他是督办新疆军务的钦差呀。挨骂的事，您老还是分给别人一些吧。您老这个年龄，该歇就歇吧。”

左宗棠皱起眉头望了一眼窗外，忽然冷笑道：“饶太守，你糊涂啊！你以为景廉靠得住吗？新疆指望他收复？哼！事关国家安危大计、领土存亡与否，老夫为此招多大的骂声，都值啊！老夫是陕甘总督，我大清开国以来，新疆就是陕甘的辖区。陕甘缺了新疆，那还叫陕甘吗？”饶应祺知左宗棠决心已定，遂不再言语，双眼却渐渐地模糊了。

饶应祺字子维，湖北恩施人，一榜出身。同治六年（公元1867年）起便充左宗棠幕僚，很得左宗棠赏识，因功被左宗棠保举至四品候补知府。左宗棠已密保饶应祺出任同州知府，只等圣旨颁到，饶应祺就将离开幕府到任所视事。

挥师西征

左宗棠的折片拜发不过一个月，圣旨开始陆续抵达兰州总督衙门。先是补授东阁大学士，让他留陕甘总督之任。不久又让左宗棠以钦差大臣的身份，督办新疆军务。袁保恒与景廉，则都被召回了京师。

此旨到后不久，又有旨下："左宗棠奏请筹借洋款二百万两，本日已明降谕旨，准照办理。"朝廷至此才算定下大政方针，决定筹借洋款，用武力来收复新疆了。

随着大清国武力收复新疆号角的吹响，左宗棠更加忙碌起来。

但俄国却不相信大清国朝廷，肯舍此财力来对新疆用兵，他们派出军官索思诺夫斯基等一行多人来到兰州，以旅行、考察为名，进以刺探军事情报，并在面见左宗棠时，主动表示，愿意为出关各军代购军粮五百万斤。

在总督衙门，索思诺夫斯基道："总督大人，鄙人要对您说，俄国在山诺尔地方产粮甚多，驼只亦健，距中国古城（今新疆的奇台）地方不远。如中国出关各军需用粮食，我国可代办，送至古城交收。由俄起运，须护运兵弁，均由在山诺尔派拨，其兵费一并摊入粮脚价内，每百斤只须银七两五钱，极其便宜。总督大人，不管别国怎么说，请您相信我国的诚意。贵国此次收复新疆，我国是一定要帮忙的。"

听了翻译的话，左宗棠不相信地把索思诺夫斯基看了又看，说道："您是说，您能为我国代购军粮？一百斤才七两五钱银子？"

索思诺夫斯基道："总督说得不错，鄙人可以为贵国军队代购军粮。如果五百万斤不够，一千万斤也可以。鄙人以人格担保。"

说完这话，索思诺夫斯基挥起拳头便砸自己的胸脯，以此来证明自己的诚意。左宗棠笑道："您不要打自己了，本部堂相信就是了。"

把索思诺夫斯基等一行人安顿好后，左宗棠思虑了半天，也猜不透俄国人的真正用意，但一时又恐索思诺夫斯基购粮是真，怕错过机会，就委知府衔甘肃候补同知丁鄂等十几人，赶赴巴里坤，委布政使衔甘肃即补道陶兆熊赶赴古城，专办向俄国购粮事宜。

为防俄人有诈，丁鄂等人行前，左宗棠特意派人赶到索思诺夫斯基一行住的客栈，请他出具一张接洽函件。

索思诺夫斯基想也没想，当天就郑重其事地为二人开具了用中俄两国文字写就的购粮函件，然后便告别左宗棠，离开兰州快速回国。

为清军代购军粮一说，自然也随着索思诺夫斯基的离去而再无下文，陶兆熊赶赴古城亦无结果。这其实只是俄国人为试探大清国是否当真西征所施行的一个计策。一在探明大清国收复新疆的真假，一在探明大清国收复新疆所动用的兵力。

送走索思诺夫斯基一行，左宗棠一面拜折奏请朝廷，简派在籍养疾的刘典以三品京堂候补帮办陕甘军务，一面飞檄刘锦棠及在陕甘两地休整的各路官军统领，速赴兰州，共同商讨西征事宜。

光绪元年（公元1875年）八月二十日，左宗棠监临甘肃分闱后第一次乡试毕出闱，然后便汰遣整理各军，筹备出关前之各种准备。

与阿古柏素有勾结的英国政府，见大清国当真要用武力收复新疆，顿时慌了手脚，急电驻华公使威妥玛，派威妥玛务必说服大清国罢兵。阿古柏此时也通过英国外务部转求威妥玛，请威妥玛居间调停、斡旋，甘愿以大清附属国自居。威妥玛于是到总理衙门找恭亲王游说此事。

恭亲王不敢公开对威妥玛的斡旋表示拒绝，却声称："关于新疆的战与和，太后已全权委托钦差大臣大学士陕甘总督左宗棠定夺。"

恭亲王把皮球一脚踢给了左宗棠，自己不仅省了口舌，耳边也少了英国人喋喋不休的聒噪。

威妥玛信以为真，当即给左宗棠发函一封，申明受阿古柏委托，愿出面调停此事。左宗棠阅信大怒，当即回函，称："战阵之事，权在主兵之人，非他人可参与。"威妥玛讨了个没趣，调停遂告失败。

同年八月，左宗棠创办兰州火药局。年底，左宗棠再度召集刘锦棠等一班统领，进一步商讨如何防止阿古柏不断骚扰乌鲁木齐和吐鲁番后路的办法。

年底，左宗棠上奏朝廷以"现遵旨整军出关，而饷源涸竭，时机紧迫，奏请照台防成案，允借洋款一千万两，仍归各省关应协西征军饷分十年划扣拨还，俾臣得所借手，迅赴戎机"。

尽管此前朝廷已明谕各省“嗣后无论何省，不得辄向洋人筹借”等话，但又以“惟左宗棠因出关饷需紧迫，拟借洋款一千万两，事非得已，若不准如所请，诚恐该大臣无所措手，于西陲大局殊有关系”的理由，于光绪二年（公元1876年）正月初七下旨照准。

光绪二年春，左宗棠咨文延榆绥总兵刘厚基，称：“沿河宜广种榆柳，不但固堤岸，亦可制戎马，想已兴办。数年来陇中遍地修渠、治道、筑堡、栽树，颇有成效，亦皆各防营之力耳。”

左宗棠同时传谕各路将赴肃州之官兵，每兵携树种十棵，沿路插栽，不得敷衍。很快，帮办陕甘军务刘典，奉旨风尘仆仆到达兰州，连日与左宗棠筹商军事及善后未尽事宜。

事隔一月，左宗棠将兰州诸事尽付刘典，自己亲率亲兵十哨、白马氐练丁一营、马队四起，从兰州动身，西赴肃州督军。行前，左宗棠命随行兵勇，每人携带柳树种近百棵，于路广为栽种，以固风沙、雨水。

几乎在左宗棠离开兰州的同一天，总统老湘军西宁道刘锦棠，按着左宗棠事先的吩咐，命麾下记名提督新授汉中镇总兵谭上连、记名提督宁夏镇总兵谭拔萃、记名提督陕安镇总兵余虎恩三将，率所部马、步各营，先后由各地次第向肃州开拔。

左宗棠在赶往肃州的途中，却一直在思考关外总指挥的人选问题。虽朝廷已明降谕旨，派金顺帮办军务，节制出关各路官军，但左宗棠对金顺并不是十分放心，亦怀疑他的实际指挥和作战能力。左宗棠深知，大军孤悬塞外，若非机智果敢谋略极优之人统帅各军，实难胜算。尽管临阵易将是兵家大忌，但为了能顺利收复已失之地，左宗棠除了换将，实在想不出更好的办法。

左宗棠从金顺想到了额尔庆额，又从额尔庆额想到了张曜，但这三个人都不足以担当关外各军统帅大任。尽管与以上三个人相比，刘锦棠最为年轻，但左宗棠还是想把出关以后节制各军的大权交付给他。

左宗棠反复思虑后认为，年仅三十三岁的刘锦棠，文韬武略俱优，战功、才识卓越异常，只有让他代替自己节制出关各路官军与敌作战才有胜算的把握。

依左宗棠的想法，国家为了收复新疆，不惜重息商借洋款，数额竟然高达一千多万两，无论于公于私，都不敢不小心从事。若掉以轻心，必然功亏一篑。

左宗棠于是在到达肃州的当天，在《汇报抵兰出塞日期》折中，向朝廷郑重提出，由刘锦棠代替自己指挥关外对敌作战。

左宗棠同时又札饬关外金顺、张曜各军，传达已委刘锦棠节制各军之命。金顺、张曜二人接到咨文，虽满腹不满，却又不敢不遵照办理。

左宗棠到肃州的第十天，西征军二十营在刘锦棠统带下，在肃州的大营前，举行了隆重的出关祭旗仪式。

这天的肃州，天高云淡，晴空万里，虽然瑟瑟的西北风吹得人发抖，但肃州城关旌旗密布，鼓炮齐鸣，还是让人感到心里暖融融的。

总理行营营务、老湘军统领刘锦棠，率马、步二十五营，押着大批的粮草、辎车，冒着凛冽的寒风，排列着整齐的队伍，等待检阅。

依着老例，左宗棠为鼓舞士气，特派人摆酒于官道，并冒着呵气成霜的严寒，带上驻节肃州的一应文武大小官员，亲自为出行将士把盏以壮其行。左宗棠的第一碗酒，自然是敬给爱将刘锦棠。

左宗棠擎酒在手，眼含热泪颤声说道："刘京卿，阿古柏夺我河山，英、俄两国助纣为虐！老夫已向国人夸下海口，不收复新疆这块祖宗基业，我死不用榇①！毅斋呀，老夫余年不多，死后也想像曾文正那样，风风光光地下葬啊！老夫的夙愿能否实现，就靠你了！你刘京卿，可不能让老夫死不瞑目啊！"

左宗棠的眼泪慢慢地流下来，挂到了胡须上，很快结成了冰珠，日光一照，格外耀眼。刘锦棠双手接过酒碗，庄严地倒进嘴里。

刘锦棠把空酒碗递给斟酒的侍卫，朗声道："请爵相大人放心，晚生此次出关，已抱定宗旨一条：不收复新疆，不剿灭阿古柏等匪类，誓不回乡成亲！"

左宗棠一愣，忽然压低声音道："龟儿子，又拿这个吓老夫！你快换个口辞，不然，老夫不再往下敬酒。你怎么忘了，英雄不能无后！"

刘锦棠被左宗棠逼得无法，只好改口道："晚生若不能收复新疆，把祖宗基业夺回来，死后也不用榇！"

刘锦棠话毕，又小声说一句："世叔，这回可以了吧？"

---

①棺材的另一种说法。大军开赴前沿，提棺材不吉利，用榇代表棺材相对好些。

左宗棠笑一笑，嘟囔一句："用不用棺材，你说了不算。学老夫没出息！"

左宗棠把酒碗递给一品提督统领黄万鹏。

左宗棠大声说道："黄军门，你老弟随老夫征战数年，夺关斩将，立功无数，如今又要随刘京卿出关，老夫替你感到自豪！在此，老夫改两句古诗为你壮行：劝君更尽一杯酒，西出阳关有故人！老夫在肃州恭候你高歌凯旋！"

黄万鹏双手接过酒碗，一饮而尽。随后，把空酒碗向远处一抛，扑通跪倒在左宗棠的面前，一边磕头，一边说道："卑职感谢爵相大人的提拔之恩！"

左宗棠示意刘锦棠扶起黄万鹏，又把第三碗酒递向总兵陶鼎金。

陶鼎金急忙接过酒碗说："爵相大人，您老就别说了，也别再敬下去了。这碗酒，就算卑职替后面所有的将士喝了。您老刚刚病愈，经不起折腾，还是回署歇息吧。"

陶鼎金话毕一饮而尽，随后把碗一抛，扑通跪下说道："请爵相大人回署歇息！请爵相大人为国珍重！"

刘锦棠也快步走到左宗棠的身旁说道："爵相大人，您老就别难为他们了！您老就回去吧！您老不能让晚生悬着心出征啊！晚生也给您老跪下了！"

刘锦棠话毕扑通跪倒说："晚生跪请爵相回署衙歇息。"出征将士一看主帅跪下，当即全部跪倒。

左宗棠眼见一排排将士跪倒下去，内心一时涌起阵阵的热浪。他摸出布巾擦了把眼泪，让人抬出自己的棺材，接着颤抖着身躯跪倒下去。全体将士为之震惊。

左宗棠嘶哑着嗓子大声说道："老夫替皇上、皇太后，替全疆的百姓，谢谢你们了！老夫盼你们早日功成！你们凯旋之日，老夫还在这里摆酒，为你们庆功！"

刘锦棠眼含热泪，起身跨前一步，同着侍卫一起把左宗棠架起来。

刘锦棠哽咽不能成语，只好咬牙飞身上马，向左宗棠等所有送行人众施了礼，这才拔出腰刀，向官道前方一指，行军的号角随即呜呜响起，大队人马浩浩荡荡向嘉峪关行去……

刘锦棠出关的前十日，盖有钦差大臣关防的绝密公函，已先期由驿站次第递进关外各防军大营。

公函先通报了一下老湘军出关的确切日期，然后才道：“自古兵事本无遥制之理，关外各军缓急之宜，分合之用，均由该总统到后相机酌之。有不遵调度、妄自尊大、贻误军情者，无论官居何品，本部堂一旦预闻，定当严参不贷！”

中外也从此开始关注新疆的战事，暗中支持阿古柏的俄、英两国尤甚。当威妥玛通过总理衙门得知，左宗棠此次札委刘锦棠担任前敌总指挥后，竟然心存侥幸之念，坚持认为，年轻的刘锦棠肯定不是老谋深算的阿古柏的对手，大清国此次耗巨资对新疆用兵，肯定兵败无疑！

俄国驻华公使布策与威妥玛持相同的看法。其实，就是左宗棠本人，也对刘锦棠日夜担心。他怕年轻气盛又不熟悉地形的刘锦棠贸然出击而上阿古柏的当。

变阵布兵

光绪二年（公元1876年）闰五月初十，刘锦棠率军经哈密、巴里坤到古城，旬日之内，所部各军先后顺利抵达。

但金顺驻在济木萨（今新疆济木萨尔），刘锦棠只有与金顺会面后，才能制定作战计划，并商讨进剿事宜。刘锦棠虽是关外总指挥，但金顺毕竟是朝廷任命的帮办军务大臣。

老谋深算的阿古柏对此早有防备，在各路官军抵达古城前，便已在古城与济木萨之间的官道上，屯扎了无数军兵。阿古柏不相信刘锦棠能长出翅膀飞过去。

刘锦棠很是头痛，只能让军兵化装成当地百姓四处去探路。

皇天不负有心人，十几日后，刘锦棠派出去的几路探路军兵，终于寻找到由古城赴济木萨的另一条路。这条路隐藏在山中茂密的荆棘中，中间还要穿过一段山洞，山洞虽比较宽敞，也仅能容一人一马通过。从山洞出来，便是一大片麦田。麦田之后是一条小河，小河之后又是一大片的豆田。走出豆田后便是官道，官道直通济木萨。阿古柏未在此设一兵一卒。

刘锦棠大喜，当即召集提督衔统领黄万鹏等马、步将官议事。

刘锦棠说道："天佑我大清，总算有一条小路，可绕过阿古柏的营盘，通达济木萨。本官计议已定，明日即赴济木萨去见金大人。为防阿古柏袭营，本官离去之后，各位大人每日早饭后，仍到中军坐上一个时辰，万不可把本官离营的消息泄露出去。本官离营期间，军中事务由黄军门代为总理。"

第二天一早，刘锦棠只带两名侍卫和一名向导，乔装打扮后，轻骑向济木萨奔去。

刘锦棠走了一路，观察了一路地形，很快便穿过山洞。走出山洞，一大片麦田出现在眼前。刘锦棠下马，随手拔了几枝麦穗，对着日光看了看，又剥了几颗麦粒，放进口里咬了咬，便又上马前行。

过了麦田，一条宽约二十几丈的小河又出现在面前，河对岸则是一片一眼望不到边的豆田。

刘锦棠命侍卫饮了马，自己又洗了洗脸，这才过河。河水清澈见底，深不及尺，偶有鱼虾顶流而过。

刘锦棠一时心旷神怡，不由口占一绝："大军西征在边关，湖湘子弟行于前。锦绣河山看不尽，不复新疆誓不还！"

在豆田地里，刘锦棠再次下马，又拔了棵豆枝晃了晃，但听哗哗作响，极其清脆。刘锦棠抬头沉思了一下，遂将豆枝握在手里，再次飞身上马。

一时间，向导骑马在前，刘锦棠在中，两名侍卫跟在刘锦棠的马后，四匹马扬开八双蹄子，直向济木萨飞奔而去。济木萨清军大营转瞬即到眼前。

刘锦棠在马上放眼望去，但见方圆十里，营营相连，步马相接，辕门上方斗大的金字旗迎风摆动，煞有声势。

看看马近，辕门外巡哨的马队大叫："来人快快勒马停下，我旗营大帐严禁偷觑！违令者斩！"

刘锦棠勒马停下，身后的侍卫则打马向前高喊："快去通报金大人，三品京卿、总理行营营务刘大人，特来拜会金大人！"

哨兵首领一听这话不敢怠慢，忙说一句："请刘大人稍候，卑职现在就去通禀。"

首领打马进营。刘锦棠下马，侍卫急忙把马牵过。身材胖大、满脸胡须的金顺，顶戴官服带着一应属员，步出辕门。

金顺高喊："来人可是总理行营的刘京卿刘大人吗？"

刘锦棠快走几步，抱拳道："湘军统领、三品京卿下官刘锦棠，特来拜会大人。下官未着官服，无法施行大礼，还望大人多多担待！"

金顺一把拉过刘锦棠，哈哈笑道："周瑜到此，新疆有望了！"金顺身后的一应属员赶忙过来见礼。

礼毕，金顺道："刘大人，本官盼星星盼月亮，恨不得生出一双千里眼来。本官昨夜观书，灯花连爆，今儿早起，喜鹊偏又临门。你看，这不都应验了吗？走，快进大帐里讲话。"

刘锦棠到大帐坐下不久，金顺便带属员陪刘锦棠到饭房用饭。饭后，金顺把刘锦棠请进密室，一边喝茶，一边讲话。

金顺当先说道："毅斋，一路还顺利吧？自从得知你已率军出关，本官便开始日夜为你担心。老弟一直在关内作战，关外的风沙怕你不适应啊！"

刘锦棠笑了笑，答道："谢大人关怀。下官到古城不久，阿古柏的人马便拦截在我与大人之间。下官派了十几路探子寻找路径，故耽搁到今天才能拜会大人。大人出关以来，身子骨还吃得消吧？"

金顺答道："本官一直在黑龙江的三姓练军，那里的气候和这里相差无几。今儿和你刘毅斋说句心里话，本官授命出关以来，连头疼脑热都不曾有过。本官倒是担心左爵相啊。他老比本官大四岁，不要说关外，就是肃州，他老都不好过呀。本官料得不错吧？"

刘锦棠长叹一口气道："大人果然料事如神。老爵相一到肃州便大病一场，下官出关的那天，他老才刚刚起床，如今还不知怎么样呢！"

金顺喝了口茶，说道："毅斋呀，我们还是谈正事吧。这次进剿，究竟怎么个办法？本官厉兵秣马，可就等着你刘京卿发号施令了！"

刘锦棠忙道："金大人言重了。金大人久历戎机，官至极品，又是新疆事务的帮办大臣。下官虽总理营务，还不是唯大人的话是听！"

金顺正色道："刘京卿，你不要抬举本官。不错，本官是帮办新疆事务大臣，那不过是朝廷看在本官先你一步出关的缘故。本官官至极品，又帮办新疆事务，但本官不过位在地方。而你刘大人却不同，你老弟是堂堂京卿，又钦命总理行营营务，这后一点虽无明确品级，但确实是出关大军的真正统帅。刘大人，有什么话，有什么样的安排，你只管与本官讲来。有胆敢不遵号令者，本官与左爵相联衔参他！"

一席话，把刘锦棠说得大受感动。

刘锦棠起身离座，动容谢道："下官谢过金大人抬举之恩。有大人适才的话，下官总算敢放胆讲话了！"

金顺抚须笑道："本官与左爵相是至交，你老弟却是左爵相的眼珠子，这一点，从湖广到福建浙，从两江到陕甘，哪个不知，谁个不晓？何也？盖因你刘毅斋谋略出众，义勇超群，你是我大清国真正的周公瑾哪！毅斋呀，此次征剿阿古柏匪部，左爵相命你我两部会攻乌鲁木齐。乌鲁木齐是北疆的重镇，阿古柏在那里派有重兵把守，他的几员得力大将，也在那里助守，总兵力当在两万人以上。你我两部加起来不过三万余众，还要分兵押运给养，沿途警戒，攻城兵力怕要不足啊。”

刘锦棠这时道：“金大人有所不知，三路出关大军，目前只到两路，余总镇率五营马队押着给养，至今未到古城。”

金顺惊道：“怎么会这样？余虎恩久于押运粮草，从未出过差错，难道这次又上了阿古柏的当？毅斋，这件事，你还没有通报给左爵相吧？要不，本官遣几营铁骑去接应一下？”

刘锦棠想了想道：“下官以为，还是不分兵接应的好。大人可能还不知道，余总镇之后，老爵相又请调记名提督徐占彪，率所部蜀军马、步五营出关。”

金顺捻须道：“这个余虎恩，他可是押着出关大军的给养啊。他若十天后还不到，你我可就得向张朗斋借米度日了。张朗斋那里，存粮也不很多，咳！”

刘锦棠这时从布袋里摸出一麦一豆，说：“金大人，下官由古城到济木萨，遇见一片麦地，一片豆地。下官特意拔了一麦一豆，请大人看一下，这里的豆麦还须多少日子收割？”

金顺接过麦，用手搓了搓，便捡了颗麦粒扔进嘴里咬了咬。

金顺把麦粒吐出，又拿起豆枝，放在耳边晃了晃，后又剥出豆粒扔进口里，轻轻咬了咬。

金顺吐出豆粒，说：“麦子有五天便能开镰，豆子也不会超过十天。这里的庄稼成熟期短，种得晚，收得却早，与湖广正好相反。毅斋，你让本官看这些豆麦，是为何？莫不是又想冒什么险吧？你老弟可是我大清国，靠冒险冒出的统兵大帅呀。”

刘锦棠笑了笑，说：“金大人，下官此次还真想冒一次险，只是不知行得行不得。望大人听后不要取笑下官。”

金顺道：“毅斋，你只管讲，本官听着呢！”

刘锦棠道：“大人容禀。我出关前，老爵相再三嘱咐说，大军欲攻取乌鲁木齐，首先当攻取古牧地（现在新疆的米泉）。古牧地是乌城的屏障。”

金顺点头称许说：“左爵相所定之大政自是不错。毅斋，你继续说下去。”

刘锦棠道：“这里豆麦将熟，下官设想，若此时攻取古牧地，田里成熟的豆麦，必能悉数收到百姓的手里。就算余总镇再耽搁十天半月，我大军也能就近从百姓手里买到粮食，不致饿饭。”

金顺沉吟良久，开言说道：“毅斋呀，此盘算固然是好，可惜行不通啊。你想啊，阿古柏盘踞新疆已届十载，已从英国连续几次购进火枪火炮，英国又派了个军官叫什么弗赛思，长年住在阿克苏为他操练兵丁。当地回兵头目金相印、马人得等人，也都投降了阿古柏。他们个个手握重兵，誓与官军对抗到底。

“本官曾对阿古柏粗略估算了一下。阿古柏进疆带兵三千余，后又收拢七千战败之士。金相印原有精兵过万，马人得降后，又有精兵两万。阿古柏为与官军抗衡，最近又新募两万人，交给弗赛思日夜操练，行临阵磨枪之事。不久，阿古柏又增募一万，最近又扩募了一万。如果这些都是真的，阿古柏在南北二疆，有兵当不下十万众。本官深知，我军利于速战，但却不可以轻进。不要说后军未到，就算各路人马到齐，也要反复思虑，才可动兵啊！毅斋呀，你是我大清有名的少帅。古牧地一战的得失，关乎我大军能否在新疆驻足，不能不慎之又慎啊！”

金顺的一席话，把刘锦棠说得半天作声不得。

刘锦棠在济木萨营地一住就是三天。

三天里，金顺、刘锦棠与金顺帐下的几员大将提督徐学功、总兵孔才、总兵冯桂增等人，一边考查济木萨周边的地形，一边打探古牧地及托克逊的情况。

徐学功认为，古牧地地形较古城的地形不知要复杂多少倍，非集合众多官军不可言战。金顺赞同徐学功的分析，刘锦棠却笑了笑，没有言语。当日晚餐时，古牧地方向忽然传来消息，称：“古牧地守领马明，不知何故，突被阿古柏麾下的安集延人（浩罕人），逮往阿克苏大牢问罪。古牧地守将现为王治、金中万二人。”

金顺不太关心古牧地的守将是谁，他现在最关心的是余虎恩押运的粮草何时到古城和记名提督徐占彪所率的蜀军何时出关。但刘锦棠得到禀报后却精神大振。

刘锦棠把碗一推，高兴地说道：“金大人，马明是匪军中最懂兵法之人，现在竟被阿古柏逮往南疆大牢，此千载难逢之局。若此时我官军攻取古牧地，必能事半功倍。大人以为如何？”

金顺一愣，思忖许久才道："毅斋呀，本官劝你还是别冒险吧。本官以为，阿古柏派谁去守古牧地，是他自己的事，能不能一战古牧地而功成，却是你老弟与本官的事。你老弟冒险功成，本官跟着沾光。可你老弟一旦失手，本官倒没有什么，你老弟大好的前程，可就被毁掉了！毅斋呀，听老哥一句劝，你我还是按左爵相说的办吧。人马不到齐，尤其是余虎恩押运的粮草未到古城之前，还是不要冒这个险吧。当然，大主意还是要你这个京卿来拿。"

刘锦棠深思了片刻才道："金大人，您老以为这样好不好？您老率部先移驻阜康城，老湘军各营亦到阜康城东的九运街扎营。我们两军会合后，再决定下一步的进止。"

金顺点头道："也好，老弟总要把地形踏熟了以后才好布兵。"

刘锦棠出关前，左宗棠制定的作战方针是"先北后南"，并再三嘱咐刘锦棠："疾进缓攻，稳扎稳打。"

刘锦棠经过深思熟虑，现在却决定改变这一作战方针，决定提前对古牧地发起攻击，给阿古柏匪帮来个措手不及。

冒险突击

刘锦棠返回古城大营三日后，金顺所部人马便移驻阜康城。

当日晚，在刘锦棠的反复劝说下，两部人马突然对古牧地的外围黄田发起攻击。经一夜激战，将阿古柏守军全线击溃，首战告捷。

收复黄田的当日，刘锦棠委员办理黄田善后，自己亲统各营和金顺五营马队，直奔古牧地，抢在阿古柏援军来到之前，将毫无戒备的古牧地一举收复，旋回歼阿古柏派来的援军，来了个以逸待劳，打乱了阿古柏的全盘防守计划，掌握了战争的主动权。古牧地守将王治、金中万双双战死，残部逃往南疆。

收复古牧地之后，金顺统自己所部人马到城东驻扎，老湘各营则到城西安营，刘锦棠亲统亲兵五营住城内料理善后。刘锦棠将自己的行辕设在王治、金中万生前的办事衙门里。

当日晚饭后，刘锦棠先将攻克古牧地的捷报派快马送走，然后便开始清理王治、金中万未及烧毁的一些函牍、公文。

清理中，刘锦棠发现了一封王治、金中万二人联名向乌鲁木齐求救的信件一封，上有乌鲁木齐守城头目马人得的批复。刘锦棠把这封信拿到灯前，细细看马人得的批复。

马人得在这封信的空白处批了这样一行蝇头小字："乌城精壮已悉数遣来，现在三城防守乏人，南疆之兵不能速至，尔等可守则守，否则退回乌城，并力固守亦可。"

刘锦棠推断马人得批复中的三城当指乌鲁木齐、迪化州城及妥明所住的王城，而南疆之兵，不言而喻，指的是阿古柏的嫡系军队。

刘锦棠把马人得的批复看了又看，料定都是真话，于是传人备马，他要连夜去见金顺。

金顺把马人得的批复读过一遍后，沉吟道："老哥料定，这是马人得这个老犊子使的一个奸计，诱我兵发乌城，他好埋伏人马在半路截杀，这断不会错。毅斋老弟，我们不能上这个当！何况，进攻古牧地之初，左爵相就已有话过来，收复古牧地之后，不可贸然前进，一定要等他老的回文到后再定进止。关外非比内地，每前进一步，都要慎之又慎，不可稍涉大意。”

刘锦棠见金顺说得入情入理，何况左宗棠也的确在官军进攻古牧地之前，说过不可贸然前进的话，就苦笑一声道：“回头细细想来，都帅所言也的确在情在理。古牧地已侥幸成功，乌鲁木齐岂能便轻易攻取？”刘锦棠辞别金顺回城，脑海里却仍在反复咀嚼马人得的批复。

他连夜把十几名古牧地投降过来的军兵召集到一起，让他们辨认马人得的笔迹，以防当真有诈。

其中一人看了半晌说道：“禀大人，马人得的笔迹，小人没有见过，但安集延人的字，小人却是见过的，他们写不出这么好看的字，这或许当真就是马人得写上去的。”

刘锦棠打发降兵去后，他一个人又对马人得的批复看了又看，越看越觉着马人得没有伪造此批复的必要。

刘锦棠至此已经敢肯定，马人得的批复是真的，不仅乌鲁木齐防守空虚，连迪化州城及王城的防守，也是极度空虚的，这个千载难逢的好机会，不可错过。

当时已是夜半，各营因连日作战，均已熄灯安歇。

但刘锦棠仍把门外当值的侍卫传进房里，吩咐道：“你持本官令牌，速到城西传命老湘各营，明日三更起灶，四更开拔，各营不得有误，违者按营规处治——去吧！”

侍卫去后，刘锦棠又提笔给金顺书函一封，通报老湘各营开拔情况，希望金顺在老湘营离开古牧地后，也率部跟进，作为偏师，一为接应，一为助攻乌城。

军机稍纵即逝，刘锦棠顾不得再照顾金顺的颜面了。

金顺第二日见到刘锦棠信时，老湘军除留两营防守古牧地外，各营已于一个时辰前全部离去。金顺无奈，只好一面紧急派快马向左宗棠通报情况，一面也传命拔营，快速跟进。

左宗棠接到金顺的禀报，顿足道：“毅斋如此性急，这不是要误事吗？大军孤悬塞外，一旦有失，不是前功尽弃吗？这可如何是好啊！”

刘锦棠率所部向乌鲁木齐飞赶的时候，马人得却正在乌鲁木齐城中的大帅府里，和属下各将商量防守的事。

当时，城中只有五千人马，其中两千是阿古柏的嫡系（安集延人），两千是马人得的嫡系（当地回兵），另有一千是原来的守军。

这时是早餐过后，马人得对着属将们说道："多年的战争经验告诉本老爷，古牧地一战，刘锦棠小魔鬼元气大伤，他已丧失了攻打乌城的能力！各位请看……"

马人得顺桌上举起一封信道："今儿一早，本老爷就收到了毕条勒特汗陛下的圣谕。特汗对本老爷说，他受神灵的暗示，已调五千精骑赶往这里，大概午时就能到达。"

属将们一听这话，对着阿古柏的圣谕不得不跪下去，一人极其虔诚地说道："英明的毕条勒特大汗，您调来的五千精骑，就是五千只雄鹰，它会吸干刘锦棠小魔鬼的鲜血，它会让金顺这个老魔鬼葬身沙海。马元帅，我们见了大汗的圣谕，终于明白了一个道理：我们虽然失去了古牧地，但我们却掌握了胜利。这是英明的毕条勒特大汗早就摆好的一步棋。马元帅，您难道没有同感吗？"

马人得示意属将们起身，然后说道："我们都是哲德沙尔国的子民，战无不胜的毕条勒特大汗，是不会撇下我们不管的。为了欢迎从南疆飞过来的五千只雄鹰，本老爷已让大阿訇宰杀了二十只肥羊。"

一名安集延首领笑着接口道："在浩罕的时候，有人就曾经提示过我，美丽的姑娘能让一具干尸充满活力。马帅，我的话您听懂了吗？"

马人得笑着摇头说道："英雄的怀里有了美女，英雄就会把战场摆在姑娘的肚皮上。为了让大清国的人马尽快滚出哲德沙尔汗国，我们眼下，只能为南疆飞过来的雄鹰，准备肥美的羊肉和甘甜的马奶。"

属将们未及讲话，一名侍从慌慌张张地闯进来禀道："禀马元帅大人阁下，城头瞭望台传来了消息，城北起了浓烟，这股浓烟正向这里狂刮过来。"

马人得一愣，随即扑通跪倒，举起双手道："战无不胜的毕条勒特汗万岁呀，难道是您派过来的五千雄鹰到了吗？"

马人得话毕，带着属将们便来到城头之上的瞭望台，伸长脖颈向远处张望。但见乌鲁木齐正北一带地方，仿佛在天边，又仿佛百里左右，扬起老大一团沙尘，分明有千军万马向这里疾奔。

马人得内心一阵狂喜，不由自言自语道："伟大的毕条勒特汗啊，您派来的雄鹰，就要飞到这里了！”

一名属将却大叫道：“不对！乌城正北，是刘锦棠小魔鬼刚刚夺去的古牧地，毕条勒特汗的雄鹰，只能从南面飞过来，不会从古牧地飞过来！”

马人得一听这话，脸色顿变。他一边往瞭望台下走，一边果断地说道：“我们必须集中优势兵力，才能化险为夷。我们把所有兵力，都集中到迪化州城，那里城墙高厚，弹药充足。那里原有守军三千，我们过去以后便是八千，再加上毕条勒特汗陛下派过来的五千雄鹰，迪化州城的守军将过万。我敢肯定，迪化州城的城垣之下，将会成为刘锦棠、金顺二魔鬼的墓地！”

马人得很快传令下去，命城内守军快速打点行装，并集结牛羊、骆驼，又将粮草装运上车，准备弃城南逃。

城中百姓见军兵疯狂掠抢每户的牛羊、粮食，连年轻的男人和女人也不放过，便知官军离此不远了，就纷纷趁乱出城，迎着尘烟，去向官军报告马人得欲弃城逃跑的消息。

当地百姓累年受这些侵略者的欺凌，已经恨透了他们。刘锦棠率军来到距乌鲁木齐约有十余里处，便得到了乌鲁木齐守敌正要弃城南逃的消息。

刘锦棠当机立断，命余虎恩率骑兵三营、谭拔萃率步兵四营，由左路追击；命黄万鹏率骑兵一部、谭上连率步兵四营，由右路追击；命谭慎典等率步兵三营，向乌城疾进，务期抢在守敌逃跑之前将城池包围。

军令下达，一时浓烟滚滚，马蹄疾驰，大小龙旗遮天蔽日，甚为壮观。马人得率五千人马，押运着大批的牛羊、粮草，胁裹了两千余当地青壮百姓，其中有近千名年轻女子，仓皇出城溃逃，直奔迪化州城。

马人得率众刚至迪化州城城垣，尚未进城，余虎恩、谭拔萃二将率骑兵营紧跟着就到了。马人得见官军勇猛，不敢进城，带着部众转奔王城，因过于匆忙，大批的牛羊、粮草以及胁裹在军中的男女百姓，俱被官军截获。

马人得只顾逃命，不再顾及其他。迪化州城守敌见官军突至，慌忙打出白旗一面，余虎恩、谭拔萃二将顺利收复城池。

几乎与此同时，王城被黄万鹏、谭上连收复。王城守将妥明投降。

马人得一见形势不妙，带着人马转头便向南疆达坂一带狂奔，中途尽管遇着阿古柏派来的五千精骑，但仍不敢回头来战，一路向南疾进。

捷报由刘锦棠大营飞速递往肃州。左宗棠接报大喜，一面上折为刘锦棠、金顺等人请功，一面连夜致函刘锦棠。

左宗棠函称："接阅尊处两捷报，两覆坚巢，两下坚城，摧朽拉枯，莫喻其易，军威之盛，近无伦比。拊髀称快，遐尔攸同。"

左宗棠又说："然非将新复之区一一经画周妥，可守可战，务期久远，则亦未可恃以为安。"

显然，左宗棠此时已不再担心战事能否顺遂，却在担心克复城郭后的善后等事能否料理妥当。

从收复古牧地到连克乌鲁木齐、迪化州城及伪王城，刘锦棠只用了两天的时间，创造了晚清军事史上的一个奇迹，中外无不惊诧。

自古兵事大家，不仅要会用兵，更要会用将。左宗棠把刘锦棠推到关外最高指挥官的位置，可谓知人善任。

不久，阿古柏在北疆占据的最后一个堡垒玛纳斯北城被收复。

至此，北疆各城除伊犁外全部克复。

刘锦棠一面传令各路官军迅速筹粮，作短期休整，一面将结果报给左宗棠。

左宗棠接报大悦，仰天祈曰："多亏毅斋临机果断！若按老夫与之原定稳扎稳打之方针，各军定然陷入困顿之中而无端延长功期耳！毅斋敢否老夫之略，此天佑我大清也！"

左宗棠一面连夜拜折为刘锦棠、金顺等人请功，一面飞檄刘锦棠，命刘锦棠务期将残匪清剿干净后方可南下，万不能操之过急，导致全军功亏一篑。左宗棠同时又饬张曜和徐占彪二将，命其率所部，按刘锦棠号令稳步搜索西趋，先期稳定北疆局势。

左宗棠在檄饬中，再次饬命各路人马："因张曜、徐占彪两军防所距离吐鲁番道路迂直、险夷不一，程途远近攸分，应各确计日期，以为启行先后之准；其师期悉由刘锦棠酌定。"檄饬最后写道："庶彼此进止合度，不致先后参差，协力并规，公期周妥。"

左宗棠拜折的同时，亦上《筹划俄人交涉》一片。

左宗棠在片中主要提出这样一个建议：以后与俄人办交涉，能不能由我一人主办？免得他说一套，我又说一套，俄人应该听谁的？

左宗棠为什么往自己头上揽这个差事呢？因为左宗棠既不相信荣全，也信不过金顺。

左宗棠在原片的最后这样写道："现在边方将军、都统各大臣除金顺外，臣多未曾谋面。一切因应之宜，有函牍所不能详者，亦有未可形诸函牍者，相距过远，并有多处业已见之行事而臣犹无所闻者。事关中外交涉，诚虑议论分歧，无以示远人而昭画一。合无仰恳天恩，敕下将军、都统各大臣，于俄人交涉事件，除现行事宜本有定章，应各照常办理，此外遇俄人交涉新疆者，应咨臣定见主办，不必先与商议，致远人无所适从，庶期径路绝而轨辙可寻，论说少而争辩自息，似亦省心省事之一道也。"

奖赏圣谕很快颁下："西宁道刘锦棠，着赏给骑都尉世职。提督谭拔萃、谭上连、余虎恩、谭和义、席大成，均着赏给云骑尉世职；黄万鹏、萧元亨，均着赏穿黄马褂。参将董福祥，着免补参将、副将，以总兵交军机处记名。"旨后还有一大串奖赏有功之员，并阵亡将弁优恤名单。

针对左宗棠所上之《筹划俄人交涉》一片，朝廷单下旨给左宗棠及帮办军务金顺、伊犁将军荣全二人，指出："新疆与俄境毗连，时有交涉事件，轻重缓急，自宜审慎以图，以免后患。嗣后遇有与俄人交涉之事，着荣全先行知照左宗棠酌度情形，由该大臣主持办理。"

朝廷终于把与俄国的交涉大权交给了左宗棠。

接旨后，左宗棠又给刘锦棠发密函一封，商讨进攻南路之事，指出：向南疆进兵之前，必须巩固好北疆，而且要与蜀军、嵩武军同进，不可孤军冒进。至于具体进兵日期和三路人马进军路线，由刘锦棠相机决定。左宗棠随后又向刘锦棠讲述了南疆八城的来历及名称，说：南疆八城是乾隆二十四年（公元1759年）平定叛乱后建立的。他们分别是：喀什噶尔（即今新疆喀什市）、英吉沙尔（即今新疆英吉沙）、叶尔羌（即今新疆莎车）、和阗（即今新疆和田）、阿克苏、乌什、库车、喀喇沙尔（即今新疆焉耆）。吐鲁番因居南北二疆的中部，不在南八城之列。吐鲁番辖托克逊，喀喇沙尔辖苏什巴台。吐鲁番是南疆的锁钥，苏什巴台则处在南疆最前端。

该函又对收复南路如何进兵谈了自己的看法："以常理论，进攻南路，须俟金景亭到始够布置而策万全，然此军到乌垣，总须冬腊之交。如军机不能久待，则俟玛纳斯收队回营，古、济各营搜山事毕，桂、方、章到齐，亦可稍资指挥。其蜀军、嵩武之进规吐鲁番，师期应由尊处酌定，乃期有当也。"

左宗棠的书信送到刘锦棠手中时，正是深冬时节，新疆北路一带大雪狂舞，寒风劲吹，满眼的冰天雪地。

刘锦棠考虑到雪天行军有诸多不便，何况麾下各营尚有部分兵勇没有领到寒衣，加之给养转运困难，若决然南下恐有后顾之忧，于是给左宗棠复函一封，提出全军休整，等明年解冻时节再向南路推进的建议。

左宗棠接到刘锦棠的来信，口里先道出一句："毅斋所言极是！吾之所言欠周详耳！"

左宗棠于是连夜回信一封，称："节交冬令，冰雪载途，亦非用兵之时，似宜蓄锐以待，方期周妥也。唯乘此闲暇，将后路搜剿清楚，乃为妥便。"

其间，左宗棠又接一旨："乌里雅苏台参赞大臣着荣全补授，伊犁将军着金顺补授，乌鲁木齐都统着英翰补授。"圣旨最后又特别指示金顺："所部进兵，自酌进止。"圣旨中所说的乌里雅苏台，就是现在蒙古国境内的扎布汗省省会扎布哈朗特。

显然，慈禧太后仍对金顺寄予重望，并赋予他"自酌进止"的权力，等于是在关外设立了两位总统。

左宗棠接旨后却忧心忡忡地长叹一口大气。他在当日给刘锦棠的信中这样叹道："和甫为人，只知居功，不能做事。"

不久，署乌鲁木齐都统英翰，由京师风尘仆仆地赶到肃州，来向左宗棠禀到，商量出关赴任等事。

左宗棠于是又提起精神，与英翰周旋了两天，直到英翰出关才得歇息。望着英翰的背影，左宗棠悄悄叹息了一声，不由暗道："乌鲁木齐新复，边务正当繁重，朝廷却打发来这么一个大烟鬼出任都统，也真做得出来！"

左宗棠发此感慨不是没有缘由的。

胜利在望

英翰这一年尚不到知天命的年龄，但因吸食鸦片过深，却早已经面黄肌瘦，弱不禁风，提早进入了老年。

朝廷打发这样一个人去做乌鲁木齐都统，乌鲁木齐以后的前景，自然也就可想而知了。

英翰抵达乌鲁木齐后，很快便与署理都统成瑞办了一下交割，他便全身心地躺进卧房里，狠狠过起瘾来；所有公事，全交给随员料理，任由一班人胡作非为，他也无力过问。乌鲁木齐刚刚稳定的局势，眼见有些波动。

这一天，因身边的一名随员，看好了当地一户维吾尔族百姓家的闺女，便带着几名军兵把人抢了来，惹恼了归顺不久的、安插在这里的一名回兵头目。

那头目见官军胡作非为，他便鼓动百十名垦荒的回兵，领着闺女被抢走的那家人的父母兄弟，飞跑到都统衙门来鸣鼓喊冤。那鼓被敲得震天响……

英翰当时正卧在榻上，让人伺候着吞云吐雾，冷不丁鼓声传来，登时便把他的烟枪吓掉，认定是阿古柏带着人从南疆打过来了，就使出全身的力气往起挣。挣了三挣，不仅没有挣起身来，反倒把他的魂魄挣出了窍。

伺候在侧的人眼见他瞪大了双眼，还把手指向门外，接着就长出一口大气，整个身子便软了下来。

家人弯腰把掉在地上的烟枪捡起来递到他手里，他却不接；叫他，他又不应；推他，他全身都动。家人忙用手去摸他的鼻息，这才知道，他已经离开人世享清福去了。

闻报，伊犁将军金顺打马飞奔到这里，自然是先将抢来的人放掉，然后又给左宗棠发信，给朝廷拜折，最后才为英翰料理后事。

据当地百姓传言，如果不是英翰死得及时，安插在这里的上千名归降的回兵非闹起来不可。届时，不仅南路推进师期要延误，连已经收复的北路，也要重新从关内调兵不可。

得知英翰死在任所，左宗棠连日给朝廷拜发《请以金运昌接署乌鲁木齐提督行都统事》一折，上准。

清军顺利收复阿古柏占领的新疆北路的消息传开后，俄国以及暗中支持阿古柏的英国都吃了一惊。

英国驻华公使威妥玛正在国内乡下度假，得知清军在新疆北路连战连捷后，英国女王一纸电报将威妥玛召回伦敦，命令威妥玛以斡旋的面目，约见中国驻英公使郭嵩焘，劝说清军息兵，放弃武力收复南疆。

威妥玛遵命，当天即带上一应随员赶到中国驻英公使馆，声称有要事与郭嵩焘商量。很快，威妥玛与郭嵩焘在使馆的接见大厅见了面。

寒暄过后，威妥玛单刀直入，请郭嵩焘致电国内，劝说朝廷放弃武力收复阿古柏占据的南疆。遭到拒绝后，威妥玛眼球转了三转，马上笑着说道："郭大人，您比鄙人清楚，贵国的新疆，原本就是块不毛之地，那里除了茫茫戈壁，就盛产沙子。贵国付出了巨大的代价，买回的却是一片沙漠，这值得吗？郭大人，您应该奏明您家皇上和皇太后，不要再向那里投钱了。你们的海防极其空虚，需要购买大量的战船。鄙人在贵国多年，鄙人以为，以贵国现在的力量，大力加强海防才是最划算的。郭大人以为呢？何况，刘锦棠又那样年轻，他怎么能打得过久经沙场的阿古柏呢？鄙人是真心为贵国好啊！"

郭嵩焘笑着答道："威公使所言不错，新疆的确有着大片的戈壁，也确实盛产沙子，但新疆是我国的国土，不管它有什么，也不管它盛产什么，我们都必须向那里投钱。"

威妥玛忙道："郭大人误会鄙人的意思了，鄙人是说，新疆孤悬塞外，一直就是个多事的地方。贵国尽管也在那里建立了衙门，但并不能阻止暴乱。新疆会把贵国拖垮的。敝国见贵国盲目地向那里大量地扔钱，很替贵国着急的，贵国不能再这么干下去了。傻瓜都能看出来，向新疆大量用钱，是失大于得的！"

威妥玛说完这话，有意做痛苦状，又是紧闭双眼，又是用手在胸前划十字，但眼角却有一缕光芒，在偷偷地打量着郭嵩焘，看郭嵩焘有何反响。

郭嵩焘沉吟了一下，冷静地答道："威公使，您久历外交，应该知道，乱民暴乱的事情在各国都有发生，新疆也不例外。所幸，我国已经收复了新疆北路，收复南路是很快的事。”

威妥玛接着话茬说道：“郭大人此言应该修正。其实，傻瓜都会看出来，贵国并没有真正地收复新疆北路。”

郭嵩焘知道威妥玛指的是伊犁的事情，于是答道：“本大臣知道威公使指的是伊犁九城。这不用担心，俄国已明确向敝国表示过，该国对伊犁用兵，是替敝国代收，等敝国将南疆收复后，俄国自会履行前约，将伊犁九城完整无缺地交还给敝国。”

威妥玛哈哈大笑道：“俄国沙皇亚历山大二世是个无赖，他说的话狗都不会相信，鄙人不相信，贵国当真就相信他说的话！从朋友的角度，鄙人想奉劝郭大人一句，能不能现实一些呢？”

郭嵩焘点点头说道：“威公使有话请讲，本大臣洗耳恭听就是。”

威妥玛知道自己的话击中了郭嵩焘的要害，于是愈加兴奋。他索性离开座椅，一边走动一边侃侃而谈。郭嵩焘知道威妥玛在烟台与李鸿章谈判处理马嘉理一案时，就是这个样子，所以也不怪他，看他怎么说。

威妥玛说道：“各国都知道，也很清楚，俄国人既然出兵占据了伊犁，他们就从没有再交出去的打算。如果不是浩罕国的阿古柏帕夏，抢先一步进入新疆，不要说伊犁，恐怕全疆都是俄国人的了。真正想替贵国管理新疆的是阿古柏帕夏，而俄国出兵伊犁，为的可就并不仅仅是新疆了，他们是想从新疆打开一条通往贵国陕甘的道路，以期进入贵国的内地，进而占据陕甘，达到从水陆两地控制贵国的目的。请问郭公使，凭现在阿古柏的实力，他有进一步侵略贵国陕甘的能力吗？他没有！他只是想替贵国把新疆治理好……”

威妥玛重新坐下，端起杯子喝了一口咖啡，接着说道：“我国与贵国是交往最早的朋友，我国是不想让贵国上俄国人的当啊！郭公使，您能理解鄙人的心情吗？”

郭嵩焘面色凝重，手在胡须上抚了又抚。他沉吟良久，才缓缓说道：“本大臣首先感谢威公使站在友好的立场说出这番话，但威公使大概忘了，新疆是我国的领土，我国有能力管理它。阿古柏是强盗，他没有资格去替我国管理新疆！他还公然成立什么哲德沙尔国，还封自己为毕条勒特汗，他真是太狂妄了！太自不量力了！刘锦棠已给本大臣发报，说他此次奉命出关，就是要把阿古柏的脑袋砍下来当尿壶！”

威妥玛急忙拦住郭嵩焘的话头道：“郭大人，请您不要激动，我们可以这样。先休息，您呢，闲暇时，可以把鄙人的话反复想一想，不要轻易下结论。新疆的问题，我们慢慢来谈，怎么样？还有，据鄙人所知，阿古柏的脑袋不是很大，就算砍下来，大概也当不了尿壶。”话毕，威妥玛为自己的幽默大笑不止。

光绪三年（公元1877年）元月初一，左宗棠旧病复发，来势猛于以往，竟是在病床上度过的新年。偏在这时，香姑娘因连日伺候左宗棠，劳累过度，也病倒在卧榻上，真正应了那句古话：福无双至，祸不单行。左宗棠病势稍缓，香姑娘却日重一日，终成不治，于正月十五的夜半，竟然撒手人寰。

左宗棠悲痛欲绝，病情陡然加重，肃州总督行辕顿时慌作一团。

左宗棠整整昏迷了三天，才渐渐醒过来，他对着环绕在床前的几名随员说道：“各位不要担心。老夫歇息两天，定能好转！新疆尚未全复，朝廷交给老夫的事情，尚未办理完毕，老夫岂肯中途撒手！老夫病发这件事，你们万不要向外人说起，以免俄国趁机使坏！”

左宗棠说到做到，病势果然在十几日后逐步减轻。左宗棠得病期间，俄国密派库罗巴特金赶到新疆南路的库尔勒，以援助阿古柏为名而大肆攫取分割领土等侵略权益。库罗巴特金到库尔勒后，又是与阿古柏谈判边界，又是签订友好条约，忙得不亦乐乎。

三月初一，大雾，在乌鲁木齐休整的刘锦棠抓住有利战机，突然率麾下马、步各营直趋达坂城，于五日后，出其不意将该城包围，发起猛攻。

守城头目率安集延人以及当地回军，仓促迎战，力不能支，很快便竖起白旗请求投降。刘锦棠委员办理善后的同时，又派人与罗长祐、张曜、徐占彪等军约定：自己将亲率老湘军乘胜直取托克逊，各军亦将同时到达吐鲁番，以期双管齐下，杀阿古柏个首尾不能相顾。三人回函允诺照办。

刘锦棠于是兵发托克逊，张曜、罗长祐、徐占彪也同时拔营，直取吐鲁番；托克逊、吐鲁番两座坚城竟很快被攻克。南疆大门轰然而开。

真是兵贵神速，旬日之内，连下南路三城，这是刘锦棠创造的又一军事奇迹。刘锦棠传命各军就地扎营，一面办理善后，一面清剿境内残匪，一面休整；红旗捷报则于收复托克逊、吐鲁番的当晚便发往肃州。

左宗棠接报精神一振，病势有明显好转，当即传文案到签押房，口述《攻克达坂城及托克逊坚巢会克吐鲁番满汉两城详细情形？请奖恤出力阵亡各员弁》一折，为出力将士请功。

在折子里，左宗棠在讲述了攻克三城经过之后，特别写道："总理行营营务处总统马步全军、赏穿黄马褂三品卿衔布政使衔骑都尉世职、法福灵阿巴图鲁、甘肃西宁兵备道刘锦棠，出奇决胜，每战身先，方略优娴，机宜允协，迭经奏请逾格优叙，此次应如何奖励，出自天恩。"

四月十七日，匪酋阿古柏眼见官军长驱直入，自己败局已定，不由陷入绝望之中，于是日夜半时分，在库尔勒伪王庭里服毒自杀。库罗巴特金一见形势不妙，亦慌忙带着随员，从小道逃回国内。

英国设在喀什噶尔伪工城的公使馆，得知阿古柏自杀后，当天就拔旗闭馆，全员逃跑。

阿古柏自杀的消息一经库尔勒传出，阿古柏集团各股残余匪徒即刻分崩离析，开始各寻生存之路；其子伯克·胡里表面虽镇定自若，内心已是恐慌至极。大局渐定，南疆收复在望。

奖赏圣谕分别递进肃州及新疆各军营。

谕曰："左宗棠自督师以来，屡克名城，调度有方，实堪嘉尚。刘锦棠出奇决胜，允协机宜，加恩赏戴双眼花翎。"

圣旨随后又对提督谭上连、余虎恩等出力员弁上百人给予嘉奖。左宗棠接旨的当天特意给刘锦棠写了封祝贺信，祝贺朝廷对他的破格天恩。

刘锦棠仅仅被赏戴了双眼花翎，这有什么可祝贺的呢？晚清时期的花翎虽不值钱，但双眼花翎可不是什么人都可以赏戴的。对外官而言，你首先必须是立有大功的总督、将军、巡抚、都统。四种职位以下的所有领兵大员，立功以后，只赏戴单眼花翎。对宗室而言，只有贝子、贝勒、郡王、亲王可以赏戴双眼花翎。曾国藩、曾国荃兄弟收复金陵以后被赏戴了双眼花翎，因为曾国藩是两江总督，曾国荃则是浙江巡抚。左宗棠收复嘉应，歼灭太平天国汪海洋部，也被赏戴了双眼花翎，因为左宗棠是福建浙总督。金顺被赏戴双眼花翎，首先他是将军，加之是满族，含有丰犒旧族之意。而刘锦棠既非总督，又不是将军、巡抚、都统，仅仅是三品的京卿，却也被赏戴了双眼花翎，不仅近世无有，大清立国两百余年，也就他一个。

七月中旬，刘锦棠指挥各路人马由托克逊鼓行西进，追歼阿古柏残匪，十日后，到达开都河。

狠毒的阿古柏残部，为阻止官军西进，竟丧心病狂地命令匪兵炸开都河堤坝，以达到水淹官军的目的。

刘锦棠传命各营涉水而过，很快进入喀喇沙尔，旋命一营兵勇快速修复开都河堤坝。收复喀喇沙尔的当日，刘锦棠只留少许员弁处理善后，亲统大军直取库尔勒。攻克库尔勒后，刘锦棠正要乘胜前进，不期官军粮车却被伯克·胡里所劫。各军顿时陷入困顿之中。

刘锦棠一面稳定军心，一面联络当地百姓为官军筹思办法。百姓感其诚，遂带领官军寻找阿古柏守军的地窑藏粮，一日竟得数万斤，危机顿消。

九月十二日，刘锦棠统军收复库车；十五日收复拜城；十八日收复阿克苏；二十日收复乌什。七日之内，连克四城，这是刘锦棠在新疆创造的第三个奇迹，刘锦棠本人从此后也被当地百姓赞誉为“飞将军”。

伯克·胡里率残部狼狈奔逃，几无喘息之机。

左宗棠在《穷追回夷连复阿克苏、乌什两城请奖恤出力阵亡各员弁》折中这样写道：“此次官军浩荡西征，一月驰驱三千余里，收复喀喇沙尔、库车、阿克苏、乌什四城，南疆八城已复其半。”又说：“前矛既锐，后劲仍遒，戎机顺迅，古近罕比。东四城既克，和阗、叶尔羌、英吉沙尔、喀什噶尔西四城分攻合剿，自有余力。”

奏折拜发之后，未及圣旨下达，刘锦棠已于同年十一月十三日，率两路大军抵达阿古柏伪汗国的王城——喀什噶尔城下。

伯克·胡里等匪部，见官军从天而降，不敢与之交锋，竟慌忙率残部从后城门逃遁，旋进入俄国境内。越四日，刘锦棠率军抵达叶尔羌。守敌闻官军将至，竟然弃城先逃。

刘锦棠留罗长祐领一营人马安抚当地百姓，料理善后，自己则率军径奔英吉沙尔。英吉沙尔守敌见官军突至，慌忙在城头竖起白旗请降。

刘锦棠将英吉沙尔降众料理完毕，没有继续进军，而是统率本部人马返回喀什噶尔休整，盖因时令已到漫天飞雪的最恶劣季节，大军不宜长途奋进。

圣旨正在这时递进肃州，旨曰："左宗棠奏官军追剿逆回，连复阿克苏、乌什两城一折。官军进规新疆南路，自克复喀喇沙尔、库车各城后，经甘肃西宁道刘锦棠督率所部，疾驰西进，自九月十五至二十等日将安集延各股跟踪追剿，迭获胜仗，杀贼以数千之计，连复阿克苏、乌什两城，就抚各回不计其数，师行迅利，大振军威，仍命左宗棠饬刘锦棠稳慎进取，将伯克·胡里等逆擒获，速蒇大功。此次官军整旅西征，于冰霜凛冽、弥望戈壁之中，一月驰骤三千余里，收复喀喇沙尔、库车、阿克苏、乌什四城，南疆已复其半，诸将士踊跃用命，自应量予恩施。刘锦棠着开缺以二品京堂候补，提督谭拔萃，着交部照一等军功例从优议叙……"

这道圣旨意味着，新疆即将全境收复。

第九章
得罪谁也不要得罪小人

抬棺督军

光绪三年（公元1877年）十一月二十九日，原本冰天雪地的喀什噶尔，在这一天，忽然出现了百年不遇的返暖现象。一时间阳光出奇地发热，大地也开始冰消雪化，仿佛春天已经来到。

刘锦棠紧紧抓住这天赐良机，号令全军快速集结，并于该日午后离开喀什噶尔，飞速驰往和阗。和阗守敌正在筹备新年的事情，官军突至，真正叫猝不及防，除了在城头竖起白旗请降，再无第二条路可走。

至此，除伊犁尚在俄军手里外，新疆南北二路全部收复。

捷报递到肃州的时候，已经是光绪四年（公元1878年）正月初七。

左宗棠读了捷报，满心欢喜，当即传文案进来，口述了《新疆应否改设行省、开置郡县请敕会议》一折，郑重向朝廷提出了将新疆改行省、置郡县的建议。

折子拜发，左宗棠又给刘锦棠书就快函一封，嘱刘锦棠给俄国土耳其斯坦总督考夫曼写信，让考夫曼交出大清国朝廷钦犯伯克·胡里等逃入俄境之匪首。

左宗棠认为，按常理推算，此时向俄国索要钦犯，俄国理屈词穷，应该能够把逃犯交还中国。

左宗棠函称："索取首逆，看其如何回答。以常情言之，土耳其斯坦总督理屈词穷，固宜无所借口。"

刘锦棠收到左宗棠的信后，马上给考夫曼致函一封，向其索要钦犯伯克·胡里等人，但考夫曼根本不予理睬。

左宗棠此时正派员奔赴湖州一带，大量招募湖州蚕工，派蚕工带桑秧、蚕具到甘，由地方衙门出具相应银两，在甘大量授徒养蚕。左宗棠决定在甘肃发展丝织业。

左宗棠另委员筹措资金，准备在兰州创办织呢局。光绪四年（公元1878年）二月初九，圣旨递进肃州。

左宗棠整冠掸衣，步入官厅跪倒接旨。

这自然又是颁奖圣谕："钦差大臣、大学士、陕甘总督左宗棠，筹兵筹饷，备历艰辛，卒能谋出万全，肤公迅奏，加恩由一等伯晋为二等侯。候补三品京堂刘锦棠，智勇深沉，出奇制胜，用能功宣绝域，着由骑都尉世职晋为二等男，遇有三品京堂缺出，开列在前……"圣旨最后又特别强调这样一句："伯克·胡里等，仍着该大臣等督饬刘锦棠等设法擒拿，毋任漏网。"以示新疆虽复，但尚非尽善尽美之意。

左宗棠终于成了继曾国藩之后的又一位汉人侯爷；刘锦棠也因为收复新疆而晋封男爵。

就在圣旨下达的同时，总理衙门开始向俄国驻华代理公使凯阳德，通过外交途径，交涉索还伊犁一事。这时，帮办军务刘典在兰州病发，不能理事，上折恳请回籍养疾。

左宗棠无奈之下，只好以"年老体弱多病，难以兼顾"为由，上折奏请敕浙江已革巡抚杨昌浚，迅赴兰州帮办甘肃新疆善后事宜，上准。杨昌浚为什么是已革巡抚呢？这还是因为余杭城葛毕氏一案所受的牵累。所谓葛毕氏一案，就是众所周知的杨乃武与小白菜一案。时任浙江巡抚的杨昌浚，因失察罪，被革职降四级使用。左宗棠私下认为，如果此时不及时拉杨昌浚一把，杨昌浚此生恐怕再难有出头之日了。杨昌浚毕竟是左宗棠相交多年的生死弟兄啊。

同年六月二十一日，总理衙门在与俄驻华代理公使凯阳德交涉无果的情况下，只好奏派吏部侍郎、前三口通商大臣崇厚，出使俄国，交涉收回伊犁等事宜。

消息传至肃州，左宗棠当即檄饬在北疆的金顺等人，命其快速督军赶赴伊犁周边，准备在交涉不成的时候，用武力收复伊犁。

金顺接到饬文不敢怠慢，赶紧调兵遣将悄悄布置；在喀什噶尔料理善后的刘锦棠，也调老湘军马、步数营，离开南疆，悄然开向伊犁。

年底，左宗棠饬刘锦棠在新疆阿克苏设立制造局和库车火药局，并恢复新疆铁厂的生产。经左宗棠奏请朝廷，新疆铁厂准招商办理。

不久，刘典病逝于兰州。

光绪五年（公元1879年）初，左宗棠檄饬上海转运局胡雪岩，在上海办理订购机器、雇用德国技师一事，拟在肃州试采黄金、石油等矿。

左宗棠上折提出："矿务须由官办，但官办不若包商开办，故须官办开其先，商办承其后。"

左宗棠决定利用自己的有生之年，尽可能多地为国家办几件事。

同年八月十七日，大清国驻俄国头等公使、伊犁谈判全权代表崇厚，在俄国与俄外务部大臣吉尔斯，就索还伊犁一事，签订了条约。因签署地在俄国的里瓦几亚，又称《里瓦几亚条约》。该条约共十八条，另有《瑷珲专条》、《兵费及恤款专条》以及《陆路通商章程》十七条。该条约主要内容为：一、中国仅收回伊犁城，但俄国割去伊犁西面霍尔果斯河以西、伊犁南面特克斯河流域和塔尔巴哈台地区斋桑湖以东的土地；二、俄国可在蒙古及新疆全境免税进行贸易；三、中国向俄国赔偿兵费五百万卢布（折合白银二百八十万两）。另外还有扩大通商路线，开放松花江，在嘉峪关、乌鲁木齐、哈密等处增设领事等条款。

当崇厚与吉尔斯签订的这个条约通过圣旨的形式发到肃州后，左宗棠未及读完，已是气得须发怒张，浑身乱抖，口里大骂道："崇厚误国！崇厚误国！我要上折，崇厚签的这个条约，是卖国条约！是坑害国家的条约！朝廷不能允准！若批准这个条约，伊犁九城将不复存在，国家受害大矣。"

左宗棠说到做到，很快拜发《复陈交收伊犁事宜折》，坚称："谕旨允行，则实受其害，应设法挽回，以维全局。"

左宗棠已打定主意，如果朝廷当真批准这个条约，他就回京当面向慈禧太后陈述自己的不同意见，用武力收复伊犁。

左宗棠之后，又有两江总督沈葆桢等一些督抚上的奏折，认为："俄人要挟太甚，应将崇厚所议作罢。"

但大学士直隶总督李鸿章等少数人却认为："先允后翻，其曲在我。"同意允准崇厚所签之约。李鸿章最担心的是"衅由此开"。

在接旨的当天，李鸿章曾对盛宣怀说过这样一句话："签约又毁约，各国均无成案。如果俄国联络西洋各国发难于我，我大清如何招架得了啊！"

李鸿章的折子递进京师，马上便招来一片骂声。

一时间，大清国上空，奏折、条陈往来飞舞，公说公理，婆说婆理，各不相让，吵得几近天翻地覆。

不久，左宗棠又接一旨："通政使司由刘锦棠补授。"

同年十一月初五，左宗棠收到圣旨。因为崇厚即将回国复命，朝廷命左宗棠对南北二疆预先做出布置。圣旨虽未具体说明是否批准崇厚所签之约，但左宗棠凭感觉意识到，自己的折子起了作用。

左宗棠所料不错，他的折子的确起了决定性作用。因为就在圣旨发出的同时，总理衙门秉承慈禧太后的懿旨，照会俄国驻华公使馆，以崇厚与吉尔斯所签之约"未经请旨"、"多有违训越权之处"、"事多窒碍难行"为由，宣布该条约为无效条约，不予批准。

很快，大清国朝廷又公告中外，宣称："将崇厚革职，定斩监候。已将其押回京师，俟秋后问斩。另诏授驻英、法两国公使曾纪泽为出使俄国钦差大臣，重与俄国就交收伊犁一事谈判订约。"

朝廷很快又给左宗棠下旨，怕改约不成，由此大开衅端，命左宗棠对武力收复伊犁做出具体军事部署，同时任命刘锦棠帮办新疆军务。圣旨又命左宗棠转饬关外刘锦棠、金顺二军，密切关注驻伊犁俄军动静，以防不测。

此时已是光绪六年（公元1880年）的四月中旬，左宗棠已经六十八岁。接到圣旨的时候，左宗棠已在肃州病倒多日。此次病倒，除旧病复发外，又添了咯血一症，他现在每日都在靠人参支撑着精神。他已将自己的寿材做好，而且已经漆过了三遍。鉴于长子孝威的前车之鉴，他尽管几次发病，但在给儿子及张氏的信中，却不敢说一词。他怕儿子们得知他病重的消息后，一起跑来看视他。孝威因为来兰州一趟而过早夭逝，成了他终身的憾事。他已经失去了一个儿子，不能再让其他儿子重蹈覆辙了。他尽管每晚都能梦见自己的儿子，可他不敢过深思念他们。老友已大半作古，也该轮到他了。但因伊犁的事一直不见结果，他就此死去，却又委实放心不下。他已抱定一个信念，就算硬撑，他也要撑到伊犁从俄国人的手里要回来的那一天。

他抱病拜发《复陈布置情形》一折。在折中，他支持改派曾纪泽赴俄再议，认为是“以固圉为先”，同时指出：“倘俄狡执挑衅而开衅端，已将合南北两路全力慎以图之。”他依据新疆现有的兵力，进行了三路布防：“北路，金顺扼守精河；中路，张曜屯阿克苏；西路，刘锦棠驻喀什噶尔，取道进规伊犁。”

此折拜发不过一个月，他又上《办理新疆善后事宜》折，强调修浚河渠、建筑城堡、广兴屯垦、分设义塾，更定货币。他还提出在新疆清丈地亩，赋税分上、中、下三个等级，仿古制而更减，按民间收粮实数十一分而取其一。

越五日，左宗棠又上《复陈新疆宜开设行省，请先简督抚臣以专责成》折。此折拜发，左宗棠因连日劳累过度，病情突然加重。

左宗棠在心里叫苦不迭，自以为大限已到，遂不等圣旨到达，便传命亲兵营集合，于午后率亲兵营马、步各队出关，向哈密进发。任一班幕僚千般劝、百般拦，他却一句也听不进去，极其执拗。

离开肃州前两刻钟，左宗棠给朝廷拜发了《督师出屯哈密》折。

此时的左宗棠，体衰多病，已无法骑马，只能抱杖乘轿，或横卧车中，但仍决定到哈密就近督军，为继续进行的谈判增加砝码；如果改约不成，他就在新疆亲自指挥武力收复伊犁的这场战争。

考虑到自己年迈多病，此次出关很可能就是走向不归之路，同时也为了表示武力收复伊犁的决心，左宗棠特命八名亲兵抬上自己的棺椁随营出关，真正表现了一代名臣视死如归的冲天豪气。

左宗棠对随行的幕僚道：“没有强大的军力作保证，我国是断难从谈判桌上要回伊犁！老夫决定出关督军，就是想让俄国人知道，不管通过什么方式，他们都必须交还伊犁。如其不然，我就打他个狗日的！”

进京任职

左宗棠的车驾驶出城门，却见官道的两边，站着无数的百姓，人流足足排出一里路程，竟达上万名之多。

当先有二百余名乡绅，穿着整齐，牵羊担酒，举步来到车驾前，一齐跪倒说道："老相国不顾风寒，抱病出关督军，实伊犁之幸、新疆之幸、国家之幸！治民等受众乡亲之托，特备薄酒一碗，为老相国暖身送行，请老相国笑纳一口。"众人话毕，对着车驾便磕起头来。

左宗棠无法前行，只好让人搀扶下车。他放眼官道，喘息了许久，眼里忽然流出了热泪。他掏出布巾擦了把眼泪，嘶哑着嗓子缓缓说道："各位的心意老夫领了，都起来吧。不是老夫拿大，老夫已经弯不下腰扶各位了。"

风里的左宗棠说这话时，白发飘舞，胡须上满挂着点点滴滴的泪珠。众乡绅愈发不忍，不但无人肯起，反倒都放声大哭起来。

左宗棠回头望了望送行的官员。众人领会，都跨近前来，争相把跪着的人扶起来，口里则替左宗棠说着承谢的话。

乡绅们起来了，前来送行的各官员眼圈却红了。一名乡绅双手举着一碗酒来到左宗棠的面前，说："老相国，治民知道您老这病不能饮酒，您老就喝上一小口，权当暖暖身子吧。陕甘的百姓，实在不忍心您老就这样的出关哪！"

侍卫急忙把酒碗接过递给左宗棠。左宗棠犹豫了一下，只得用颤抖的双手把碗端起。但他并没有急于喝酒，而是抬起头来，再次饱含深情地向人群望了望。

左宗棠举起酒碗，毅然把酒全部倒进口里。他把碗递给侍卫，便费力地转过身，颤颤巍巍向车驾走去。两名侍卫抢前一步把他扶进车里。

车驾缓缓前行，拥堵的人群自动散立两旁，对着车驾行注目礼。百官劝不住他，百姓也没有打消他出关的念头，左宗棠何以如此固执呢？

左宗棠有他自己的想法。他想在临死前，亲眼看一看新疆，同时也想亲自视察一下伊犁周边的地形，做到心中有数。他还有一个心愿，就是在死前看一眼刘锦棠，与刘锦棠说上几句知心话。

左宗棠所奏《复陈新疆宜开设行省，请先简督抚臣以专责成》一折，较以前所奏各折更加具体，提出新疆设立行省后，应仿四川建制，在巡抚之上，设立总督，或是巡抚加总督衔，以重边关。

显然，左宗棠对武力收复伊犁，是充满必胜信心的，否则，他不会更进一步地论及新疆建省后总督与巡抚的治所一事。相国出行，原本就山摇地动，何况军中还抬着一具大寿材，这就更显得不同寻常了。滚单一路飞递，队伍按驿前行，留下一路的惊诧和感叹。

光绪六年（公元1880年）四月二十五日，左宗棠行至安西，收到总理衙门密函，得知钦差大臣驻英、法两国公使曾纪泽已到俄国，中俄两国新一轮的谈判即将举行。

密函最后又透露说："鉴于各国抗议朝廷逮议约大臣问罪有违《万国公法》，两宫太后已下懿旨赦免崇厚。"

望着密函，左宗棠沉默不语，许久才从牙缝里迸出了一句："便宜了崇厚这个王八蛋！"

左宗棠在安西稍事歇息便继续前行，于五月初八抵达北疆哈密。哈密办事大臣明春率一应官员，出城三十里迎接。

有暗探急将左宗棠抵达哈密一事飞报伊犁。俄国驻伊犁最高军事指挥官俄国七河省省长科尔帕科夫斯基，得知左宗棠亲到哈密的消息后，当天就派出快马，飞赴总督府，上禀土耳其斯坦总督考夫曼。

科尔帕科夫斯基自忖，若两国当真打起来，他对能否战胜刘锦棠都缺乏信心，更不用说去和用兵如神的左宗棠一决高下了。考夫曼接到情报，当即起身离开总督府，飞赴圣彼得堡去向沙皇汇报。

毫无疑问，左宗棠移驻哈密之举，的确引起俄国上下一片恐慌，也让谈判桌前的曾纪泽，胆气壮了许多。

左宗棠到哈密的当日即上奏朝廷，以陕甘事不可遥制为由，请准甘肃布政使杨昌浚暂护总督关防，上准。

左宗棠于是得以在哈密一边养病，一边关注中俄谈判进程，一边在新疆各地修浚河渠、建筑城堡、广兴屯垦、分设义塾、更定货币；又行文金顺、刘锦棠二人，督饬各营抓紧练兵，并派二人派员在南北二疆清丈地亩，为新疆设省做必要的准备工作。

光绪六年（公元1880年）七月初二，左宗棠到哈密不足两个月，詹事府少詹事满人宝廷便递上一折，以事机日迫，朝廷非有如寇准、李纲者不可，郑重向朝廷提出，请召左宗棠进京入值枢庭，以备随时顾问。

太后就此事与恭亲王等一班近臣议了十几天，又反复权衡利弊，认为就算左宗棠此时离开哈密，只要大军不离新疆，对俄国仍能起到震慑作用，于是决定采纳宝廷的建议，召左宗棠进京供职。

两个月后，一道密旨飞速递进哈密钦差行辕。

旨曰："左宗棠现已行抵哈密，关外军务谅经布置周详。现在时事孔艰，正须老于兵事之大臣以备朝廷顾问。左宗棠着来京陛见。一面慎举贤员堪以督办关外一切事宜者奏明请旨，俾资接替；此外带兵各员中有才略过人、堪膺艰巨、秉性忠勇、缓急足恃者，并着胪列保荐，用备任使。"

圣旨以"现在时事孔艰，正须老于兵事之大臣以备朝廷顾问"为由，着左宗棠进京供职，并命左宗棠离开哈密时，能举荐一位"才略过人，堪膺艰巨、秉性忠勇、缓急足恃者"，接替他督办新疆一切事务。

圣旨递进哈密钦差行辕时，左宗棠因病情加重已卧榻多日。

左宗棠原来就患有腹泻一症，经连日劳累，加上关外气候不适，又添咯血、头晕、肢麻、脸肿四症，已是骨瘦如柴。

他接旨后，先抱病在榻上给刘锦棠口述一函，嘱其见函速赴哈密，相商关外各事。左宗棠在信中特别嘱咐刘锦棠："喀什噶尔地处中俄边境，一定严加防守，不可大意，亦不能给俄人造成可乘之机"。

信函当晚由快马送往南疆喀什噶尔。接下来，左宗棠便将十几名幕僚传进卧房，开始商量上折荐人的事。

幕僚们按着左宗棠交代，相商了两天，这才凑成一篇折子。左宗棠坐在榻上，支撑着身子，勉强把折子看了一遍，又删改了几处，这才着文案誊抄，吩咐连夜拜发。

折子的题目是"遵旨复陈来京陛见"。左宗棠在折中举荐刘锦棠为钦差大臣，接替自己督办新疆一切事务。

谈到陕甘事务，左宗棠这样写道："臣俟刘锦棠行抵哈密会商一切，交卸军务，即当驰返兰州，清理案牍。陕甘督篆是否即交杨昌浚接署，出自圣裁。臣交篆后，即取道秦、晋北上，不敢迟延。唯频年力疾从戎，咯血、脾泻诸症时愈时发，药饵无效。近则健忘益甚，步履维艰，频年以来杖不释手，每遇祭祀典礼，登降拜跪，辄须搀扶以防倾跌，形极衰颓，情同恋栈。"

此折先举荐刘锦棠接替自己担任钦差大臣，又提出由杨昌浚接署陕甘总督。

此折拜发的第十日，左宗棠又上《出屯哈密布置情形》一折。

听着外面拜折时的咚咚鸣炮声，左宗棠不无遗憾地对围坐在榻前的一应幕僚感叹道："看样子，对俄国狗熊的这场战事，老夫是无缘参加了。你们大概已经看出，老夫抱病出关，就是想和那个考夫曼较量一番，好好扬一扬我大清的国威！可惜呀，狗日的考夫曼，临阵变成缩头乌龟了！"

幕僚饶应祺劝道："老中堂，毅斋京卿文韬武略俱佳，又深得您老的真传，有他在这里接替您老料理对俄战事，您老还有什么不放心的呢？设若谈判决裂，当真打起来，依下官看，那个狗日的考夫曼，未必就是毅斋京卿的对手！毅斋京卿出关以来，战无不胜，攻无不克，真正称作戎机顺迅，古近罕比！通关以来，这是最扬国威的一场保土之战哪！有哪个国家不佩服呢？"

左宗棠大惊道："饶太守，你适才讲的话，毅斋到后，却万不要再同他讲起！俄国船坚炮利，非阿古柏匪帮可比，万万不可大意！设若毅斋听了你的这篇宏论，当真把尾巴翘起来，这不是要误国家大事吗？"

饶应祺是知府衔，左宗棠固有"太守"一称。

饶应祺笑道："毅斋京卿的心性，世上还有比您老更清楚的人吗？若毅斋京卿当真接受一次夸奖便翘一次尾巴，他老现在的尾巴，可不是能翘到南天门做旗杆吗？"左宗棠笑笑没有言语，他喜欢听这话。

圣旨不久颁下，同意授命刘锦棠为钦差大臣，督办新疆一切事务。

从圣旨上可以看出，朝廷只同意由刘锦棠接任钦差大臣，却不同意由杨昌浚接署陕甘总督。对陕甘总督的人选，朝廷显然另有安排。

谈判结果如何尚难预料，新疆伊犁九城前景自然莫测，陕甘最是关键。对陕甘总督的人选，朝廷不能不格外慎重。

圣旨下到南疆的时候，刘锦棠已收到左宗棠快函多日，此时正把防务料理妥帖，即将起程。一见自己得加钦差大臣衔，刘锦棠不敢耽搁，马上便带上亲军五营，离开喀什噶尔，连日向哈密飞也似地赶来。

泪别

光绪六年（公元1880年）十月初六，刘锦棠日夜兼程，风尘仆仆地赶到哈密。左宗棠这时正在榻上昏睡。

刘锦棠来到辕门，翻身下马，示意守门的侍卫不要进去通报，而是一个人快步走进去。他要给左宗棠一个意外的惊喜。

刘锦棠推开卧房的门，见须发皆白的左宗棠憔悴地高卧榻上，正在鼾睡。刘锦棠脑海中登时闪现出叔父刘松山的形象，不仅心头一紧，两眼扑簌簌便落下泪来。他扑腾跪倒在榻前，用手轻轻抓住左宗棠的一只手，声音哽咽地说道："世叔，晚生看您来了！您老病成这样，怎么还出关啊！您老应该为国珍重啊！"

左宗棠全身一抖，很快睁开双眼观瞧，口里不由自主道："可是毅斋？可是毅斋吗？"

刘锦棠紧紧握着左宗棠的手，含泪点头答道："世叔啊，晚生出关至今，无一日不在梦里与您老相会，非常想念您呀！"

左宗棠哆嗦着身子，一边挣扎着起身，一边笑道："龟儿子莫哭，不把伊犁收回来，老夫是不肯去见阎王的！"

左宗棠口里说着轻松的话，眼里却流出两行热泪来。

刘锦棠慌忙起身扶起左宗棠，自己也趁势坐在榻前的一把木椅上，口里说道："世叔啊，杀鸡焉用牛刀，您老还怕晚生打不过那个科尔帕科夫斯基吗？您老移驻哈密，就不怕把俄国人吓着？"

左宗棠一边擦泪一边笑道："你个龟儿子就是会说话。老夫此次出关，就是想吓一吓俄国熊！李少荃是上下公认的议和宰相，老夫偏要做一生一世的战阵老臣！弱国无外交，你越是弱国，你越要敢打，这样外国人才不能轻视于你。也只有这样，你在外交上，才能占上风。俄国指使伯克·胡里残部累次犯边，不仅人数众于以往，而且枪械精良！俄国肯在他们身上下如此功夫，何也？其实就是想试一试，我西征大军的真正作战能力！你龟儿子倒也聪明，竟然不向老夫通报，便亲自出马，给他来了个风卷残云，剿尽荡平！否则，你以为俄国黑熊，肯轻易便同意再次举行谈判？难哪！”

刘锦棠一边起身站到床头，爱抚地替左宗棠梳理有些凌乱的头发，一边小声说道：“世叔，您老还是少说两句吧，朝廷还等着您老进京问计呢！”

左宗棠哈哈笑道：“你个龟儿子，你不让老夫多讲话，你是怕老夫累着啊！可老夫一见到你就高兴，一高兴就想说话。毅斋呀，你是真为老夫争气呀！你也真为我大清争气呀！如果不是你打得好，俄国岂能同意同曾劼刚坐下来再次谈判？他们不敢轻易开衅，主要是忌惮你呀！通关以来，我国与西洋各国，经历了无数次战争，但最让我大清扬眉吐气的，就是这次收复新疆之战啊！来，你扶老夫一把，我们两个先吃口东西，然后坐到外面去谈。老夫可是有一肚子的话要对你说呢！”

刘锦棠道：“世叔，您老还是躺下歇着吧。晚生让人把饭摆在您老的榻前，晚生伺候着您老不是更好？”

左宗棠一边起身，一边道：“一见到你这个龟儿子，老夫的病登时好去了一大半。老夫今年才六十八岁，还没到廉颇的岁数。走，你扶老夫去用饭！”

饭后，左宗棠果然病势大减，仿佛又回到从前无病无患的岁月。

在钦差行辕的签押房里，左宗棠对刘锦棠道：“毅斋，进军布置均已妥当。如果俄国肯交还伊犁便罢，如若谈判决裂，我们不仅用武力收复伊犁，连康熙年间侵占的地段，也一并收回来！你明儿一早，就祗领钦差大臣关防。老夫趁着精神还好，后儿个就料理进关的事。这里的一切，可就全交给你了。毅斋，老夫在肃州行前，又向朝廷拜发了一折。老夫以为，新疆设行省之后，光有巡抚还不行，还应仿四川建制，加设总督，以期彻底脱离陕甘总督衙门，达到军治民治两不误。看朝廷的意思，伊犁要回来之后，新疆就要设省。老夫已计议妥当，这总督一职，老夫要保举你来担任。毅斋，你以为，巡抚一职应举荐谁合适呢？”

刘锦棠一边思考一边答道："世叔，您老以为，新疆改设行省后，加设总督一缺合适吗？新疆地广，但人口太稀，非从关内各省大量移民不能繁荣。新疆设行省后，不能像现在这样，光靠借洋款和各省的济饷过日子啊！总要想办法自给自足啊！"

左宗棠果断地说道："毅斋此论固然不错，但新疆不同于关内。新疆是我大清的边关，是我大清的西大门，必须兵、民同治，才能确保无恙。无论别人怎么说，老夫坚持以为，新疆非另设总督不能安稳。毅斋，老夫进关后，你再考虑一下巡抚的人选。金顺肯定不行，徐占彪目不识丁也不行。张朗斋倒是挺合适，但朝廷对他另有任用。魏光焘现在是甘肃按察使，如果杨石泉升署陕甘总督后，魏光焘就自然要升授藩台。老夫想了又想，实在不行，这新疆巡抚就得举荐他了。"

听了左宗棠的一番话，刘锦棠默言无语。第二天，刘锦棠正式祗领钦差大臣关防。

交印之后的几天里，左宗棠与刘锦棠谈了阿克苏制造局与库车火药局的事，两个人又对正在招商当中的新疆铁厂，做了一番更加详细的规划。诸事妥帖后，左宗棠这才放心地率亲兵五营，抬上自己的棺椁，扶杖乘车离开哈密进关。

刘锦棠带亲兵两营，一站接一站地护送。

护送至第三站地，早起将行，临上车，左宗棠忽然握着刘锦棠的手，含泪说道："毅斋呀，古话说：'送君千里，终有一别。'你不能再送了，我二人就此分手吧。"

刘锦棠见风里的左宗棠白发飘舞，病容满面，想到就此一别，天各一方，很可能再无相见之日，不觉鼻子一酸，泪如雨下。

刘锦棠哽咽着说道："世叔，您老到京师后，可要保重身体呀。晚生把新疆的事料理妥帖，就进京去看您。您老只要肯答应晚生一件事，晚生便止步不送。"

左宗棠颤抖着双手说道："毅斋呀，你不要哭了。关外的风硬，不要伤了眼睛，你想说什么就说吧。"

刘锦棠抹一把泪水，道："晚生恳求世叔养好身体，容晚生日后进京，能向您老再叙衷肠。您老一定要答应晚生，不能让晚生日后进京，空对日月。"

左宗棠回首凝望着身后的山川树木、农田河流，沉默了一下，缓缓说道："伊犁还在俄手，新疆尚未全复，边陲并不安稳，老夫此时肯定不会去见阎王！毅斋呀，我们就此分手吧。伊犁前景莫测，新疆百废待兴，可就看你的了！你也要保重啊。"

左宗棠话毕，示意身边的侍卫扶己上车。眼望着车驾起行，刘锦棠忽然双膝跪倒；身后的众兵丁一愣，跟着也全部跪下。

刘锦棠一边冲车驾叩头，一边大声说道："世叔啊，不管伊犁前景如何，您老都不能毁约呀！晚生把这里的事办妥，就进京去看您，您老可一定要等着晚生啊！"

刘锦棠说这话时并不知道，坐在车里的左宗棠，此时也正从车帘的缝隙处，深情地望着他。

左宗棠两眼流泪，喃喃道："毅斋呀，老夫不是毁约之人，老夫也舍不得你呀！可老夫大限将至，你我此别，恐怕难有再见之期了！"

左宗棠抵达肃州的当日，突然接到赴俄使臣曾纪泽由俄都圣彼得堡辗转投递到的一封电报。曾纪泽在电报中向左宗棠透露：经过几次商谈，曾纪泽坚持抛开崇厚原约重新订约，俄方则坚持仍按崇厚所订条约办理，双方已相持多日。

曾纪泽最后说：俄方已单方面中止谈判多日，何时进行新一轮会谈，谈判前景如何，全不得而知。从电报中左宗棠判断，曾纪泽在俄国的谈判极其艰难，随时都有破裂的可能。

左宗棠先给恭亲王写信一封，称："鄙见劼刚此行难有把握，疆吏如能持正，使臣或尚有凭借，多说几句硬朗话；否则，依违迁就，在所难免，而后此议论纷腾，重烦口舌，尤嫌不值也。"

左宗棠又说："愚见主战固以自强为急，即主和亦不可示弱以取侮。譬之围棋，败局中亦非无胜着，唯心有恐惧，则举棋不定，不胜其耦矣。"

左宗棠随后又给总理衙门写了封公函，称："劼刚来电，似和议必不能成……察看情形，实非决之战阵不可。究之言战，本是一条鞭办法，无和议夹杂其中，反觉愈有把握。"

左宗棠坚持认为，抛开谈判，单用武力收复伊犁，虽是一条鞭办法，反觉愈有把握。

左宗棠最后才给刘锦棠写信云："聚晤数日，揖别登程，一思厚谊深情，感荷无量。时事多艰，唯思努力报国，方有息肩之日。衰庸无状，敢不勉旃。麾下为世间英奇，中外引领以俟久矣，而巨任初膺，犹常以欿然不自足为怀，异日丰功伟伐，必有非前人所及者。愿更勤修令德，俾足开拓万古为望。俄事非决战不可。连日通盘筹画，无论胜负云何，是非将其侵占康熙朝地段收回不可。中俄之衅，实由此开。"

左宗棠此信，其实就是要告诉刘锦棠："俄事非决战不可。"断言："中俄之衅，实由此开。"

左宗棠让刘锦棠抛开谈判成功的幻想，充分做好武力收复伊犁的各项准备工作。三封信依次发走不久，甘肃布政使杨昌浚便派员赶到肃州，特来迎接左宗棠到兰州议事。

左宗棠于是决定离开肃州赶赴兰州。

刘锦棠收到左宗棠的信后，自然是摩拳擦掌，决定不辜负左宗棠及朝廷对自己的厚望，打好收复伊犁这一仗。

为了表明大清国收复伊犁的决心，刘锦棠一面令北疆各路人马向伊犁靠拢，一面统带亲兵营，大张旗鼓地来到金顺大营。

稍事歇息，刘锦棠便在金顺的陪同下，带领各路将官，骑马勘察伊犁周边的地形、山川险要。

站在伊犁城瞭望塔里的科尔帕科夫斯基，见伊犁周边一连多日浓烟翻滚，心下不由一阵慌乱，尤其是得知刘锦棠已经来到北疆，正在对伊犁周边地形进行视察时，他更是全身颤抖，额头冒出冷汗。

他一面派人骑快马给国内送信，一面传令紧急备战；他本人，则在反复思考逃跑的各条便捷路线。考夫曼此时正在国内参与对大清国的谈判，他一接到科尔帕科夫斯基的信，马上便转呈沙皇亚历山大二世。

沙皇看过信后，考夫曼又忧心忡忡地对沙皇说道："禀陛下，臣窃以为，如果我们停止谈判，中国肯定要动用武力收复伊犁。如果那样，我们不仅要失去伊犁，可能连以前我们在新疆得到的土地也要不保。据科尔帕科夫斯基说，左宗棠离开新疆时，曾再三向新任钦差大臣刘锦棠交代，如果谈判决裂，中国不仅要武力收复伊犁，连以前他们失去的土地，也要收回来。左宗棠这个好战分子，他是我大俄帝国的克星啊！"

沙皇一听这话，嗽地便蹦起身来，大叫道："左宗棠不是好战吗？我们就和他打上一仗！"

考夫曼一见沙皇失去理智，急忙奏道："陛下，发动一场毫无胜利希望的战争，是不划算的！陛下一定要三思啊！"

沙皇一屁股坐下去，极不情愿地说了一句："曾纪泽这个人，也不好对付啊！"

考夫曼不失时机地说道："禀陛下，臣窃以为，比起毫无胜算的战争来，我们在谈判中所得的利益，相对会更大些。"

亚历山大二世痛苦地闭上眼睛。

赶往兰州的途中，左宗棠接到圣旨：命张曜署理帮办军务；实授曾国荃为陕甘总督，曾国荃未到任前，陕甘总督着甘肃布政使杨昌浚署理。左宗棠回到兰州，杨昌浚率兰州的大小官员出郭三十里迎接。

见礼毕，杨昌浚挽住左宗棠的那双因激动而颤抖的手，小声吟诵了一首他自撰的七绝："大将筹边尚未还，湖湘子弟满天山。新栽杨柳三千里，引得春风度玉关。"

杨昌浚吟完最后一个字，左宗棠已是泪流满面，泣不成声。

许久，左宗棠的情绪才有些稳定，他拍着杨昌浚的手说道："石泉哪，你的诗好是好，只是还不太贴切。'大将筹边尚未还'，就不该现在说，现在应该改作'大将筹边已回还'。"

杨昌浚含泪笑道："季高，我写这首诗的时候，南疆八城刚刚收复，你还正在肃州，尚无归期呀。"杨昌浚话毕，把左宗棠重新扶进轿里。

到兰州后，左宗棠又把陕甘的事情向杨昌浚交割了一番，这才安排进京事宜。其间，接到福建船政局提调吴大廷的来信。吴大廷主要是向左宗棠索诗。

吴大廷字彤云，是湖南沅陵人，与左宗棠是老相识。老相识来函索诗，左宗棠不好拒绝，于是作了两首绝句交差。一首曰："浩荡风尘使节边，敌巢回首意茫然。五年一觉清凉梦，茶半香初海国天。"二首曰："双清心迹拟名臣，朔雪炎风见在身。且蹴昆仑令西倒，再勤诗酒老湘滨。"

其间，得知左宗棠即将离甘，甘肃书画家顾超作《秋山无尽图》一幅，请左宗棠题诗留念。左宗棠趁着病情稍缓，题诗一首："行尽秋山路几重？故山回首白云封。阿超知我归心急，为画江南千万峰。"

其间，大清国立国以来第一家机械化毛纺厂——甘肃织呢局正式在兰州开工生产。左宗棠闻讯之下，抱病出席了开工仪式并题写了匾额。

升任两江总督

光绪六年（公元1880年）十二月初四，左宗棠将陕甘及新疆各事料理完毕，正式离开兰州总督衙门赴京。

左宗棠一行人由西安再抵潼关，由潼关渡黄河入晋北上，历经五十几天的颠簸，终于转年正月二十七日从崇文门进京，当晚住进湖南善化会馆。

左宗棠到京后，驻英、法两国公使兼驻俄公使伊犁事件交涉钦差大臣曾纪泽，代表本国政府，在俄国都城圣彼得堡，与俄国外交大臣吉尔斯重新签订了震惊世界的《中俄伊犁条约》（又称《中俄改订条约》）。该条约虽未将崇厚原订之约全盘推翻，但总算争回了以前划失的伊犁南境特克斯河流域，把损失降到了最低点。这也是晚清历史上，最让国人扬眉吐气的一个条约。

左宗棠当即给刘锦棠书函一封，通报《中俄改订条约》的签订情况："此次劼刚所议俄事尚无不协，画押后仍返英都，而令邵小村参赞持所议新约先归复命。"又说："栽桑、种树、养蚕、学织、畜牧、沟洫，均新疆当务之急，各局司事务求晓事之人，明者自已鉴及。"

左宗棠人虽已到京师，最放心不下的还是新疆。左宗棠在善化会馆住了五日，感觉精神略可支持，这才依例移住贤良寺，安排进宫面圣的事。五月二十八日，左宗棠抱病随文武大臣进宫面圣。两宫太后照例是帘内端坐，前面坐着的是年仅十一岁的小皇帝光绪。

问话自然都是慈禧太后发起，不过是新疆以前怎么样，现在怎么样，一路是否还安静等话。左宗棠一一作答。

慈禧太后最后才道："左宗棠啊，你在外面待久了，现在来到京城，每天上朝都要起得很早，你又有病，想必多有不便吧？”

左宗棠忙答道：“回太后话，臣自到陕甘，身体一直不怎么好，但每天只睡到五更必起床视事；大军出关以后，臣每日睡得更少，有时三更天起床，有时四更起床，那才真叫早啊！”

慈禧太后忙笑道：“你能这样就好。你很能办事，我们和皇上都知道，你跪安吧。”

左宗棠下来不久，圣旨便颁下：“大学士左宗棠，管理兵部事务，在军机大臣上行走，并在总理各国事务衙门行走。”

左宗棠接旨的当日就上折以“宿恙举发，手足拘急痛楚，头晕耳聋”为由，恳请开缺各差回籍养疾。上自然不准，但赏假三个月在京师调理。

左宗棠在贤良寺养病期间，大内总管、慈禧太后身边最得宠的太监李莲英，来看望他。

李莲英为了能给左宗棠留个好印象，特命人从江南运来野山茭一竹筐，又在京城命人精选上等红辣椒两串，作为给左宗棠的见面礼。

但左宗棠并没有见李莲英，他让身边的侍卫传话给李莲英：“老夫此次患的是羞症，不能见生人，更不能吃山茭和辣椒。李总管的心意老夫心领了。”

李莲英离去许久，左宗棠仍大骂阉奴不止。但李莲英毕竟不是安德海，他自有对付左宗棠的办法。

李莲英是直隶河间人，绰号皮硝李，咸丰时自阉为宦。李生来性狡黠，最会见风使舵，又梳得一手好发髻，颇得慈禧太后欢心。安德海被丁宝桢诛杀后，慈禧把他从梳头房太监拔擢为总管太监，渐渐开始红起来。他从此以后便仗着慈禧的后台，开始广植私党，卖官鬻爵，并时不时地在慈禧太后面前干预国政，竟能累累得逞，连恭亲王都要敬着他。

一日，李莲英看慈禧太后心情不是很好，便借机说道：“老佛爷，奴才听外面的人说，左宗棠自打进京，整日戴着个黑黑的洋玻璃镜子，逼着京官请他吃饭、看戏，还让人送银子给他花。奴才听了这话，私下就想，这姓左的，不是要辜负老佛爷对他的那片心吗？”

慈禧太后听了这话，当时一句话也没说，但私下里，却把恭亲王传进宫来，问道：“左宗棠究竟病得怎么样了？我听人说，他进京以后，一直戴着个黑黑的洋玻璃镜子，是不是真的呀？恭亲王啊，你有时间去劝劝他。京官非比外任，做事啊，不能太跋扈。他对大清的功劳，自己不说，朝廷都记着呐。”

恭亲王一时不知如何回答，只能连连称是。

三个月后，左宗棠病情虽见好转，但仍不能理事，奏请续假继续养病，上准。左宗棠养病期间，慈安太后因病殁于宫中。

同年五月十二日，左宗棠头晕减轻，自恃可以当差，遂销假到军机处当值。哪知当值的第二天，就奉命出都到涿州，沿永定河上下，察看水利工程，整整一月方还。

这是左宗棠自到京后首次办差，兴致颇高。回京不久，竟然就不顾年迈体衰，连上《前赴涿州履勘水利工程商定修浚事宜》和《复陈涿州工作已可就绪情形》二折，算是复命。

但两折递上后便没了下文，显然是遭了留中不发的命运。左宗棠纳罕了多日，却又不能问，真正把他急得不行。

还有一点也让左宗棠不解：每逢上朝，慈禧太后竟与以前大不相同，竟然不再给他好脸子，也不再向他问话、讨主意，分明是把他当成了一个闲臣、庸臣来对待。

左宗棠愈发不解，终于又一次病倒在贤良寺里。这一病，竟病到农历九月份，仍不见减轻；偏巧这时，两江总督刘坤一任满，上折奏请入京觐见。

慈禧太后于是就把恭亲王召进来，吩咐道：“左宗棠从打进京，就一直闹意气，许多大臣都对他有成见，他这京官是不能再做了。好在刘坤一任满，就把他放到两江去吧，顺便让他整理一下沿江防务，练练兵。”

恭亲王明知道这么做对左宗棠大是不公，但没敢反驳。

说起来，这都是阉奴的可恨，慈禧太后把左宗棠有病说成是闹意气。圣旨当晚便下到贤良寺：“大学士左宗棠，着补授两江总督，兼充办理南洋通商事务大臣。”

说也煞是作怪，圣旨到前，左宗棠尚头痛胸闷不止，接旨后，倒忽然有些轻松起来，当晚就睡得极其安稳；五日后，竟然能下床走路了。

左宗棠于是先上《病痊销假》一折，随后又上《恳赏假回籍省墓并查阅长江水师会商上游布置事宜》一折。折子递进宫去，慈禧太后冷笑了两声，提笔照准。在太后的心里，这左宗棠在京里闹意气，已是铁案如山了。这件事，不仅左宗棠蒙在鼓里，连恭亲王也始终蒙在鼓里。

事隔八天后，左宗棠陛辞出京，取道直隶、河南、湖北，过洞庭湖，顺利抵达一别二十一年的湘阴。

沿途自有各省督抚与当地地方官接送，次子孝宽率两个弟弟孝勋、孝同，亲到湖南省城长沙迎候。

一见到齐齐跪在自已面前的三个儿子，左宗棠一下子想起了长子孝威，眼里不由自主便流出泪来。

左宗棠此次荣归故里，虽是衣锦还乡，但内心的伤感却大于喜悦。昔时老友，如今只剩郭嵩焘一个，也是皓首银眉、满目沧桑。

郭嵩焘是大清国的第一位驻外公使，也是第一位受人弹劾最多的公使。他驻外不足一年，便被迫回国，退居故里，每日与青山绿水为伴。

一妻两妾原本是左宗棠的骄傲，如今只剩了一妾，却又有病在床多时，眼见也是去日无多了。一妾的寿材早已备好，左宗棠本人的寿材，也在他离开肃州前便已运了回来。

左宗棠省墓之后，没有在家多耽搁，便包租了一艘大商船，带上一家大小，赶往两江任所。湘阴的田产房屋等物，只委了几名下人照料。

左宗棠已到垂暮之年，他是应该好好享受一下天伦之乐了。郭嵩焘扶杖赶到码头为左宗棠一家送行。

左宗棠到江宁的当天就拜印视事。一个月后，又出省城到瓜州、扬州、清江、高邮等地阅兵，并查看南运河、淮河水利，提出“引淮归海”的治水方案。

光绪八年（公元1882年）四月十一日，左宗棠身体恢复如常，遂决定乘船东下，在镇江、常州、福山、苏州、太湖、吴淞等地，视察一下江海防务。

左宗棠的官船在通过上海租界时，各国军、商两界人物为睹左爵相风采，都持中国龙旗迎接，一时观者如堵。

六月初十，七十岁的左宗棠乘船到江北阅兵后，不期在南行途中旧病复发，且愈演愈烈，回省后不仅连连咯血，头目亦开始肿烂。

但他身躺在病榻之上，心却仍系新疆。他把文案传到床前，为刘锦棠口述一函，提出："新疆改设行省，冀可长治久安，否则边地多于腹地，武官多于文官，转瞬不堪设想。文卿、和甫诸公只顾目前，敷衍完事，以无暇谋及久长。都中人士能深知此事原委者少，恐无复议论及之者矣。麾下所处颇难，唯有静听廷论一法，然随众画诺，却似不可。弟上年在枢垣，曾以伊犁复后必须置省，机不可失，为贤王诵之，不知仍能记忆否？遇有机会，或当补牍。"

刘锦棠接到左宗棠的书信不久，即向朝廷递上一折，提出新疆建省的具体方案。

遭太监戏弄

病中的左宗棠得知刘锦棠就新疆建省一事拿出了具体的方案，也急忙把起稿师爷传到榻前，口授《新疆行省急宜议设，关外防军难以遽裁》一折。

该折这样写道："查新疆地周两万里，与陕甘督臣、陕西抚臣治所均相距甚远。从前分设将军、都统、参赞、办事、领队、帮办、协办大臣，换防总兵各员，布置不为不密。然治兵之官多，治民之官少，已有偏重之势。"又说："夫福建之台湾，仅海外一岛耳。由省垣至彼，轮船一昼夜可达，其地延袤千有余里，较之新疆十分之一耳。其文职有道、有府、有厅、有县。而日本事宜，议者尚有移驻巡抚之请。况新疆为陕甘、山西各边及京师屏蔽，关系綦重，非仅台湾之比。且地大物博，承平时牛羊、麦面、蔬果之贱，浇植、贸易之利，金矿、铜矿之旺，徭役、赋税之简，哈萨克茶马、布匹、丝缎互市之利，又皆什伯内地，逐渐经理，可望与腹省腴地齐观，于度支亦非有所耗也。"

折子拜发，左宗棠因连日劳累病势增剧，不得不奏恳开缺回籍。圣旨下，照例不准，只赏假三个月，命其在任所调理。

左宗棠此次发病却大异于前，竟一直调理到光绪九年（公元1883年）三月份，仍未见好转，于是不得不再次陈情于上，奏恳开缺回籍。

但朝廷此次并未依例赏假，而是下旨就海防一事询问布置机宜，盖因此时法国正对大清属国越南实行大肆侵犯，并逼迫越南与之订立了《顺化条约》，获得对越南的“保护权”。此时的大清国朝廷，眼见自己的属国硬被法国夺走，却并未派出重兵去与法国在越南军队交战，但又担心法国趁势在海上对大清国实行攻击，故有此一议。

左宗棠接旨不久，即抱病上了《筹办海防会商布置机宜》一折，对南洋海防提出自己的看法，认为“将白茅沙视为长江总要门户，在此安设坚船大炮，力扼此津，并在江阴加强防守”“自古谈边防者，不外守、战与和，而就三者言之，亦有次第，必能守而后能战，能战而后能和。和局可暂不可常，其不得已而出于战，乃意中必有之事。”

左宗棠上此折时已年高七十有一，又累受病痛折磨，但仍头脑清醒，反应敏捷。这大概也正是朝廷不肯轻易放他回籍的原因。

左宗棠随后又给李鸿章急函一封，指出：“法国侵略越南，其意并不在越南，实欲通过越南，进窥我滇粤矣。”函后又赞扬刘永福“在河内大捷，足寒贼胆而快人心”。

信函发走，左宗棠开始全身心地关注起法越战事，不知不觉中，病势竟然减轻，竟很快能下地走路了。病魔一撤，精神自然就好，他马上又给朝廷拜发了《敬筹南洋应办边务机宜》一折。

在折中，左宗棠坚称：“唯越若不存，剥床以肤，将成西南巨患；刘永福一失，越南全境无与支持，倘为法人所用，更贻滇、粤之患。事机纷乘，间不容发。及今为之，已苦其缓；若再置之不理，西南之祸岂有穷期？”又向朝廷表示：“臣当于巡勘崇、宝海后，率新募各营回湘继进，以赴戎机，断不敢置身局外，致负恩知也。”左宗棠的豪气再次冲天而起。

折子拜发后，左宗棠不顾家人及属员的劝阻，第再次乘船东下，巡视江海防务，直至崇明、宝山。船过上海租界，左宗棠为示自己身体健康，仍能督兵再战，竟下船与各国领事见面。各国领事见左宗棠谈起战事来神采飞扬，无不称奇，皆曰大清之左爵相，真乃战神转世也。一时观者如堵，纷纷传颂。

左宗棠乘船南返途中，不期突遇特大暴风。一时间，舟在浪尖上跳跃，似野马脱缰，好像在空中飞舞。船上一干人众无不东倒西歪，无法把持，左宗棠亦晕倒过去，风息后方醒。醒来后，左宗棠不仅旧患悉数尽发，左眼亦从此失明。

左宗棠回到督署，连夜上折，向朝廷汇报自己的病情及左目失明的情况；在奏恳准予开缺回籍的同时，又附片请择裕禄、杨昌浚、曾国荃三人中一人出任江督。

光绪十年（公元1884年）正月十二，圣旨递进两江总督衙门："左宗棠着准其开缺，赏假四个月，回籍安心调理。曾国荃署理两江总督，兼办理通商事务大臣。"

越六日，左宗棠又接一旨："内阁学士周德润奏勋臣不宜引退，请旨责以大义，令其在任调理等语。左宗棠勤劳懋着，朝廷倚任方殷。当此时局艰难，尤赖二三勋旧之臣竭诚干济，岂肯任其功成身退，遽赋归田？只因该大学士目疾增剧，而两江地大物博，政务殷烦，又难静心调摄，是以降旨准其开总督之缺，仍赏假四个月回籍。原欲其安心调理，俾得早日就痊，出膺重寄。该大学士素着公忠，谅不至稍耽安逸，着即赶紧调治，一俟稍愈，不必拘定日期，即行销假，以副委任。"圣旨只给左宗棠赏假四个月回籍养病，仍不准开缺。

左宗棠于是让孝宽督促家人打点行装，料理回籍各事宜。曾国荃很快来到江宁接印。

从咸丰十一年（公元1861年）十二月左宗棠署理浙江巡抚算起，左宗棠与曾国荃已经二十三年没有见面了。相见之下，两个人竟然抱在一起，许久不肯放手。

曾国荃抱着左宗棠，一边流泪一边说道："好哥哥，沅甫一直想着您啊！"

左宗棠哽咽着说道："九弟，您要对我还有气，就骂我一顿吧。有些事情，我不是有意的呀！我三年前回籍省墓，特意到涤生的墓前磕了三个响头。我对涤生说，我左宗棠能有今天，全是他一手托起来的。可他临走的时候，我竟然没有和他说上一句话！九弟，我左宗棠对不住你曾家兄弟呀！"

曾国荃一边替左宗棠擦眼泪，一边说："我们是兄弟！我们永远都是兄弟！过去的事，就不要再想了。您的身子骨可不能大意呀。您哪，听我一句劝，先不要忙着回籍。我明儿找个好些的洋医生给您瞧瞧。等病好了以后啊，您再回籍也不迟。”

左宗棠松开手，让人给曾国荃放了座，这才说道：“在京期间，我发现，得罪谁也不要得罪小人！否则他们会绞尽脑汁使坏，像苍蝇一样烦人。现在，我已经病入膏肓了，熬不几天。九弟，我离开后，您也要注意自己的身子骨啊。我听说，劼刚贤侄的身子骨不大强壮？”

曾国荃答道：“都是让俄国人气的！”

当晚，有消息纷传，说法国远东舰队有可能袭击南洋水师。鉴于这种情况，左宗棠第二天便抱病与曾国荃办了交接，并就南洋海防的情形，对曾国荃做了一番交代。

交印的第五天，左宗棠即率家人抬着棺椁乘船南返，曾国荃率一应僚属亲自护送至码头方回。船行中途，左宗棠忽接一旨，言称越事愈棘，命左宗棠快速入京觐见。

左宗棠只得与家人分手，改道进京，仍居贤良寺。左宗棠的棺椁单放进寺里的一间空屋子里。

稍事歇息便陛见，陛见的当天便有旨下来：“左宗棠仍在军机大臣上行走。该大学士卓着勋绩，年逾七旬，加恩毋庸常川入直，遇有紧要事件，豫备传问，并管理神机营事务。所有应派各项差使，均毋庸开列，以示体恤。”

左宗棠接旨以后，认为朝廷是准备让其终老京师了，许多王公大臣也有此观点。但李莲英却还没有把左宗棠戏耍够。

闰五月初七，左宗棠因用内阁印行文让提督黄少春率所部赴镇南关抗法，遭御史参劾。

慈禧太后本打算把御史的折子留中不发，但李莲英却对慈禧太后说：“奴才听外间传说，左宗棠此次是藐抗祖制，不重处无以服人。外间还说，左宗棠在陕甘的时候啊，就是想怎么着就怎么着。奴才有时就想啊，左宗棠功劳是大，但他功劳再大，还能大过曾国藩吗？曾国藩就从来不做违制的事。奴才是真怕外间误解朝廷啊！左宗棠也真是的，他怎么就不知道朝廷对他的好呢？”

慈禧太后思虑再三，第二天就颁下懿旨，将左宗棠以违制罪被降二级留用。

十日后，在奉旨保荐人才时，左宗棠因保荐曾纪泽出任两江总督，魏光焘亦堪任督抚重任，再次被人以体制不合参劾，折子虽被留中不发，但再次被降调二级。

同年七月初六，是光绪寿诞，依例京师大小臣工均须进宫参拜。

左宗棠因为三日前法军袭击马尾，福建船政局悉被轰毁而旧病复发，卧床不起，未往参拜，又一次被参劾。朝廷下旨将其交部议处，并比照御门大典不到罚俸一年例，罚俸一年。这都是李莲英的“功劳”。

同时，大清国颁诏四海，被迫对法国宣战。

这时，李莲英又抓住机会对慈禧太后进言道：“老佛爷，奴才上日听去贤良寺给左宗棠瞧病的太医讲，左宗棠卧房的门旁贴了一副对子，挺有意思，奴才就问他是什么对子，他一说，奴才一听，还当真挺有意思，奴才就记下来了。”

慈禧太后就问：“什么对子值得你记下来呀？你说说看。”

李莲英便道：“这副对子的上联是‘天下衣冠京邑盛’。”

慈禧太后便笑道：“他这对子说得不差，这没什么大惊小怪。京师是我大清的都城，原本就该京邑盛。他的下联呢？”

李莲英忙道：“这意思就在这下联里头，是：中兴人物楚材多。听太医讲，左宗棠那日跟他解释说，他这副对子的前一句，是说京城里皇亲国戚都是衣裳架子，什么大事都办不了，只是摆设。后一句是说，只有湖南才出国家的栋梁之材。”

李莲英未及把话说完，慈禧太后就一愣道：“他怎么这么说呀？他眼睛里还有谁呀？看样子，京师还是太小，装不下他呀！”

见自己杜撰出来的这则故事，竟当真把慈禧太后惹恼了，李莲英的内心自是欢喜异常。就是当晚，病中的左宗棠接到圣旨：“大学士左宗棠，着授为钦差大臣，督办福建军务。”

左宗棠知道如今法舰纵横南洋海面，福建、台湾势危，遂不敢以病辞，只得在接旨的第二日早上，抱病扶杖进宫请训，很快抬着棺椋由通州、德州、济宁南下赴福建。

恭亲王早在中法交战之初便以“用人不当，委靡因循”，被慈禧太后罢去一切职务，回家赋闲。军机处领班此时是礼亲王世铎，总理衙门领班则由庆郡王奕劻出任。这两个人都对左宗棠不怀好感，自然不可能上折去为他讲话。

同年九月三十日，大清国颁诏中外，宣布新疆正式设立行省，诏赏刘锦棠头品顶戴兵部尚书衔出任首任巡抚，魏光焘出任首任布政使。

众所周知，大清国的一省巡抚一般都例兼二品兵部侍郎，只有总督才例兼一品兵部尚书。刘锦棠是截止到目前为止，唯一的一个兼署一品兵部尚书的巡抚。

一个月后，左宗棠抵达福州，当日即抱病在福州将军穆图善、署福建浙总督杨昌浚的陪同下，赴马尾查看船政局被毁情况。福建浙总督何璟因“临事昏庸”被革职勒令休致，已离开福州回籍。

法舰开炮

轿至马尾，船政局房倒屋塌，一片狼藉。

眼望着残垣断壁和满地的瓦砾，左宗棠心疼万分地问杨昌浚：“何子峨呢？张幼樵呢？他们两个怎么不来见我？”

杨昌浚小声答道：“自打法舰宣战的那一刻起，他们两个就没了踪影。何制军派人找过，没找着；我护理督篆后，也一直在找他们，至今还无下落。昨儿圣谕还在询问他们两个的去处呢。”

穆图善气愤地说道：“船政局生生让他们两个给毁了！”左宗棠没有言语。

何子峨和张幼樵是两个什么人物呢？福州船政局明明是让孤拔率领的法国军舰摧毁的，穆图善怎么说是让他们两个给毁的呢？

从马尾回到钦差行辕，左宗棠把穆图善、杨昌浚请过来，详细询问张佩纶到福建后的所作所为，以及法国远东舰队正式与福建水师交火后，张佩纶、何如璋都采取了哪些防御措施。因为这也是朝廷交给他的任务之一。

翌日，左宗棠又抱病找了福建船政局和巡抚衙门的其他在事官员了解情况，当时情形才基本清楚。

何子峨原名何如璋，时年四十七岁，是督办福建船政大臣；张幼樵原名张佩纶，时年三十七岁，本是都察院的署理左副都御史，是有名的清流派。中、法两国军队在越南北圻交火后，为加强海上防务，被慈禧太后临时派到福建，会办海疆事务。

哪知张佩纶一到福建，便总揽了福建的所有海上防务，后来连船政局也被他揽入怀中。

这是为什么呢？因为张佩纶这个人不光八股文写得好，口才也十分了得。加之人长得俊美，高高的个子，白净的面皮，一根油光铮亮的辫子，配着三撇很傲气的短胡子，散发出一种蒸蒸日上的朝气，很得慈禧太后的欢心。

张佩纶居京时，每次递的折子，慈禧太后不看上三遍绝不罢手；每次召见，没有半个时辰，张佩纶休想出宫。有慈禧太后这么一个重量级的人物为他造势，张佩纶毫不费力便成了大名流、大明星。他的许多翰林同年都嫉妒得直哭。张佩纶的成名过程，左宗棠都知道。

你想，太后面前这么红的一个人到了福建，哪个敢惹他呢？

当时的福建浙总督是何璟，福州将军是穆图善，福建巡抚是张兆栋，督办福建船政大臣是何如璋。但穆图善所管辖的陆路防务却不准张佩纶染指，张佩纶也懒得去理穆图善。

张佩纶很快便开始大刀阔斧地按照他的设想，重新布置起防务来。他把何璟、张兆栋、何如璋三人费了九牛二虎的力气才布置好的防务，统统废除，另起炉灶。他以沿江各炮台设置不当为由，饬令防军按着他画好的图形另筑炮台；营盘更不许乱扎，全要按着图形办理。稍有差池，他对水师官兵非打即骂，表现得很是疯狂。

法国与大清正式失和前夕，法国海军上将孤拔已奉国内指令，带领他的远东舰队进入福州江面，与福建兵船同泊。

眼见开战在即，鉴于中法海上实力相差太过悬殊，对张佩纶比较了解的李鸿章，飞速给福建浙总督何璟和督办福建船政大臣何如璋各致电一封，称："我自度兵轮不敌，莫如全调他往，腾出一座空厂，彼即暂据，事定必原物归还。否则一经轰毁，从此海防根本扫尽，力难复兴。"请何璟与何如璋"密图之"。李鸿章唯恐何璟等看不清形势，又致电总理衙门，建议："两害相形取其轻，事急莫如腾空船厂，撤全军，以顾省城根本为第一要义。""总以勿呆守马尾，避其锐气，伺隙而为方妙。"李鸿章发电报这件事，左宗棠也知道。因为海上防御是李鸿章的管辖范围，左宗棠没有多言语。左宗棠当时想，李鸿章所提将船厂设备转移或许是个好办法，中法海上实力的确相差悬殊。

但何璟与何如璋却不敢做主，反倒让张佩纶拿主意。

张佩纶哈哈大笑道："兵法云：两军相逢勇者胜。上头命本部院是来对付法酋的，不是来看风景的。法酋孤拔若敢开战，本部院便演一出赤壁大战给几位看。只要本部院略施手段，法舰定然灰飞烟灭。"

有了张佩纶这话壮胆，船局不但未搬离马尾，而且照常开工。不久，张佩纶又把福建分泊在各处的大小船只，全部调到福州江面，与福建水师兵船泊在一起，有的甚至与法国铁甲舰首尾相接。孤拔见此大喜。张佩纶的理论是：船多势众。

当时，福建水师有舰七艘，船政局造好刚刚下水的舰船两艘，已造好尚未下水的舰船两艘，舰只共十五艘。

一时间，福建马尾江面船来舰往，好不热闹。

张佩纶手摇扇子站在旗舰甲板上，意气风发，一会儿吟诗一首，一会儿填词一首，又颇自负地放大声音，对着身边的一班马屁随员说道："想那三国周郎赤壁，也不过如此！"

随员中有脑筋快的急忙回应道："三国周郎焉敢和大人您比！周郎使用的是什么船？您老指挥的又是什么船？大人也太自谦了！"

张佩纶愈发高兴，忙命人去请张抚台与何船政，一同来船上看操，免得二人心里不舒服。

张兆栋因有事缠身没有前来，何如璋到后，却把张佩纶拉到一边，小声说道："钦差大人，老哥至今尚在疑惑，您老把船局造好的四艘漕运船只调来，莫非是想改成战船？"

张佩纶一听这话，忙又把水师以外的四只大船看了看，见上面果然没有安装炮具，这才知道，是自己为了热闹，做了件极其荒唐的事。但他偏嘴硬，口里说道："漕运船只调度适宜，照样可以打人。"

何如璋见张佩纶如此说，便不再言语，任着张佩纶胡闹。

张佩纶当晚又急电朝廷，称："彼深入，非战外海；敌船多敌胜，我船多我胜；促南北速以船入口，勿失机养患。"张佩纶还嫌船少。

张佩纶的电报抵达京师后，军机处不敢怠慢，马上便送进宫里请太后定夺。慈禧太后当日给李鸿章下旨，询问张佩纶之议是否可行。

李鸿章接旨马上复电一封，称："以现有兵轮较法人铁甲大船相去远甚，尾蹑无济，且津门要地，防守更不敢稍疏。"李鸿章转日又有电云："鸿等前在烟台，曾上法船看操，其船坚炮巨，实非南北各船所能敌。今法两铁甲驻福建港口以堵外援，我船铁板厚仅五分，易被轰沉；即曰尾缀勿战，若开衅彼必在海面寻找，倘挫失，徒自损威，于事何济。"李鸿章全盘否定了张佩纶的调船入福建之议。

不久，李鸿章两电的内容传进张佩纶的耳中，张佩纶一时气急，竟然当着张兆栋与何如璋的面大发脾气道："李爵相久历兵戎，何其如此少见识耶？海上交战，当以船之多少论胜负，我船众，法舰少，孤拔必不敢轻动，怕我船齐发，围而歼之；若我船寡，法舰众，孤拔定然猖狂不可一世。"

张佩纶的话音尚未落地，孤拔用法中两国文字给福建水师发的声明书到了。张佩纶拿起声明书一看，心就通地一跳。

孤拔在声明书里强硬地提出：中国舰船不准乱动，亦不准靠岸，否则便视为开衅。

张佩纶眼望着孤拔的声明书沉吟了许久，忽然一笑道："孤拔怕我干他，所以才把开衅的罪名强加给我，我偏不上他的当！"

他把张兆栋、何如璋二人请进行辕，笑着把孤拔的声明书一递，说道："我国是礼仪之邦，最讲诚信。他写这个文书过来，显然是怕我们动手干他。本部院以为，为防衅自我开，战期未至，所有炮弹不可发放，已经发下去的，今儿要全部收回；传令各舰，无命不准自行起锚，违令者斩无赦！二位大人以为如何呢？"

张兆栋小声反问一句："张大人，炮弹全部收回，若法舰向我开火怎么办？"

张佩纶哈哈笑道："孤拔已经吓得要死，他敢开火吗？"

得知福建水师舰船上的炮弹已被全部收回，孤拔哈哈笑道："张佩纶，我要向国内给你申请一枚盘子般大的勋章！"

光绪十年（公元1884年）八月二十三日正午时分，孤拔奉国内指令，向福建水师旗舰"扬武"号，递交了用法中两国文字写成的战书，指明午后一时三刻，便对中国船只开炮。

"扬武"舰一见事情紧迫，急忙把战书飞送张佩纶。战书到行辕时，张佩纶正在同着一班马屁属员饮酒吟诗，高谈阔论。

当时正是法字韵，一名马屁随口便吟出一句："泰西有个兰西法，"另一名马屁应声对道："海军提督叫孤拔。"第三名马屁正沉吟间，孤拔的战书到了。

张佩纶在席间把战书读了读，又从怀里摸出一块嘀嗒响的西洋金表看了看，说道："这孤拔老儿太不懂规矩。他说两点钟便要开炮，但现在已经一点多钟，我们如何来得及准备？两国交兵，总要商量好了之后才可交战，哪能由一方说了算！"

张佩纶话毕，传一名亲兵进来，把战书交给他道："你骑快马立即把战书递到福州城里制军那里去！"

亲兵走后，张佩纶又把文案传进来道："你立即督同通事，给法国提督孤拔发个快函过去，告诉他，他所约定的开炮时间，已被本部院驳复，请他另约日期吧。"

文案听了这话，浑身哆嗦着退了出去。

张佩纶收到战书时，何璟也已收到了法国驻福州领事下的战书；亲兵怀揣战书骑马往福州飞奔的时候，福建巡抚张兆栋、督办福建船政大臣何如璋，也正拿着法领事的战书向张佩纶这里赶。

孤拔收到张佩纶回函的时候，离两点还差五分钟。孤拔把信函读了读，忽然大笑道："中国的这个张大人，他肯定是嫌本司令为他申请的勋章不够大！"

孤拔笑毕，喝令旗手升旗。

随着"窝尔达"号的第一信号旗缓缓升起，法鱼雷艇当先对着"扬武"号开炮并发射鱼雷。

法舰队各船随后全部开火，仅用两刻钟的时间，按现在的时间就是半个小时，福建水师便有七艘兵船被打沉，只有两艘小舰"伏波"号和"艺新"号，冲出重围，向福州方向驶去。福建水师七艘兵舰上的八百余名官兵，只逃出十几名军官，余皆阵亡，甚是悲壮。

见法舰向福州水师各船疯狂轰击，岸上的炮台不敢迟疑，开始对法舰实施轰炸。但因炮台位置离江面太远，角度也偏差太大，竟对法舰未能构成任何打击。

眼望着舰船一只接着一只被法舰击沉，炮台却毫无办法。这都是张佩纶的“功劳”。把大清国历经十余年的时间组建起来的福州水师摧毁后，孤拔并未罢手，开始指挥各舰对沿江炮台逐一轰射。

说来也是奇怪，张佩纶饬命沿岸重筑的炮台，虽对法舰形成不了丝毫的打击，但法舰轰射起来却颇为得力，几乎是一炮一座，无一漏掉。

法舰驶到长门，孤拔命令各舰海军陆战队员登岸作战，想趁势将福州占领。六百余名海军陆战队登岸不久，便遭到守军的拦截。法军仗着炮利枪快，仍然硬性向前推进，很快便落进福州将军穆图善早就布好的包围圈；随着山顶一面龙旗的快速升起，三面很快响起密集的枪声。

法军见形势突起变化，连滚带爬地便撤了回来。防军在穆图善的亲自指挥下，奋力追击，分明是想把法军打进海里去喂王八。

孤拔忙命军舰开炮接应，清军追势这才稍缓。法军此次登陆作战，清军无一伤亡，法军九伤二死。见天色已晚，孤拔命令各舰，齐到船厂一带收队泊定，把马尾船局全部置于自己的炮火之下。

是日晚，孤拔一面电告国内汇报战果，一面兴高采烈地说道：“我要向总统建议，给中国的张佩纶，颁发个车轮一般大的勋章！”

第二天一早，法舰开始炮轰岸上的福州造船厂，不仅把厂房悉数轰倒，房内的机器以及一艘已经完工但尚未下水的快船亦被轰毁。

穆图善连夜赶到船政局一带布防，专等法军登岸，便给予痛击。但狡猾的孤拔只命舰船游弋放炮，并未敢再次登岸。

一连几日，孤拔率舰在马江沿岸到处开炮，并将福州江面全部封锁，极其猖狂。何璟忙派出军兵赶往马尾急传张佩纶、何如璋二人，到省城商量办法，但二人仿佛从人间蒸发了一般，踪影全无。军兵无奈，只得怏怏回省面禀何璟。

何璟与张兆栋俱各惊诧不已。商议了许久，只好着文案拟了张告示贴出去，称：有知悉督办船政大臣何及会办福建省防务张下落者，赏钱一千。奇怪的是，直到何璟被勒令休致，张、何二人也未在省城出现。

台湾被困

左宗棠到福州的第十天，针对中法交战过程中所暴露出的种种弊端，由文案代笔口授《请专防海防全政大臣》折。该折根据中法战争各省督抚各自为政的情况和筹划海防全局，提出设海防全政大臣，统一事权，还提出加强海防建设的七条意见。

第二天，左宗棠命人安排船只，决定赶往台湾去实地察看防务。

消息传到总督衙门，杨昌浚慌忙赶来劝阻。

“你们先出去！”一进钦差行辕，杨昌浚先斥退正给左宗棠更衣的侍卫，然后说道，“季高，您是不要命了吗？孤拔的舰队在江面往来游弋，您这个时候还往台湾去！您快好好养病，等法舰撤离后，我陪您去。”

左宗棠一边喘息一边说道：“石泉，法舰已困台湾百日，我不去看看，怎么跟上头交差呀？刘省三也不知怎么样了，我这几日天天能梦见他。”刘省三就是淮军将领刘铭传，中法战争爆发后，奉命督办台湾军务。省三是刘铭传的字。

杨昌浚道：“省三那里估计尚能支持，李少荃和曾老九一直没断了往台湾送给养。”

杨昌浚说着话，突然用手摸了摸左宗棠的额头，马上又道：“季高，您一直在发高烧。这样不行啊。”

左宗棠长叹了一口气：“石泉哪，我的大限就要到了，可我闭不上眼睛啊。你说，台湾孤悬海面，是不是应该设行省啊？它可是我大清东南海上的门户啊！”

杨昌浚眼睛一红说道：“季高啊，您先把病养好。台湾的事，等您好了以后我们再议。衙门里还有些事情，过一会儿我再来看您。”

杨昌浚话毕走出行辕，对守在门外的侍卫吩咐道：“好好侍候钦差大人，有什么事情，马上向本部堂禀告。”

但左宗棠很快又把文案传至床前，一边喘息，一边又口述了《台湾紧要请移福建巡抚镇摄》折，指出：台湾孤注大洋，为七省门户，关系全局，请移福建巡抚驻台湾，建议台湾设立行省。

折后，左宗棠附片以“衰病日剧”奏请交卸差使，并恳恩开缺回籍调理。当晚，两个蓬头垢面的人，跌跌撞撞闯进钦差行辕，口口声声要面见钦差左爵相。

侍卫被缠不过，只好禀告左宗棠。左宗棠闻报一惊，不由随口说出一句：“莫非是张幼樵与何子峨？让他们进来！”

很快，侍卫带着两个人来到左宗棠的床前。

两人一见左宗棠，先扑通跪倒，一边磕头一边哭道：“罪臣张佩纶、何如璋，给钦差大人请安了！”来人果然是张佩纶和何如璋。

两个人满脸憔悴，衣衫褴褛，仿佛刚从大狱放出来的囚犯。

左宗棠气得浑身乱抖了半晌，最后还是让人给他们两个放了座，这才详细问起他们如何消失了这么久。

张佩纶、何如璋二人哽咽了许久，方讲述起来。

张佩纶把改期廾战的信函派身边的一名通事送出之后便得到密报，称各国驻马尾的领事，正在离岸登船，为的是躲避炮火。

张佩纶闻报，表面虽镇定如常，内心已是紧张得不行。他勉强把最后一杯酒倒进口里，便命人更衣，又将行辕里的一些书籍及贵重物品清理了一下，让亲兵抬着，便赶到山顶来督战。哪知走到半山腰，江面便传来隆隆的炮声，分明已经开战。他慌忙驻足观看，却正看见福建水师的旗舰“扬武”号向江中下沉，而管带张成正跟条蛤蟆似地奋力往岸上爬。他命人将张成拉将上来，未及讲话，偏偏一发炮弹呼啸着飞来，在山脚下炸响，崩起无数的沙石。亲兵都吓得躲到树后藏身，张成则拉起张佩纶，拼命地向山后奔去。是日大雷雨，张佩纶衣裤尽湿，靴亦跑丢一只。张成则赤膊跣足，短裤披发。两个人好不容易跑到船厂后山，江中炮声愈烈，半天空里都是硝烟。

张佩纶心惊肉跳，以为法人很快就要上岸拿他，遂稍事歇息，继续扶着张成，东倒西歪地向前疾奔。傍晚时分，二人始行至鼓山麓。张佩纶是无论如何都走不动了，张成也是双足见血，气喘如牛。

张佩纶把自己放倒在路旁一棵大树的后面，喘息了许久才道：“这里是什么地方？法人来寻，能否被他寻着？”

张成靠着一块石头喘气，回道："大人，这里应该是鼓山麓，卑职以前到过这里。这个地方挺犯邪，听说专出美女和傻子。"

张佩纶一听这话，一下子睁圆眼睛，奇怪地问："这话怎么说？前面的村子叫什么名字？"

张成一面扳过脚来拔刺，一边答道："卑职也是听说，村名却不知道。可能叫美女村，也可能叫傻子屯。大人，我们今晚到哪里歇脚？"

张佩纶道："法人能否寻过来？"

张成道："大人，天色已晚，又雨急风大，法国人想来不会找到这个地方。"

张佩纶深思了一下道："本部院已经走不动了。张成啊，你到村子里走一趟，找到管事的，就说本部院到了，让他们备顶轿子来接本部院。我们今晚就宿在这里吧。"

张成咬着牙站起身，刚想迈步走动，却又扑通倒下去，许久起不来，口里道："大人，卑职这双脚已是走坏了，根本走不了路。"

张佩纶翻身坐起道："你赶快寻根棍子拄着，本部院同你一起进村去吧。"

张成一见张佩纶话里带气，只好忍气吞声地趴在地上用手乱摸，总算摸到一根木棍子。他撑着棍子站起来，慢慢挪到张佩纶的身边扶起张佩纶，两个人便搀扶着向村子里摸去。

好歹寻到一处高宅大院的门首，张佩纶道："本部院没有料错的话，这应该是个管事的住处，普通百姓的房屋不会建得这么好。你只管砸门，由本部院同他们讲话。"

张成得了这话，一个人挪到门前，扬起棍子便砸门，口里乱叫道："快快开门，张钦帅到了！张大人到了！钦差大人到了呀！"

门终于被砸开，一个老者提着个灯笼走出来问道："是哪个在这里砸门？"

张佩纶忙道："本部院乃都察院左副都御史会办福建海防的张大人。你快打开大门，把本部院接进去。本部院一定饬令这里的地方官，重重嘉奖于你。"

老者闻言，忙走到张佩纶的身边，把灯笼举到张佩纶的面前，细细看了看，说道："你这个人大概是不想活了！竟然冒充什么张大人，还口口声声什么御史！我看你是狗屎！张大人此时正在督率防军与法人斗法打仗，他跑到这里做甚？法人和张大人肯定都在船上，如何到得这里？快快滚开，否则把狗放出来，咬你们两个狗日的！”

老者话毕，转身进门，重新闭紧大门，任张成如何拼命敲打，只是不肯打开。

张佩纶摆摆手道：“罢、罢、罢，本部院是让这个孤拔给害苦了！我们另寻个地方歇脚吧。”

张成哭丧着脸道：“大人，我们总得寻口东西吃啊！”

张佩纶道：“本部院也想弄口酒来去去寒气，可哪里有？”

两人于是又架在一起，挪了半夜，才挪到村头的一个关帝庙里。

张成在后院寻了两捆稻草铺到关帝的御座下，两个人这才躺下来。听着外面的风雨之声，张佩纶辗转了半夜才恍惚睡去，却又做了老大一个噩梦，梦到自己被法军搜走，捆了个结结实实，然后抬起来，便向江心抛投。

张佩纶吓得大叫一声，倏地睁开双眼。他坐起身来，脱掉补服把跣足包上，又拿过张成的棍子，便慢慢地站起身，一瘸一拐地推门。

走到院中，但见满天星斗闪烁，雨不知何时停了。

张佩纶一屁股坐到石阶上，望着远处黑黝黝的山峦，满天眨眼的星斗，脑海中忽然闪现出自己在京师时的无限风光，眼中竟扑簌簌落下泪来。他站起身，用手擦掉泪水，忽然手指苍天吟道：“明月几时有？把手问青天。”他此时无酒，只好把“酒”顺口改成“手”。一阵冷风吹来，张佩纶打了个寒战，于是赶紧住口，又再次进门里，快快地到草堆上坐下，看张成时，仍在沉睡。

张佩纶心头忽然一动，不由暗道：“这个人，是把福建水师害苦了！若不是他，我何至于如此狼狈！”

这样想过，一股怒气就升起来，抬起那只着靴的脚便踢过去，正踢在张成的大腿上。

张成翻身坐起，大叫道：“大人快走，孤拔来了！”

张成说过就挣扎着站起来。

张佩纶一惊，一边起身一边问：“孤拔在哪里？孤拔在哪里？”

张成起身道：“卑职明明看见他从门外闯进来，还踢了卑职一脚，怎么转眼又不见了？”

张佩纶抬眼望了望窗外，见天已经有些发白，便起身道：“天快亮了，说不准孤拔当真正带着人往这边寻过来呢。这里不能久留，我们到彭田乡去吧。彭田乡有穆帅的一个营驻防。我们到了那里，好歹能混顿饱饭。”

张成用眼四处看了看，见角落里放着块破布，上面落了许多灰尘。

张成大喜，慌忙挪到角落里，弯腰把那块分不清颜色的布抓在手里，撕作两块，又坐在地上，用布把两只脚分别包上，外面用一根湿草捆了，自己说道：“这回就能走到彭田乡了。”

法舰对沿江两岸的炮台实行轰击的时候，何如璋正在船政局同着一班属员饮酒。听到炮声，属员四散奔逃，何如璋亦被亲兵搀扶着向后山狂跑。到了山顶，何如璋壮着胆子回首望去，见沿江两岸炮台早已不复存在，法舰正喷着黑烟向船厂驶来。

何如璋不敢耽搁，同着部分属员和五十几名亲兵向山后狂奔。

正奔走间，见有几大队官兵打着旗号，从不同的方向向船厂疯赶。

何如璋忙遣亲兵去打探消息，不久回报，说福州将军穆图善已有饬令下来，无论如何也要阻止法军上岸。

何如璋这才去看官军的旗号，见果然是一个“穆”字。

何如璋正沉吟间，一名属员小声说道：“大人快走吧，凭穆帅的那几条破枪，是打不过法人的。我福建水师何等了得，还不是转眼间，都被法船打进了海底！”

属员话毕，拉起何如璋便走，一直走到远离船厂的快安施氏祠才停下脚步。

当地百姓见有顶戴官服的人将祠堂占据，便纷纷聚拢过来打探根底。有嘴不严的亲兵便对百姓如实说道：“这是船政何大人来此避炮，你们若有好酒好饭只管端来，必有好处！”

百姓闻知，不仅无人肯孝敬酒饭，反倒怂恿族长出面，让何如璋等人离开祠堂，以免惊了先人吃罪不起。

何如璋大怒，命亲兵将那族长放翻在地，踢了足有五六十脚才斥退，喝令族长速送酒饭到祠，否则取其性命。

族长含恨而出，很快把村人召集到一起道："这个姓何的，他把朝廷费了许多银两才建起来的船局送给法人，他自己却跑来我们这里要酒要饭，大耍威风！我们为何要受他的气？"

一名百姓道："您老人家不要听他放狗屁！他要酒饭没有，他要狗屎倒可以给他弄一些。"

另一名百姓道："他是朝廷命官，又带了许多拿枪的人，我们平头百姓如何惹得起？还是好歹给他们弄些酒饭吧。当真把他惹急了，都把我们抓进大牢里，那才叫冤呢！"

族长沉思了一下道："事到如今，我们也只好得罪先人了。你们去寻一些干柴过来，等他们睡熟了，就把干柴都堆到祠堂的后墙上，然后放起一把火，就算烧不死他们，也能熏他们几个半死！权当替皇上家惩治他们了。"众人全称好计。

夜半时分，快安施氏祠堂果然燃起大火，何如璋等人被浓烟呛醒，狼狈逃出。到了外面，漆黑一团，何如璋睡眼朦胧，茫然不知所措。

这时，　名英语通事道："大人，卑职如果没有记错的话，前行一里左右的地方，应该有英国人的一个商行仓库。我们不如到那里将就一夜吧。"

何如璋道："本部院素与洋行没有什么来往，如今贸然前去，他如何肯留？"

通事道："大人容禀。洋人都是唯利是图的，只要我们多出几两银子，洋人肯定能答应。"

一行人于是来到洋行仓库，由通事与他们讲好了价钱，便在一处空房子里住下来。

何如璋此时已是饥乏交迫。便又委通事出面去与仓库管事的通融，想再弄些酒饭来吃。通事作好作歹，好不容易用一块金表求到了一桌饭菜和两瓶洋酒。

何如璋一见洋酒，眼睛一亮，一把抓过来，菜也顾不上吃，启开盖子便连喝了三大口，竟然喝下去小半瓶。

何如璋做过驻日公使，最爱喝洋酒。回国后，在京里好长一段时间未与洋酒亲近，到福州后，才又开始断断续续地喝起来。行辕里没有人不知他这一癖好。这晚却又和以往不同，他已长久没有进食，胃是空的，洋酒虽然不如土酒性烈，但后劲却比土酒猛。他虽只喝了三大口，便开始头晕目眩，分明是醉了。他胡乱吃了两口东西，便倒地睡去。

第二天，天尚未明，一行人便被仓库的人逐出，声称法人已经登岸搜查，洋行担不了干系。何如璋把剩下的洋酒揣在杯里，便在众人的簇拥下，步入街市里。

因肚中饥饿，他走几步，便要喝上一口洋酒，沿途百姓看得明明白白。何如璋同着众人直走到两广会馆，一颗心才算放下。

会馆管事的把何如璋接进去，命人置办酒菜招待，又用大锅熬了粥分给亲兵们喝。哪知何如璋刚刚端起酒杯，外面已然喧哗一片，竟然有几百名当地的百姓，谩骂着往里面冲，口口声声要捆了这丧尽天良的何大人去送给法人。

何如璋见百姓来得凶猛，时间长了亲兵根本拦不住，便顺手拿了两个馒头揣进怀里，让会馆管事的开了后门，他带着十几名属员逃将出去。同来的亲兵因为在前门和百姓厮打，竟然一个都没跟出来。出了会馆，又走了许久的路，众人才停下脚。一名属员道："大人，我们要到哪里去？"

何如璋长叹一口气道："只要离开这里，随便到哪里，我们都活命。这里的百姓，全是些没良心的刁民。本部院是朝廷命官，他们竟要把本部院捆翻，送给法国人！这不是反了吗？若在平常，本部院一定把他们，全送到大牢里去！"

一名属官听了这话，想了想便道："大人所言甚是，我们不如到彭田乡去。彭田乡远离省城，就算法人登岸，想来也不会搜到那里。"

一行人于是慌慌地出城，从山间小路直奔彭田乡而去。

马尾战后，福建城乡流传着这样一首歌谣："大清气运未曾倾，福建省缘何出佞臣？船政有心私法国，制台索性受夷人。贪心巡抚图自己，舍命将军感鬼神。可笑钦差无用辈，空悬圣诏误朝廷！"

歌谣中的船政指的自然是何如璋，制台是何璟，贪心巡抚说的是张兆栋，舍命将军是穆图善。因为孤拔命令法军登岸后，是穆图善亲自率军将法军赶下岸去，使法人欲强占港口为质的阴谋破败。钦差说的是张佩纶。马尾一战，穆图善威名远扬，张佩纶和何如璋却臭名昭著。

张佩纶未及走到彭田乡，张成便半路消失；何如璋走到彭田乡的时候，身边只剩了一名侍卫。

张佩纶与何如璋很快在彭田乡的一所破庙会面。两个人经过计议，认定福州已被孤拔占领。与其到福州送死，不如在此苟活。

两个人于是便住在庙里，每日由侍卫出去讨些残羹剩饭糊口。

后来还是当地人发现庙里住的人，很像总督衙门寻找的人，于是报了官，两个人这才得以回来。

左宗棠去世

张佩纶、何如璋出去后，左宗棠突然气喘加重，病情加剧，一夜之间竟然三次昏迷。

第二天，穆图善与杨昌浚一面派军兵把张佩纶、何如璋二人押往京城，一面会衔紧急向朝廷报告左宗棠病情，同日又派出快马去给湘阴左府送信。孝宽兄弟三人见信大哭，当晚便乘船赶往福州。

光绪十一年（公元1885年）四月二十七日，《中法会订越南条约》签订，中法战争结束。三日后，左宗棠稍事清醒，问的第一句话竟是："我没有听清，台湾设立行省，谁是首任巡抚？"

守在床边的杨昌浚含着泪水答道："季高，您是做梦了吧？台湾设省的事，朝廷还没下旨呢。"

左宗棠急道："那就催呀！台湾孤注大洋，不设行省，怎么能稳固起门户呢！"

杨昌浚嘶哑着嗓子，说道："季高啊，这件事我来办，您就安心养病吧。"

左宗棠喃喃说道："我怕朝廷不肯听你的话呀。"说完这句话，左宗棠很痛苦地闭上眼睛。事隔一月，左宗棠的二子左孝宽、三子左孝勋、四子左孝同，带着十余名家人，匆匆赶到福州钦差行辕。

左宗棠此时已在原病基础上，陡添痰涌、痉挛、癫痫诸症，时时神志昏迷。兄弟三人围在床前失声痛哭。

越五日，左宗棠突梦自己骑鹤西行，路遇一使者，口称："奉玉帝命，特来迎接太白金星回归天庭。"

左宗棠醒来大骇，知大限已至，遂遣孝宽请杨昌浚于榻前，口授遗疏一篇，旋吐血薨逝，年七十有三。

遣疏云："伏念臣一介书生，蒙文宗显皇帝特达之知，屡奉三朝，累承重寄，内参枢密，外总师干，虽马革裹尸，亦复何恨！而越事和战，中国强弱一大关键也。臣督师南下，迄未大伸挞伐，张我国威，怀恨生平，不能瞑目！渥蒙皇太后、皇上恩礼之隆，叩辞阙廷，甫及一稔，竟无由再觐天颜，犬马之报，犹待来生。禽鸟之鸣，哀则将死。方今西域初安，东洋思逞，欧洲各国，环视眈眈。若不并力补牢，先期求艾，再有衅隙，愈弱愈甚，振奋愈难，虽欲求之今日而不可得。伏愿皇太后、皇上于诸臣中海军之议，速赐乾断。凡铁路、矿务、船炮各政，及早举行，以策富强之效。然居心为万事之本，臣犹愿皇上益勤典学，无怠万机；日近正人，广纳谠论；移不急之费以充军食，节有用之财以济时艰；上下一心，实事求是。臣虽死日，犹生之年。"

遗疏由杨昌浚代发。

消息传进京城，朝野震惊。眼望着左宗棠的遗疏，慈禧太后忽然想起福州船政局，想起曾经遍地烽火的陕甘，想起新疆，眼里就不由自主地落下泪来。

她当晚把礼亲王世铎、醇亲王奕譞、庆王奕劻召进宫里，吩咐道："我们把左宗棠从关外召进京师，原本是想让他享几天福。哪知道他命运这么不济，说去就去了。他的谥号拟没拟出来呀？圣旨明儿能不能发走啊？"

世铎跨前一步说道："回太后话，礼部按着太后的懿旨，给左宗棠拟的谥号是文襄，不知可用不可用，只等太后最后定夺。奴才进宫的时候，军机处正在誊抄初拟的圣旨，估计一会儿就能递进来。"慈禧太后没再言语。

第二天，致祭大臣古尼音布携带祭坛并上谕、御赐祭文快速赶往福州左宗棠灵前。

左宗棠被朝廷加恩予谥文襄，入祀京师昭忠祠、贤良祠，并于湖南原籍及立功省份建立专祠，其生平政绩事实宣付史馆，任内一切处分悉予开复。

上谕和御赐祭文下达不久，李鸿章、曾国荃、郭嵩焘、曾纪泽、刘锦棠、翁同龢、李鸿藻的挽联也相继送抵灵前。

李鸿章联曰：周旋三十年，和而不同，矜而不争，唯先生知我；焜耀九重诏，文以治内，武以治外，为天下惜公。

曾国荃联曰：佐圣主东戡福建越，西定回疆。天恩最重武乡侯，前后愈三十年，实同是鞠躬尽瘁。维贤臣生并湖湘，位兼将相。地下若逢曾太傅，纵横已万余里，庶无负以人事君。

郭嵩焘联曰：平生自许武乡侯，比绩量功，拓地为多，扫荡廓清一万里；交谊宁忘孤愤子，乘车戴笠，相逢如旧，契阔死生五十年。

曾纪泽联曰：昔居南国，戏称武侯，爵位埒前贤，评将略则更无遗恨；恸哭西州，感怀谢傅，齿牙余论，登荐章而忝冠群英。

刘锦棠联曰：为旁求而出，为尽瘁而终，勋威震五服九夷，犹复劳谦避位，强起视师，国史采舆评，应难忘郭、李深谋，伊、周亮节；以谢元受知，以曹参受事，恩遇在一门两世，迄今柱石中摧，苍茫独立，私情及公谊，都付与天山皎月，陇水悲风。

翁同龢联曰：盖世丰功犹抱恨；临分苦语敢忘情？

李鸿藻联曰：诸葛大名垂宇宙；空同西极过昆仑。

穆图善与杨昌浚的挽联是早就摆在灵前的。穆图善联曰：忆昔秦陇相随，揽辔前驱，不数年西域尘清，赫然勒鼎铭钟，位晋通侯膺上相；窃幸瓯福建重会，同舟共济，甫一稔东瀛浪靖，忽尔骑箕戴斗，名垂青史照丹心。

杨昌浚联曰：帝命佐元戎，值大局粗安之时，方期把袂同归，从公再作耆英会；天不遗一老，重平生知己之感，胡竟骑箕遽去，愧我空怀国士恩。

古尼音布回京复命，隔日蒙慈禧太后召见。古尼音布跪倒磕头，问太后安、皇上安。

太后徐徐问道："左宗棠走得还安详吧？"

古尼音布答道："回太后话，左宗棠走得还安详。奴才只是听杨昌浚私下说，左宗棠眼睛好像闭得不大好。"

慈禧太后一愣，呆了一呆问："你没问问杨昌浚，左宗棠还有什么心事未了啊？"

古尼音布答道："回太后话，奴才听杨昌浚说，左宗棠走前，把家事都料理妥帖了，他唯一放心不下的是台湾。据杨昌浚讲，左宗棠清醒的时候，曾对他再三交代，台湾是我大清东南海疆的门户，台湾非设行省不足以固门户。”

慈禧太后未及古尼音布把话讲完便眼圈一红，流出泪来。

两个月后，大清国颁诏四海，宣布台湾设立行省，以刘铭传为首任巡抚。署福建浙总督杨昌浚，接到官报的当日，便步出督署来到江边，面对家乡大声喊道："季高啊，您的心愿朝廷替您了啦！台湾设行省了，您闭眼吧。”

……1983年8月，一位名叫王震的身经百战的将军，回想起自己在新疆工作时的经历，叹道："解放初，我进军新疆的路线，就是当年左公西征走过的路线。在那条路上，我还看到当年种的‘左公柳’。走那条路非常艰苦，可以想象，左公走那条路就更艰苦了。左宗棠西征是有功的，否则，祖国西北的大好河山很难设想。”

附录1

左宗棠最新年表

纪年	公元	年龄	大事记
嘉庆十七年	1812	1岁	左宗棠出生于湖南湘阴县南文家局左家塅（今湘阴县金龙乡新光村）。
嘉庆二十一年	1816	4岁	全家迁居长沙左氏祠。父左观澜为县学廪生①，开馆授徒。左宗棠与兄宗棫、宗植随父学习。
道光七年	1827	15岁	参加长沙府试，名列第二，因母病亡，未参加院试。
道光十年	1830	18岁	父亲左观澜病故。衣食无着，只得回湘阴老宅靠微薄祖产过活。苦于无钱买书，时常向人借阅经史典籍。
道光十一年	1831	19岁	因名下祖产被大嫂串通族长夺走，到破庙栖身。为糊口，报考长沙城南书院，名列第一，人皆称奇。此后靠书院的补助维持生活。

①廪生：廪，音lǐn。秀才分廪生、增生和附生三等，其中，成绩最好的就叫廪生，公家会按月发给粮食补助。在清朝取得秀才资格的人，才能参加科举考试。

纪年	公元	年龄	大事记
道光十二年	1832	20岁	四月，为参加湖南乡试借资捐监生；八月，以监生资格入场乡试，得中十八名举人。九月，入赘周家娶周诒端为妻。同年冬，启行北上，参加会试。
道光十三年	1833	21岁	首次跨入会试考场，不中。作《癸巳燕台杂感》诗八首，其中一首大胆表露了在新疆屯田和建省的设想。回乡后，因耻于在女家讨食，决定借屋另居，准备二次会试。
道光十五年	1835	23岁	第二次进京会试，仍落第。回乡之后一边继续求学，一边开始编绘地图。
道光十六年	1836	24岁	书联明志：“身无半亩，心忧天下；读破万卷，神交古人。”因周夫人身体虚弱，是年冬，纳张氏为妾。
道光十七年	1837	25岁	两江总督陶澍巡阅江西，回籍省墓，路过醴陵。知县为讨陶澍欢心，特向省内学子为陶澍行馆求题门联。左宗棠所题之“春殿语从容，廿载家山印心石在；大江流日夜，八洲子弟翘首公归。”被选中，得润笔四百两银。陶澍入住行馆，读联惊诧，约左相见于行馆，谈彻夜，目为当世奇才。
道光十八年	1838	26岁	赴京第三次参加会试，仍落第。从此绝意科举，决定一生致力于农事、兵事，并与陶澍之婿胡林翼结为好友。胡出身翰林，时为翰林院编修。
道光十九年	1839	27岁	七月，陶澍病逝于任所，遗书左宗棠，嘱其代己教授未成年之子陶桄。

纪年	公元	年龄	大事记
道光二十年	1840	28岁	带侍妾至陶家，设馆教授陶桄，并帮同料理家事，得已遍读陶所藏之书，大受益。不久，胡林翼丁忧亦来到陶家。时逢鸦片战争，左密切关注形势，并写成《料敌》、《定策》、海屯》、《器械》、《用间》、《善后》诸篇有关战争的文章。
道光二十三年	1843	31岁	用陶家所赠束脩于湘阴南乡柳家冲购置田产七十亩，又大兴土木造屋，成富户，规模已超过岳父周家。左自号湘上农人、今亮。年底，又纳柳氏为妾。
道光二十九年	1849	37岁	钦差大臣督办广西军务的林则徐赴任途中路过长沙，约左相见于舟中。林对左赞不绝口，诚邀入幕，相约在广西会面。林则徐离去不久即病逝途中。太平军欲攻长沙，左为避兵祸，入东山白水洞建屋，自称山人，意即远离名利。
咸丰元年	1851	39岁	好友郭嵩焘约左进京会试，婉拒。郭独进京考中，钦点翰林院庶吉士。
咸丰二年	1852	40岁	太平军由广西挺进湖南，围攻长沙。经三次聘请，入湖南巡抚张亮基幕府，被任以兵事。
咸丰三年	1853	41岁	正月，因“防守湖南有功”，赏七品顶戴以知县用，并加同知衔。五月，因功赏从六品同知衔以直隶州用。十月六日，张亮基降授山东巡抚，左宗棠辞归白水洞居住。

纪年	公元	年龄	大事记
咸丰四年	1854	42岁	四月，入湖南新任巡抚骆秉章幕，佐骆秉章兵事。
咸丰六年	1856	44岁	朝廷下诏着百官举荐人才，湖南团练大臣曾国藩、御史宗稽辰、湖北巡抚胡林翼均力荐左宗棠。 二月，授五品顶戴以兵部郎中用。
咸丰八年	1858	46岁	十月，诏赏加左宗棠为四品卿衔。冬，代骆秉章起草奏折参劾永州镇总兵樊燮。湖广总督官文受樊燮蛊惑，怒参左宗棠为劣幕。圣旨下，将左革职，令官文提审之。曾国藩、骆秉章、胡林翼、郭嵩焘、潘祖荫均营救，得免。
咸丰十年	1860	48岁	二月，离开幕府，奉旨进京会试。因太平军北伐，中途返回。六月，曾国藩奏请左宗棠襄办军务。六月九日，奉旨勿庸进京会试，命以四品京堂候补随同曾国藩襄办军务。六月二十六日，得曾国藩准许，回乡募勇。
咸丰十一年	1861	49岁	一月，率楚勇在景德镇击退太平军，赏三品顶戴，以三品京堂候补。六月，诏授太常寺卿。十一月底，照曾国藩所请，上命左宗棠督办浙江军务。
同治元年	1862	50岁	赏二品顶戴补授浙江巡抚。
同治二年	1863	51岁	赏一品顶戴补授闽浙总督兼署浙江巡抚。
同治三年	1864	52岁	四月，收复杭州，因功赏加太子少保衔，赏穿黄马褂。八月，浙江全部收复。太平天国覆灭。十一月，诏封一等伯爵，加恪靖。

纪年	公元	年龄	大事记
同治四年	1865	53岁	四月二十一日，左宗棠率军收复漳州，进逼被太平军占领的福州。八月十三日，谕命左宗棠督率各军驰赴粤境，并节制福建、广东、广西三省军兵。十一月二十九日，移营广东大浦，督各军围攻被太平军占领的嘉应州。
同治五年	1866	54岁	正月初，收复嘉应州。正月二十三日，因功赏戴双眼花翎。二月十八日，回福州。五月十三日，奏请在福建省设立福州船政局，举日意格为正监督，德克碑为副监督，胡雪岩参其事。九月，因西捻军张宗禹入陕，调任陕甘总督，临行，举荐江西巡抚沈葆桢为船政大臣。
同治六年	1867	55岁	正月十八日，授钦差大臣督办陕甘军务。八月，进驻临潼。
同治七年	1868	56岁	西捻军奔袭京师，左被革职留任，交部严议。率军进入直隶。六月十三日，西捻平。处分被取消，赏太子太保衔，晋三公，准其进京觐见。八月十二日，赏紫禁城骑马。一周后出都回任。
同治八年	1869	57岁	八月二十二日，福州船政局造出第一艘轮船，左宗棠为其取名“万年青”。十一月初一，由泾州进驻平凉，接陕甘总督关防。
同治九年	1870	58岁	正月十五日，老湘军统领男爵刘松山在吴忠堡中炮身亡。左宗棠奏请道员刘锦棠接统老湘军。二月初一，夫人周诒端病殁湘阴；年底，左宗棠病倒。

纪年	公元	年龄	大事记
同治十年	1871	59岁	二月初二，因平定陕甘，赏加一等骑都尉世职。
同治十一年	1872	60岁	三月二十五日，上奏朝廷，驳斥停撤船政局言论，朝廷采纳。十二月十九日，参劾乌鲁木齐提督成禄，诬民为逆，纵兵攻堡，请旨查办。
同治十二年	1873	61岁	七月十三日，长子孝威病死。左宗棠病情加重。九月十五日，收复肃州（今酒泉）。十月二十五日，朝廷破格升授一榜出身的左宗棠为协办大学士，仍留陕甘总督任，并赏以一等轻车都尉世职，开大清开国一榜不许拜相的先河。清朝一榜拜相，仅左宗棠一人。
同治十三年	1874	62岁	九月二十七日，因日本侵台，引发海防与塞防之争。左力主两者并重。
光绪元年	1875	63岁	二月初三，密谕统筹海防塞防全局并关外兵事粮运。五月，补东阁大学士授钦差大臣督办新疆军务。八月二十一日，拒绝英国驻华公使威妥玛为阿古柏居间调停。八月，创办兰州火药局，筹集西征粮饷各事。
光绪二年	1876	64岁	二月二十一日，率亲兵十哨、白马氏练丁一营、马队四起，从兰州动身赴肃州指挥作战。四月初三，左宗棠抱病为西征大军在肃州大营前举行出关祭旗仪式，并为将士敬酒，麾下第一悍将刘锦棠率军出关进疆。九月二十一日，除俄军占据的伊犁外，新疆北路被全部收复，中外无不称奇。

纪年	公元	年龄	大事记
光绪三年	1877	65岁	新疆南路全部收复。
光绪四年	1878	66岁	正月初七，奏请新疆设立行省。二月初九，因收复新疆之功，加恩由一等伯爵晋二等侯。十一月，奏请设立新疆阿克苏制造局、库车火药局和新疆铁厂。诏准。
光绪五年	1879	67岁	九月二十六，遵旨复陈崇厚与俄国所定伊犁条约，危害甚大，不能允准。九月三十，奏请刘锦棠帮办新疆军务。十一月初五，朝廷肯定左宗棠的观点，命其布置武力收复伊犁之事。
光绪六年	1880	68岁	十月十八日，左宗棠为尽快从沙俄的手中收复伊犁九城，抱病率兵抬棺榇进疆，俄国伊犁守军闻之，无不胆寒。五月初八，抵哈密。七月初二，少詹事宝廷以事机日迫，朝廷非有如寇准、李纲者不可，请召左宗棠进京任职。七月初六，圣旨下到哈密，诏左宗棠进京觐见。左宗棠密举刘锦棠接署钦差大臣，金顺、张曜分任北南二路帮办。
光绪七年	1881	69岁	正月二十七，左宗棠抵京，陛见后命以大学士授军机大臣、总理衙门大臣，管理兵部事务。七月初三，突发急病，不能理事，奏请开缺本兼各职。不准，赏假在京养病。九月初六，因中、法爆发战争，补授两江总督。十月十三日，离京南下赴任，转道回籍省亲省墓。十二月二十四日，抵南京，接受两江总督和南洋通商大臣关防。

纪年	公元	年龄	大事记
光绪八年	1882	70岁	正月二十五日，抱病巡阅江防。四月十一日至二十七日，乘船东下，在镇江、常州、福山、苏州、太湖等地视察防务，武装通过上海租界。洋人闻之，俱换升大清国龙旗迎接，一时观者如堵。后因眼疾，休假三个月。
光绪九年	1883	71岁	正月二十四日至二月十八日，抱病出省察看水利。九月十六日至二十五日，第二次乘船东下，巡视江海防务，行至上海租界，洋人齐出迎接，称其为战神。途中数次昏厥，再请开缺。仍不准，赏假两个月，命其在任调理。
光绪十年	1884	72岁	中法战争升级。七月初三，法国远东舰队炮轰福建水师，将水师军舰全部轰沉，又于第二日轰毁福建船政局。七月十八日，以七十二岁高龄授钦差大臣赴福州督办福建军务。十月二十七日，左宗棠抵福州，当日抱病视察船厂废墟，悲痛欲绝。
光绪十一年	1885	73岁	正月初四，因法舰封锁台湾，拟亲赴台湾督战，被强行劝阻。六月十八日，以台湾孤注大洋，为七省门户，奏请台湾设立行省。七月二十七日病故于福州。朝廷赐谥号文襄以昭其功，立功省份及原籍为之建祠。

附录2
要员录

咸丰皇帝（1831—1861）——爱新觉罗·奕詝，道光帝第四子。1850年（道光三十年）3月即位，以明年为咸丰元年。转年1月，洪秀全在广西桂平金田村起义，不久建立太平天国。4月，任赛尚阿为钦差大臣至湖南防堵，旋命入广西接办军务。1852年，太平军挺进湖南、湖北。次年，太平军攻克湖北武昌、江西九江、安徽安庆、江苏江宁（今南京）和扬州等地，并改江宁为天京，定为国都。他命向荣、琦善为钦差大臣，在江宁城外孝陵卫与扬州城外分别建立江南、江北大营，围困江宁和扬州；令曾国藩等官绅办团练。1856年，江北、江南大营初次破灭后，复命德兴阿、和春为钦差大臣，重建江北、江南大营。1860年8月，以大营再次被破，授曾国藩为两江总督、钦差大臣，对太平天国作战。1856年10月起，英、法侵略军发动第再次鸦片战争。次年12月，攻陷广州。1858年，大沽炮台失陷，他派桂良、花沙纳赴天津，同俄、美、英、法分别签订《天津条约》，又至上海与英、法、美订立《通商章程善后条约》。1869年，大沽炮台守军击败英、法侵略军的进犯，战争复起。次年，英、法联军攻占大沽炮台，进攻北京，他逃往热河（今河北承德），命恭亲王奕䜣议和，又分别签订《北京条约》。在与沙俄订立的《北京条约》中，承认1858年5月沙俄强迫奕山在黑龙江瑷珲（今爱辉）签订的《瑷珲条约》。1861年8月，病死于热河行宫。庙号文宗。

同治皇帝（1856—1875）——爱新觉罗·载淳，清朝第十代皇帝，咸丰帝与慈禧太后子。即位时年仅六岁，由慈禧与慈安两宫太后垂帘听政，实由慈禧太后掌权。同治十二年（公元1873年）亲政，无所作为，同治十三年（公元1874年）十二月病死。庙号穆宗。

光绪皇帝（1871—1908）——爱新觉罗·载湉，清朝第十一代皇帝，醇亲王奕譞子。同治帝死时无子，由慈禧太后做主，将他过继给咸丰帝入继大统。即位时年仅五岁，由慈禧太后垂帘听政。光绪十三年亲政，但仍由慈禧太后训政。光绪十五年，慈禧太后撤帘归政。光绪二十四年，慈禧太后发动政变，再出训政，他被幽禁于瀛台。光绪三十四年先慈禧太后一日病死瀛台。庙号德宗。

慈禧太后（1835—1908）——又称西太后、那拉太后。满洲正黄旗人，叶赫那拉氏，安徽徽宁池广太道惠征女。咸丰二年选入宫中，封兰贵人。咸丰五年得怀龙珠，次年即得一子名载淳，得封懿妃，次年进懿贵妃。四年后，咸丰病死于热河行宫，六岁的载淳即皇帝位，年号祺祥。她与皇后钮祜禄氏慈安同时被尊为皇太后。在热河行宫居丧期间，慈禧因住烟波致爽殿西暖阁，故又被称作西太后。是年，她联合恭亲王奕䜣发动宫廷政变，将把持朝政的肃顺等赞襄八大臣逮问，遂改年号为同治，她自此与慈安太后一起垂帘听政并渐独掌实权。同治帝死，她又策定奕譞五岁子载湉入继大统，改年号为光绪，她继续听政。光绪十五年，她撤帘归政，实际还掌着实权。光绪二十四年，她再次发动宫廷政变，幽禁光绪帝于瀛台，由她执掌朝政。她统治中国长达半个世纪。

奕䜣（1832—1898）——爱新觉罗氏，道光皇帝第六子，咸丰帝异母弟。咸丰元年封恭亲王，咸丰三年在军机大臣上行走，咸丰五年被罢职，咸丰七年复授都统，咸丰九年授内大臣。奏请改变清政府的外交、通商制度，设立总理衙门并受命主持工作。咸丰帝死，受命为议政王，掌管军机处和总理衙门，成为清廷中支持洋务的首脑人物。同治四年，因受慈禧太后猜忌，被罢去议政王等一切职务，旋复军机大臣、总理衙门大臣等职。中法战争期间被罢去一切职务。光绪二十年被重新起用为总理衙门大臣，并总理海军、会办军务、内廷行走。旋又命督办军务，节制各路统兵大臣，并任军机大臣。

奕譞（1840—1891）——爱新觉罗氏，道光帝第七子。咸丰元年封醇郡王，咸丰九年受命在内廷行走。咸丰帝死，因参与“祺祥政变”，得慈禧太后信任。同治十一年进封醇亲王。同治帝死，由慈禧太后做主，由其子载湉入继帝位（即光绪帝）。光绪十一年，受命主持总理海军衙门事务。

曾国藩（1811—1872）——湖南湘乡人，字伯涵，号涤生。晚清重臣。道光进士，翰林院选庶吉士，散馆授检讨。曾任四川乡试正考官、翰林院侍讲学士、内阁学士等，擢礼部右侍郎，历署兵、吏、刑、工等部侍郎。咸丰二年丁母忧回籍，奉命帮办团练，后练成湘军。咸丰十年，授两江总督、钦差大臣。同治元年授协办大学士。同治三年加太子太保，封一等侯爵。同治六年，授武英殿大学士。同治十一年三月，薨于南京两江总督任所，谥号文正。

李鸿章（1823—1901）——安徽合肥人，字少荃。晚清重臣。道光进士，选翰林院庶吉士，散馆授编修。咸丰三年（公元1853年）随侍郎吕贤基回籍办团练抵抗太平军，咸丰八年（公元1858年）入曾国藩幕，襄办军务。1861年奉曾国藩命编练淮军，悉法湘军。次年率淮军调上海，升任江苏巡抚，不久接替薛焕兼署通商大臣。同治三年（公元1864年）江宁收复后，封为一等肃毅伯。同治四年（公元1865年）署两江总督，次年，继曾国藩为钦差大臣，节制各军专办剿捻事务。先后在弥河和徒骇河镇压了东、西捻军。同治六年（公元1867年）授湖广总督协办大学士。同治九年（公元1870年）又继曾国藩任直隶总督兼北洋通商事务大臣，成为洋务派首领。同治十二年（公元1873年）授武英殿大学士，次年调文华殿大学士，仍留总督任。

曾国荃（1824—1890）——曾国藩胞弟，字沅甫，号叔纯，贡生出身。咸丰六年随曾国藩作战，自带一军称吉字营。积功累官知府、道员、按察使。同治元年授浙江按察使，迁江苏布政使。同治二年，擢浙江巡抚。同治三年，加太子少保，封一等伯爵，旋以病开缺回籍。光绪七年，升陕甘总督，次年署两广总督。光绪十年，署礼部尚书，调署两江总督兼南洋通商事务大臣。

李瀚章（1819—1888）——安徽合肥人，字筱荃，李鸿章之兄，两榜出身。历任湖南永定、益阳、善化知县，入曾国藩幕。累官江西吉南赣宁道、广东督粮道、按察使、布政使、湖南巡抚、江苏巡抚、湖广总督、四川总督、两广总督等。

郭嵩焘（1818—1891）——湖南湘阴人，字伯琛，号筠仙，晚号玉池老人，学者称为养知先生。早年游学岳麓书院，与曾国藩、左宗棠、刘蓉相交往。道光进士，选翰林院庶吉士，期未满便丁父母忧回籍。咸丰二年底，随曾国藩办团练，曾国藩注重湘军水师，实由郭发其端。咸丰七年授编修，次年入直上书房。同治元年授苏松粮储道，迁两淮盐运使，次年升广东巡抚。因与两广总督瑞麟不合，被黜。光绪元年授福建按察使，未到任，命在总理衙门上行走。光绪二年，被派赴英国对马嘉理案表示“惋惜”，并首任驻英公使。光绪四年兼驻法公使，不久被撤任回国，再未出。

张亮基（1807或1809—1871）——江苏铜山（今徐州）人，字采臣，号石卿，道光举人。曾为内阁中书、侍读。道光二十六年（公元1846年），出任云南临安知府，复调署永昌，升云南按察使。1850年，迁布政使，擢云南巡抚。次年1月，兼署云贵总督。咸丰二年（公元1852年），调湖南巡抚，次年署湖广总督，复调任山东巡抚。

骆秉章（1793—1867）——广东花县人，原名俊，字秉章，后改字吁门，号儒斋。以字行。道光进士，选庶吉士，期满散馆授编修。道光二十八年（公元1848年）擢侍讲学士，1850年由贵州布政使升任湖南巡抚。咸丰元年（公元1851年），太平军北上入湖南，围长沙八十余日不克，他以守长沙有功，从此为清廷所倚重。后支持曾国藩办团练，又延湘阴举人左宗棠为幕僚，练勇抗击太平军。1854年以后，出兵击败湘南天地会起义军，协助镇压贵州苗民和号军起义。1860年入川，次年任四川总督，与李短鞑、蓝大顺、郭刀刀的川滇农民军作战。同治元年（公元1862年），川滇农民军被击败，余部走陕西。1863年，击败石达开于大渡河边，清廷授以太子太保衔。1865年，派周达武击灭西北太平军余部梁成富军于甘肃阶州（今武都）。后病死于四川。

杨昌浚（约1814—1897）——字石泉，号镜涵，湖南湘乡人。1852年（咸丰二年）以附生随罗泽南练乡勇，旋随湘军对抗太平军，转战两湖、江西。1860年攻陷江西德兴、婺源，擢知县。同治元年（公元1862年）初，随左宗棠入浙镇压太平军。1964年占杭州，累迁至浙江布政使。1869年署浙江巡抚。1871年赴宁波筹办海防。光绪四年（公元1878年）任甘肃布政使。1883年授漕运总督。中法战争起，受命帮办福建军务，授福建浙总督。次年兼署福建巡抚，于台湾防务多有建议。1888年调补陕甘总督。1895年被革职留任，旋开缺回籍。

刘典（约1815—1878）——湖南宁乡人，字克庵。以诸生随左宗棠入浙，累官直隶州知州、知府，擢浙江按察使。后随左宗棠入陕，初授甘肃按察使，旋赐三品京卿帮办军务，署陕西巡抚，后病死兰州。

江忠源（1812—1854）——湖南新宁人，字常孺，号岷樵，武举出身。道光二十七年（公元1847年），率新宁练勇镇压当地雷再浩起义，授知县。后赴浙江秀水（今嘉兴）、丽水任职。咸丰元年（公元1851年）夏，至广西从赛尚阿，寻在桂平、永安（今蒙山）等地围攻太平军，擢同知。次年春，以病回籍。5月，往援桂林，围解，升知府。追击太平军至湖南道州（今道县）、桂阳州（今桂阳）、郴州（今郴县）、长沙，复留守湖南。1853年春，擢道员，升湖北按察使，寻帮办江南军务。6月，行至江西九江遇阻，转赴南昌协助守城。9月，解围。旋至湖北田家镇，兵败突围出，授安徽巡抚。12月，抵庐州（今合肥）防守。1854年1月，庐州为太平军攻克，他受伤投水身亡。

马新贻（1821—1870）——山东菏泽人，字穀山，道光进士。分发安徽出任建平、合肥知县。咸丰三年（公元1853年），随袁甲三、翁同书镇压太平军，累迁安徽按察使。1863年（同治二年）任安徽布政使，次年任浙江巡抚。在任期间，修筑海塘，奏减杭、嘉、湖、金、衢、严、处七府浮收钱漕，复兴各府书院等。1868年任两江总督兼通商大臣，奏撤临淮关蒋坝分关。1870年8月，赴署西偏箭道阅射，事毕由箭道回署时，被张汶祥刺死。

沈葆桢（1820—1879）——福建侯官（今福建侯）人，字幼丹，道光进士。授编修，迁御史。1856年初（咸丰五年底），任江西九江知府，跟随曾国藩管营务。次年署广信知府，同太平军作战。1858年擢广饶九南道。1861年由曾国藩推荐，出任江西巡抚，倚用湘军将领王德榜、席宝田等镇压太平军。同治五年（公元1866年），由左宗棠推荐，继任福建船政大臣，专主福州船政局。1874年日军侵略台湾时，被派为钦差大臣，办理台湾等处海防，兼理各国事务大臣。带领船舰前往台湾，部署防务，“修城筑垒为战备”。日军撤退后，又购买机器，主持开采基隆煤矿。光绪元年（公元1875年），升任两江总督兼南洋通商大臣，督办南洋海防，大力扩充南洋水师，与李鸿章同为清政府筹建海军的主持者。

胡雪岩（1823—1885）——安徽绩溪人，字雪岩，捐班出身。初在杭州设银号，得巡抚王有龄支持，经理官库银务。后入左宗棠幕，以“熟谙洋务”著称。同治五年（公元1866年）主持福州船政局“延洋匠、雇华工、开艺局”等事务。在左宗棠调任陕甘总督后，主持上海采运局局务，为左办理采运，筹供军饷和订购军火。1872年左右，代借内外债达一千二百余万两。在江、浙、湘、鄂等地开设当铺二十余处，又在各省设立阜康银号，在杭州开设庆余堂中药店，并经营出口丝茶业，是有名的红顶商人。光绪十年（公元1884年）受洋商排挤，破产。

袁保恒（？—1896）——河南项城人，字小午。道光三十年（公元

1850年）进士，选庶吉士，期满授编修，后从父袁甲三在安徽随团练大臣周天爵办团练。咸丰九年回京供职，十年复命赴父袁甲三军营帮办军务。累官翰林院五品侍讲、侍读庶子，同治三年擢四品侍讲学士，命赴淮北接统其父袁甲三所统各军。旋召回，以从五品鸿胪寺少卿候补。七年，西捻张宗禹犯京畿，自请效力戎行，命赴李鸿章大营委用。捻平，加三品衔授侍讲学士。后随左宗棠入陕，得重用，出任西征粮台督办、西安制造局督办。后回京任职。

文祥（1818—1876）——满洲正红旗人，瓜尔佳氏，字博川，号文山，道光进士。晚清重臣。初授工部主事，累官郎中、太仆寺少卿、内阁学士，历礼部、户部、吏部右侍郎。咸丰九年，命在军机大臣上行走，调工部右侍郎、户部左侍郎。咸丰十年，英法联军攻陷北京，咸丰帝被迫北狩，命留京随同恭亲王奕䜣与英、法议和。咸丰十一年，同恭亲王奕䜣、大学士桂良奏请改变大清国的外交、通商制度，设立总理各国事务衙门，诏准，并被任为总理各国事务衙门大臣。咸丰帝病死热河，参与祺祥政变，得慈禧太后信任，擢都察院左都御史、工部尚书兼署兵部尚书，为内务府大臣兼都统。以军机大臣兼总理衙门大臣达十五年之久。

官文（1798—1871）——满洲正白旗人，王佳氏，字秀峰。晚清重臣。历任蓝翎侍卫、头等侍卫、副都统职。咸丰四年（公元1854年）春，擢荆州将军。累官湖广总督协办大学士、文渊阁大学士、文华殿大学士，1864年封一等伯爵。1866年，为湖北巡抚曾国荃参劾，解总督职，次年还京，管理刑部兼正白旗蒙古都统。调署直隶总督，回京后管理户部三库，授内大臣。

李鸿藻（1820—1897）——直隶高阳人，字寄云，号兰孙，咸丰进士。晚清重臣。拜当朝大学士、理学大师倭仁为师，专修理学。曾任翰林院编修、修撰、太常寺汉寺丞等。咸丰十年，李鸿藻被特诏为皇太子载淳（即后来的同治皇帝）师傅。同治三年授侍讲学士仍兼上书房师傅。官至军机大臣、礼部尚书、吏部尚书等。

沈桂芬（1818—1881）——顺天宛平（今北京）人，字经笙，道光进士。晚清重臣。同治二年（公元1863年），署山西巡抚，后进京供职。同治六年（公元1867年）任军机大臣，兼总理各国事务衙门大臣。光绪五年（公元1879年）崇厚与俄人议订条约，丧权辱国，举国哗然，他从中委曲调停，易使往议，改订条约。

曾纪泽（1839—1890）——湖南湘乡人，字劼刚，曾国藩子，由二品荫生补户部员外郎。晚清外交名臣。光绪三年父忧服除，袭侯爵，次年出任驻英、法两国公使。光绪五年，兼驻俄公使，奉旨与俄改约成功，与俄签订《中俄伊犁改订条约》。光绪十一年任满回国，帮办海军事务，旋为兵部左侍郎，命在总理衙门行走。后病殁，谥惠敏。

丁日昌（1823—1882）——广东丰顺人，字禹生，又作雨生，贡生出身。咸丰九年任万安知县，旋入曾国藩幕。同治二年被李鸿章从广东调至上海专办军事工业。介绍容闳赴美购买机器，参与筹设机器局。同治四年授苏松太道，协助曾国藩与李鸿章办理洋务，兼任江南制造总局总办，旋升两淮盐运使。累官江苏布政使、江苏巡抚、福建巡抚等。

盛宣怀（1844—1916）——江苏武进人，字杏荪，又字幼勖，号愚斋、止叟，捐班出身。同治九年，经官绅杨宗濂推荐，入李鸿章幕，以行营内文案兼充营务处会办，深得李鸿章信任。累官轮船招商局督办、中国电报局总办、天津海关道等。积极协助李鸿章办理洋务，是比较有名的官商。宣统二年底，授邮传部尚书。武昌起义爆发后被革职，亡命日本。

刘铭传（1836—1895）——安徽合肥人，字省三，行武出身。淮军著名将领，深为李鸿章倚重。积功累官提督，后病归。中法战争期间，诏授其督办台湾军务。光绪十一年台湾建省，为首任巡抚。

潘祖荫（1830—1890）——江苏吴县人，字伯寅，咸丰进士。晚清重臣。累迁侍读学士、大理寺少卿。曾先后纠弹钦差大臣胜保、直隶总督文煜等，素以谏言著称。同治四年，恭亲王奕䜣获谴，他上折请持平用中，以免除不良影响，太后于是罢议。光绪元年晋大理寺卿，旋升授礼部右侍郎，数迁工部尚书。官至军机大臣。

刘松山（1833—1870）——湖南湘乡人，字寿卿，行武出身。湘军著名将领。初在老湘军王鑫部下为卒，因作战勇猛拔为哨长。后随曾国藩出省作战，得曾赏识。累官游击、副将、总兵、提督，成湘军名将。1866年，随左宗棠入陕甘作战，1870年战死。

刘锦棠（1844—1894）——湖南湘乡人，字毅斋，监生出身，湘军名将刘松山侄。晚清边务名臣。青年即随刘松山转战各地，因功晋道员。1870年，刘松山战死，上赏京卿衔接统老湘军。出关后，总统关外各军对阿古柏作战。收复新疆后，因功赏戴双眼花翎，晋男爵。新疆改设行省，出任首任巡抚。

金顺（？—1885）——满洲镶蓝旗人，伊尔根觉罗氏，字和甫。初授骁骑校尉，随多隆阿在湖北、安徽同太平军作战，因功晋协领。陕甘回民起义，被穆图善奏调至陕甘作战，因功授镶黄旗汉军副都统。同治五年出任宁夏副都统，八年暂代宁夏将军，十年擢乌里雅苏台将军。不久因过褫职。出关后，累官正白旗汉军都统、乌鲁木齐都统、伊犁将军等。

张曜（1832—1891）——直隶大兴人，字亮臣，号朗斋，行武出身，不通文墨。初在河南固始参与办团练，后自募一军，因功得授河南布政使。同治初，御史刘毓楠参劾其目不识丁，将其由文官改为武职，以总兵加提督衔，被降格使用。张曜从此发愤读书，始通文墨。同治五年，为与捻军交战，河南巡抚李鹤年募军两支，一为豫军，一为嵩武军。其中豫军由宋庆统率，嵩武军则交由他统率。七年，率嵩武军赴直隶、山东剿捻。捻平，授广东陆路提督，派往陕西攻回，参与收复新疆战事。累官广西巡抚、山东巡抚。

崇厚（1826—1893）——满洲镶黄旗人，完颜氏，字地山，一榜出身。咸丰十年底，任三口通商大臣署直隶总督。后创设北洋机器局，曾在天津组织洋枪队，由英国人薄郎任领队，在烟台和减地河北岸与捻军作战。同治九年，天津教案发生，中法关系紧张，任出使法国大臣，赴法“谢罪”。光绪四年，任驻俄首任公使。伊犁交涉事起，受命与沙俄谈判。光绪五年，擅自签订丧权辱国的《里瓦几亚条约》，丧失伊犁之外的大片领土，受到舆论谴责，被逮捕入狱，定斩监候，旋免。后病死。

安德海（？—1869）——直隶南皮人，十三岁自宫为宦，人称小安子。咸丰十一年，因为慈禧太后密送懿诏进京得慈禧太后宠幸，晋总管，渐干国政。同治八年（公元1869年）秋，奉慈禧太后命往南方采办宫中用物，一路张扬跋扈，招权纳贿，被山东巡抚丁宝桢捕杀。

李莲英（生卒年不详）——直隶河间人，绰号皮硝李，咸丰时自阉为宦。性狡黠，以善梳新髻得慈禧太后欢心，由梳头房太监拔擢为总管太监，赐二品顶戴。在宫五十年，干预国政，广植私党，卖官鬻爵。

洪秀全（1814—1864）——广东花县人，原名仁坤，小名火秀，落第秀才。1843年，从《劝世良言》中吸取西方基督教教义，创拜上帝会，提出天父上帝是唯一真神、人人应拜上帝等，广为宣传，信者颇众。1851年1月11日，率众在桂平金田村起义，建号太平天国，自称天王。12月，又封杨秀清、萧朝贵、冯云山、韦昌辉、石达开为东、西、南、北、翼（义）各王，并由东王节制其他诸王。1853年，占领江宁，改江宁为天京，定天京为天国都城。人天京后，开始修建天王府，以后便深居简出，奢侈享乐，讲求礼仪。1856年9月，“韦杨事件”爆发，出现内讧，风光渐渐不再，终于1864年城破前一天服毒自杀（一说病死）。

马化龙（？—1871）——宁夏金积堡人，与其父皆为西北地区回教白山派教主。1862年11月在当地起义，杀宁夏道台侯云登、知府吕际韶、知县赵长庚等，控制灵州附近各州县。自称两河大总戎，修建王城东府西府，在金积堡周围构筑碉堡，对抗清军。后兵败投降，被处死。

白彦虎（生卒年月不详）——又名白素。陕西邠州人，回族，出身贫困。1862年陕西回民起义时，为首领之一。兵败，率所部西退新疆。

阿古柏（Yakoob Beg ？—1877）——十九世纪中叶中亚细亚浩罕汗国安集延任浩罕王帕夏（总司令）。1864年，趁新疆动乱之机率军侵入，数年间，侵占南疆八城，建立哲德沙尔汗国，自称“毕条勒特汗”，并与俄、英等国勾结。刘锦棠规疆，他自杀于库尔勒。

赫德（Robert Hart 1835—1911）——英国人，生于爱尔兰亚尔马郡波达当，字鹭宾。咸丰四年到香港，在英国商务监督公署任职。次年，任驻宁波副领事助理。咸丰八年调任广州领事馆助理。同治二年，继李泰国（英国人）任总税务司。他在中国任海关总税务司达四十八年之久，是英国侵华的主要代表人物之一。

日意格（Giquel P.1835—1886）——法国军官。曾参与波罗的海、克里米亚之海战。咸丰七年十二月，参加英、法联军侵占广州，四年后担任浙江宁波海关税务司。同治元年七月，与法国驻宁波舰队司令勒伯勒东组织常捷军，任帮统，加参将衔。同治五年，帮助左宗棠创设福州船政局，与德克碑一起，出任正、副监督。同治七年，因功被清廷破格赏加提督衔。中法战争爆发，被清政府解职。

威妥玛（Wade T.F.1818—1895）——英国外交官。曾在剑桥大学读书，毕业加入陆军，咸丰二年任英国驻上海副领事。咸丰四年，英、法、美三国取得上海海关控制权后，被派为上海江海关第一任外国税务司，次年辞职。咸丰八年任英国驻华全权专使额尔金的翻译，参与胁迫清政府签订中英《天津条约》、《北京条约》的活动。同治五年，在英国驻华公使阿礼国授意下，向总理衙门呈递《新议略论》。同治十年任英国驻华公使，光绪二年借口马嘉理案，强迫清政府签订《烟台条约》，扩大英国在华的侵略特权。光绪九年退职回国，光绪十四年任剑桥大学首任汉语教授，并将掠得的大量汉文、满文图书赠给剑桥大学。在华期间，曾编汉语课本《语言自迩集》，设计拉丁字母拼写汉字。这种拼法称“威妥玛式”，为过去所沿用。

附录3

词条解释

学名

院试：由一省的学政主持、专为童生举行的考试，录取者入县学、府学，习惯称生员或秀才。

乡试：三年一科，在一省或几省举行，专为生员举行的考试。由皇上钦命主考官、副主考，录取者即为举人。第一名称解元。

会试：即集中举人会试之意，三年一科，在京城举行，共分三场。三场全部通过者还要进行殿试。殿试由皇帝亲自主持。共分三甲，一甲赐进士及第，二甲赐进士出身，三甲赐同进士。一甲第一名称状元。

两榜出身：乡试中举人为一榜（又称乙榜），会试中进士者为两榜（又称甲榜）。

官署

翰林院：官署名，掌编修国史、草拟有关典礼的文件等事。最高长官为掌院学士（从二品），属官有侍读学士（从四品）、侍讲学士（从四品）、侍读（从五品）、侍讲（从五品）、修撰（从六品）、编修

（正七品）、检讨（从七品）等。

都察院：官署名，是监察、弹劾及建议机关。最高长官为左都御史（从一品），属官有左副都御史（正三品，例由在京部、院大臣兼）、六科掌印给事中（正四品）、御史（从五品）等。右都御史（从一品）例由地方总督兼，右副都御史（正三品）例由地方巡抚兼。

大理寺：官署名，有最高法庭性质。最高长官为大理寺卿（正三品），属官有大理寺少卿（正四品）、大理寺左右寺丞（正六品）、大理寺左右评事（正七品）等。

太仆寺：官署名，掌马政。最高长官为太仆寺卿（从三品），属官有太仆寺少卿（正四品）、太仆寺员外郎（从五品）、太仆寺主事（正六品）、太仆寺主簿（正七品）等。

太常寺：官署名，掌宗庙祭祀。最高长官为太常寺卿（正三品），属官有太常寺少卿（正四品）、太常寺员外郎（从五品）、太常寺满汉寺丞（正六品）、太常寺协律郎（正八品）、太常寺汉赞礼部（正九品）、太常寺司乐（从九品）等。

詹事府：官署名，是文学侍从、词臣迁转之阶。原归翰林院，后单设。最高长官为詹事府詹事（正三品），属官有詹事府少詹事（正四品）、詹事府左右春坊庶子（正五品）、詹事府左右春坊中允（正六品）、詹事府左右春坊赞善（从六品）、詹事府主簿（从七品）等。

吏部：官署名，掌全国文官品秩、铨叙、课考、黜陟和封授等。最高长官为尚书（从一品）、左右侍郎（正二品），属官有通政使司通政使（正三品）、通政使司副使（正四品）、郎中（正五品）、员外郎（从五品）、主事（正六品）等。

户部：官署名，掌财赋、户籍等。最高长官与属官设置同上。

礼部：官署名，掌礼仪、祭祀、贡举、教育等。最高长官与属官设置同上。

工部：官署名，掌各项工程、工匠、屯田、水利、交通等。最高长官与属官设置同上。

兵部：官署名，掌全国武官黜陟、兵籍、军械、关禁、驿站等。最高长官与属官设置同上。

刑部：官署名，掌全国刑狱。最高长官与属官设置同上。

总理各国事务衙门：官署名，简称“总理衙门”、“总署”、“译署”。咸丰十年，清政府为办理洋务及外交事务而特设的中央机构。由恭亲王奕䜣等人奏请，于咸丰十一年一月二十日批准成立。官员分大臣、章京两级。规定由亲王一人总领，实际上是首席大臣，其他大臣则从军机大臣、大学士、尚书、侍郎、京堂中指派兼任，统称总署大臣。

军机处：官署名，清代辅佐皇帝的政务机构。雍正七年因用兵西北，设军机房，越三年改称办理军机处，简称军机处。于大学士、尚书、侍郎中选拔人员入直，称军机大臣，即大军机。任命时按各人资历分别称为军机处行走、大臣上行走、大臣上学习行走等。下设军机章京，习惯称小军机，掌缮写谕旨、记载档案、查核奏议等。

国子监：官署名，封建王朝的中央教育机构。清代设管理监事大臣，在大学士、尚书、侍郎内特简；次设祭酒、司业；属官有监丞、博士、助教、学正、学录、教习等。在地方设府、州、县学，在京师设国学，以监为学。选入学习者都称国子监生。原有住监课读的规定，后来渐成空文。

公使馆：官署名，是国家的驻外机构。最高长官为公使，下设副公使、参赞、武官等。清朝于光绪元年始设。

官名

殿阁大学士：官名，为正一品，相当于宋朝的丞相，由皇上指定分管的部院。

协办大学士：官名，为从一品，地位低于殿阁大学士高于各部院尚书。

总督：官名，掌一省或几省军民要政，为正二品。兼殿阁大学士者为正一品，兼协办大学士或都察院右都御史、兵部尚书者为从一品。总督侧重于军政。

巡抚：官名，掌一省的军、民、吏、刑各项，为从二品，地位略低于总督。兼都察院右副都御史或礼部侍郎者为正二品。巡抚侧重于民政。

将军：官名。清代将军有三种：一为宗室爵号之一，如镇国将军、辅国将军等；二为驻防各地的八旗最高长官，专由满族人充任；三为内地各省将军，掌驻防军事及旗籍民事。

都统：官名。清代的都统有三种：一为八旗各旗的长官，职掌一旗的户口、教养、训练等，但实际只统辖骁骑营，其余前锋、步军等营都各有主官；二为热河、察哈尔驻防旗兵的长官，兼为当地行政长官；三，在以将军为驻防旗兵长官的各省，设副都统为将军的副职。

道：官名，道台、道员的简称，为正四品。清代于各省设道员，类别有二：一类专司一事，如粮道、河道、盐法道等；一类为分守巡道，均辅助布政、按察二使，巡察辖区政事。道员为四品，见上司不称下官，称职道。

公使：官名，亦称星使、使者、使节、大使。是公使馆的主要负责人，有一、二等之分。

总税务司：官名，旧中国统辖全国海关税务的官员。咸丰三年，英、美、法三国乘小刀会起义之机，夺取上海海关行政权。次年，三国领事与清吏吴建彰订立协定，由三国领事各派税务司一人，组织海关税务管理委员会。咸丰九年，英国迫使南洋通商大臣任英人李泰国为总税务司。咸丰十一年总理衙门加委李泰国为中国总税务司。李泰国回国，英国人赫德继任，直任至光绪三十四年回国。

官员的称呼

大学士：中堂。

总督：制军、大帅、制台、制宪或督宪。

巡抚：中丞、抚军、抚台、抚院或部院。

提督：军门或提台。

总兵：总镇或镇台。

副将：协镇或协台。

吏部尚书：天官。

礼部尚书：大宗伯。

户部尚书：大司徒或大司农。

刑部尚书：大司寇。

兵部尚书：大司马。

工部尚书：大司空。

左都御史：总宪。

各部院左右侍郎：左堂或右堂，自称部堂。

学政：学宪或学台。

道员：观察或道台。

知府：太守、府台或太尊。

知县：父母或明府。

都察院御史：都老爷或侍御。

官员的服饰及轿饰

大清的官员共分九品十九级。

一品：红珊瑚顶戴（纯红），九蟒五爪蟒袍，仙鹤补服。准乘八人抬绿呢大轿。

二品：红起花珊瑚顶戴（杂红），九蟒五爪蟒袍，锦鸡补服。准乘八人抬绿呢大轿。

三品：蓝宝石及蓝色明玻璃顶戴（亮蓝），九蟒五爪蟒袍，孔雀补服。准乘八人抬绿呢大轿。

四品：青金石及蓝色涅玻璃顶戴（暗蓝），八蟒五爪蟒袍，雪雀补服。准乘四人抬蓝呢轿。

五品：水晶及白色明玻璃顶戴（白），八蟒五爪蟒袍，白鹇补服。准乘四人抬蓝呢轿。

六品：砗磲及白色涅玻璃顶戴（白），八蟒五爪蟒袍，鹭鸶补服。准乘四人抬蓝呢轿。

七品：素金顶戴（白），五蟒四爪蟒袍，鸂鶒补服。

八品：起花金顶戴（白），五蟒四爪蟒袍，鹌鹑补服。

九品：镂花金顶戴（白），五蟒四爪蟒袍，练雀补服。

未入流：镂花金顶戴（白），五蟒四爪蟒袍，练雀补服。

监察御史、按察使等监察、司法官员的顶戴、蟒袍均按正常品级，但补服的图形却一律绣獬豸，以示司法公正。

清朝的武官（蟒袍与文官同），补服上所绣图饰如下：

一品：麒麟。

二品：狮。

三品：豹。

四品：虎。

五品：熊。

六品：彪（小老虎）。

七品、八品：犀牛。

九品：海马。

清朝文官乘轿，武官骑马。

名词解释

廷寄：清代制度，朝廷给地方高级官员的谕旨不由内阁明寄，而是由军机处密封交兵部捷报处寄往各省，用军机处封印，上书“军机大臣字寄某官开拆”，或“传谕某官开拆”。

谥号：君主时代帝王、贵族、大臣等死后，朝廷依其生前事迹所赐予的称号。

拜印：新官到任后接印时所举行的仪式。

爵位：大清爵位有公、侯、伯、子、男之分。

公：分一至三等公，超品。

侯：分一等侯兼一云骑尉，一等至三等侯，超品。

伯：分一等伯兼一云骑尉，一等至三等伯，超品。

子：分一等子兼一云骑尉，一等至三等子，正一品。

男：分一等男兼一云骑尉，一等至三等男，正二品。

庶吉士：通称“庶常”。明设，清沿其制。在翰林院中设庶常馆，选新进士入馆，为翰林院庶吉士，分习满、汉文书籍，称“馆选”。三年期满后举行考试，成绩优良者分别授以翰林院编修、检讨等官，其余分授各部主事等职，或以知县优先委用，称为“散馆”。光绪末停科举，庶吉士改从外国留学毕业及本国学堂毕业者，经廷试后选用。

捐输：亦称捐纳、捐例，是清朝为筹措军饷特给想做官、进学的人所提供的一种门路。只要拿出一定数额的银两，就可以买到相应的官职或监生资格。左宗棠因不是生员，为了参加乡试，便花银子买监生资格。胡雪岩则是花银子买的候补道。捐官不属正途，人们习惯称其为杂途或捐班。

候补：清制，没有补授实缺的官员在吏部候选后，吏部再汇列呈请分发的官员名单，根据职位、资格、班次，每月抽签一次，分发到某一部或某一省，听候委用，称为候补。但也可以出钱免予采取抽签方式，自由指定到某处候补，称为指省或指分。

候选：清制，京官郎中以下，外官道员以下，凡初由考试或捐纳出身，以及原官因故开缺依例起复，均须赴吏部报到，听候依法选用，称为候选。

行走：入值办事的意思。清制，不改原来官职而调充其他职务，即称在某处或某官上行走。

丁忧：旧时称遭父母之丧为丁忧。清代制度，官吏丁忧，须离职守制。

起复：明、清两代指服父母丧满期间重新出来做官。

休致：亦称致仕，官员辞掉官位退休。

会办：会同办事的意思。

神机营：清代禁卫军之一。设于咸丰十一年。由署步军统领文祥创立。选八旗满洲、蒙古及前锋、护军、步军、火器、健锐诸营的精锐为营兵，使用新式洋枪，守卫紫禁城及三海，并扈从皇帝巡行。

绿营兵：清朝入关后，招募汉人和收编来的汉人地主武装，建立绿营兵。以绿旗为标志，以营为建制单位，因而得名。兵种有马兵、战兵、守兵，战、守均系步兵。沿江、沿海之地又设水师。在京师者为巡捕营，隶属步军统领。在各省者有督标，由总督统辖；有抚标，由巡抚统辖；有提标，由提督统辖；有镇标，由总兵统辖；有军标，设于四川、新疆，由将军统辖；此外尚有河道总督统辖的河标，漕运总督统辖的漕标。

湘军：咸丰三年，曾国藩为对抗太平军，在练勇基础上扩充并重加编练而成，是清末重要的兵系之一。

淮军：在曾国藩的支持下，由李鸿章编练成的武装，是清末重要的兵系之一。

楚军：在曾国藩的支持下，由左宗棠编练成的武装，是清末重要的兵系之一。

侍卫：清代高级官员的侍从武弁，满语称戈什哈。

荫生：凭借上代余荫而取得监生资格。一般来讲，凡按品级取得的称为官生，不按品级而由皇帝特给的称为恩生。荫生名义上入国子监读书，事实上只需一次考试即可给予一定的官职。

监生：明、清时在国子监肄业的，统称监生。初由学政考取，或由皇帝特许。监生有举监、贡监、生监、恩监、荫监、优监等名目。如未入府、州、县学而欲应乡试，或未得科名而欲入仕的，都必须先捐监生作为出身，但不一定在监读书。

举监：以举人资格入国子监读书者称为举监。

贡监：以贡生资格入国子监读书者称为贡监。

贡生：生员（秀才）一般是隶属于本府、州、县学的，若考选升入京师国子监读书的，则不再是本府、州、县学的生员，统称贡生。清代有恩贡、拔贡、副贡、岁贡、优贡和例贡。

生监：以生员资格入国子监读书者称为生监。

恩监：清代由皇帝特许给予国子监生资格的称为恩监。

荫监：官员之子不经考选而取得监生资格的称为荫监。

优监：由附生选入国子监读书者称为优监。

附生：于府、县学外有取附学生员之制，生员亦称附生。

读客®“公务员读史”丛书

读 历 史 · 就 更 懂 官 场

什么是读客“公务员读史”丛书？

中国官场，自古如一。你今天碰到的难题，大秦宰相李斯也碰到过；你昨天遇到的麻烦，晚清名臣曾国藩也遇到过；他们是怎么一一化解的？

在中国公务员群体中广泛流传的读客“公务员读史”丛书，讲述历代帝王将相跌宕起伏的传奇命运，重走他们飞黄腾达的仕途之路，收获他们老谋深算的官场智慧与技巧，常常让人在不经意间，茅塞顿开，于纷繁复杂的官场万象中，认出规律、方法和道路来。

读客“公务员读史”丛书 首批推出“晚清三大名臣发迹史”系列

《曾国藩发迹史》：剥开曾国藩的“光屁股升官法”。

《李鸿章发迹史》：讲述李鸿章“一直被弹劾，谁也扳不倒”的谋略与细节。

《左宗棠发迹史》：老是稀里糊涂得罪同僚的升官达人！

认准读客“公务员读史”丛书——读历史，就更懂官场！

读客®“公务员读史”丛书

首批推出“晚清三大名臣发迹史”系列

《曾国藩发迹史》：剥开曾国藩的“光屁股升官法”

道光二十八年（1848年）的一天下午，38岁的曾国藩，为表清白，堵住政敌的恶言诽谤，当众把自己脱个精光，光着屁股走进银库清点现银，查清了国库亏空真相。此时已身居四品的曾国藩，一脱惊艳，赢得道光皇帝的空前信任，仕途踏上全新境界。

本书讲述的正是这前后12年，曾国藩仕途初期，九年内连升十级的谋略与细节；由于这段历史的相关史料一部分毁于战火，一部分被史书刻意回避，百余年来，一直讳莫如深。本书作者耗费21年心血，搜阅近千万字珍稀资料，第一次全面揭开曾国藩初入官场前12年，一路升迁的谋略与细节，将仕途上升期曾国藩独有的“光屁股精神”阐述得淋漓尽致，堪称一部升迁教科书。

《李鸿章发迹史》：讲述李鸿章“一直被弹劾，谁也扳不倒”的谋略与细节

从政40年，遭遇创纪录的800多次弹劾，有的是小人告密，有的是上司打压，有的是亲信背叛，有的是政敌陷害，有的是捕风捉影，有的是证据确凿，面对无数或明或暗的对手，一次又一次的政治风暴，李鸿章总能从容地走到最安全的地方，一直被弹劾，谁也扳不倒；在直隶总督兼北洋大臣的宝座上一坐25年，呼风唤雨，权倾天下。

李鸿章似乎拥有一种对时局和人心的预判能力，无论对手设下多么阴险而密不透风的陷阱，他总能从容地走到最安全的地方。在复杂险恶的政局中，他总能准确嗅出决定自己命运的关键人物，并让对方心甘情愿地成为自己的保护人。

本书为您全面揭开大清第一权臣李鸿章，40年稳如泰山的为官之道。读完本书，您将深谙李鸿章“一直被弹劾，谁也扳不倒”的从政谋略与细节。

《左宗棠发迹史》：老是稀里糊涂得罪同僚的升官达人！

左宗棠是个一根筋，情商低，对同僚的反应缺乏判断力；又是个二愣子，认死理，喜欢跟人抬杠；偏偏还是个刀子嘴，口无遮拦，言语粗俗，动不动就破口大骂，犹如市井泼妇。

在他眼里，似乎没有谁是不能得罪的，就连提拔他的后台曾国藩都被他气得鼻歪嘴斜；偏偏就这么一个马大哈，40岁才进官场，一路树敌，一路升官，20年间官拜宰相，成为晚清第一重臣。

会办事，不会说话，这可能是左宗棠游走官场的致命缺陷，但也可能正是他秘而不宣的护身符。

本书向您讲述左宗棠无视官场潜规则，在同僚的怒火中，一路升官的谋略与细节。